赵柏田作品

赫德的情人

长篇历史小说

By
Zhao Botian

Robert Hart's Lover

赵柏田 著

浙江文艺出版社
Zhejiang Literature & Art Publishing House

两兽相向,嘴对着嘴,争夺着一枚朝代不可辨认的钱币。左边是一条颤抖的龙,颤动着翼、鳞和爪;右边是一只躯体顽长、灵活的虎,它弓着腰,显出强烈的肉欲……上帝呢?上帝被撇在一边已经很久了。

　　　　　　　　——维克多·谢阁兰(Victor Segalen,1878—1919)

目 录

本　事 ………………………………………………… *001*

第一章　飞鱼的天空 ………………………………… *007*

第二章　回到拉弗内特 ……………………………… *089*

第三章　钉住的舌头 ………………………………… *171*

第四章　骑在墙上的人 ……………………………… *201*

第五章　黑暗中一跃 ………………………………… *267*

第六章　1900，北京 ………………………………… *373*

尾　声 ………………………………………………… *453*

本　事

　　虚构性作品同样需要对历史的尊重，小说《赫德的情人》对历史的尊重，可以从以下材料中得到印证：

　　费正清、凯瑟琳·弗罗斯特·布鲁纳和伊丽莎白·麦克劳德·马西森合编的《总税务司在北京：赫德书简，1868—1907于中国海关》（两卷本）。

　　1942年，中国海关的末任外籍总税务司李度自广州撤离时，将十二卷赫德书简的打印稿匆匆塞进了日本人准许他从中国带走的一只大木箱里。这些文件于1965年移存伦敦大学亚非学院，1975年，由哈佛大学出版社、拜尔克纳普出版社联合出版。收录赫德写给他的伦敦代理人金登干的一千四百三十七封书信。

　　凯瑟琳·弗罗斯特·布鲁纳、费正清和司马富等编的两册赫德日记，《步入中国清廷仕途——赫德日记（1854—1863）》和《赫德与中国早期现代化——赫德日记（1863—1866）》。

　　1970年，赫德的曾孙——最后一位赫德爵士——去世后，由于无人继承，赫德的各项文件，包括七十七卷日记，全都捐献给了他在贝尔法斯特的母校女王学院。几位研究者发现了这些档案的价值，贝尔法斯特医学院的杰拉德·E.邦克博士（他的业余兴趣是中国近代史研究）把这些日记诵读后录入磁带，再由凯瑟琳·弗罗斯特·布鲁纳转录成文字。二十世纪七十年代的贝尔法斯特局势动荡不宁，邦克博士在女王大学图书馆顶层的善本室制作这些录音，不时被市中心的爆炸声打断；日记作者变幻莫测的字体和语焉不详的行文，更是使他的诵读不时陷入犹豫和重复。后来，莱斯大学历史学系的司马富教授（这位汉学家以通晓十九世纪六十年代的中外关系而闻名于世）对转录的文字与原日记进行校核，从而使这些日记成为赫德研究的权威史料。

这些日记由中国海关出版社于2003年和2005年分两卷出版。第一卷记述的是年轻的旅行者来到中国，经过十年见习，直至他接替李泰国出任总税务司一职的经过。第二卷的内容则是他早期与清王朝中枢的总理衙门各高级官员的较量、斡旋和日常磋商。令人遗憾的是1855年7月29日—1858年3月20日，这近两年八个月的日记缺失了。这是赫德和他的中国情人阿瑶共同生活的最初三年。一种较有信服力的说法是，赫德晚年整理日记时把这些容易招致道德指控的内容全都删去了。如果不出现奇迹，这些日记已经在这个世界上永远消失了。

中国第二历史档案馆、中国社会科学院近代史研究所合编的九卷本《中国海关密档——赫德、金登干函电汇编（1874—1907）》。

这九卷函电汇编由中国社科院近代史所陈霞飞领导的一个班子完成，1990—1996年间由中华书局陆续出版。收集了自1874—1907年间，赫德和驻伦敦办事处的代理人金登干的来往函电共四千四百九十六封。自1881年始，双方往来电文除海关公务和互通国际间信息，还涉及金登干为完成赫德交办的秘密使命而不断请示汇报等事项，如赫德在英国的三个孩子的教育问题，与妻子赫斯特·简·布莱登的关系处理等。为保密起见，赫、金往来电文多用隐语，双方约定，每发一电，必在电文前加同一密级的最近来电电文数码。这一默契一直保持到 1900 年义和团运动爆发，中外电讯一度受阻为止。

马士（ Morse，Ballou，1855—1934 ）著《中华帝国对外关系史》（ *The International Relations of the Chinese Empire* ）。

美国人马士 1874 年毕业于哈佛大学，同年考入中国海关，来到上海学习中文。先后任天津海关帮办、京师同文馆英文教习、上海副税务司、海关总税务司统计秘书等职，在中国海关任职三十多年。作为赫德的重要助手，他参与了许多机密工作，掌握了大量第一手资料。《中华帝国对外关系史》共三卷，第一卷出版于 1910 年，其余两卷于 1918 年出版，是国际汉学界研究中国近代史，特别是对外关系史的最主要的参考物。马士曾经说，他本想把这部书写成"以赫德爵士和他所组织的那个伟大的中国海关"为核心的历史性传记，后因未能获得使用赫德全部日记的授权，才不得不"用一部历史代替一本传记"。

费正清教授在回忆录中曾声称，他正是在马士的直接影响下研究中国问题的。二十世纪五十年代，出版《中国沿海的贸易和外交：1842—1854 年通商口岸的开埠》一书时，他又称，他的许多新的研究都只是在马士的基础上做了局部的补充。此书中文版最早由商务印书馆 1963 年出版。

赫德自己的著作《这些从秦国来：中国问题论集》（ *These from the Land of Sinim: Essays on the Chinese Question* ）。

这是赫德生前公开出版的唯一一部著作,1901 年由英国《双周评论》杂志社出版,是赫德此前在欧美一些时事评论刊物上发表的五篇论述"中国问题"的文章的汇编,其中还附了一份使馆被围期间总理衙门致驻外公使的通函、一份总税务司署关于商务关系的备忘录。此书的内容,从 1900 年七月义和团围攻使馆区谈起,还包括庚子拳民、中国的对外贸易、中国的重建、中国和世界的关系等,是赫德站在清廷募用人员和英方利益代言人的"骑墙"立场上,对如何消除义和团事件影响、处理中外关系看法的一份备忘录。赫德非常重视此书在欧洲的出版,他说,"虽然从文学的角度来说这些文章一无是处,缺点甚多,其中却饱含着中国问题的精髓——发病的原因和治愈的方法",关于这个书名,他自称来自《圣经·以赛亚书》第四十九章第十一、十二节,耶和华说的话:"我必使我的众山成为大道,我的大路也被修高。看哪,这些从远方来,这些从北方、从西方来,这些从秦国来。"此书收入《国家清史编纂委员会·编译丛刊》,中文简体字版由天津古籍出版社于 2005 年出版。

书中第一篇《北京使馆:一次全国性的暴动和国际事件》,是赫德于东交民巷使馆区被围困后期用铅笔写成,于 1900 年十一月发表于《双周评论》。这些现场感强烈的记述使作者获益良多。小说第六章写作中,还参考了文中所附的一张使馆区地图。同时,小说中有关 1900 年夏天被围困的使馆区的描写,还参考了如下著作:

意大利著名中国问题专家阿德里亚诺·马达罗(Adriano Madaro)的《1900 年的北京》。此书根据 1900 年驻北京的意大利全权公使朱塞佩·萨尔瓦戈·拉吉侯爵(Marquis Giuseppe Salvago Raggi)的回忆录和他的妻子卡米拉·帕拉维奇诺

（Cammilla Pallavicino）所提供的证词采写而成，在史实上具有较高的可信度。同时还参考了澳大利亚作家西里尔·珀尔的《北京的莫理循》一书中有关章节。

有关1866年总理衙门派遣的第一个海外观光使团斌椿使团的行程，参考了赫德日记中的相关记述、张德彝记述海外游历的八部"述奇"、斌椿的《乘槎笔记》以及他的一部题为《海国胜游草》的诗集。《乘槎笔记》逐日记述所到各处，还含有若干地理和历史札记，是传统中国士大夫初开国门时对世界的一次打量，此书曾收入岳麓书社的《走向世界丛书》（钟叔和主编）。

赫德在1866年六月至八月期间回国度假时写给未婚妻赫斯特·简·布莱登的八封信，是香港大学发现的赫德家族档案中藏件的一部分，由冼玉仪女士译成中文。这些信件为写作赫德的婚姻生活提供了有力的佐证。

书中其他非虚构的人物、事件、时代背景，大多从一个多世纪前的书信、日记、奏稿、外电评述和宫廷秘档中钩沉辑得，有心的读者不妨一一寻访、查证。

第一章

飞鱼的天空

讲述人：阿瑟
1900，北京

1

"破晓惊险地逃过一场海难。"父亲用他惯有的潦草笔迹记述道。他一直有记日记的习惯,什么琐琐碎碎的事都记,到过的地方啦,购买的物品啦,令他心动的女子的芳名啦,等等。据说他这一生留下的日记有七十七卷之多。三十多年后读到的父亲的这页日记,为我打开了通往另一个已经消失了的世界的小门,勾起了我所有往昔岁月的回忆,当然还有我对他全部的情感:愤怒、仇恨、长年的隔膜和最终到来的谅解。

那一年,姐姐八岁,哥哥五岁,我三岁,父亲带我们坐慢船去英国。

那是我们海上航行的第三天,一场从西伯利亚来的寒潮追上了我们搭乘的"行如飞号"。大团大团的阴云在北中国海域上空急急飞驰,朔风怒号,如同要把船拍碎似的。所有人都撤下了甲板,窝在船舱里不再出来。"行如飞号"像一只蜗牛一般在风口浪尖慢腾腾地爬行。船舷一侧,大海如同碎裂的花岗岩倾泻而下,我从姐姐安娜惊恐的眼里看到了海水飞溅的泡沫。一阵又一阵的颠簸中,我躺在姐姐的怀里睡着了。姐姐的碎花棉袄里有着母亲身上那种香甜的气息,这气息让我不再那么害怕。

我梦见雪花像扯碎的棉絮一样大团大团落下来,盖满了大海,像一件温暖的外套。我还梦见一辆四轮马车在旷野上飞跑,车上坐着我们兄妹三个,赶车的把鞭子甩得啪啪响。我们的母亲在后面紧紧追赶,她的脸上分不清是泪水还是汗水。

不知过了多久,我醒来了。天果真下起了雪,雪粒子打在船舱上，毕剥作响。

甲板上响着父亲和中国使团的官员们为抵御寒冷奔跑跺脚的声音。哥哥赫伯特就像一只刚开始学步的小鸭子一样跟在他们后面蹒跚地跑。他穿得太臃肿了，就像一只捆得结结实实的中国粽子，手里还擎着天津上船时人家给买的一串鲜红欲滴的糖葫芦。他吸溜一下快要滴下来的鼻涕，舔一口糖葫芦。肥大的裤脚绊住了他，他摔倒了，两手可笑地划拉着，费了好大劲还爬不起来。

父亲双手插在口袋里，站在几步远的地方看着他，就是不去扶一下。他不动，那些中国人也没有一个敢出手去扶。他们就这样表情严肃地看着可怜的赫伯特爬起又跌倒，爬起又跌倒。后来在父亲的示意下，一个年轻的中国随员搀扶起了赫伯特。哥哥咧嘴大哭，手里还死死地攥着那串糖葫芦，那上面弄得全是眼泪鼻涕。

父亲阴沉着脸，一声不吭下了甲板。不一会，从驾驶室传来了他和船长大声的争辩。父亲气愤地责问船长为什么未经他的同意把船停下来。船长说，赫德先生，现在天快暗了，海上起了大雾，我们的船还在渤海湾内，这一段水情复杂，天黑了必须停船抛锚，否则会迷失航向。父亲激动地挥舞着双手，要船长即行开船。"大英帝国驻华公使正在上海等着我，要与我进行一个重要的会谈，耽误了日期，船长先生您负得起责任吗？"

于是船又突突地动了起来。

姐姐冰凉的鼻子贴着我的脸。我听见她低低地说，英国，英国。大洋那一边的这个陌生的国家，是父亲带着我们这次海上航行的终点。看得出来，尽管我们被强制带离母亲身边踏上了这一陌生的旅途，姐姐还是对这次旅行和那个遥远的国度充满了憧憬。

只是我们那时不可能知道，从我们在天津大沽码头被父亲带上船的那一刻起，我们就已经被抛弃了。我们成了这个世界上既没有父亲也没有母亲的那种人。在尘世间遭受放逐和抛弃将是我们一生的宿命。

在中国居住了十二年之后，我们的父亲得到了一次回国度假的机会。最初几年，出于一个年轻人的虚荣心，他害怕回去。像所有那个时代来到东方的年轻人一样，他也希望建功立业、出人头地，然后衣锦荣归。越是混不好、想家，越是不敢踏上回国之途。后来随着职位飞速攀升，他却没有了时间回去。

自从三年前取代李泰国①出任大清海关总税务司一职，他就不仅仅把自己看作女王陛下的一个臣民，而更看作为清朝政府工作的一个外国雇员。朝廷每年付给他丰厚的佣金，这些钱足以买下他一年里在中国的所有时间。他的勤勉、谨慎为他在总理衙门的大臣们中间树立了良好的口碑，也与他前任的飞扬跋扈形成了鲜明的对比。

关于李泰国这个失败者，这里多说几句。

他是一位英国在华领事的儿子，1845 年，他父亲丢下贫困的家庭和未成年的子女死在厦门任上。十五岁那年，李泰国和他弟弟乔治一起被母亲送到中国，投入郭士腊②的门下。郭是一位普鲁士冒险家和传教士，一个专横的家伙。李泰国无法忍受，为了尽快逃出这个鬼地方，他只有摒弃以前所受的维多利亚时

---

① 李泰国（Horatio Nelson Lay，1832—1898），英国人。先后担任英国驻广州、香港和上海等领事机构的翻译秘书、代理副领事等职，系大清首任海关总税务司。
② 郭士腊（Charles Gutzlaff），又名郭实腊、郭士立，出生于普鲁士波美拉尼亚。

代的正规教育，尽快出人头地。他没有时间参与正常的青春期娱乐，也来不及培养出优雅的社交风度。很快，他爬上了英国驻上海领事馆译员的位置，再升任总税务司。据说，有着极强语言天赋的李泰国通晓所有他住过的城市的方言。这可能是真的，但他太不懂中国人的心了。他刚被两江总督何桂清任命为总税务司那会儿，就异想天开地把自己视作帝国政府的指导人，并颐指气使地要求把肃王府作为他在北京的官邸。这个人把自己视作文明世界的来客，把所有中国人都视作未开化者和白痴。他有一句在很大程度上使他丢了宝贵职位的名言，大意是，他这样一位有教养的英国绅士在一个"亚洲野蛮人"（他这样咒骂中国皇帝）手下干活，这是非常荒谬的。

三年前，大清帝国为了剿灭盘踞在南京城里的太平军，委托正回英国度假的李泰国代理购置一批军舰。很难说这一主意不是来自我们的父亲，他当时正在上海的江海关任税务司，趁一次去北京拜会恭亲王的机会提出了这一建议。从海关侦缉的角度来说，近海一带的海盗实在太多了，从广东海面一直到长江入海口，有广东帮、福建帮，还有凶残成性的葡萄牙水手，因此建立一支舰艇部队以维护近海航道的安全一直是他的梦想。

不久李泰国结束度假回到中国，在与李鸿章的一次会谈中，他故作不经意地透露，自己在伦敦订购了八艘军舰，还为大清帝国招募了一支由六百名各国水手和退役士兵组成的雇佣军。目前，这八艘军舰正在他亲自委任的舰队司令，英国皇家海军上校阿思本上校的率领下前来中国。如果不出意外，几个星期后应该就能到达。李鸿章闻言大吃一惊，这也太离谱了，当初总理衙门下达给李泰国的指令是代购军舰，怎么他给拉来了一支军队？更让中堂大人震惊的事还在后头，李泰国变戏法一样拿出一份文件，说那是他与阿思本上校签订的一份协议。根据此份协议，这支新舰队的军需费用将由他负责从关税收入中分配，皇帝的命令只有在直接下达给李泰国时，阿思本才服从，另外，李泰国"如对任何命令不满，可以拒绝下达"。也就是说，这支舰队将完全听命于他。

这是一支大清的水师还是他李泰国的私人武装？还有，谁能担保这批由无赖、恶棍、冒险家们组成的乌合之众不出乱子？当李鸿章把这一消息捅给总理衙门，可以想见，朝野上下都让这个粗鄙无礼的英国佬给激怒了。

道光皇帝的第六个儿子，咸丰皇帝的亲弟弟摄政王奕䜣气愤地上奏说，这个英国人狡猾异常，中外皆知，过去屡次想把他罢免没能办到，趁此机会正好把他驱逐。

九月，阿思本上校率领的舰队抵达中国。几番谈判之后，他和李泰国私下签订的协议被废除，他得到的最新指令是立刻解散舰队，舰艇从哪儿来就退回哪儿去。当然，他和李泰国都得到了由总理衙门支付的一笔不菲的补偿金。李泰国的总税务司是当不下去了。我们的父亲，时年二十八岁的罗伯特·赫德正式取代了他。来到中国将近十年，父亲终于摘到了他梦寐以求的金苹果。

李泰国回国后，投资失败，佣金和补偿金全都赔光，他到处借贷，成了一个人人避之唯恐不及的邋遢酒鬼。有这样一个前车之鉴放在那，父亲敢不谨慎吗？他清楚地知道，自己登上了中国这艘大船，就只能伴着它一路行下去，一损俱损，一荣俱荣。如果失去了大清的信任，失去了这个职位，那么李泰国的下场很可能就是自己的明天。所以他总是这样警告海关内的高级属员们：我们必须承认我们处于中国人的助手而不是主人的地位，我们拿中国政府的薪金，就只能是他们的雇员，如果谁不理解我们的这种地位或者没有落实我的解释性批示的精神，我就撤销他的职务！

他就像一个出色的走钢丝艺人，在两大帝国之间维持着微妙的平衡。上任后的三四年间，总税务司署在他的领导下壮大成了一个庞大的机构，在原有的上海、广州、汕头三处由洋员任税务司的新关之外，又新辟了天津、汉口、镇江、宁波、福州、厦门、烟台和台湾省的淡水、打狗①等九处。在一架老得快要走不动的官僚机器里，海关成了一个崭新的、充满现代气息的部件，并一直维持着高效的运转。几年来，海关不仅为朝廷还清了《北京条约》规定的一千六百万两英法赔款，还为平定南方的太平天国源源不断地提供着财力上的支持。

他总算混出个模样了。这个个头不大、头脑敏捷、行事干练又以刻意的低姿态显得彬彬有礼的英国人，成了掌管军机处、领总理衙门首席大臣衔的恭亲王眼前的一个红人。他受到信任的标志之一，是年仅三十就被授予了从三品的职衔，戴上了白色朝珠、顶戴花翎。在历来讲究出身资历、竞争相当激烈的帝国官场，那是多少人熬白了头也熬不到的一个职位，他一个外国人，年纪轻轻就跻身帝国高级文官之列，这是何等的荣耀啊！

2

在上海江海关任职时，父亲不断收到北爱尔兰阿马郡波塔

---

① 今台湾高雄。

当一个磨坊主的来信。这个经营着一个酒坊和一家小杂货铺的磨坊主乃是他的父亲，我们的祖父。祖父在信里一个劲地催他回来，因为这些年里老两口的身体越来越差了。

父亲也的确有过动身的打算，但帝国南方那场持续多年的动乱让他不得不打消了计划。上海城外经常会有政府军和太平军拉锯式的战争，郊外没有一棵树是完整的，不是让子弹打光了叶子，就是树身上留下了累累刀痕。城内经常有外国人神秘失踪。各国军舰开始驶入黄浦江游弋。除了租界区，这个世界没有一个地方是安全的。对一般人而言，选择这样一个乱世之秋离开中国正是明智之举，但父亲认为局势越是混乱他越是不能离开。1864 年五月，总税务司从上海移驻北京，他把安娜、赫伯特和怀孕的母亲留在上海。他这么做的真实意图只有自己清楚。除了他最亲近的几个朋友，这个世界上恐怕没有几个人知道我们的存在。

在京城，新任总税务司——想想看，他还是单身——的终身大事引起了上层社交圈的热切关注。此人年纪轻轻却身居要津，又惯于向女性献一些小小的殷勤，正是京城命妇和公使夫人眼中合适的夫婿人选。据说总理衙门在授予他正三品按察使职衔时曾敦促他应当表现出适当的归化迹象，比如改换中国服制啦，做出永久定居的许诺啦，甚至，考虑娶一个中国女人为正式的妻子。对于前几项建议，他都很愉快地照办了。他说，只要中国需要我，我是没有理由离开中国一天的。对于最后一项建议，父亲说，他大概需要"一两天"来认真考虑。他当然不会坦白他已经有了一个事实上的中国妻子。他做出把女人留在上海的决定时，早就打算把她打入记忆的冷宫了（我猜想，他之所以要求"一两天"的时间来考虑，只是故作郑重姿态）。

装模作样了两天后，他就兴高采烈地去领受那份新官衔了。

我们的父亲又开始了身边没有女人的生活。他的工作日程排得满满当当。他可以在一天里连续不断地同俄国、法国、英国和美国驻华公使谈话，第二天又可以花上五个小时向总理衙门的资深政治家文祥做一个关于中国对外问题的介绍。人们眼中的总司大人就像一架不知疲倦的工作机器，疯狂地运转着。可是忙碌的公务消解不了他内心里越来越深的孤独与空虚。白天他还可以伏在高脚办公桌上把自己完全交给那些枯燥的数字与表格，到了晚上，他的脑袋全被对女人的幻想充满了。梦中飘过的那些女人身体的局部让他的每根汗毛都在战栗着舞蹈。

他的生活又开始重复十年前刚踏上中国时的那个主题，一个灵与肉、宗教救赎与女色诱惑争斗的主题。那时他还是个刚满二十岁的领事馆见习翻译，住在宁波甬江边的一间小平房里，满心充满来东方传播上帝福音的梦想，可黑夜降临时身体里绽放的情欲之花却让他一次次不由自主地滑向罪孽的悬崖。令他深感耻辱的是，自己似乎迷恋上了那种难以启齿的快乐。当太阳落下，潮湿的江雾涌起，他就为即将到来的又一个搏斗的夜晚而恐惧。像大多数出生于天主教家庭的人一样，在他的世界里，性与对上帝的敬畏从来是互不相容的。问题是上帝和女人两个他都爱。所以那些年里战争一直在他的身体内部发生。

人的行为在精神和肉欲两者之间的紧张对峙，是维多利亚时代一个上层社会人士的隐私，即便生活在中国，他也不想因身体的放纵断送了前程。所以他只有克制，只有忍受折磨，只有用沾上了精斑的床单蒙着头，在摆脱不了的罪愆的恐惧中无助地喃喃着，主啊，主啊！可是上天好像存心要通过诱惑来考验他的意志力。

父亲的新邻居是一个南方某省的退休高官。此人姓李，年逾七十却有三个妾，都是三十出头的少妇，而且搬进来不久又花钱买了个十六七岁的女孩子做第四房小妾，这样加上已经去世的第一个妻子，李老爷一共有五个女人。去世的女人生下的两个女儿已经分别长到了十六岁和十八岁。她们在闺房里学习琴棋书画，有时还下楼在院子里嬉戏打闹。她们隐现的乳房轮廓和柔软的腰身已完全是成熟妇人的形态，言行举止却还有着孩子气。这对一个有着多年性经验的男人更具挑逗性。

两个女孩在院子里玩耍的时候并没有察觉到隔墙有一双眼睛窥视着她们。那个人还拼命抑制着不让忽凉忽热的身体发抖。"哦，我的眼睛！"她们更不会知道那个男人在单独忏悔时痛苦得简直想把自己的眼珠子抠出来。终于，隔着墙，他和两个芳邻有了第一场彬彬有礼的闲聊。他觉得这两个年轻的女子都很逗人喜爱，受过教育，会读和写，喜欢闹着玩，举止里有着故作老成的轻佻和风情。凭经验，他判断这两个姑娘都很容易引诱上手，且可以做得很干脆。

在一次隔墙夜谈中，年长的一位说愿意跟他走遍全世界，年幼的一位则愿意认他做"干爸爸"。那次夜谈分手时，年长那位（他叫她"李姐姐"）还送给他一个香袋，她娇羞扭怩的情态一时让他看呆了过去，忘了伸手去接。尤物啊，你们是把我的生命放在火上烤啊！他当然希望和这两个女孩中的任何一位待在一起，他躺在古色古香的卧榻上，高兴的时候便抚弄她，但道德的训诫总是在他快要逾墙而出时制止他。

他和"李姐姐"唯一的身体接触是在月光下隔着墙握住彼此的手。不谈宗教，也不谈哲学，只是互相紧握着对方的手。花园里的狗在屋檐投下的阴影下啃着他带去的肉骨头，一声不吭。花园里的雾气越来越重了，周遭很静，都可以听到露水从叶尖滑落砸进地里的巨大声响。他也不知道站了多久，只觉得脚都发麻了。离别时那女孩交给他一张带着香气的便笺，说是自己写着玩的一些诗，他展开来，借着月光认出最后一行是"大人何不逾墙来"。啊呀呀，真是个小妖精！

那一夜,他后半夜才回到自己房间,上了床也久久没有睡着。这次小小的放纵造成的损失是，第二天上午法国公使依约来访时，他还熟睡未起。这在行事风格一向周密严谨的总司大人身上是从未有过的事。

那次月下对谈之后，好些天都没有在花园里看到她们。后来他听说女孩中的一个被李老爷责打了十几下手心，还被罚跪半天。听到这一消息时他有过片刻不安，甚至涌上辜负美人恩的愧疚，但很快他就像一个梦游的人醒来一样出了一身冷汗。他为这场激情可能引发的后果感到可怖。晚祷时他突然想起《哥林多后书》里有关圣保罗的肉中刺的一段话："又恐怕我因所得的启示甚大，就过于自高，所以有一根刺加在我肉体上，就是撒但的差役要攻击我,免得我过于自高。"① 什么是我的肉中刺？就是这要命的情欲啊！

接下来的一个晚上，原先已经买通的李老爷的第二个妻子安排了两个女孩来花园等他，他管住了自己的脚不向围墙那边移动。又一个晚上十一点钟，她们又来等他，他还是没有去。魔鬼终于遇上了对手！被撩拨得春心萌动的少女们还蒙在鼓里，他已决意从欲望的迷津中走出来，并把这个夏天花园里的约会看作在平静的中年降临之前最后闪耀的青春的火焰。要把魔鬼

① 出于《圣经·新约·哥林多后书》第十二章。

永远逐出去，不让它们占据心灵，要完成道德训练的所有课程，唯一要做的事便是……结婚。结婚，这两个中国姑娘，和远在上海的那个女人，当然都是不合适的。

有一晚，临睡前他抓过放在床头的一本李嘉图的《政治经济学》来看，他是想用这本枯燥乏味的书来催眠，却没想到越读越清醒。

他下床点起一根烟，书页翻动的窸窣声中，未来妻子的形象如同定影液中的底片一样慢慢地浮现出来。她的笑容转瞬即逝，她写在水上的名字无法辨清，他也不知道这个女孩是生活在伦敦还是贝尔法斯特的哪条街巷里。但可以肯定的是，她应该是一个英国姑娘。她不需要长得太漂亮，不需要有非常高雅的气质和趣味，但有一点，她必须与他门当户对。当然如果她出身于一个富有的高贵门第那就更好。

啊，娶一个富有的妻子！这实在是一件美事。平生第一次，他把财富和妻子联系起来。说实在的，有哪个野心勃勃的年轻人能拒绝权力与金钱结合产生的魔力呢。而以前，他对婚姻的看法一直带有浪漫色彩：自己喜欢的女人，宁可她身无分文；除非挣的钱多到足够家庭生活开销，否则永远不结婚。他甚至设想，这位将要成为他正式夫人的姑娘，不一定要与他有寻死觅活的爱情。让爱情见鬼去吧！那都是小说家胡诌出来骗人的。他要的只是一个有教养的、恪守维多利亚时代妇女道德的姑娘，与总司夫人的身份相当，又能替他好好经营家庭。

这个三十岁的男人被这样一种设想，被自我献身的精神迷住了，他从来没有这般渴望过，渴望那种平庸如死水的家庭生活。

此后不久，他收到了布雷迪姑妈从国内寄来的信。姑妈在信的开头用大段矫情的文字描述了波塔当乡村初秋时节的景色，又来了一番时间与生命的哲学家式的沉思，最后用一种好管闲事的长辈的语气责问侄儿为什么迟迟不考虑婚姻大事。在信的末尾，姑妈提到的一个姑娘引起了他的注意。姑娘芳龄十八，刚从女王大学神学院毕业。不知是遗漏还是故意卖关子，姑妈在信中没有说那个姑娘的名字，只是提到了她的姓：布莱登。姑娘的父亲布莱登先生是小镇上一位人人敬重的医生。

这封信一下激活了他童年时代的记忆，他眼前浮现出一幢白色小门的两层建筑，那是布莱登大夫开在镇上的诊所。诊所门口一侧有一个小花坛，医生空下来时就拿着长柄浇水壶和小铁锹站在木篱笆内莳花弄草。他经过诊所门口，总闻到浓烈的消毒药水和植物开花的香气混合的气味。一到星期天，布莱登医生就会带着他的一家子，穿戴得非常正式地去镇上的天主教堂做弥撒。医生不苟言笑，穿的黑色西服领子浆洗得发硬，再热的天也打着领结。他的儿子不声不响走在一边，简直是他年轻时的翻版。医生夫妇一手拉住女儿的一只手。他们对儿子很严厉，对女儿非常宠爱。女儿七八岁的样子，有着一头像她母亲一样的金色头发，用红绸带打着一个漂亮的蝴蝶结。他想象不出那女孩十年后的模样。

在写给姑妈的回信中，他对那女孩已经长大成人表现了适度的惊奇，同时他也说出了忧虑，假设那女孩钟情于自己，她愿意远涉重洋来到万里之外的东方吗？要知道，这里远离亲友、语言不通，北京一到春天就是扑面的风沙，夏天又热得可怕，整个城市没有排水系统，下了雨满城都是坑坑洼洼的积水。她一个从没出过远门的姑娘能受得了吗？

日子在烦琐的公务和无休止的会面中过去了，两个月后，布雷迪姑妈的回信到了。这封信写得就像一份对那姑娘美德的褒扬书。姑妈说，镇上几乎所有人都认为赫斯特·简·布莱登小姐是一个正派的好姑娘。她很善良，比如还很小的时候她在路上看到乞丐和残疾人都会暗暗掉泪，把自己的零食送给小乞丐吃。她中学毕业后考进女王大学读神学，小小年纪就思考起了人的灵魂得救问题。她还弹得一手好钢琴，还是镇上教堂唱诗班的成员。赫斯特·简·布莱登，那是他第一次知道她的名字。姑妈这封信透露给他的一个重要信息是，医生的女儿对遥远的东方充满好奇，她愿意来中国看看！这怎不让他喜出望外？

他突然强烈地思念起了这个未曾谋面的姑娘。他不知道这种思念是不是爱情。来中国十年，他从来没有像那一刻一样盼着回国。去年老磨坊主夫妇生病的消息都没有让他下定决心回去，此刻回国找一个正式妻子的念头攫住了他。

他恳求姑妈，把自己的通信地址告诉赫斯特·简小姐，让她和他单独通信。尽管婚姻不一定非要有爱情，但他也希望在正式会面前他们已有足够深入的了解。如果进展顺利，他希望这次回国就能向她求婚，这样，到他结束度假，就能带她一起来中国了。

他都被这样的想法迷住了。

3

此时，他一直在努力的另外一件大事已经稍有眉目，他的心思完全转到了那一边。

这件事他是三年前向帝国军机大臣文祥提出来的，那就是中国应该向欧洲各国正式派驻公使。文祥是恭亲王直接领导下的军机处及其下设处理国外事务的专门机构总理衙门的主要官员,满族正红旗人,其人操守廉洁又才智出众,在多次交往中,父亲和他结下了深厚的情谊。父亲希望这一建议通过文大人能对皇族有实质性的触动,但令他气沮的是朝廷对此一直犹豫不决。

在与总理衙门大臣私下的交谈中,他们有的提出这将为本就拮据的帝国财政增添一笔庞大的开支,有的认为目前中国尚缺乏足够担当此任的合格的官员,还有的则提出,在允准外国使节觐见和向西方正式派驻使节前,可能还存在"某些礼仪问题"需要解决。以他在中国居住十年的经验,他深知问题的核心在于帝国根深蒂固的朝贡体制观念。多少个世纪以来,这个庞大巨人在一种可笑的幻觉中一直自居世界中心,给所有外来者以蔑视性的字眼"夷",自乾隆时代马戛尔尼勋爵在北京碰了个不软不硬的钉子以来,这个庞大巨人一直拒绝与世界对话,拒绝在外交平等的基础上与西方国家互换使节。在这个古老的东方国家,守旧的势力向来有着极大的能量,任何一点细微的变革都可能引发一场地震,但他坚信自己是在做一件有意义的事,这将给中国一个机会。

事情的转机是恭亲王出面了。

恭亲王收到总税务司回国度假的请求不是一回两回了,都没有准他,这一回破例放行了。同时他还以总理衙门的名义奏请派出一个外交观光使团一起出访,成员以同文馆在籍学生为主。恭亲王还建议,由于同文馆的学生都还是弱冠之年,殊少涉世经验,必须有一"老成可靠之人"率同前往,一来可以沿途照料,二来呢,到了国外也可随处指点,免得他们因少不更事贻笑外邦,扫了我大清的面子。此折由恭亲王授意,总理衙门出面，又思虑周详，小皇帝自然准奏。父亲喜出望外，大清开国二百余年，还从没有向海外派过一个外交使团呢，此事如果真能办成，那么他，来自北爱尔兰波塔当乡下的罗伯特·赫德，将是促成东西方两大帝国对话的第一功臣。

回国的日期初步定在了明年春天。他把这一消息写信告诉了布雷迪姑妈。

确定出访成员一事大费周折。按常理，这样一个使团须得二品以上的高级文官率领出访，但总理衙门的大臣们没有一个愿意去。倒是父亲的汉文文案斌椿，一个上唇留着两撇花白胡子的精瘦老头，有一日带了三儿子广英，一个在中央某部供职的笔贴式，找到了他，请求他带这个年轻人出洋历练一番。斌椿是内务府汉军正白旗人，做过帝国最基层的行政官员，在山西襄陵县做过一任知县，因病回旗后，于咸丰七年捐输八旗副护军参领衔。此人官场混迹多年，颇有些人脉，在总税务司署与总理衙门之间跑跑腿，干得颇为欢实。斌椿吹嘘说他的儿子是此次出访最合适的助手，但这个表情木讷的年轻人很难让父亲产生好感，那是一个对谁都说是是是的傻大个儿，声音黏糊糊的，给人的感觉就像是从印度橡胶球里吹出来的一个胖东西。

此事过去没多久，斌椿又跑过来说，恭亲王已亲自找他谈话，派他负责这次出访。事情的经过是这样的：道光皇帝的弟弟惠亲王有一个女儿，几年前指定了嫁给长顺（他是恭亲王的连襟）的兄弟，新郎父亲的去世，致使婚期推迟了将近三年，正当丧期届满，惠亲王又去世了，这个可怜的女子又须居丧九个月，因此直到1866年二月才能完婚。在婚典中，斌椿被选派护送新娘回娘家，在那里他遇到了恭亲王，在与亲王的一次简短的谈话后，他被选中了……

　　确定派斌椿而不派别人，并不是他有多大的才干，很大程度上只是因为他是一个满人，同皇族成员有交往，这一点大家都心照不宣。既然恭亲王都认为斌椿"老成可靠"，是率领出访的合适人选，父亲还有什么话说呢。斌椿六十三岁，的确老了点，但再老些又有什么关系呢？满朝都是愚蛮不化的脑袋，一跟外国人打交道就唯恐掉了自家身价，让父亲自己挑选的话，此人尽管不是最合适的，但也不会差到哪里去。他懂一些简单的英语，和外国人有过交往接触，与丁韪良、美国使馆参赞卫廉士等人还有不错的交情，再怎么说——他起码还知道地球是圆的呢。

　　随着日期的临近，使团成员正式确定了下来，除了斌椿，还有以下几人：斌椿的儿子广英；三名来自同文馆的学生，凤仪、张德彝（又名德明）、彦慧，他们都是旗人；仆役七名。他们所有的费用都将由海关承担。为了他们五人坐头等舱和其他七名仆役的费用，父亲向法国邮船公司支付了四千零二十九两银子。正式出发前，朝廷为了提高斌椿作为使团高级成员的威望，决定授予他正三品衔，并指派其为总理衙门副总办。但即便如此，这个一向不被人注意的满人官员仍是一个旅行生手和外交的小人物。父亲终于发现，随他前往欧洲的这个使团，无论是在总理衙门还是欧洲人眼里，都不是一个正式的外交使团，而只是他此行的一个附属。期望打了那么大的折扣，他突然觉得索然无味起来。

　　恭亲王觉察到了他的情绪，在一次总理衙门的例行会议之后，叫住了他。亲王不经意地问他刚从上海来的那个厨子手艺怎样，做的菜是否比北京菜精致可口，还说他很有兴趣请那个厨子来恭王府一展手艺。亲王提前预祝他回国之行顺利，并说，使团之所以定这样一个不高的规格，是为了让这次赴欧洲考察的阻力降到最低限度。

"你要知道,我们这个国家,传统守旧的势力向来有着极大的能量,任何一点细微的变革都可能引发一场地震,我们只能缓慢推进。"

站在比自己大两岁的亲王面前,看着他坚毅的面孔,他为自己的短视和幼稚羞愧。

父亲和恭亲王第一次见面是在 1861 年六月。那是一个对他在中国的命运有着决定性影响的夏天。那年他二十六岁,身份是时任总税务司的李泰国的代理人,正应英国公使卜鲁斯之邀从上海来北京商议海关事宜。

上海此时尚是闷热潮湿的梅雨季节,他没想到京城要比南方燠热得多,瓦蓝的天上成天挂着个毒太阳,稍一动弹就会出一身臭汗。在焦急等待了十天之后,他接到了去前海西街恭王府的命令。

天虽然热得可怕,他还是决定穿上西装。临出门他又仔细检查了随身携带的文件。将要接见他的是当今皇上的弟弟,年初刚刚成立的负责帝国外交事务的总理衙门的首席大臣,他不会轻易放过这样的一次机会。在北爱尔兰家乡流传着这样一个传说,有个人得到了一张记载着点金石秘密的牛皮纸,牛皮纸上的文字解释说,这块点金石与这个世界上成千上万块外形酷似的普通卵石混杂在一起,辨识它们的秘诀是,点金石摸上去是暖的,而普通的卵石摸上去是凉的。那个人卖掉了全部家当,在海边搭了一个帐篷,开始寻找这块神奇的石头。他捡起一块石头,如果它是凉的,就把它抛进大海,以避免重复捡起它。一天又一天、一年又一年都这么过去了,他还没有放弃寻找。

有一天，他捡起了一块卵石，是暖的，但是在他意识到这点之前，他已经下意识地把这块点金石抛进了大海里！他可不想做那个把机遇丢进大海的蠢夫。所以他一定要非常审慎地对待他的中国上司，争取给他留下一个好印象。自己这块顽石扔到东方快十年了，如果有幸让这位关键人物的手指点中了，没准还真能成为一块金子！

穿过一座西洋风格的汉白玉拱门，一脚踏进恭王府，一股润泽幽香的气息裹住了他，此间的凉爽与外面市尘下的酷热简直是两个世界。他被引入专门接待客人的安善堂坐下，从敞开的扇叶门可以看到对面一座太湖石叠成的小山。后来他知道这山叫滴翠岩，岩下那个洞叫秘云洞，洞里有座福字碑，还是康熙皇帝亲笔书写的。但此时的他无心观赏美景，他必须集中精力暗自准备用尚不熟练的中文清楚地表达自己的想法。

在一个幕僚的引导下，恭亲王由总理衙门资深大臣文祥陪同着从屏风后转了出来。亲王身材颀长，穿着一件湖蓝色的丝绸长衫，风度儒雅。他的皮肤有些黑，可能是近视的缘故，看人时习惯把眼睛眯起来，但脸上看不出一丝浮躁、骄横之气，他觉得与其说这是一个显贵的王爷，倒不如说是一个略有些忧郁的诗人更让人可信。这使他对这位中国皇帝的弟弟一下子产生了亲近感。让他惊讶的是王爷的年轻，看上去比自己大不了多少。他感到王爷在气质上似乎有些怯懦，但事后他会知道完全不是他想象的这回事。自去年秋天联军攻占北京以来，皇帝北狩，躲在热河行宫还没有回来，把整个烂摊子都交给他的弟弟去收拾。所以眼下亲王顶着"钦差便宜行事全权大臣"的头衔，是督率京内百官的最高军政长官。

行礼过后，他拿出了事先准备好的七件章程、两件禀呈。

以父亲对帝国形势的判断，几年折腾，朝廷已经穷得没什么家当了，一年前联军进占北京城，咸丰皇帝仓皇出城时能带走的压库银只有可怜的三十万两，眼下在亲王的整饬之下，京城秩序似乎渐渐恢复，但财政的窘迫依然没有丝毫改观。南方的太平军像一只巨大的牛蛭一样附在帝国老朽的肌体上，不把它的血吸干不会罢休，而曾国藩领导的湘军只能靠自筹的厘金、捐输和少量的地丁银维持。帝国太需要新的财源了。

眼前这个英国人描述的前景，让恭亲王激动了。

父亲估计，当年英商进口商品的货值当在一亿二千万两以上，按百分之五的关税加百分之二点五的子口税，即使不计鸦片额外征收的重税，岁入也至少在九百万两。但因为旧海关存在大量的走私和胥吏腐败，只达到这个收入的三分之一，所以大有潜力可挖。他提醒恭亲王和文祥大人注意，这还只是在长江这一黄金水道因战乱形同废弃时的保守估计，一待南方战乱平息，重组海关，形成一条以上海为纽带，连接长江和沿海各口岸城市的 T 字形的长廊，关税必将为帝国输送源源不断的财富。

亲王开始时还拘谨地在这个外国人面前保持着矜持，但当他听着这个外国人用一口蹩脚的中文如数家珍地报出各条约口岸城市的进出口数字，他的脸孔舒展了开来，神态也变得从容。他向面前的这个外国人就海关事务询问了一连串的问题，坦率地告诉他，自己完全不了解这些专门事务，对商业贸易也不甚了了，担任目前的职务完全是出于形势的发展和帝国利益的需要，要实现这一美好前景，他需要赫德先生的帮助。

父亲清楚地知道，南方那场持续多年的叛乱正让帝国高层深感头痛，对他们来说，太平天国和捻军这两支反政府武装是比西方势力入侵更严重的军事威胁。此时的西方各国都企图抓住这一机会，以帮助清政府消灭起义军为筹码来扩大对中国政治的影响力。比如俄国提出了派遣一支小型舰队去轰炸被太平军占领的南京的请求，法国也表示要帮助朝廷购买一支装备精良的舰队。他的这些建议都是为解决政府财政危机提出的增加税收的办法，为了挠到亲王的痒处，他也临时提出了一个计划，按照这个计划，购买十二艘军舰所费不到一百万两银子，这些银子可以通过增收鸦片关税和在销售时加征货物税的办法来筹取，更重要的是，他向亲王保证，这些舰艇都将由中国水手来驾驶，中国政府有着绝对的领导权。此项建议果然引起了恭亲王浓厚的兴趣。此时他不会想到，此项建议后来在实施时离自己的初衷越来越远，竟至无法收场的局面，并最终让他的顶头上司李泰国灰溜溜地离开中国。

恭亲王一直在听着他说，有时也会打断他，提出异议。让他诧异的是，声称不懂贸易的亲王倒是认为低税率可能更会促进贸易的繁荣，不赞成把税率调得过高。洋药税厘并征会不会让进口药的数量锐减？对外国轮船载运土货进口征税会不会导致出口量减少？他提出的这些问题都非常专业。而经验老到的总理衙门大臣文祥却看不到这一点，顽固地坚持高税率。这不由让他对亲王出色的领悟能力更感钦佩。

会面将近结束时，亲王表示，这几件关于长江沿岸通商事务的禀呈都将由总理衙门送呈在热河行宫的皇帝御览，相信不久就会有好消息。他向空气中遥遥拱手一拜，好像皇帝就在眼前："臣等谨奏请圣裁。"

会见结束时，恭亲王又重提了向英国购买船炮一事，问他谁堪当此重任。他脑中陡然灵光一闪，一句话冲到嘴边：总税

务司李泰国先生正在伦敦养病，由他来办理此事是最合适不过
的。会见时在场的总理衙门大臣文祥似有话要说，看恭亲王当
即同意了这一建议，也就把话咽了回去。

逗留北京的最后几天里，他与恭亲王和总理衙门的大臣们
已经建立起了一种亲密的关系。他常常一大清早就赶往东堂子
胡同的总理衙门，和文祥一起用过早餐后，两人就开始从日出
到日落的长谈。文祥长他十七岁，1840 年通过顺天府乡试成
为举人，五年后中进士，在中央各部被派任过各种不同工作，
四十岁那年正式出任军机大臣。是他在北京陷落后作为恭亲王
的助手参与了与联军的谈判，并随后与恭亲王和桂良一起奏请
设立总理衙门。他还有个大胆的设想是组织一支完全由西方训
练的叫"神机营"的八旗精粹部队，以作为北京城的卫戍部队。
父亲觉得，这位北京政坛的权威人物既是个传统的学者，又是
个现代化的热心倡导者，是总理衙门诸位大臣中最开明、最好
相处的一位。

亲王有时也邀请他和总理衙门的几个大员到"绿天小隐"
外的平台上喝茶。那是亲王款待亲朋好友的地方，请他这个外
国人来，算是破格的礼遇了。这里是西苑的一部分，它的萃锦
园是仙鹤、鹦鹉和鹰隼的乐园。坐在浓浓的树荫下惬意地喝着茶，
看金色的、黑色的鲤鱼飞快地穿梭在池塘中和假山上流下的微
型瀑布下，谈政治，也谈些海外异闻，他心头时常会掠过一阵
自豪感，有谁知道我和帝国最显贵的亲王坐在一起喝茶？

除了公务，亲王也会和他谈一些轻松的话题。比如，他们
谈到了对肉食的共同喜好。亲王喜喝白酒；他酷好啤酒，也喜
欢喝一点在宁波时学会喝的绍兴黄酒。他们还提到过一种性子
很烈的高大洋马，和敏感的中国小马不同，这种马总是昂首翘尾，

却不看去向，所以总是跑着跑着就迷了路。说到这种帅气的洋马迷路时，一向沉稳的亲王抑制不住地放声大笑起来。

一次在恭王府喝着茶，亲王让他起身，撩开他穿着的西服，饶有兴趣地探究开了西装究竟是怎样缝制成的。经过一番观察，亲王称赞他穿在身上的西装口袋的设计确实极为实用和方便。这段相处时间不长，亲王的好奇心、极高的悟性和接受新事物的勇气给他留下了深刻印象。从公使卜鲁斯先生和参赞威妥玛①先生那里，他也侧面听到了恭亲王对他的评价，说对他有"最佳之印象"。文祥则说他"语多近理""人尚雅驯"，表示总理衙门把他看作"自己人"。看来他们对他印象不坏，都把他看作一个有才干、因有求于帝国而恭谨的英国人了。有一天，卜鲁斯先生亲口告诉他，亲王居然还把他叫作"我们的赫德"！

离开北京前，他得知由他提议的由海关拨款开办语言学校同文馆的建议，已经恭亲王照准。同时亲王还告诉他，远在热河的皇帝已经知道了他赫德先生的名字，用他们的话来说，是上达天听了。

这正是他所希望的。更让他欣喜的一个消息是，在他南下天津前一天，他收到了恭亲王的札委，让他在李泰国离任期间与江海关的另两位税务司费自来、德都德共同署理总税务司。他隐约预感到，他一生的事业开始了。

他不知道的是，就在和他们谈笑风生的时候，恭亲王正陷身于朝内权力斗争的旋涡中，苦苦挣扎。恭亲王的许多措施被一些排外的大员所反对。这些和皇帝一起待在热河的宠臣以肃顺为首，他们看恭亲王如此热衷于西方事务，暗地里送给他一

---

① 威妥玛（Thomas Francis Wade，1818—1895），英国外交官、汉学家，曾在中国生活四十余年。

个外号"鬼子六"。他们向病中的皇帝进谗言说，老六看皇帝将
不久于人世，与洋人联手图谋造反，要取咸丰皇帝而代之。皇
帝与他的这个六弟本来嫌隙就很深，这么一来恭亲王的处境称
得上是凶险万状了。恭亲王要赴热河随驾探视病中的皇帝，也
一直得不到批准。

这年九月初，父亲料理完毕天津新口岸的事务回到北京，
发现整个京城被一种哀伤的气氛笼罩着。时当初秋，还是个万
物明亮的季节，城内街巷却充斥着一股肃杀之气。店铺冷冷清清，
行人表情木讷而又惊恐，所有的娱乐活动都被明令制止了。他
这才知道，就在抵京前一周，被恐惧和酒色享乐掏空了身子的
咸丰皇帝在热河行宫驾崩了。

他去总理衙门，恭亲王有时不在，有时紧锁着眉头在那里
批阅公文，显得心事重重，见了他也没什么深谈。后来才知道，
这段时间，正是北京和热河之间的权力之争白热化的时候。咸
丰皇帝死后，以会唱南方戏曲、爱穿南方服饰博得皇帝宠幸的
极有心计的贵妃那拉氏的一个儿子成了新皇帝，她本人则成了
年轻的慈禧太后。她成功地获取了皇帝的一枚"同道堂"的印
玺，这样顾命大臣们拟就的文件就不能下发。皇帝的灵柩要回
京了，恭亲王抓住这一时机成功地与她联手。两宫太后驰往北京，
摄政的八个顾命大臣被迫按照清朝祖训跟随皇帝灵柩徐徐进京。
先进京的慈禧太后联合恭亲王趁机宣布了这些顾命大臣的罪状，
彻底铲除了以肃顺为首的政敌。恭亲王终于成了辅佐小皇帝的
议政王兼首席军机大臣。

那天在总理衙门，文祥一进门就兴奋地说改号啦，现在的
国号叫"同治"不叫"骐祥"了。父亲不明白，骐祥不是挺吉
祥的吗？同治又是什么意思呢？一向如学者般渊博的文祥告诉

他：同治，来自上古典籍里的"同归于治"，意思是说国家乱了那么多年，建立良好的政治和社会秩序已成当务之急，官员和老百姓都渴望恢复天下大治。

经过这场宫廷政变，他更钦佩这位年轻亲王的勇气胆识和政治智慧了，也为自己结识了这样手握重权的大人物感到庆幸，看来自己真的找到传说中的点金石了。

4

忙完天津新海关的开关事宜，已到了 1862 年早春，父亲马不停蹄地赶往广州，与两广总督劳崇光商议恭亲王交办的购买船炮一事。商议的结果是由父亲写信给正在伦敦休假的李泰国，委托他代大清国购置八艘军舰和一批军火。

信中说："亲王殿下迫切期待他现已批准建立的舰队的到来，而且由于你完全能理解的各种原因，最为重要的是不失时机地迅速遣送所采购的船只。"并从香港寄去了十万两银子的购船第一期款项，说这是六十万两军火款中的第一部分，余款待舰艇交付时一并付清。

他与恭亲王会谈时曾承诺，对这支舰队大清国将拥有绝对的领导权，但在与李泰国通过函件商议此事时，对女王陛下的忠诚使他把这些话都抛到了脑后，他们共同确定的舰队指挥官是英国皇家海军上校阿思本先生。他们为这支舰队设想的领导模式是，类似于正在帝国南方与太平军作战的戈登将军的"常胜军"，配备中国船员，由英国军官统率。

时间到了 1863 年五月，一天下午，父亲刚从汉口回到上海，就见到了先期返回的李泰国一行。

旅途劳顿，他的老上司看上去瘦了许多，气色也不太好，瘦削的脸上深凹的眼眶像燃烧着什么。在李泰国的办公室，两人进行了久别后的第一次会晤。李泰国喜滋滋地告诉他，李－阿舰队正在前往中国的途中，除了阿思本上校，他还在英国招募到了六百名水手。

"等着瞧吧，我给大清国带来的是皇家海军的一支海外舰队！"

"李－阿舰队？"父亲一听这话心就沉了下去，那可是要悬挂大清国的黄龙旗的一支船队啊，看来李泰国真的把它们看作自家的私人武装了。还自募六百名船员，这事如何向北京交代？

当初他与李泰国商定聘阿思本任舰队司令，过了不久他就后悔了，随着卷入中国官场越深，他就越怀疑当初这个决定是不是正确。就在他愣神的当儿，一个两鬓留着胡子的精干男子从李泰国背后转出来，操着一口纯正的伦敦口音向他问好。李泰国介绍此人叫金登干，出身苏格兰爱丁堡的一个世家，以前在财政部的稽核部门工作，在购买军舰一事中出力良多，目下已调至中国海关在伦敦的代理机构工作，是他的新任秘书。父亲跟他握了一下手，此人就知趣地告退了。

父亲告诉李泰国，他很为这支尚在途中的舰队的前途担心。李泰国大笑："都从大西洋驶到太平洋了，还怕收拾不了几个作乱的长毛？恐怕你还不知道吧，整个舰队配备了四十余门火炮！就拿旗舰'江苏号'来说吧，排水量一千多吨，主机三百匹马力，航速十二节！这个世界上还能找得出一艘比它更快的兵舰吗？"

父亲说，他对大英帝国军舰的战斗力有绝对的自信，他担心的不是这个。李泰国瞪大一双牛眼，那你在担心什么？他觉得回国转了一圈，这个一向谨谨唯唯的下属变得不像以前那么听话了。父亲说出了他的忧虑，随着卷入中国政坛日深，以他对大清国中央政府与地方势力相互关系的了解，他担心这样一支完全由洋员组成的舰队不会被总理衙门接受，可能还会掀起轩然大波。

李泰国说："你这是危言耸听。"

父亲说："大清国给各舰预定的编制人数，为中级兵舰洋员三十人，华人一百人；小型兵舰洋员十人，华人三十至四十人。你在英国私自招募了六百个兵员，全是外国人，这怎么跟他们交代？再则，根据你与阿思本上校签订的协议，这支舰队的性质实为'欧洲－中国海军'，且合同规定的四年中，阿思本虽属中国雇员，但只服从你一人的调遣，不受中央和地方节制，他们会答应吗？在我看来，这个协定不仅措辞笨拙，而且一眼就可以看出对中国主权的明显威胁。中国人并没有你想象的那么愚蠢，你这种操切的做法，只会过早地暴露英国人掌控中国海军的企图。"

李泰国咆哮了起来："没你说得那么严重，这些黄皮肤的野蛮人懂什么！"

那天晚上的日记中，父亲这样发泄对老上司的不满："他看上去比过去瘦了。他变化极大。事实上，他变得如此英国派，以致我担心他同中国人共事将是非常吃力的。他不会迎合他们的意图，他一定会坚持己见。他一定会说教，而不做解释。天哪！如果所有事情都变得一团糟，所有人都吵起来，我不会感到奇怪。"

五月中旬，父亲和李泰国、金登干，还有一个叫鲍腊的海关新手从上海前往北京。他们坐"皇后号"先到天津。父亲和鲍腊彼此印象不错。这个来自约克郡的二十二岁的小伙子身上充满抑制不住的活力和冒险的气息。而鲍腊也钦佩代理总税务司的年轻有为。至于那个伦敦办事处的金登干，父亲早就打定了主意，日后一定要把他延揽到自己手下，此人精干、忠诚，日后必能倚为臂膀，堪当大用。

月底，船抵天津，稍事停留后向京城进发。有一辆牛车装满了他们采购的面包、啤酒和葡萄。出发前李泰国又吩咐他的秘书买来两匹马，以备忍受不了牛车的颠簸时可以换马来骑。

鲍腊日后这样回忆一行人出发时的情景："一队牛车，共十二辆，另有三匹马，供牛车坐累时骑用。当一切备妥——牛车在外面等着呢——的时候，他们成了一支古怪的旅行队。牛车看起来和我们祖先时代经常来往于约克郡和伦敦之间的大篷车完全一样。去北京要四天路程，由于天气酷热，沿途尘土飞扬。一路没有客栈，这种旅行实在不令人羡慕。"

5

几日后，一行人抵达北京。李泰国安排金登干进了总税务司署任一名财务稽核文案，让鲍腊很眼热。

几天后，父亲担心的事情终于发生了。当李鸿章把李泰国透露给他的关于舰队规制的情形报告给总理衙门，大臣们坚决不同意让一个英国军官掌握舰队指挥权。文祥甚至这样说，如果让这样一支不伦不类的舰队开到北京来，我们大清国就退到关外去好了！

六月八日，在总理衙门召开的首次联席会议上，李泰国带来了各种公文的复文稿和就舰队购置经费给恭亲王的上呈。但那天的交谈并不十分热烈，文祥、董恂、崇纶、恒祺、薛焕五个总理衙门的常值大臣就像戴上了面具一样，每个人几乎都是一个模子里出来的客套而戒备的笑容。由于亲王不在场，整个会议有点草草了事走过场的味道。尤其是话题一涉及舰队，大臣们都约定好了似的集体冷场了，没一个人说好，也没有一个人说不好。

李泰国问文祥大人，是否已把他提议的由总理衙门向各个口岸委派一名监督的建议呈请给恭亲王。文祥说："已向亲王殿下口头提及此事，但要实行此事眼下还有许多障碍，起码在我看来，实在没有什么必要采取这一措施，因为目前充任监督的地方官员，在征收外国税款方面，完全听命于总理衙门。"

李泰国说："有一件事我已经下了决心，那就是在规定日期之后，我将为总理衙门而不是各省官员征收税款，如果总理衙门不同意我的建议，我将请辞总税务司一职，并敦请英国公使撤走中国海关里所有的英国人。"他又补充说，"我会再写一个上呈向恭亲王提出此事，这么做不是向尊贵的亲王殿下发号施令，而只是我本人以后继续效劳于大清国的一个条件。"

文祥说："意见最好以节略的形式由总理衙门提出吧，不必作为上呈提出。"

李泰国傲慢地说："事实上，我准备写给亲王的这封信，不是上呈，而只是陈述一个事实，我不是中国官员，是一个中间人，是一个请来帮差的英国人，是中国请来代办某种你们自己不会办的事务的，因为这种事务涉及巨大的经济利益，所以我的地位很高，起码和在座诸位大臣平起平坐，有权得到所有人的尊重。"

这时，其他总理衙门大臣纷纷插话对李泰国进行帝国官场知识的启蒙。薛焕曾在上海道台任上干过，和其他廷臣不同，算是从基层上来的，他语带讥讽地对李泰国说："尊敬的总司大人，我们自然一向是十分尊重您的，但话要说回来，按大清官制，差役是无权的，总司大人如果打算要有权，就必须担任职位，而担任职位就包含一定的官阶和称呼方式，比如，可以考虑从正七品干起。"

这场并不愉快的交谈被法国公使馆翻译丰大烈的到来打断了。不经任何人通报，此人突如其来地闯入会议室，这真令人吃惊。没有一个大臣招呼他坐，这个无礼的闯入者毫不客气地拖了一张高椅坐了下来。文祥沉着脸，把扇子放在桌前的文件上，这暗示着首次联席会议结束了。

出了会场，父亲向文祥解释，总税务司提出这一建议，主要目的还是防止地方官员滥用税款，让总理衙门通过各税务司更好地掌握每季度各口的征收额。文祥说："事情必非如此，从原则上来说，帝国所有的款项，只有按照谕旨的授权才可使用，而且，中央对地方官员的控制，本朝历史上从来没有比总理衙门做得更好的。"对李泰国颐指气使提条件的做法，他还是余怒未消："什么'你们如果不这样办我就不干了'？这不是要挟吗？如果我们屈服了，那不等于是把这笔钱放到他的口袋里去吗？他不干就不干好了，自会有人去干！"

沿着东堂子胡同回总税务司署的路上，父亲劝李泰国，还是看看情形再决定下一步行动吧。他的意思是让李泰国等等看，看到恭亲王对他款项授权上呈的答复时，就能看出风向了。但李泰国的自我感觉实在太好，他觉得自己从欧洲为大清国带回这么一支舰队功高至伟，他当然有权任命指挥官。在当晚写给恭亲王的一封函件中，他还在可笑地重申舰队将由他和阿思本上校共同执掌，并向恭亲王讨取此行的酬劳。他提出，以后舰队的费用，包括这六百名雇佣军的军饷，统统由海关买单；从明年一月起，他每月要从各省口岸收去三万两银子，存入一家由他指定的英国银行，以支付购船的后续费用；另外，士兵们在英国预支了三个月费用，到达中国应再领两个月费用，所有经费也都将从这里开支。总之，大清国的一切对外问题，不论涉及谁，都应当接受他的意见，并在采取一切行动之前都要和他商议。

两天后的一个早晨，恒祺来总税务司署造访。他一坐下就擦着汗涔涔的一张油脸说："今年（1863年），是1804年开始的一甲子的最后一年，即甲子下元，明年是上元，今年老天爷发这么大威，旱情如此厉害，看来对大清朝不是一个好兆头啊。"

绕了好大一个圈子，他才进入正题，要李泰国放弃各项要求，并说恭亲王已召他和另一名大臣薛焕谈过话，要他们两人共同处理舰队事宜。但他几乎没说出什么有力量的话来，整个半天坐在那里都在大谈旧时代的道德滥调。送客时，李泰国冷冷地说："要我做事可以，但必须有权，这没得商量。"

李泰国要父亲整理一份备忘录，为第二次联席会议做好准备。要点一是舰队的指挥权问题，二是指定一家外国银行保管为舰队筹措的款项的问题。这几点，如果恭亲王同意，他就继续为他们服务，如果拒绝，他只有考虑辞职。其后果怎样，他提请总理衙门的诸位老爷注意：因海关瘫痪引发全面走私，军队无饷可发，引发暴动，最终是天下大乱，大清朝像一只破船一样覆灭。父亲认为，没有必要把这些刺激性的字眼放入备忘录，这会惹怒了对手。李泰国说，你以为这是危言耸听？告诉你，如果他们不照我们的意图行事，这样的一天为期不远了！

那天下午，文祥大人让总理衙门一个章京来请父亲，让他去商议丹麦条约有关事项。父亲到时，不见其他几位常值大臣，正疑惑间，文祥说："条约的事，总署自有人分任其事，我是想和你谈谈别的。"

文祥说："亲王殿下看了李泰国的上呈，非常恼火，你的那个上司，上呈里不知用了多少个'大英'，真不知道他是我大清的总税务司还是英国的？他陈述的舰队所需经费，显然夸大了，他到底想从我们这里收去多少钱你能告诉我吗？他居然还威胁说要把这些军舰卖给长毛！还说什么他一甩手不干，大清就会亡了国，我们真的像他说的，走入了如此困境吗？"

父亲说："我虽然没有亲耳听恭亲王说这番话，但听了大人的转述，可以想象亲王殿下生气到了何等模样，对此我也十分遗憾。如果早料到买舰筹款会遇到这么多困难，当初我肯定不会提出购买军舰的建议。"

文祥说："眼下恭亲王最担心的三件事，第一，舰队到达后不受中国节制；第二，舰队的军官不服从命令；第三，维持这样一支舰队，会让他花光所有的税收，让帝国的财政成为一个空架子。"

父亲说："对于我的上司李泰国先生在这一事件中的表现，按理说我只是一个署理官员，是不好对他说三道四的，确实，他的言语和行为多有蛮横无理之处，但还是请你们相信他，因为他这么做，首先还是在为大清国的利益着想的。"

文祥说："你错了，难道你就没有想过，署理也会变成实授吗？"

正说着，一个司员进来报告，说李泰国先生到了，文祥刹住了话题，让请恒祺大人也一并进来。李泰国带来了一件节略，主要内容是要求把各口岸收上来的税款存到一家英国银行。节略最后暗示，如果恭亲王不同意他的建议，他除了辞职别无他法。同时他还提供了一份在英国时与阿思本上校签订的协定的中文译本。

文祥把这个译本从头到尾看了一遍，递给父亲，问他是不是看过。

父亲说："我见过英文本的，但不曾读过这个中文译本，文祥大人如果发现有什么问题，请予以指出，也好在正式拜会恭亲王前确保我们对这个文本的理解没有分歧。"

文祥说："就这一个问题还不够严重吗？我们大清花了银子买来的这支舰队却不会听我们的！"他让父亲再重述一遍恭亲王的三点担心。

李泰国只说了一句他没有更多的东西要解释了，就铁青着脸，坐在那儿一言不发。这让父亲想起了前些天和公使馆的威妥玛先生吃晚饭时，他对李泰国的一句评价：李的长处是讲究效果，短处在于不容忍中间步骤。父亲打圆场说："当然最后还是要听你们的命令的，这个协定的条款也都要再进行商量。"

文祥把这些文件交给恒祺，说："如何商量此事，以后就请恒祺大人和薛焕大人与你们一起拿个主意吧，亲王殿下已经让他们两人负责海关和舰队的一切事宜了。"

但恒祺并没有接过这些文件，推让了几回，最后这些文件还是留在了文祥那儿。这件事上真正能拿主意的还是文祥。

6

第一次联席会议十天后，总税务司署接到通知，让李泰国和父亲于下午两点到总理衙门。

出发前他提醒李泰国，不要再自行其是，应该适当做些让步了。李泰国不置可否。两人赶到总理衙门，却只见到恒祺和崇纶两人。

恒祺说："文祥大人临时有一件重要的事要去处理，很可能四五点钟之前赶不回总署了。"

父亲苦笑，和这两位守旧派有什么好谈的呢？他们既无头脑，也无处事的授权，和他们交谈纯属浪费口舌，看来只有等了。

西斜的太阳在司官堂的照壁上投下了斑驳的树影，知了的鸣声也都嘶哑了下去，都到下午四点了，文祥还没有回来。李泰国的脸色越来越难看了。父亲问恒祺："文祥大人什么时候会回来？"恒祺说："估计今天不太会来了。"李泰国咆哮了起来："约我们两点钟会晤，我们赶到了他又不在这里，你们在玩什么把戏？我们干坐了半天，现在是不是可以告辞了？"

恒祺说："总司大人请听我把话讲完再走不迟，我们已经把您那天的节略面呈恭亲王了，看来亲王殿下对您那些提法有些不太乐意，他说，李泰国先生能够处理海关事务，在那些方面完全应该信任他，但当他办其他事情时，似乎完全变成了另外一个人。您听出他话里的意思了吗？皇上看了您递交的协议的译本，也发话了，难道总理衙门就没有人看出其中的问题吗？"

然后，他像变戏法一样，从靴子里拽出几份文件。第一份称，李泰国处理海关事务极好，但其他主张都不能令人满意，指示薛焕、恒祺会同妥善处理此事；第二份是答复不久前的那份节略，复文称，军事指挥权不能交与李泰国，总署不同意海关向各省口岸委派官员，海关的款项也不能存于李指定的外国银行，不能为购买几艘汽艇就坏了本朝祖制；第三份文件是对阿思本协议的评述，对协议的内容全盘反对。

听恒祺读完，李泰国拿起放在桌上的礼帽，说："既然恭亲王已经做出这样的决定，除了关闭总税务司署外，我没有任何事情可做了，另外，我将把这里发生的一切报告公使馆。"

他走了两步，又折回来，问可不可以把这些文件带走。崇纶说可以。但当他把文件往公事包里装时，恒祺说，最好还是不要拿走。于是他只得放下。

他一边往外走，一边说："这件事一旦这样办了，就永远改不过来了。"

恒祺正往外送客，听了这威胁的话似乎有些吃惊，但也生气了，接口说："啊啊，当然！如果一位先生自己都不愿做下去了，那是当然了。"

回去的路上李泰国恨得直咬牙，他语无伦次地对父亲说："我再也不为这些野蛮人干活了，就把这支舰队移交给日本，不，不，干脆卖给南方的太平军算了！我还要向公使先生建议，撤回正在江苏作战的戈登将军的常胜军，至于上海的前途，就他妈的听天由命吧，这个王朝完了，它就会在今年，这一甲子的最后一年覆灭了！"

几天后，父亲去总理衙门和文祥进行了一次长谈。他希望能为李泰国挽回一点余地。父亲想先说服文祥，再通过他说服军机处。

父亲说："协议的表述确实有不准确的地方，其实，舰队属于大清国，兵权也是，所有军官都应听命于大清国，这是无可置疑的。李泰国先生坚持的，说白了也就两点，一是所有外国士兵和军官要通过他雇佣，二是全部关税都交由一家外国银行。他这么做，确实为自己打算多了一点，是为了自己的名声和好处得到你们的保证，也是为了那些雇佣士兵在经济上得到保证。"

文祥说："可以把这个意见折中一下，外国人可以通过李泰国雇佣，但人数要减少；另外，不把钱交给一家外国银行，但海关征收的税款可以先满足李泰国所需的金额。"

父亲觉得，文祥大人这样说显得他非常通情达理，实在不应该硬逼他们了，但他现在是在为李泰国说话，又不便把自己的这个想法说出来。他只是为自己此时的角色感到非常不自在，我怎么成了提要求的一方呢？于是他也说出了对李泰国辞职后会引起的动荡的担心，并请文祥把这一切转告恭亲王。

文祥笑着说："亲王殿下之所以委派恒祺和薛焕解决这一争端，是因为薛焕在上海任苏松太道时曾和李泰国长期共事，对李的底细多少知道一些；恒祺呢，当初委任李泰国办理舰队事宜的札子就是他写的，再说，在谈判问题上又是个有名的太极高手。"

"太极高手？你是说他功夫很好吗？"父亲不解。

文祥哈哈大笑："是啊，你没见过太极推手吧，那真是一门极高深的功夫呢。"

父亲马上明白过来，说："你弄来这些人参与，以为他们有同外国人打交道的经验，应该会懂得如何工作。确实，他们应该懂，但事实上，很遗憾，他们不懂。"

文祥笑了，说："不错。"

父亲说："他们是没用的。"

文祥说："不懂也有不懂的用，这叫无用之用。"

商定了下次会谈的时间后，文祥表示，他不能从恒、薛两位大人手中接办此事，但下次会谈时他一定会在场，听听双方都说些什么。

父亲回来后把与文祥大人的对话内容告诉了李泰国，李泰国也为事情有了转圜的余地感到高兴，但又疑心中国人在背后搞什么鬼。父亲觉得，他的老上司的疑心病越来越重了，他真想劝一劝，别光顾着自己，也应该适当体谅别人的难处。可李泰国那种命令式的语气让他非常不舒服，甚至憎恶，想劝的话也不说了，只得在暗底下叹息：啊，这可真是艰难的工作，但愿我知道该怎么办！

这天上午，李泰国突然大叫大嚷着冲进父亲的办公室，说要开除一个姓孙的中方司员，因为他怀疑那人是总署派到他身边的一个密探。原来，那天早晨李泰国走进孙的办公室时，发现孙正在写一个文件，孙看到他进来，慌里慌张的，想把文件藏起来，李泰国眼明手快，一把抓在手里。他看到这个写了一半的文件的开头是"夷人李泰国拟议六条云云"，一下气不打一处来。面对他的严厉逼问，孙只说这是为自己日记写的一个记事，后来终于吞吞吐吐地承认，这是写给总署的，总署命令他要随时报告此间发生的事。

"妈的，他都跟了我八年了，想不到竟是一个密探！"李泰国气呼呼地说。

父亲说："对此我一点也不感到吃惊。即便此人真是一个密探，我们也不能开除他。"

"他竟然把我叫作'夷人'，这不是太过分了吗？"李泰国叫了起来。

父亲微微地笑了："这是这个国家的人称呼外国人所用的一个正当字眼，我看没必要大惊小怪。"

约定会谈的日期又到了。父亲早早赶到总理衙门，这次，总署的常值大臣文祥、恒祺、崇纶、董恂都在座，不一会儿，薛焕也来了。下午三点，李泰国坐轿到达时引起了一阵小小的骚动，听差们在大门口把他拦住了，并大声吆喝着要他下轿："哪一国的人？"一个章京出去解释了一番，才见李泰国通红着脸进来了。他显然认为，这是总理衙门在故意刁难自己。

这天的会谈，主要是听李泰国解释他与阿思本上校的合同。在解释过程中，李显得很不合作，他的态度既不情愿，也不是善意的。文祥听了一会就生气地站了起来，说："如果你说舰上不得用中国军官，那我得说我确实怀疑你，你必定是对我们的兵权有某种不轨的图谋！"

父亲打了圆场，李泰国才稍微仔细地和他们商谈合同细节。有人端上笔砚，董恂边听边记，用他一手漂亮的书法就各条款写出一些批注。

讨论到舰队的指挥权问题，薛焕说："我要再次向李泰国先生重申我们的主张，阿思本必须受督抚的调度，款项提供的方式，也必须听我们的。"

李泰国立即说，他决不同意薛大人说的第一点，至于第二点，也必须按照他的方式，即把税款交到一家他指定的外国银行。

文祥说："请总司大人听一听恭亲王今天上午所说的话吧，恭亲王说，你李泰国先生坚持许许多多的要求，讲了许许多多的话，他很想知道，您是否允许他本人就此事讲一点点，就讲几句？"

李泰国打断他说："我必须掌握这笔款项，否则，我不放心。"他几乎是用喊叫的力气说出这番话："让我自己决断，不要提任何问题，你们应该完全相信我，这样你们就会一切都好！"

会场沉默了下来，大臣们全都绷紧了脸，一声不吭，只有摇扇子的声音、一只偶尔闯入的苍蝇的嗡嗡声，间或响起文祥压抑着的一声冷笑。这笑声是否表示他无法再容忍下去了？

薛焕打破僵局说："关于款项，我会向恭亲王汇报后再做答复。"

父亲示意李泰国，舰队的指挥权可以做些让步了，因为不管书面上怎么写，中国当局不会单方面命令阿思本做任何事的，肯定都会与他商量。

于是李泰国说，他愿意让一步，只要在款项上满足他的要求，其他事情他都答应。

这天晚上，英国公使馆翻译威妥玛、李泰国和父亲三人共进晚餐。威妥玛走后，李泰国说，他再也不能容忍类似今天这样的无礼待遇了，他将请求到领事馆工作，要不就回国。他极快的语速中时常出现"绝不容忍""我要不这么做就不是人"这些狂暴的句子。父亲劝他心平气和地思考一下这件事情，只有双方都让步，事情才能有所进展。

父亲觉得，这件事情上，李泰国一开始提的要求显然是荒谬而过分的（当然他也有份），能够争取到这些要求自然再好不过，但李泰国性格上的缺陷、他的傲慢与恫吓的语气、他的言必称大英、他的以英国公使名义的恫吓，已经使总署对他抱有深深的怀疑和敌意，他不得不全面退却。而总署对自己，好像也颇有责怪之意。

他找到文祥诉苦说："当你责备我的时候，你认为我就没有困难吗？这件事是由我首倡，现在变成这样子，我实在是太没有面子了。但我要告诉大人您，并希望能通过您转告恭亲王殿下，这些事都是李泰国做的安排，我即使想做些改变，也无能为力，因为这件事情并不是掌握在我手中。"

文祥安慰说："亲王殿下什么都明白，请勿多虑，你还是我们的人。"

7

太阳把北京城内的大街小巷晒得满是尘土，一脚踩下去就漫到鞋帮子。偶尔下一场大雨，空气是凉爽不少，却让街上满是水洼，马车驶过就溅起好大一片水花。整个六七月间，父亲几乎天天都奔走在总理衙门的各个大臣间，希望就对舰队事件的处理达成共识。这些会谈，李泰国有时在场，有时不在场。他甚至说动了英国公使卜鲁斯和美国公使蒲安臣①先生来斡旋。给人的感觉，他已经从与李泰国共同拟议的角色摇身一变为舰队争执问题中李泰国与恭亲王中间转圆场的人。

斡旋一边在进行着，父亲还仍然是恭王府沙龙尊贵的客人，他去喝茶或谈天的次数不是太多，但每次去都受到王爷客气的招待。李泰国就不一样了，整个在京期间他只被王爷召见过一次。李泰国一根筋地坚持着不松口，谈判变得异常艰难。恭亲王的冷淡和总理衙门大臣们的敌意，让李泰国在北京待得索然无味。

李泰国急得嘴角烧出了泡，阿思本的舰队已经开到上海，要不要即刻北上，还在等待北京这边的谈判消息。到了六月下旬，事情似乎有了点进展，恭亲王批准了每月由海关支付军舰

---

① 蒲安臣（Anson Burlingame，1820—1870），美国著名律师、外交家，美国对华合作政策的代表人物。曾任美国驻华公使。

份额六万两银子。但李泰国仍不满足，他说，他要求每月九万两，如果少于这个数，他就要把军舰卖掉几艘，付清水手们的工资后解散这支部队。这威胁让文祥非常恼火。李泰国拒绝就此再讨价还价："要么答应，要么拒绝，让恭亲王决定好了。"甩下这句话他就离开了。

为此父亲又赶到总署和大臣们通融。文祥说，他也希望这事能早点定下来，害得自己病了好久都不敢请假，怕被人说成是逃避责任。

"在每月六万两以上，亲王最多能给多少？"父亲问。

大臣们没有一个人接茬。

"能否张罗到七万五千两呢？"

恒祺想了想说："努力一下，每年八十万两应该没有问题。"

李泰国听了汇报，觉得也只能这样了。他嚷嚷了一通，也平静了下来，他提出，每月的份额是否再增加一些，作为交换，在长江流域作战的戈登的常胜军中，外国军官都由他来发饷。父亲告诉他，下一轮会谈时可以向总理衙门提出。

谈判拖了那么久，双方都累了。现在看起来有望结束，大家都松了一口气。六月底的一个上午，父亲和李泰国来到总理衙门，双方都感觉到了轻松的气氛。在花厅等候的时候，父亲用从《笨拙》[①]画报里看来的几个故事跟大臣们逗乐，逗得崇纶和董恂哈哈大笑。崇纶因不久前老年得子被恭维为老风流，照例又被拿来说事。后来话题转到了董恂脑后拖着的那条油光可鉴的长辫子上。董恂讲的一个故事把大家乐得哈哈大笑："先皇在世的时候，有一天问我，睡觉时是把辫子放在被单下面呢还

---

① 英国老牌幽默杂志，1841 年在伦敦创刊。

是上面，说真的我从没注意过这个问题，一下子张口结舌答不上来。那天晚上我回到家，睡觉前特地留意了这事，哪里知道，把辫子放在被单下面或上面都是不可能的，害得我啊，一整夜都没有睡踏实。"

恒祺匆匆赶到，他脸上的凝重气氛让大家都止住了笑。恒祺说，他刚从恭亲王那儿过来，亲王殿下现在怒气冲天，根本听不进话。"我告诉亲王，已经商定每年供给舰队的份额为八十万两，亲王一下子就火了，他指着我鼻子说，既然你们定下了，还来找我做什么？每月超出六万两的其他款项，你就自己找钱去吧！"

恒祺还说："亲王说了，如果他们愿意支付戈登常胜军的军饷，那就让他们到上海和李鸿章去谈吧，各省的细枝末节都要我亲自去管，还要那些督抚们干什么！"

董恂说："舰队都快开到家门口了，如果因为处理不好款项，我大清失去这么一支海上劲旅，那实在太可惜啦，还是赶紧想想办法吧。"

恒祺说，这事我比你还急呢。因为明天上午他还要去见亲王，有几个文件要准备，匆忙告辞了。

李泰国坐在那里，这个消息来得如此意外，他整个儿蔫了。这人素来十分骄傲，动不动倚势压人。他丝毫不相信对方，却要对方无条件地信任他，老是要这要那，住要住府邸，出门要轿子，老是发号施令不与人商量，老是指手画脚开条件，老是与人争吵，归根结底，是他自以为大清不能没有他。恭亲王的强硬态度给了他致命一击：事情并不是他一厢情愿以为的那样，他的算盘打错了。

恭亲王的态度也大出父亲的意料，如果说在这之前出于对上司的忠诚，他一直在支持李泰国，上司的粗暴作风他也含垢忍辱认了，现在事情陷入如此僵局，他觉得无论从公平的角度还是从个人利益的角度，都有必要采取独立的立场了。

"我该怎么办呢？"离开总署时父亲说了一句。

文祥答非所问："如果跑得太快就会喘不过气来，到达目的地时也就无所作为了。夸父追日，终将渴死。"

沉吟良久，父亲也不知这话是说他，还是说李泰国。

第二天，父亲再去总理衙门，得到的消息是，恭亲王听了昨日谈话的报告后说了一句话："很好，现在就去办，把体制问题解决好了，我再看看钱的问题怎么办。"文祥也表示，他会尽量想办法，每月凑足七万五千两。

这也就是说，恭亲王先前说的每月六万两份额不是板上钉钉的，从征收税款中扣除多少用于舰队费用，不是没有商量的。他好像从阴云密布的天空中觅到了一线阳光，真是山重水复疑无路，舰队争执上的障碍看来可以消除了。那么什么是恭亲王说的"体制"呢？父亲觉得那真是一个很难理解的词，照恭亲王的意思，莫不是国家尊严的意思？因为从此前他的激烈反应来看，他担心的也正是李泰国的计划会有损于大清朝的面子。

事实上，亲王已经在做出让步了，谈判就是进退的艺术，那就不能不给他们面子。所以，父亲向李泰国建议，不要再提更多的要求，以免把好不容易有了转机的事情弄糟，对于中方草拟中任命一位清军将领为"中方总统"、阿思本授予顶戴都抚衔为"帮办总统"，统统都答应下来。

李泰国说："我提了一些堂而皇之的要求，到最终都不得不一一放弃，真是人微言轻啊，我按照与公使先生卜鲁斯爵士商定的方法，一直强硬地对付他们，现在看来真是愚蠢透顶。我在他们的眼里肯定什么都不是了，对此还有什么好疑惑的吗？我刚来的时候，骑的是一匹异乎寻常的高头大马，现在，我骑的怕只是一头小驴子了！"

父亲开始还想着要正告上司，问题的关键是他一开始就采取了错误的立场，没有把自己当作一个中国人，和他们同舟共济，而是以一个英国官员的面目出现在他们面前，这使得他们对他有了疑心。但又怕说了免不了一场争论，便把这些话生生吞了回去，说：

"中国与欧洲大不相同，地方政府仅在一定程度上起作用，帝国各省的官员，都由京中任命，京中可将他们任意撤换。但一旦任命下去了，中央政府就不便对他们处理一方事务进行过多的干预，除非总督或者巡抚提出报告，控告他的下属做了什么，或者监察御史对他们提出弹劾，中央政府才能采取行动。我们要求总署往各省口岸派驻税务监督，虽说是为了防止地方官员滥用税款，但实际上这样做的后果，会引起中央与地方的对立，甚至动摇帝国的根基，难怪恭亲王在这个问题上从一开始就拒绝我们。"

8

久盼的雨终于下了，连着下了两天，大街小巷泥泞不堪，城内到处是坑坑洼洼的积水。因为争执已得到解决，人人都松了一口气。这当儿，李泰国收到了他的妻子从上海寄来的信，说他的家眷患上了流行性霍乱。李泰国急着要赶回上海去，催着总署把支款所需的命令缮写出来，这样他就可以没有牵挂地离开北京。阿思本的舰队已经悉数开到了上海，他想尽快把他们带到北京来。

下了几天雨，早上起来都有些凉意了，父亲早晨练习骑马，都要穿上法兰绒外套了。骑马毕，他总要到总理衙门转转，和几位常值大臣喝喝茶，聊聊天，这对于他及时掌握帝国官场的动态是十分必要的，每次去总能有所收获。最新的一个消息来自薛焕，称湖南巡抚毛鸿宾将接替劳崇光出任两广总督。薛焕喜滋滋地说："他是我和曾中堂保举的。"薛焕这么高兴，是因为他自己刚被擢升为工部侍郎，现在总署的司员给他送文件，都要附上一张红纸条，供他在上面批签。

对这个前上海道台，父亲向来没有好感。薛焕常常自夸武官出身，裸着膀子在总理衙门的司官章京们中间炫耀他的一臂屠夫式肌肉。有一次他还硬拉着父亲要进行一场臂力比试，夸海口说总署里没有一个人是他对手。他还喜欢讲他在上海道台任上的故事，说曾把一个天主教徒以吃饼为名从教堂里诱骗出来，把他杀了，还说曾把一个挑动叛乱的土司请到朋友家中喝酒，然后把他逮住砍了脑壳。父亲最怕看他讲这些真真假假的故事时那副狞笑的嘴脸。

有一次他们说到了名动一时的文士王韬。王韬刚从苏州同里到上海时，在传教士麦都思①先生的墨海书馆做事。太平军和清军在苏北一带进行拉锯战时，他牵挂家中老母，潜回了苏州同里老家，化名黄畹给太平军上了一道策书，建议他们取得外国人的支持占领上海，并提供了进攻上海的具体方略。后来在上海南部发生的一场战役中，清军击败了太平军，落入胜利者

---

① 麦都思（Walter Henry Medhurst，1796—1857），英国传教士、汉学家。

手里的种种文件中，有一封署名黄畹字兰卿的长信，是托人转交给忠王李秀成的。朝廷严令追查黄畹下落，后经查明，此人正是王韬。王韬自是极力辩诬，他的雇主，墨海书馆新的主持人慕维廉也与上海道台薛焕交涉。薛焕大耍两面手法，一面书面保证不伤害王韬，另一面，当得知王韬秘密潜回上海的消息后即派兵前往书馆抓捕。此举激怒了英驻上海领事麦华佗（麦都思的儿子），把王韬从墨海书馆接到英国领事馆避难，后来又送他上了一艘英国邮轮前往香港……一说到这事，薛焕就会愤愤不平：要是没有你们英国人好管闲事，我早就把那个逆贼——他伸出那双掌沿厚实的手比画了一下——给"咔嚓"了。从这件事中，父亲看出薛焕此人不仅粗鲁，还是个反复无常、出尔反尔的小人，自此一向敬而远之。敷衍着说了几句祝贺升迁的套话，就告辞了。

李泰国离开北京是七月的一个下午。这一天，父亲正好把家搬到安定门内大街的新居里。李泰国是坐轿子先去通州，尔后在那里坐船再到天津。这一个多月在北京，酷暑再加诸事不顺，在他看来真如地狱一般。他庆幸这地狱般的日子终于挨到头了。行前，他把父亲拉到一边，说："昨天薛焕与我谈起了你，主要是恭亲王的意思，想了解一下你的待遇是否优厚。我已经正式告诉薛焕，马上就考虑给你加倍支薪。"

父亲窃喜了一阵子，加倍支薪，那是每月八百两哪，这真不错！

但第二天去总理衙门时恒祺的一番话把这欣喜冲得一干二净："给你支双倍薪是恭亲王的意思，他还想把你提为帮办总税务司，但李泰国不同意那个'总'字，生怕这样就赋予了你干这干那的权利。"

恒祺还说:"让薛焕出面嘱咐李泰国而不让文祥亲自出马,是照顾到李泰国的情绪,生怕让他看到你受到总署如此高度的器重,感到难堪。"

卜鲁斯好像也风闻了父亲受李泰国挤压的事,破天荒地在李泰国走后的第二天邀请他共进早餐。结束一小时的长谈后,卜鲁斯安慰说:"没有任何理由灰心丧气,总的来说,事情是顺利的。公使馆的翻译威妥玛先生说我们这几年在中国做的事一无是处,我就不同意,戈登将军在南方就干得很出色,你们海关也做得很不错。"卜鲁斯还提议,哪天有兴致时,一起到西山游玩一天。

李泰国一走,父亲才感到在北京的这一个多月实在是累坏了。人一松懈下来,浑身都不得劲,多痰、腹泻、睑腺炎、耳痛、喉咙肿痛,背上也长出了几个疮疖。都不算什么大病,但此种小恙之令人煎熬,远甚于卧病。新居正在装修,糨糊、油漆吸引来了无数苍蝇,家里无乎没法待。雨后,又一轮高温天气开始了,父亲就躲到老朋友丁韪良 ① 牧师那里,翻译亨利·惠顿的《万国公法》去了。牧师曾经告诉过他这个翻译计划,要把西方通行的公法介绍到中国,当时他也觉得这本书的翻译出版会消除中国人加诸外国人身上的某些偏见,便鼓励丁韪良尽快译出来,并答应由海关出资印行这本书。他那时鼓励牧师说:"如果用毕达哥拉斯学派学者对奥林匹克运动场上各色人等的分类法,我的人生更像行动者,你更像一个默守书斋的静观者。老朋友,看着吧,事无大小,我们现在做的每一件事都将在这个古老的

---

① 丁韪良(William Alexander Parsons Martin, 1827—1916),美国北长老会派至中国的传教士。曾任北京同文馆和京师大学堂的总教习,精通中国语言和文学,对晚清中国社会有微细的观察和独到的见解,著有《汉学菁华》(*The Lore of Cathay*)和《花甲忆记》(*A Cycle of Cathay*)等。

帝国留下印记。"

一空闲下来，他又恢复了宗教热情，像十来年前刚来中国时一样逢人就谈上帝。有一次，他与那个被李泰国怀疑为密探的姓孙的海关司员谈基督教义。孙说，他相信耶稣确曾在世，就像相信孔子确有其人一样。他还预言中国终究是会接受基督教的。不过他又说，《圣经》的中文译本实在太糟糕了，翻译如此差劲，难怪信者寥寥。

他还一次次地与文祥谈教义。他如此热情地要与人讨论，就像一个动员人受洗的传教士一样。文祥虽然和他要好，也不胜其扰，这样跟他说："你们总说上帝如何如何，我永远也不会信奉你们的信条的，你们如何解释《圣经》里蛇的诱惑呢？"

在经历了特洛伊战争一样漫长的包围之后，南方的战事即将走入尾声，据最新传来的消息说，南京城西的七里洲和九袱洲已被清军收复，城东北角附近的大炮台也已攻克，扬子江上已没有了太平军的水师。又过了些日子，传来消息说，一直转战于川陕边境的太平天国翼王石达开，已经被骆秉章的部下俘虏并被砍了头。父亲预计，照这样的进军速度，不待阿思本舰队开到中国，帝国的部队自己就可以收复南京城了。当然，这对朝廷来说是最好不过了，父亲遗憾的是，这么一支现代化的舰队，由于谈判的拖延，眼巴巴地就将消失掉一显身手的大好机会。

一次与文祥闲谈，他说："我对近期来政府军表现出来的活力并不感到意外，如果他们努力作战的话，这场动乱早就应该结束了。他们不愿意过早地结束这场战争，因为只有这样拖着，他们才有与朝廷讨价还价升官发财的机会。"

文祥说："这些传说不为无因，正因如此，中央才把统帅各路大军的指挥权交给文官。这也是为了在中央与地方的权力架构中，确保朝廷绝对的领导权。"

"您说的文官，是指曾中堂吧？可外界都对曾国藩是否忠贞不贰说得纷纷扬扬呢。"

"无稽之谈，真是无稽之谈！"文祥紧张了起来，压低了嗓音说，"这种流言，不要信它。"

9

七月底，总理衙门收到李泰国的信，称不久前江海关税务司德都德因病暴卒，他拟将此职委任给他看中的威妥玛。总理衙门未置可否。李泰国急了，北京方面的沉默让他很是窝火，他搭乘一艘火轮匆匆赶往北京。八月的一个清早，父亲收到了李泰国的一封便函，称他和夫人及孩子都已到了大沽口，不几天就会来到北京了，让马上派送两乘轿子和一匹快马到通州候着。

几乎就在李泰国到达北京的同一天，总理衙门的任命下达，由恭亲王亲自提名罗伯特·赫德任长江各口及宁波税务司，包括江海关在内都在他的领导之下，半个月内启程前往上海就任。李泰国怎么也想不通，这个一向谨慎得过头的下属在他不在的这些日子里，究竟施了什么妙计，不仅从难缠的舰队事务中脱身，还打乱了自己的如意算盘。

连着下了几场豪雨，空气变得清凉，天空也湛蓝起来。夏天差不多快过去了，《万国公法》也译得差不多了，父亲写了个长序，又挑了些惠顿国际法中有关条约章节的译稿，择了个日子送到总理衙门去。董恂说："听说你马上就要到上海赴任去了，我们还真舍不得你走呢。"

文祥说："我早筹算着在你去南方之前一起吃个饭，来得早不如赶得巧，就今天吧，请董大人通知一下各位大臣。"

席间，文祥不时给他夹各种小点心，劝他多吃点。父亲和各位大臣轮流干了一杯后，又和董恂干了三杯。文祥说："今天就算是给你送行了，也算是给李泰国先生接风吧。"父亲酒喝得多了，脑子却还清醒着，哪有李本人不在场的接风呢。辞出时，脚步都有些踉跄了，一个章京挽着他手臂，不住提醒他，赫老爷走好。在北京那么多天，也就这一天放浪了。

辞别时，他对文祥说："我的母亲在最近的一封来信中问我，是不是忘记回家了？总署今年一定要放我回一趟家，最迟不要超过明年。我都不知道家中父母老成什么模样了！"

文祥眼里也湿了："中国有句古话，父母在不远游，你弱冠之年就来我中华，是该回去看看了。我会禀告恭亲王，不再拦着不让你走了。"

"我承诺，回国之前我一定还要回北京来。今天是 1864 年 8 月 21 日，诸位大臣都记着我这句话。"

马车沿着东堂子胡同辚辚驶出。夏末之夜，幽蓝的天幕缀满了无数星星。马车驶出好久了，夜风清晰地送来文祥和同僚说的话："普天之下，人性略同呵。"

第二日午间，父亲离开北京，雇了一顶小轿到通州下船。船沿着运河顺流而下，天气晴朗，阳光在水面上轻快地跳跃，他的心情从来没有这样舒畅过。到天津后，换乘"南京号"邮轮，从紫竹林启碇，出大沽口。船行甚快，不几日到芝罘①，增加了新乘客，一位牧师和两位女士。牧师在船上的一段布道，让他

---

① 今烟台。

受到了很大的震动："凡属基督耶稣的人，是已经把肉体连同肉体的邪情私欲，一同钉在十字架上了。"他想到了在上海等他的那个中国女人，和她一起生活快七年了，还生下了一个儿子一个女儿。那一起度过的疯狂而又欢愉的一个个夜晚，让他在沉沦中迷醉，又因为身体的快乐如此巨大觉得自己罪孽深重。主啊，救救我吧，是该到了结的时候了。牧师说得好，"钉十字架是慢腾腾而折磨人的死法，但是一种靠得住的办法"。为了上帝，以后就过那种斯巴达式的生活吧，没有女人，永远也不要。

抵达上海的那天清晨，父亲看到了阿思本舰队中的两艘，"北京号"和"中国号"。舰艇锚泊在港口，清晨的天光勾勒出了它们巨兽一般的影子。它们突突地冒着黑烟，把刚露出一丝晨曦的天空都染黑了。看样子阿思本正准备带领他的舰队北上。

阿思本带着这八艘军舰，早在八月初就开到了长江口。李泰国一直指示阿思本等候北京的消息，去了北京后，怕节外生枝，随即命令阿思本把舰队开到烟台，上校本人则从芝罘陆行至北京，与他会合。太平军方面得知消息，数次派人前来接洽，希望这支从大西洋开来的舰队能为天王服务。甚至有些水手也已经被他们买通了。原来李泰国威胁总理衙门要把舰队卖给太平军的那些话并非空穴来风。

10

父亲一到上海，又被原先的社交圈包围了，每天的活动排得满满当当。周二到鸿芳楼赴中式宴会，是道台大人宴请，不能不去；周三和周四，美国副领事金能亨和沃登都已约下，老朋友接风，也不可不去；周五是志愿军舞会，可能会有漂亮的军官太太出席，自然也不可错过。再加上忙着处理白齐文一案，他一直没有回家。虽说他和那个中国女人——我们的母亲——从未结婚，但毕竟在一起了那么多年，毕竟那里还有他的两个亲骨肉。他努力抑制着内心像荒草一样疯长的对女人的思念，把全部的时间都耗在了海关事务上。

他不再是五月份离开上海时的那个赫德了，现在，长江各口岸，包括上海和宁波的海关都在他的管辖之下。每天有那么多的商船到港离港，还有那么多的涉外事件要处理，够他忙乎的了。

就在他到上海后不久，各国领事发来的要求发出逮捕美国人白齐文的授权书的信函就送到了他的案头。有关这个美国佬带着两百个欧洲流氓劫取了常胜军的一艘轮船"高桥号"投奔太平天国一事，他在北京时就听说了。公使们的信中说，有线人报称该人此刻就在上海，躲在阿思本舰队的一艘补给舰"巴勒拉特号"上。因事涉舰队，过于敏感，可不可以上船去抓白齐文，就等着他发授权书了。

"巴勒拉特号"上的货物全都卸载了下来，也没有找到白齐文的影子。美国领事馆也介入了，抓去了六名疑犯去审，据说其中有一个还是白齐文的仆人，也没有线索，审理结果是"一切控告都证据不足"。最后还是根据密报，在一个美国船长的妹妹家里抓到了白齐文。但不久白齐文就被开释，驱逐出境了事。

一番折腾下来，已是这一年的十月了。他寻思，北京那边舰队的事应该都解决了，中国方面接管了舰队，阿思本在李鸿章或者哪位大臣手下出任帮办总统，李泰国拿到了他该拿的钱，各方皆大欢喜。月初，鲍腊和阿思本的一个秘书乘坐"极北号"来到上海，却带来了一个让他目瞪口呆的消息：舰队的事情又起风波！

李、阿到了北京后，舰队指挥权的问题又被重新提了出来。阿思本不愿接受"帮办总统"一职，恭亲王又拒不批准他们私下达成的协议。据称，僵持两天后，阿思本送交了一份书面通牒给恭亲王，宣称如果在四十八小时内得不到同意的回复，他将遣散舰队。听到这消息，父亲急得像困兽一样在办公室走来走去，他对鲍腊说："这下怕是回天乏力了。"

"两个脑子进水的人碰在一起，什么样的事做不出来呢！"他叹息道，"唉，可惜大清国失去了这么好的一支舰队。"

据说，接到阿思本通牒后，总理衙门的回应是，军舰留下，洋兵遣散。但英国公使卜鲁斯出于对英人利益的维护拒绝了。美国公使蒲安臣插了一杠子，说那就什么都别留了吧，军舰退回英国尽快出售，也好把损失减低些。蒲安臣先生这么做自有他的打算，这段时间他的祖国正爆发南北内战，北军统帅谢尔曼将军正带着六万精锐与南方种植园主的武装展开决战。他已接到了南军有意这批军舰，欲来中国转买的消息，所以他力主这些搁浅了的军舰开回英国去。

一个星期日的晚上，内心烦躁的父亲去教堂。慕维廉神甫布道，讲"光荣的福音书"，他什么也没听进去。后来和众人一起唱"耶稣基督"和"光荣归于您"，他又嫌风琴弹得不够好，一点也没有以前那种古老而熟悉的调子。"一个大错，真是铸成了一个大错。"出了教堂，他还是满脑子的舰队，一个坐在马车上的法国医生向他欠欠身，他也忘了回礼。秋夜的风已有些寒气，他闻到了糖炒栗子的香气，这才发觉这条路不是回海关大楼的，而是通向他和那个中国女人的家。他迟疑了一分钟，然后坚定地走了下去。他此刻多么希望那个温暖、宽大的身体裹住他，燃烧他，让所有的烦恼都变成灰烬。

接下来的事情已经没有了悬念，李鸿章赶到天津，把在大沽口等待移交的军舰正式退货。李泰国气得脸都歪了，却又毫无办法。他不知道，对他更大的打击还在后头。

十一月下旬，阿思本上校回国途中在上海短暂停留，父亲邀他共进晚餐。上校说，八艘火轮中的"北京号""中国号"和"天津号"，还有"巴勒拉特号"补给舰，连同还剩下的三百三十八名官兵（在拖沓的谈判过程中好些都跑了），全部储备军火，都将送回英国出售，其他几艘，准备卖给印度和埃及，已在洽谈中。他把失去这么一支精良舰队的指挥权视作一生最大的失败，好几次泪水都溢出了眼眶。他愤怒地指责谈判中李泰国的沉默："是他的缄默把一切都毁了！"总理衙门在他临走时慷慨地赠银一万两，他又对赫德先生在其中所起的作用表示感谢。他说了那么多感谢的话，舌头都大了还在翻来覆去地说。父亲看他醉得这副样子，让人搀扶了下去。晚上还有一个会见等着他，李泰国的秘书金登干提出要见他。

金登干带来的消息是，因李泰国需回英国处理船队解散事宜，总理衙门已正式宣布赫德先生接任总税务司。他的船走得快，可能正式文件要晚些才到。对总理衙门的这一决定，父亲并不吃惊。这一天的到来是迟早的事。他关切地询问金登干，以后有何打算？金登干说，他已正式辞职，不日将乘"中华号"经好望角回国。

"不打算在海关做了吗？"

"他总在发号施令，我受够了。他已经厌烦我了，因为他做某事的时候，我总要说三道四。"金登干发泄对上司的不满。

"我还是希望你回到伦敦办事处去，先帮助李泰国先生处理好舰队的善后事宜，尔后听我指令，"父亲像对待一个老朋友一样拍着他的肩膀，"中国需要我们，我需要你。"

十一月底，一个星期日，父亲正在吃早餐，接到了道台投来的名刺。道台转来了总理衙门的公函，信封上写着"致总税务司大人"。

这一天终于到来了，巨大的欣喜并没有让父亲惊惶失措，他依旧不紧不慢地吃着早餐，吃毕，又按常例念《圣经》做早祷。做完了这一切，他才打开这封像中国套盒一样的公函。

第一件是公使卜鲁斯先生的信，他劝赫德先生接受总税务司一职，并保证，他将得到各国公使的支持。公使先生还摘引了有关此事他上报英国外交大臣的报告中的一段话：我认为，能提供这样的机会，使赫德先生作为一个中国雇用的英国臣民，接近像恭亲王和文祥那样的居于高位者，并给他们留下良好的印象，是一桩重要的事件。他所受到的接待和待遇，几乎不可能不对外办的一般地位产生一种相当大的精神上的影响……

第二件是总税务司署一个朋友的长信，证明北京方面对他的深切信任。第三件是总理衙门的几个司官和章京写的祝贺信，那些四六骈句写得极端华丽。最后一件是总署的任命文件。

这一晚，他在日记中这样写道：

我终于登上了顶峰，非常高兴，但是前途艰险苦多。

11

回国的各项准备都做得差不多了，但启程的日子一直确定不下来。帝国的外交与财政有那么多的事等待着这个外国人去做。他想再不走怕真是走不成了，使团反正就这样子了，用不着对之抱过高的期望，但婚姻总不能老拖下去。恭亲王总算勉强同意他在三月初出发。

他说王爷总不希望我打一辈子光棍吧，再不放我回去恐怕就来不及结婚了。恭亲王以为是英国式的幽默，也开玩笑说，难道中国的姑娘不够漂亮，要让总司大人专程回国带一个来？看他辞行决心已下，恭亲王也不再挽留。接下来他忙碌了几个星期，结清账目，办好交接，拟就使团所需中英文函件，其间王爷还派人送来了不少礼品。

三月的一个下午，全部行李装上马车时，他突然意识到这下是真的要离开这个生活了十二年之久的国家了。时间仓促，除了向老朋友、同文馆的英文教习丁韪良略做交代，未及亲到同文馆向学生们告别。想到将要好久不见他们，一时不禁喉哽眼湿。寒潮刚过，地上仍有积雪，但天蓝得如此明净可爱！就好像劲吹的北风把它擦亮了似的。他并不喜欢北京，不是嫌风沙太大就是嫌吃食单调，但此时却深深迷恋起了它初春时节的天空，蓝得那么宁静，那么深邃，几乎可以淘涤去所有灼人的杂念和欲望。从陆路行至天津，因白河冰冻甚厚，在天津等船开行停留了数日。尽管此地的三口通商大臣崇厚招待殷勤，每天的餐饮都极为丰盛，但在归心似箭的他看来，全是味同嚼蜡。因为他的心已经飞落到北爱尔兰天空下某个窗口的一丛鲜花里。

就在此地，他收到了布雷迪姑妈的来信，随信还夹着一张赫斯特·简小姐的照片。照片上的赫斯特薄嘴唇、翘鼻子，穿着一件有很多皱褶的深色长裙，纽扣严严实实一直扣到头颈底下，有着一种做作的严肃，一头漂亮的长发用丝带向后挽紧，显得额头特别光洁，一看就是个出身良好教养家庭的姑娘。一看到这张照片，他内心里一下就把这个姑娘看作了自己的未婚妻。如果不是因为在回国途中，他真想马上挑选一张自己的照片寄回去。

等船正式开行，离京已一周。使团成员除了斌椿等五人、七个仆役，还有两个年轻人尚未上船，他们一个是在芝罘海关工作的德善，法国人，一个是在广州任代理翻译的鲍腊，一个充满叛逆精神的英国人，他们将充任这次旅行的翻译。

那些中国人都管斌椿叫斌老爷，因为这些人里他的官衔最高。包括斌老爷在内，这些中国人可能都是第一次乘坐西方轮船出行。从他们惊奇、赞叹的表情，看得出他们对这艘大轮船非常喜欢。最初的拘谨过去后，这些中国人一个个都放松了下来，在船上就像在家里一样随意。这天中午是船上的第一次正餐，桌上放满了面包和用来烧烤的牛羊鸡鱼，还有糖饼、苹果等佐餐食品，每个人的面前则放着一把切肉的小刀、一把叉子、一只盘子、大小匙各一、三个玻璃酒杯，其下垫着一块雪白的桌布。一边的热牛奶、咖啡、菜肉汤和洋酒随他们取用。斌椿非常专注地盯着侍者切肉操作，不一会儿，他就和一个姓姚的仆役一起面对面坐着，急匆匆地拿起刀叉对付起了放在他们中间的两只烤鸡。他们拼命乱切，尽力想吃上一口，可是那两只烤鸡就像被施了魔法一样在盘子中打着转，存心不让他们吃到似的。斌椿好不容易切下来的一块肉还飞到了对方身上。不过他们马上就平静了下来，拿出中国人特有的认真劲掌握了技巧，很快他们中间的两只烤鸡变成了一堆骨头。

斌椿的儿子广英这天的表现给这次大餐添上了特殊的笑

料。可能他喝了太多的肉汤，又贪杯喝了不少洋酒，突然内急起来。但桌上没有一个人起身，他也不好意思跑出去解手，再说他也不知道船上什么地方可以方便。后来他可能实在熬不住了，就离开餐厅。不一会，广英满脸通红地回来了，坐下来，不再吃喝，勾着头，身子在座椅上不安地扭动着。一会儿，又起身往外走，回来时神色更显焦躁。当他再一次紧夹着双腿往外走的时候，斌椿把他叫住了："站住！一次次跑来跑去的成什么样子！"

广英更紧张了，低头唯唯诺诺站在他父亲身边，人也像是缩短了几寸。"我是去找……找……"他结巴着，突然眼里掠过一丝惊恐，整个五官都皱了起来，才一会，那些挤到一处去的线条又舒展了开来，一张胖脸上，嘴角浮上来一个苦笑。他站立的地方，地毯上慢慢洇开去一摊水渍，而且这水渍的版图在渐渐扩大。

父亲把酒杯一顿，突然爆出一阵大笑，指着广英叫了起来，你，你是在找厕所？

广英苦着脸嘟哝，这船上怎么就没有一个茅房呢？斌椿顾不得脸面，大骂："笨蛋！活人咋还能让尿给憋死，你就不会跑到甲板上往大海里撒吗？"

一个男侍打开了餐厅背后两舱之间的一扇小门，这就是船上的厕所了。刚才大家都不好意思开口，这门一开，全都蜂拥了过去。

不要挤，不要挤！一个一个上，请斌老爷先用！有人这样喊。斌椿登上净房，但见四壁洁白，入门有一净桶，提起上盖，下有瓷盆，盆下面有孔通于水面，左右各一桶环。便毕，他先抽出左环，一股清水裹挟着秽物在盆桶内上下盘旋洗涤，再抽右环，积物随着水流呼啸着冲下，桶内复洁白如新。他暗暗叹了一声道，妈的，洋人的东西确是好使啊！

船上每日除了两次大餐，还有三餐点心供应。一开始，使团这些人的胃口都特别好，尤其是同文馆的三个年轻人，都是长身体的年龄，食量更是惊人。但很快他们就吃不下去了，由于海浪颠簸，他们开始晕船，吃下去的都吐了出来。他们东倒西歪地靠在座舱里，船上的仆役一次次地擦去他们吐出来的污秽，一股恶臭还是挥之不去。到后来，他们中的几个一听到开饭的铃声就会大吐不止。勉勉强强坐到餐桌前，面对满桌珍肴也提不起兴致了。张德彝和他的两个同伴试着喝些牛奶和肉汤，也都吐了。只有斌椿什么事也没有，依然海吃海喝，好像船无论怎样颠簸，对他都不碍事。

张德彝说，真没想到会受这番洋罪，满桌子的山珍海味只有看的份，无福消受了。凤仪和彦惠说，是啊，这英国菜实在不是人吃的。看斌椿在一边大快朵颐，两人为刚才的失言吐了吐舌。斌椿可能是吃得好，心情也好，不以为忤，拿白桌布擦擦嘴角说，英国菜和中国菜的做法完全不同，甜辣苦酸，调合成馔，如果不是吃惯了的，肯定难以下咽。你们看这桌上，牛羊肉皆切大块，熟的又黑又焦，生的又腥又硬，鱼虾又辣又酸，鸡鸭呢，不是煮熟了，而是生烤来吃，难怪你们一嗅即吐了，说到底，年轻人还是缺少历练啊。

12

父亲日记里记载的那场被我们侥幸逃过的海难，发生在海上航行第三天的拂晓。

当时我刚从姐姐的怀里苏醒，感觉船行慢了许多，似乎船底下有什么东西牵扯着不让前行。一开始我还以为是幻觉，当我的意识变得清醒些，突然从脚底下传一来一阵霹雳般的声响，砰！砰！砰！我清清楚楚听到有三下，床边的书啊灯罩啊杯子啊全都滑落到地上，打翻的水把书页都浸湿了。

全船的人都惊惶地跑到甲板上。但见海上大雾弥漫，天水之间什么也看不分明。船长一个劲地咕哝着，这怎么回事，这怎么回事？他说他的船在这条航线上不知航行多少次了，从来没有遇上过这样的怪事。

海上的雾实在太大了，搞不清行进到了哪块海域，也不知道前面情况如何，只好抛锚等天亮再说。船长带了几个人下到底舱去检查有没有进水。人群渐渐散去，斌椿和他的儿子还留在甲板上，父亲问他是不是担心我们的船会沉，他说："我想，船员对他们自己的工作最了解，只要他们不显得惊恐，我们也就不必害怕。"

太阳出来雾才渐渐散去。父亲来到船长室，船长苦着脸说，由于船上装了大约五百筐生铁，船体吃水太深，致使罗盘受到影响，目前我们的船已向西偏离航道三十英里左右，实际上已经在浅水处行驶。这实在是非常之危险，幸亏昨晚船撞上滩地时，海上风不大，那块撞上的礁石也不是特别大和锋利，否则我们的船不是进水就要被抛上又高又干的海滩，那麻烦就大了。

航程颠簸，同文馆的三个学生——父亲叫他们"孩子们"——都晕了船，吐得很厉害，唯独斌椿一点也没事。他的精力之充沛和对新事物的好奇心超过了船上的每一个中国人，这使得这个人看上去不那么惹人讨厌。

在上海短暂停留四天后，我们改乘豪华的法国班轮"拉布德内号"。船长是马赛人，可惜耳聋得厉害，我常常见到父亲冲着他耳朵大声叫喊着什么，但他脸上几乎没什么反应。一上船，斌椿就对船的规模大小、船舱铺位、器具陈设表现出了毫不掩饰的好奇。他到处走动，这儿看看，那儿摸摸，连聋子船长都在背后嘲笑他是一只坐不住的老猴子。我们三兄妹没事在船上乱走，走进他的客舱时，我们发现他把房间里所有的灯都点亮了，他正俯首研究床头的两盏玻璃灯。看到我们，他指着大穿衣镜里跳动的烛光说，进入其中，目迷五色，真乃千门万户啊。以后几天里，这个人又对船上的蒸汽锅炉发生了浓厚兴趣，他问父亲，以火灼水，蒸腾的水汽怎么就能推动巨大的钢铁轮船前进呢？更让他惊奇的是，海水汽化冷却后还能供船上的客人饮用。父亲告诉他，把海水加热汽化，然后冷却形成淡水，这个过程叫蒸馏。

一路上斌椿都在写诗。当"孩子们"一个个呕吐得摇摇晃晃、脸色发绿时，诗人正摇头晃脑飞翔在幻想的云端，周遭的一切对他来说似乎都不存在了。航行几天后的一个黄昏，吃过晚饭，他站在甲板上向他的随从们大声朗诵了一首新作的诗。

这首诗描述的是他在上海使馆区看到的外国淑女们。在这首古怪的格律诗歌里——每句七个字——他用华丽堆砌的辞藻赞美欧洲美人。他称他们为"西国佳人"，以一个窥视者不无色情意味的口吻谈论她们的细腰、长裙、朱唇、头颈间的香气和娇莺鸣唱一般的嗓音。他把她们比作中国传说中一个著名的歌妓苏小小，又厚着脸皮把自己比作风流成性的唐明皇，一个和他的美丽妃子发生伟大爱情的君王。这只老狐狸，他都不看看自己的胡子白成了什么模样！他用毛笔端端正正地抄写了这些诗稿装订起来，说等这次旅行结束后，他要完成这部叫《海国胜游草》的诗集的写作，并整理沿途所记日记，"抄呈御览"。临行前，恭亲王在一个书面文件中对他们的确有过这样的指示，要求使团成员沿途留心，将西方各国一切山川形势、风土人情随时记载，带回国内以资印证。但若说他胆敢把这些色情诗歌呈到皇帝面前，老狐狸还没有糊涂到如此地步吧。以此人之精明，他这么做只能解释为他是在为自己的诗歌写作寻找一个神圣的背景，以显示他这些不登大雅之堂作品的不同凡响。以后我们会知道，三个同文馆学生中最腼腆的一个，叫张德彝的，一路也在偷偷地记着他的旅行笔记。事实会证明，这个小伙子写作上的才能比斌老爷要好得多啦。

两个月前父亲曾致函在广州任联军代理翻译的鲍腊，让他最迟不要超过三月二十四日到达香港，我们将在那里接他踏上回英国之途。鲍腊在回信中按捺不住兴奋，他说他来中国才两年就得到了提前度假的机会，真是撞上了好运。父亲正告他，这是对他在广州勤勉工作的奖励。"拉布得内号"抵达香港比预计迟了三天，鲍腊在码头已经等得望眼欲穿。看到我们的船靠岸时他拼命挥手，和父亲拥抱时甚至淌下了幸福的泪水。再加上法国小伙子德善已经在芝罘上船和我们会合，这样全部人马算是都齐了。

鲍腊一上船就和德善亲热拥抱，他们在北京时就是很好的朋友。父亲又把他介绍给使团其他成员。先是去见斌椿。鲍腊又习惯性地张开手臂，斌老爷却只是神情冷漠地拱拱手，就转过脸去，闹得鲍腊老大的不自在。几个年轻人因为晕船，一个个吐得脸都绿了，都打不起精神来，他们用简单的英语客套了一两句就再也没有了话。父亲以为斌椿的冷漠是因为缺乏外交上基本的训练，以后船上相处时日还长，慢慢地可以去纠正他。

他没有想到，随着旅途的延伸，斌老爷对鲍腊的敌意会越来越深，最后闹得不可开交，差点断送了这次出访。

在香港逗留了几个小时后，我们换乘"康拔直号"。总的来说这是一艘不错的船，航速很快。但船上的设备远不如上一艘，饭菜不甚可口，船上的仆役们看上去也未经良好的训练。此后两星期，我们的船先后在西贡和新加坡停留。在西贡，船沿着蜿蜒的内河河道穿过丛林去我们的住处。沿岸到处可见高大的槟榔树和椰树，河边还有头发上插着晚香玉的赤足的女人远远向我们招手。

作为使团出访的第一站，父亲安排斌椿拜访了西贡总督。斌老爷有些紧张，去总督府拜访前，他戴上顶戴，挂上朝珠，新做的朝服折痕都是新的。父亲告诉他，会见时由德善做翻译，他基本不用说话，只需要该微笑时微笑，该致礼时致礼。可他还是紧张。不知道他们和西贡总督谈了些什么，天气很热，会见结束回到住处，斌老爷的朝服都湿透了。鲍腊听德善添油加醋地说了会见时斌老爷的可笑举止，两人叽叽咕咕地笑，他们大概是在讥笑大清国有眼无珠，选了这样一个草包。

相比于西贡的脏和乱，新加坡看上去是一个很迷人的地方，这里没有扑面的尘土，猴子、鹦鹉和比赛着玩跳水的男孩构成了船旁的主要景观。男孩们赤裸着身子，像鸬鹚似的比赛着跃入水中。他们重新钻出水面时，手里总举着一枚刚从水底下捞上来的钱币。听说大清国的使团到访，一个在新加坡经商的福建商人上船和斌椿见面叙谈，让鲍腊和德善奇怪的是，一个商人居然戴着官员才有资格戴的蓝顶子。父亲毕竟在中国多年，了解官场内情，他告诉他们，此人是都司职衔，所以有资格戴官帽。他们不解：他到底算是做官的呢还是做生意的？父亲说，不消说他那个官衔是花钱捐纳的，在这个国家，生意人弄这样一个顶戴在头上，才会觉得安全。

　　离开新加坡时上来了许多新乘客，船上一下子热闹了起来。一些黄皮肤的亚洲女人，都是小个子，高颧骨，很瘦。她们都是短途乘客，一上船就用粗嘎的嗓音不停地说话，就像一群聒噪的鸭子。她们的孩子在船上到处奔跑。男人们每个人的形体、外貌、衣服款式各不相同。有的又瘦又高，有的硕大无朋，有的浓须长鬓在风中垂飘，有的下巴两旁都剃得干干净净；一个西班牙人从唇边到下巴有一行乱蓬蓬的胡须，样子看上去十分古怪吓人；另一个中国人留着八字胡，下巴还有一缕。船停在锡兰①南省首府加勒时，一艘轮船正从加尔各答驶达，又上来许多印度军人和平民，还有一些衣着合身、上了年纪的妇女。妇女们登上甲板，在长藤榻上休息，她们的丈夫在一旁伺候。用斌椿后来在日记中记录的话来说，她们的笑语声音"如梁燕之呢喃，如鸳鸯之戢翼"。

　　一个戴着白色遮阳帽的姑娘出现在甲板上，她的脸廓是标准的欧洲型，头发、前额、眼睛长得非常好看，肤色却有点像亚洲人。她取下帽子，迎着海风拢了拢美丽的金发，这个动作把周围男人的眼光都吸引到了她的身上。鲍腊和德善猜测起了这个姑娘的身份。鲍腊一口咬定，这是一个欧亚混血儿，是大英帝国的某个唐璜在印度洋上留下的种子，她的禀性肯定跟她的老子一样放荡。德善不同意他这么看。他认为这个高贵的姑娘要么是印度总督的女儿，要么是从英国来看服兵役的未婚夫的。

---

① 今斯里兰卡。

"不可能，你看她的眼睛，有着野性未驯的光芒，你看她像雪梨一样的乳房，我敢断定女王陛下不会喜欢这样的乳房！"鲍腊叫了起来。

站在一边装作欣赏海景的斌椿虽然听不懂他在说些什么，却皱了皱眉。他走开去，换了一个角度可以更好地欣赏到这姑娘像鲍腊说的雪梨一样的乳房。

父亲忙着拿钢笔画这些人，他画他们的衣饰、胡子、帽子和遮阳伞，画女士，也画孩子，要不就是参加船上的抽彩。他从来不来看我们，好像自从把我们兄妹三个带上船，他就忘了个一干二净。我们三个还穿着离开北京时的棉衣裤，让印度洋上的热风一吹，身上都捂出了痱子，他也从来没有来提醒过我们应该换下冬装了。赫伯特把自己的背挠出了一道道抓痕。我浑身痒得难受，一个劲儿哭。我像一条鱼一样在安娜怀里乱蹦，摔落下来，头撞在甲板上，咚的一声，都把她吓傻了。

她抱起我，眼泪滴落到我脸上："阿瑟，阿瑟！你是要死了吗？"

一个亚洲妇女用热水帮我擦洗了背，又敷了一层粉，我才平静了下来。傍晚，一直高悬着的太阳终于藏身于西天的云层背后，天气凉爽了许多。从安娜和赫伯特的交谈中，我知道了就在我昏睡的几个小时里，有一个搭船前往土耳其的印度人中暑死了，尸体刚扔下大海。据说那还是一个富翁，随身的行李箱里有十几万两银子。

船沿着苏门答腊岸旁向西行驶，从座舱里望出去，有时是光秃秃的山石，有时山峦上长满了树，一片棕黄。赫伯特一直缩在角落，我们都以为他睡着了，突然他叫了起来，飞鱼！快看飞鱼！

安娜轻巧地跳起，他们挤到船舱口，脸都要被挤平了。那么大的鱼，几乎有一丈长，又那么多。它们排着队傍着轮船游弋，行得几乎和船一样快，它们隐现的脊背激起了一阵阵奇妙的水花。然后，奇异的一幕出现了，数百条鱼跃出水面，像一发发炮弹一样飞了起来。它们重重地落入水中，又飞得更高。我们激动得大口大口喘着气。姐姐抚着剧烈起伏的胸脯，眼睛闪闪发亮："哦，飞鱼，神奇的飞鱼！"

13

黄昏，船临时停在一个叫庞贝的小岛补充淡水和给养。1854 年，父亲去中国途中曾在这个小岛短暂停留。吃过晚饭，他自作向导，带着一些人去堤岸下的沙滩散步。

岸边棕叶遍地，就像无数船体和动物的骸骨。越过高高的椰林长廊，可以看到天幕中已凸现出一弯暗黄色的月亮。岛上有条小街，店铺都已打烊，晚霞让周围的房屋、树木呈现出一种暗红的杧果肉色泽。一些土著赤裸着上身打边上走过，走近了看，他们一个个都柔眉秀目。不远处的大海，已经升腾起一片蒙蒙的淡灰色。这里的公园有一种"肉桂树"，长得又黑又瘦的男孩子们向旅客兜售用肉桂树枝做的拐杖。那些男孩都是小乞丐，一路跟着我们。父亲接过一个男孩塞到他手上的拐杖试了试，却被缠住，再也脱不了身，不得不掏钱买下。斌椿讲了半天价，也买下一根，他拄着拐杖踱着戏台上的那种方步装模作样走了几步，那些中国人哄的一声叫起好来。

父亲告诉他的随行者，这个小岛比起十多年前他第一次来的时候人口减少了许多，因为据说庞贝岛上的孩子长到七八岁的时候都会得一种怪病，好多都会死掉，所以许多人家都搬出去了。鲍腊接过话说，那些孩子是不是都被海神波塞冬带走了？父亲正色道，不，他们是被上帝召唤回去的，可是他们贪恋人世间的繁华不愿意回去，于是他们的灵魂常常躲在海螺里哭泣。

月光亮一些了，愈显得天穹昏暗。大风吹动椰树，那片茫茫的树林就像无数巨大的黑魆魆的蜘蛛，要向天空爬去。

回去时我们落在了最后，我伏在安娜的背上，闻到了她领子里咸津津的汗水味。一个人扑扑地跑过来，把一样东西塞到我手里。月光照着张德彝又瘦又白的脸，他剃光了的额头显得特别亮，那根辫子又显得特别长。他给我的是一只小海螺，还带着他身体的温度。

我把海螺贴在耳边，眼泪一下流了下来。我听见了那些死去的孩子灵魂的哭泣。船都快开了，使团查点人数，鲍腊还没有上船。父亲正要吩咐人去找，鲍腊气喘吁吁地回来了，一手还拉着那个漂亮姑娘奥黛丽。他脸上都是汗，姑娘的脸红彤彤的，头发都乱了。

鲍腊说，他和奥黛丽小姐在街上转的时候拐进了一条小巷，迷了路，好不容易才转出来。父亲扫了一眼那个姑娘，什么都明白似的微微笑了。斌椿黑着脸，想要发火却又硬忍着，回到座舱，他嫌仆役端上来的茶太烫，大发了一通脾气，觉得气顺些了，就去写日记了。

一连几天都是极热的天气，印度洋上的西南暖风吹得人昏昏欲睡。眼下是四月中旬，北京怕是还要穿棉袄吧，可是我们在海上的一个多月里，好像一下子从冰雪覆盖的冬天走进了夏天。遇到又闷又热的天气，汗腺都变得特别发达，座舱里满是酸津津的汗馊味。到太阳偏西，人都涌到了甲板上。妇女们洗过澡擦过香水，换上薄得几乎透明的衣裙，她们走来时衣袂飘飘，掠动空气，让人都要忍不住打喷嚏。船头船尾摆放着一些长藤椅，她们偃卧着，男人们三三两两围着她们谈天或者调情，有时干脆把两把长藤椅靠在一起，耳鬓厮磨。救生艇下的阴影里，冷不丁就会传出鱼儿唼喋一般的亲吻声。

每天这个时候，斌老爷的嗅觉总是变得格外的灵敏。他的鼻子总是能迅速地捕捉到来自上风口的女士们香水的气味。他又开始写诗。诗的主人公一律是妖娆万般的泰西女郎奥黛丽。

一天傍晚的闲谈中，鲍腊告诉父亲，那位有着迷人脸庞的英国姑娘挑逗起了他的爱慕之心。父亲心底里暗暗骂，都是这鬼天气闹的，让所有人心里蛰伏着的欲望都蠢蠢欲动起来了。他这才想到，自己都一年多没有和女人亲近了。女人，妈的！他看了看四围，黄昏的大海恬静而美好，变得柔软的风，一下一下撩拨得心头直痒痒。

"哦，那天黄昏你们在肉桂树林里，一定很愉快吧？"他的话连自己都听得出酸味来。

鲍腊说："瞧您说的，奥黛丽小姐是这样轻浮的姑娘吗？我们只是回来的路上经过堤岸边的椰树林时，她充满同情心地让我吻了吻她的手。真是个好姑娘，我要娶她。"

父亲说："赶紧收起你这心血来潮的话，你了解她吗？你们才认识几天啊，趁这几个月回国，我给你几天假期，你如果真能娶个妻子带到中国去，那才算真本事。"

鲍腊说，您就等着吧。

父亲说，记住，要正宗的英国姑娘，你真娶到了，回到中国我让你随便挑一个口岸去当税务司。

每天行程都在两百英里以上，遇到顺风可能还不止。照这样估计，在四月结束前我们就可以抵达苏伊士上岸了。看得出来，父亲对这样的航行速度感到满意。画画只是偶尔消遣，他更喜欢的是阅读。在船上走动，他手里总是拿着一本《爱丁堡评论》或者《伦敦季刊》。他感到遗憾的是使团的几个同文馆学生虽然能够阅读，却没法和他讨论。在船上新认识的钱皮恩先生成了他的忠实听众，当然也是一个不错的论辩对手。读了一篇关于扩大选举权的文章后，两人发生了激烈的争吵，一个认为激进派的代表应该更多进入议会，一个则认为保守党应该在议会中占多数席位。他们从船舱争到餐厅，又争到甲板上。

"您持这样的观点，我真要怀疑您是不是一个江湖骗子。"父亲想以这句话结束他们的争论。他的新朋友也不是省油的灯，他挥舞着双手反唇相讥："那么很遗憾，我的幻想家先生，您的问题不在于书读得不够多，而是读得太多，太囫囵吞枣了，所以您的脑子里总在打架，我说得对吗？"

父亲晃了晃，他好像被什么击中了。他真想把手中的《爱丁堡评论》扔到钱皮恩先生的大鼻子上。钱皮恩也一点不示弱，两人像气鼓鼓的青蛙一样瞪视着，恨不得把对方一口给吞了。

先是父亲笑了一下，然后钱皮恩先生的眉眼也动了起来，两人哈哈大笑，相互拍着肩膀，笑得弯下腰去。政治观点尽可不同，在女人的问题上却没有什么分歧，连苦恼也大同小异。他们都有浪荡的过去，都曾负心地抛弃过女人，又都向往着找到一个女人让自己安顿下来。然后他们说起了那个英国女人，那只勾走了船上所有男人魂的飞来飞去的大蝴蝶。钱皮恩先生叹了口气："她今天还向我微笑了呢。"

14

风向转了，一连好几天都是北风，让人感觉凉爽了不少。旅途太过烦闷，有人提议在船上开舞会。

晚餐过后，餐厅被腾空出来。船上的年轻人早就来了，随后，一些印度军人和打扮得漂漂亮亮的妇女也陆续到了。没有乐队，船上那架钢琴音又不准，父亲自告奋勇当起了小提琴手。我和安娜、赫伯特被安排在一个角落，侍者给我们端来了蛋糕和冰水。琴声悠扬，舞池里一对对人旋转了起来，脚步声沙沙的像是在下雨。我远远地看着父亲，他那颗硕大的头颅随着琴弓的一颤一颤不住摇摆，好像深深地沉浸在了他自己制造的乐曲里。

斌老爷带着使团全体成员坐成一排，他们一色儿穿着官服，戴着花翎顶戴，表情严肃得像在出席外交典礼。他们这副古怪的装束几乎吸引了所有人的目光。舱里很热，再加挨挨挤挤的人散发出的汗味，尽管有侍役拉动绳子让挂在船舱顶部的大扇子扇起来，也不怎么济事。不一会，这些中国人一个个都油光满面了，只得拼命地摇着手里的折扇。

奥黛丽小姐的裙子薄如蝉翼，胸前的开口很低，一出场就让那些年老的妇女转过脸去撇嘴。她先是和鲍腊跳，一会儿她的舞伴换成了肥胖的钱皮恩先生，再后来，她被转到了一个英俊的印度军官的怀里。她咯咯地笑着，旋转着，宝石蓝的裙子下摆旋成了一朵朵喇叭状的花朵，前胸乳沟部位的衣襟因为汗水浸染，颜色深了许多，显得格外醒目。

父亲连着拉了好几首曲子，他累了回到座位上，舞会音乐换成了一个妇女弹钢琴。他让同文馆的几个学生也去跳舞,他们你看我,我看你,屁股好似粘了在凳子上似的,谁也不肯站起来。面对妇女们的邀请,他们一个个羞红了脸。倒是斌老爷,正在用蹩脚的英语和坐在邻桌的一个英国妇女交谈。看得出,那妇女感兴趣的是他手里那把画着梅花的中国折扇,她打开扇骨仔细地看,又拿起来扇了扇,斌老爷就大度地送给了她,作为回报,那英国妇女邀请面前的这位中国老爷和她共舞一曲。她站起来,伸手,欠身,含笑盈盈地看着他,斌椿一开始不知道她要做什么,等到明白过来,后退着连连摆手,就好像那女人是吃人的老虎。

中国使团几个年轻人手里的折扇成了舞会上妇女们猎取的目标,他们每个人的周围都有好几个妇女紧紧盯着。这些未经人事的男孩成了舞会上的香饽饽。如果他们知道伦敦社交界的贵妇们都以手里拿一把中国折扇为时尚,也就不会太吃惊于妇女们的热情了。

舞会开到半晌,有人提前走了,有人热得受不了去甲板上透透气再进来,舱内显得有些乱糟糟。突然广英气急败坏地进来,说他父亲在外面被人打了。

外面甲板上,斌老爷正和鲍腊扭成一团。斌老爷的帽子滚在一边,他本来人就又瘦又小,宽大的官袍在扭打中几乎给剥了下来。鲍腊的领结给扯掉了,脸上给抓出了一道红印。奥黛丽小姐像一只受惊的小鸟一样直往他身后躲。

看到父亲带人赶来,斌老爷索性撒了泼。父亲很吃惊,刚才斌椿不是在舞会上好好的吗,怎么一眨眼的工夫就在这里和鲍腊闹成这样子?

围上来的人越来越多,这么多人全都出来看热闹,他脸上有点挂不住了,他狠狠地盯了鲍腊一眼,让广英和张德彝把斌老爷搀扶起来送回房间去。等到人走得差不多了，他问鲍腊，发生了什么事？鲍腊气呼呼地说，奥黛丽小姐回房换衣服，这个老不要脸的一路跟着出来，偷看她洗澡！

"住口！"父亲吼道，"不许你胡说，斌椿是这样的人吗？"

"他真的偷看了，奥黛丽小姐本人可以做证。我还知道，他写了好多情诗想要送给奥黛丽小姐呢，从一开始我就知道这个老色鬼没安好心。"鲍腊说。

"那你是英雄救美了？"父亲讥笑道，"瞧瞧你，满脸挂花，都成了什么样子了，要是在北京，你这是以下犯上殴打朝廷大员，有十个脑袋也给砍下来了。"

鲍腊不服气，还想争辩，父亲教训道："为了一个女人好勇斗胜，吵成这模样，成何体统！你什么时候变得成熟些？你记住，我们是在帮助帝国做一件从没有做过的大事，要是搅得使团鸡犬不宁，让这事半途夭折，我不会轻饶你！这事就到此为止，就当从没有发生过，改天你找斌椿去赔个不是，中国人最讲面子，这个面子你一定要给他。"

鲍腊不再说什么，他也为自己一时的冲动感到后悔。父亲走出了好几步，回过头来又说：

"离那个风骚娘们远一点，我看那不是一个好女人。"

15

这天中午时分我们的船抵达亚丁港①。港口设有浮标和灯塔。

---

① 位于也门西南沿海亚丁湾的西北岸，扼红海与印度洋的出入口，是欧洲、红海至亚洲、太平洋之间的交通要冲。

山脚下，竖着旗杆的一长排精致的房子是大英轮船公司和法国邮船公司。

天气极热，我们没有上岸。亚丁湾对面的山峦衔着落日，参差不齐的群峰就像一条大鱼的牙齿，看上去美极了。晚十时，继续开船。海上刮起了强劲的北风，波涛汹涌，航程变得糟糕之至，我们都晕了船，东倒西歪躺了一地，醒来后连早餐都没胃口吃。听船上的人说，照这样的航速，到达苏伊士的时间要推迟一至两天。幸亏第二天风平浪静，空气也变得凉爽，我们得以顺利航行。船长室的航向标上标明，此处北纬 24.29 度，东经 34.01 度，照这样的航速，第二天早晨我们应该抵达苏伊士了。

月夜，我们的船行驶在朱巴海峡，远远看见西奈半岛 ① 上的西奈山和何烈山时，船上的人都涌到了甲板上，他们连连画着十字。父亲的神色变得庄重严肃。他领着我们在夜色中祷告："我们祈求主，将您的这一切律例刻在我们心上。"斌老爷站在一边看着，他很不理解这些外国人的虔诚。父亲告诉他，耶和华在这里立了十诫，再由摩西传给以色列人，所以这是我们心目中的圣山。鲍腊挽着奥黛丽小姐也过来了，他已经向斌老爷道过歉了，但斌老爷还是很不待见他，哼了一声就走开了。鲍腊对身边的美人一笑，嬉皮笑脸地画个了十字："主啊，宽恕这个有罪的人吧。"两人咪咪笑着，转到船尾去了。

四月二十四日，也就是从香港出发二十九天后，"康拔直号"抵达苏伊士。其实二十三日的后半夜船就到港了。凌晨三点半我们被人叫醒，让我们整理行李准备下船。

此时正是天亮前最黑暗的时候，赫伯特醒后还迷迷瞪瞪的，

---

① 连接非洲及亚洲的三角形半岛，北临地中海，南濒红海。

不知干什么去。下船的时候，要不是安娜见情形不对一把拉住，他就一脚踩空掉到海里去了。安娜一手紧紧拉着赫伯特，另一手提着个大箱子，背上还有一个蓝布包裹，被抢着下船的人群挤得站立不稳，幸亏一个好心的英国妇女抱着我走，这样她可以少分些心。

下船后，她让我们坐在码头上不要走开，她去找父亲。离开了好长一会儿，她沮丧地回来了。没有一个人告诉她我们的父亲去了哪里。她先是抽抽搭搭的，然后就大声哭了。那是一个人极度绝望才会发出的哭声，撕心裂肺，又充满恐惧。我和赫伯特只是犯困，困得想倒在地上好好儿再睡一觉，但安娜哭得这么伤心，我们也陪着她，咧嘴哭了起来。后来，我们被人带到离码头不远的一家旅馆吃早餐。旅馆的大堂里正放着令人陶醉的音乐。我们看到了父亲，他正坐在桌前，跷着腿看一份报纸，面前是一杯热气腾腾的咖啡。不一会他就顾自走开拍电报去了，连多看我们一眼都没有。

经过码头上这番折腾，我们已经饿了，好在有了抹上牛油的面包和烤肉片，什么都不重要了。

我们被带到火车站，等待下午开往开罗的火车。车要下午三点半才开，我们三个好像被丢弃的包一样，没有一个人来过问一下。过了中午，天越来越热，从开阔平原地带席卷而来的一股股热风迎面扑来，直让人晕头转向。脸和脖子上小虫爬似的汗水早就吹干了，只觉得喉咙底也干成了沙漠，渴得厉害。

火车终于开来了，它进站时拉响的汽笛吓了我们一跳。然后我们看到了烈日下飞奔而来的巨大的钢铁火车头。它四五尺高的烟筒冒着白汽，轰隆轰隆地直撞过来。它吭哧吭哧地喘息着，渐渐放慢了速度，伴随着尖利的刹车声和车轮与铁轨摩擦溅出的火花。

中国人生怕这个铁家伙冲过来，惊恐地后退，睁大的眼里又是吃惊又是兴奋。广英和张德彝一边一个架住了斌椿，他恼怒地甩开了。火车停下了，他走近前去，现在看清了这个庞大的铁家伙：车头就像炮车一样威武，通身铁制，共六轮，四大两小，上面一个八九尺长五六尺宽的圆铁筒，正是火车的动力心脏所在——水火轮机。通过直立着的烟筒，白色蒸汽还没散尽，就像一个巨人在喘息。第二节车厢满装着煤，随行添用。第三节装载的是邮政信件和新闻纸。随后才是一二三等客车，一眼望去不见尽头，估计有五六十节。

火车出了站，越开越快，车外的屋舍、河流、树木、山冈、阡陌飞一般疾驰而过。火车穿过一片山地时，车内发出一阵阵尖叫，有中国人喊，山撞到头上来啦！三个同文馆学生挤坐成一排，他们紧紧地闭起眼睛，不敢再看车窗外一眼。

斌老爷一脸掩饰不住的兴奋，贪婪地看着窗外的景色。"直如云中飞过也。"他摇头晃脑地赞叹。他教训那几个中国孩子说："这山又不会真的撞上你脑袋，闭着眼睛作甚！天公欲试书生胆，万里长波作坑坎，孩子们，睁开你们的眼睛看看吧，这火轮车多么神奇，简直就是传说中周穆王乘着巡游天下的八匹骏马！"斌老爷又诗兴勃发了，只是苦于车厢震得厉害，又没有足够大的几案铺开宣纸，只得快快作罢。他叫来广英，先草草记下他的吟哦，等到了目的地再做缮清。

"宛然筑室在中途，行止随心妙转枢；六轮自具千牛力，百乘何劳八驾驱？若使穆王知此法，定教车辙遍寰宇。"他闭着眼睛自我陶醉的样子惹得车厢里几个外国人拼命忍着笑，终于鲍腊、德善和奥黛丽小姐全都跑到了车厢尾部，把忍了半天的笑全都释放了出来。

晚上八点，车到开罗。车子缓缓进站，突然外面响起几下炮声，斌老爷惊得从座位上跳了起来。父亲拉开车窗向外望了望，笑着说，那是为欢迎中国使团鸣响的礼炮呢。斌老爷讪讪地笑，为刚才的失态觉得很不好意思。

在开罗的一天正逢一个宗教节日，所有商店都关门了，于是安排去参观金字塔。入口处是一块巨石，上面覆盖着许多苔藓。斌老爷一走到这块石头前就挪不开脚步了。他小心地拨开苔藓，露出了石上的字，各种形状的计一百余字，有的清晰可辨，有的已让风雨剥蚀掉了。

"这是钟鼎文，"他肯定地说，"四千年前，我中土文化就传入了这荒蛮之地了，泱泱中华，盛世必当再现。"

张德彝不解："钟鼎文我也识得几个，笔法好像不是这样的。"

斌老爷拉长了脸，他近前一步，手指在巨石凹痕间游走："你看清楚了，字如鸟篆，不是钟鼎文难道是鬼画符！"张德彝吐吐舌跑开了。

鲍腊对斌老爷的这一说法嗤之以鼻，对着奥黛丽小姐咬耳朵："那老学究又来卖弄了，什么钟鼎文，连古埃及人的楔形文字也不认识！"

坐火车从开罗来到亚历山大港后，我们换乘地中海的拖轮开往塞得港。远处，卡拉布里亚海岸的景色遥遥可望。港口的一片浅滩使船上的餐桌东倒西歪，许多人都晕船了。奥黛丽小姐像一支被风吹歪了的藤蔓一样软软地靠在鲍腊怀里，直到船抵墨西哥，她才有力气去甲板上散步。鲍腊的艳遇让船上人羡慕不已，他们如胶似漆的样子更是让人眼热。

船长让大家离开甲板回舱内，因为这一带会有旋涡出现。

所有人都回去了，只有他们俩还不离开。船速不快，但风吹来冷得刺骨，放目远望，却也景色极佳。风把蓝极了的海水吹皱了，皱得那么均匀，就好像柔软可以躺上去打个滚一样。这天午后，我们的船穿过博尼法乔海峡。天下起了小雨，博尼法乔海峡上空笼罩着一片惨白的雾气。这里左边是撒丁岛，右边东向是科西嘉岛。最迟的话，过一个晚上就可以抵达马赛了。船上几乎所有人都这么认为，这次旅行结束，鲍腊先生就该向奥黛丽小姐求婚了，瞧他们都好成了什么样儿啊。

五月二日中午时分，船上的空气激动起来，所有人都涌上甲板。繁华的马赛港已经遥遥在望，都可以看到码头上拥挤的人群了。戴着遮阳帽的奥黛丽小姐兴奋地向岸上眺望着，又不住地回头向鲍腊微笑，眉眼间全是风情。下船时，鲍腊当仁不让地帮奥黛丽小姐提着大箱子走在最前头。

突然，奥黛丽小姐像只花蝴蝶一样向着码头上一个东张西望的青年军官飞奔而去。那青年军官也看见了她。两人紧紧地抱在一起。奥黛丽小姐勾着军官的头颈转了一圈后像记起了什么，两人手拉手向中国使团走来。奥黛丽小姐兴奋得双颊潮红，向鲍腊介绍她的未婚夫，青年军官则对鲍腊先生一路无私的帮助表示最诚挚的谢意。

他们相携着登上了一辆双座轿式马车，马车响着铃铛从容不迫地走远了，鲍腊还怔怔地傻立着。这变故太突然，他还没有从这猝不及防的打击中缓过劲来。德善同情地捅了他一下："走吧，花蝴蝶飞走了。"

"一开始我就看出来了，那是个骚货。"斌老爷幸灾乐祸地对走在边上的一个上了年纪的仆人说。鲍腊听见了，横过脸狠狠瞪了他一眼。

　　这一天在马赛，鲍腊就像换了个人似的，看什么都是恶狠狠的眼神，像是要与人打架。没有一个人去招惹他。斌老爷也像避恶狗一样远远地避着他。

　　去旅馆安顿下来后，德善做向导带着大家去逛街。他是法国人，去中国前又在马赛生活过，这工作当仁不让。先是安娜抱着我，她累了就由张德彝背着。一行人参观了公园、商店，又坐电梯上去参观了电报局，还去看了一场马戏团表演。

　　斌老爷还在一家商店买了一个活动的火车模型，说要带回中国去，让没有坐过火轮车的人都开开眼界。看到路边有商店出售儿童自行车，斌老爷认为这就是传说中的木牛流马，他得意地说："此木马，形长三尺许，两耳有转轴。人跨马，手执其耳，机关自动，即驰行不已，不就是诸葛武侯所创木牛流马吗。中土失传多年，不意传入此中。噫！我等真是有眼福之人！"

　　张德彝不同意，认为马戏团看到的旋转木马才是。见斌老爷又要摆出教训他的样子，他赶紧跑开了。德善招呼他过去，指着商店橱窗里的一包物件故作神秘地问他："你知道这是什么吗？"

　　张德彝看了半天也看不出什么名堂，说："这好像是一种皮套子吧，干什么用的？"

　　德善神秘兮兮地说："这种皮套叫肾衣，法国人叫它英国衣，英国人又叫它法国衣。男女行房事时系于阳具之上，虽极倒凤颠鸾而一雏不卵，还可防止得病。"张德彝愣了愣，他实在想不到这世上竟还有此等物事。

　　斌老爷不知什么时候站在了他们后面，接口说："多一套总不如少一套，戴上它终没有赤身行房事来得快乐吧？再说，孟子有云，不孝有三，无后为大，戴着这玩意行男女之事，不是要让人断子绝孙吗？想出这法子的人实在是罪不容诛矣。所谓始作俑者，其无后乎！"

16

从街上回来，我们兄妹几个的行李被扔上了一辆马车。傍晚父亲就要带着我们前往巴黎，在那里短暂停留后去伦敦。

父亲的两只大箱已经直接托运到伦敦，他只提着一只轻便小箱和一只手提旅行包。使团的人在旅馆门口送我们，父亲跟斌老爷道过别，又把鲍腊和德善叫到一边交代，要他们安排好使团在法国期间的行程，不得与斌老爷发生争执，待这边的访问一结束就到伦敦与他会合。

在等待出发的这段时间里，同文馆的学生们一直陪着我们。张德彝轻轻地哼着一支英文童谣："顿攸奴欧，顿攸奴欧。好都搜，好都搜。佛娄密，佛娄密。娄得搜，娄得搜。"

安娜不知道他在哼什么，问他这是什么歌，张德彝说这是他在同文馆的英文教习唱过的，歌的大概意思是，你知道吗？你知道吗？怎样种？怎样种？跟我来，跟我来；一起种，一起种。安娜笑了，说这歌这么好听，她也要学。她跟着张德彝轻轻地哼唱起来。

看着这些日子里已经变得熟悉的一张张脸，想到马上就要离开他们，我们都说不出的难过。

五月四日夜晚，我们渡过英吉利海峡。次日天刚蒙蒙亮，我们从多佛上岸。码头上，一个与父亲差不多年龄的男人已经等候我们多时。晨光熹微中，他脸色疲惫，看上去像是一夜未睡。

父亲让我们叫他金登干叔叔。

"都联系妥当了？"这是父亲见面问他的第一句话。

"哦，是的，都妥当了，戴维森太太很愿意接受他们，她的丈夫是与我们有业务往来的一家商号的司账，人也很可靠。"他有些巴结地回答。

"重要的是把住口风，不要有半点泄漏。"

"这个您放心，我已再三关照，您不是他们的父亲，只是监护人。"

他走到前面去叫车。我们这才发现，他的脚瘸得厉害，他就像一头跛了脚的驴子。

车子抵达伦敦时，这个城市已经苏醒过来。薄薄的阳光驱散浓雾，小石块铺就的街面湿漉漉的，就像雨天的镜子闪着幽暗的光。残留的雾气被赶入了小巷，在门窗和树木间涌动着，迎面走来的人都影影绰绰的。我们就像走在一个醒不来的梦里。这个被我们称作父亲的男人，他是要把我们带往哪里？他会不会把我们像小猫小狗一样扔进大雾里，然后一走了之？小巷的一侧，一盏尚未熄灭的路灯在雾气中闪着昏黄的光，街巷一眼望不到头，恐惧一点点把我们淹没了。

转过一个街角，金登干叔叔停下了，他敲响了门。一会儿，门咿呀一声开了，一个肥胖的老妇人探出头来。

"戴维森太太，"金登干相互介绍对方，"这位是罗伯特·赫德先生。"

父亲用一个挑剔的商人打量货物的眼光打量着眼前这位老妇人。她一头白发，长着一张和气的团团脸。她褐色的披肩和肥大的裙子都有些年头了，但还是很整洁。对这冒犯的眼神，她没有表示出多少在意，只是扫了他一眼，就把我们三个搂进了她宽大的怀里。她的身上散发着一股混合着牛奶、鸡屎、面包和牛油的气味，这气味一下子把我淹没了，几乎让我流下了眼泪。她摸摸我的脸，又伸手把赫伯特扣歪了的上衣纽扣系正。她把安娜的手放在掌心一下一下揉搓。啊呀，这么冷！她夸张地喊道。她就像一只顾此失彼的老母鸡，都不知道侍弄哪一个好了。

"赫德先生是这三个孩子的监护人，在他们成年之前，他会行使好监护人的职责，按期支付他们的生活费用和教育费用。"金登干说，"我本人在伦敦期间，也会定期来看望这三个孩子。"

"可怜的孩子，他们在我这里要住多久？"

"直到他们成年，"父亲说，"我希望在您的照料下，他们像正常的英国孩子一样成长。至于他们以后应该上什么学校，受什么样的教育，毕业后给他们找什么样的工作，我会把我的意见通过金登干先生告诉您。"

"行啦，行啦，您两位如果没什么事我就不陪啦。天啊，他们的头发怎么啦？这么臭，有一个星期没洗澡了吧，我要找个理发匠给他们好好理理，我还要准备一大盆水，洗干净他们肮脏的小手和脸蛋。"戴维斯太太咕哝着，径自忙活去了。我们这三个脏兮兮的孩子，把她的生活全给打乱了，但看得出来，她喜欢这种乱。她喜欢我们。

两个男人的身影很快被白雾吞没了。安娜紧跟着跑上去，张了张嘴，却什么也没喊出来。她的脏脸上划出了两道泪痕，就好像窗玻璃上的两道水渍。她比我们更早地知道，我们，被抛弃了。

第二章

回到拉弗内特

1

他是在上午七时抵达伦敦的。

送走了三个孩子，他来到了金登干代为预订的阿尔比恩旅馆。房间很宽敞，吊灯明亮，床单雪白，里面的陈设称得上豪华，他心里暗夸金登干会办事。还没坐下喘口气，狄妥玛、休士、汉南三位海关下属就来登门拜访。休士是厦门税务司，汉南是芝罘税务司，此时也正回国度假。他们说一直关注着总司大人回国的行程，从金登干处知道他今天到伦敦，故此一早就来拜会。

赫德在几个下属面前矜持地表示着感谢，心里头却大为受用。听三人汇报毕各口岸的进出口情况，他说，各位是我在大清海关的臂膀，也是我的耳目，帝国海关虽然是一个国际性的机构，但我们才是灵魂。关起门来说话，我们是在为清廷工作，更是为了大英帝国在远东的利益而工作，所以拜托诸位，你们除了要随时向我报告各口岸的业务情况，还要把你这个口岸所在地区的官员升降、民情民风等所有你们认为有价值的统统向我报告。大清帝国是个深海，稍有不慎就会翻船，前功尽弃，我们必须有超乎常人的眼睛与耳朵。

话说着已近正午，狄妥玛等说已备下为总司大人接风的酒宴，赫德听了把脸一沉。狄妥玛忙说，大人一路辛苦劳顿，属下只是聊表心意。赫德说，你们什么时候学会了中国人这一套？三人面面相觑。赫德说，我们海关要的是效率与廉洁，先生们，你们明白吗？

三人讪讪地告辞而出，赫德才觉得累了。昨夜在船上几乎一宿未睡，现在睡劲上来，靠在沙发上闭了一会眼。刚迷迷瞪瞪要睡过去，门铃响了。开门一看，戈登 ① 一手礼帽，一手司的克，正眨巴着他特有的蓝眼睛冲着他微笑。

"将军！"他与这个前常胜军统领热情拥抱，"真高兴在伦敦看到你！"

戈登说："我看了报纸了，你这次回国度假，还带来了清国的第一个外交使团，你在清国的事业有目共睹，真了不起！"

"什么外交使团！一群观光客而已。"赫德就此不想多说什么，"回国后一向可好？真快，常州城下一别三年了，一直都惦记您呢。"

话要回到三年前的 1863 年。这年下半年，太平军与朝廷对峙多年后，局势的天平向着帝国一边倾斜了。曾国荃带领的湘军把南京城围得铁桶一般，左宗棠的部队在向浙江省城杭州开进，李鸿章的部队和戈登率领的常胜军也围住了苏州。在攻下界浦和吴江后，太平军通向西北的唯一的撤退路线被切断了，苏州已成一座死城，被牢牢钳制在西面的太湖和东面的昆山之间。

此时苏州的守城主帅是慕王谭绍光，麾下尚有四个王、三十五个天将，城中有四万太平军的精锐。此外，无锡还有两万太平军，苏锡之间还有忠王李秀成的部下一万八千余人。慕王想依托宽阔的护城河和高大厚实的城墙死守。在围城和诱降数月后，城中起了内讧，慕王被背叛他的其他几位王刺死。这年十二月四日，据说是在戈登的接洽安排下，苏州的太平军在

① 戈登（Charles George Gordon，1833—1885），英国人，常胜军统领。

纳王的带领下向李鸿章的部下程学启投降了。

戈登向李鸿章建议继续向无锡进军，并请求发给常胜军两个月的恩饷，以安慰他的部下不能在苏州城里劫掠的失望情绪。李鸿章拒绝了，后来在程学启的劝说下，又同意发给一个月的恩饷。这下戈登不干了。更让他气愤的事还在后头，第二天中午，李鸿章在营中设下鸿门宴，趁归顺的诸王和天将们大摇大摆前来赴宴的当儿，把他们全部逮捕了，并置戈登在谈判时许诺的条件于不顾，不做审讯，也不来知会一声，就把这些人全都砍了头。

戈登被激怒了，他认为李鸿章的杀俘给自己一个军人的名誉蒙上了耻辱。盛怒之下，戈登带上抢出来的纳王的首级和他的一个义子，把部队撤退到昆山的总部。行前他派人给李鸿章送去一封信，指责他破坏停战约言，伤害了一个基督教绅士同时也是英国军官的名誉，要他马上自动辞去自己的职务，把苏州归还给太平军。如若不然，他威胁说，就要像常胜军的前任统领白齐文一样反戈一击，指挥常胜军对李鸿章的部队发动攻击。

李鸿章方面辩称，杀俘完全是叛军头目咎由自取，开始并不想杀他们，可是这些投降的家伙，他们的举止，他们说话的腔调，哪像刚刚获准赦免的，倒像是在发号施令！他们的部下都已剃了发，这些首领却还全然是长毛的打扮和衣着，而且他们还提出要掌握苏州城的三座城门，把半个苏州城划定为他们的军事辖区。面对这些非分的、威胁性的要求，除了先发制人，把他们就地消灭，还有什么更好的办法吗？李鸿章还提醒各国注意，就在今年四月，太平军的会王蔡元隆在江苏太仓诈降，让部下把前额全部剃光，佯作归顺，入城后即发动了致命攻击，使我们蒙受巨大损失，李鹤章将军和程学启将军也都负了伤。明明是发贼作奸在前，自毙在后，到底谁是真正的背信弃义者呢？

为了安抚被激怒的戈登，李鸿章在陈述苏州克复的奏折中，建议给戈登加衔，并赏银一万两。他派自己的外国助手马格里去见戈登。但负气的戈登拒绝了赏金，认为这是江苏巡抚为了拉拢他才给的，算不得朝廷的嘉奖。还把代表李鸿章前来的马格里臭骂了一顿：

"这一万两银子我不要，你告诉他，这哪里是嘉奖，分明是对一个绅士的侮辱！他自己受赐黄马褂加太子少保衔，小小一个程学启也给赏了黄马褂加一个云骑尉世职，给我这点银子算什么呢？你回去告诉他，就等着我们的克虏伯大炮在他头上开花吧！"

事情僵在了那里，正在上海处理舰队账目的赫德嗅出了危险气息，这一事态若任其扩展，不得解决，可能会导致一连串的恶果。作为新任总税务司，他本来只想把有限的精力限定在海关业务之内，但现在苏州杀戮事件引起了世人关注，以他对清廷官场内情的洞悉，他预见到，李鸿章被拒之后，很有可能恼羞成怒参上戈登一本，以不服从命令为由把他斥革回国。这样做的后果，很有可能是把这位常胜军的统帅推入太平军的怀抱，让好不容易出现平定态势的江南局势再度变得扑朔迷离。他向恭亲王和总理衙门自告奋勇提出充当李鸿章和戈登之间的调停人，前往江苏查明情况，争取说服戈登"重新出来工作"。

2

1864 年 1 月 19 日，一个冻雨霏霏的下午，赫德和他的中文文案满三德乘船离开上海，踏上了前去寻找戈登的道路。

船行前，船主送呈了写在大红信笺上的祝词，并点起线香，敲锣打鼓。赫德本不信这套把戏，既然满三德热情地安排了，他也只有随它去。他自信能够把李鸿章和戈登之间的裂缝弥合好，可是到哪里去找到这个该死的统领呢？当下决定，先去苏州见李鸿章。

船在纵横交错、迷宫似的水道上缓缓行驶。寒风嗖嗖，到处是荒凉的村落，不见人烟，不时可以看到岸上被打散后流荡的兵勇。被无数人践踏过的田野上，一个个大水洼映射着惨白的天光。

天气实在太糟糕了，冻雨迎面打来，偶尔还夹杂着雪粒，落在脸上生疼生疼的。好在赫德对于不舒适的旅行已习以为常。河边苇丛中不时有野雉惊起，扑棱着翅膀，却飞不高。赫德忽然起了打猎的雅兴，满三德取出那支来复枪，可他刚扳动一半枪机，突然就走了火。幸亏枪口是朝天的，要不赫德就中弹倒下了。虚惊一场后，赫德再也不敢碰那把枪了。

二十二日，赫德抵达刚刚克复的苏州城。他看到了城墙上的一排排尖钉、吊杆，还有残垣断壁间被雨水泡胀了的尸骸。他把名条送呈到了抚台衙门，李鸿章传话出来，刻下正在处理军务，不便相见，请总司大人先安顿住下，明日再行相见。

次日，他们被接到了抚台衙门，这里以前是忠王府，建筑讲究，而且整洁。李鸿章向赫德详细叙述了处决叛军诸王的经过，声明这并非预先策划的背信弃义行为，而实在是这伙人说话、行事太不合礼数，且漫天要价，有诈降的嫌疑。赫德建议，对常胜军的兵饷不能停发，戈登要求的恩饷也要如数拨给。

会见时间约为两小时，告辞出来时，李鸿章希望总司大人尽快找到戈登，说服他一起来苏州。

请问我能在哪里找到他呢？赫德问。

李鸿章说，据报，他可能在木渎或者洞庭山一带。

天黑前，赫德带着满三德抵达木渎。这是一个曾经以园林之胜著称的江南小镇，人口也在万人以上，战火把它完全摧毁了。当地人告诉他们，戈登前一天过此，现在早不在了。船主建议，不能再前进了，应原路返回，因为洞庭山从木渎开始被湖水一分为二，这里还有好多被打散的太平军的水师，要是遭遇上了就麻烦了。

次日一早，赫德和满三德离开这个小镇前往洞庭山。在一个叫九星桥的地方，他们那种走运河的船只无法通过，只得弃舟登岸，在雨中绕道穿过一片沼泽地。跨过一条通向湖州府的小河后，几艘停泊在此的炮船上走下来几个兵士，告诉他戈登不在洞庭山。在山下的村庄，他们买了几尾鱼烤着果腹，再度赶路穿过沼泽。他们在帝国南方河网密布、迷宫般交叉的田野上奔波了四五日，横泾、七浦桥、九星桥，不知兜了多少个圈子，却连戈登的影子也没有捕到。大风一阵阵地呼啸，运河结了冰，船前行时都会发出嘎嘎啦啦的瘆人的声响。船主也没了好耐心，抽着鸦片一迭声地骂娘。满三德的猎枪这次总算派上了用场，打来了两只野兔。傍晚支着篝火撕咬着淡而无味的兔肉，一边牙齿还冻得咯咯响，赫德暗骂，这厮比野兔还难找！

一月三十一日，船把他们送到了一个叫大唯亭的地方，从这里下船步行数十里，可以直接抵达戈登设在昆山的总部。这时他们离开上海已经十二天了。赫德后悔离开苏州后没有直接来昆山，而是听了李鸿章的建议绕了一大圈，吃了那么多苦不说，还把这么紧要的一件事耽搁了四五日。两个满身都是泥浆的疲急旅人终于到达目的地了，在城墙下，他们遇到了此行的最后一个障碍：他们必须在城门口的寒风中等待，直到戈登将军同意放他们入城。满三德冷得直跺脚，骂这番佬好不识抬举。

这是赫德第一次见到传说中的常胜军统领，华尔的继承者戈登。来中国前，戈登是英国皇家工兵少校。他年约三十，身材瘦小，穿着马靴、松松垮垮的裤子和双排扣长礼服，有着一对转动不停的非常蓝的眼睛。当他一支接一支抽烟时，他变得暗灰的眼珠子可以长时间地盯住某些东西一眨不眨。听赫德说这几天里鬼打墙一般的遭遇，戈登感动之色溢于言表，当即命勤务兵去城中最好的酒楼订一桌饭菜送来，两人边吃边谈。

"你看我把总部设在这个地方如何？"戈登的眼里闪着狡黠的光。

"好啊，就是太难找了，"赫德知道，适度的赞美是解除一个人戒心的最好的武器，他还摸不透这个统领的想法，那就先取得他的好感，"昆山位于水陆要冲，与西面的苏州、东面的上海、北面的扬子江都有宽阔的水道联络，便于进退；城北和城西又有几个浅水湖泊掩护着，易守难攻。你把总部设在这个地方，的确是军事家的眼光。"

戈登大笑："总司大人不带兵真是可惜了！的确这里是战略上极其重要的地点。你不知道吧，三个月前，太平军的一个兵工厂和一个铸铁厂就设在这里，慕王还派了含八千名太平军的精锐部队驻防。那时候程学启带兵攻昆山，反而被太平军围困，要不是我赶到得早，他早就尸骨无存了。知道我是怎么啃下这块难啃的骨头的？"

戈登不无卖弄，赫德也有兴趣听听他是怎么出奇兵拿下这座城的。填了些肚子，喝了几口酒，赫德才觉得失去了的热力又回到了身上。

"帝国的那帮草包继续在城墙下攻打，我呢，抽身出来，开着海生号铁甲战舰，沿着运河一直开到了离苏州不到一英里的一个地方，把沿途那些太平军的山寨全给炸平了。在真义，我切断了昆山和苏州之间唯一的通道，留下三百名士兵防守。这样，等我慢悠悠地回到昆山城下，这些被切断了交通补给线的太平军已经溃散了，海生号一夹击，他们全成了瓮中之鳖。那一战，杀死、溺毙的太平军有四五千人，俘获两千人，夺获船只一千五百艘，我方损失不过只是两人阵亡。"

"那两千俘虏呢？是不是也让你给杀了？"

"一个基督徒怎么可以干下这样的罪孽！我把他们招抚了，让他们去兵工厂干活，还管着一个军械库，他们比那些老兵油子好得多了。"

"不战而屈人之兵，这才高明，毕竟我们来中国不是来做屠夫的，而是来帮助这个国家的。"赫德对这个善于用兵的统领已有些佩服了。

戈登说："你今天来，差点又遇不到我，因为我本来已经决定今天去苏州拜见李抚台了。"

赫德不明白，是什么让这个捉摸不定的家伙突然来了个一百八十度的大转弯，但还是对戈登这一明智的决定表示赞赏："来的路上我经过苏州，李抚台让我传话与你，欢迎你随时到苏州去找他。另外，常胜军的军饷也会照常如数拨给。你现在既然已决定亲自去访谒李大人，那是再好不过了。"

戈登说："我们一同前往吧，有你在，一定会增强对抚台的影响。"

赫德怨着李鸿章让他在冰天雪地里困了那么多天，疑心是他存心捉弄，心里对这个好弄权谋的巡抚已没有多少好感，推辞说："还是你单独去见为好。"

戈登说："小舰队的事我也听说了，这下李泰国走了，你也安安稳稳地坐上总税务司的宝座了。我奇怪的是，海关那一大堆事你不管，偏要捞过界来管这事，图的是什么呢？"

赫德突然想到了英格兰的一句谚语：见到东西已在火车上，点火也没什么用。因此不予置答，只是似笑非笑地看着眼前这个举止古怪又率直得可爱的统领。

酒后，戈登向赫德介绍了自己的买办和通事，还有被他救下的纳王的一个义子。拗不过戈登再三恳求，赫德终于答应一起到苏州去见李鸿章。戈登笑了起来："我就知道你会答应的，那我们现在就动身前往苏州吧。"

戈登的旗舰"海生号"是一艘小铁轮，赫德执意要坐自己的船，于是把木船系挂在"海生号"后面拖着前进。船行一小时后，正在睡梦中的赫德突然被满三德的惊叫声吵醒了，水！进水了！赫德慌忙起身，一脚下去，水已齐膝，原来小铁轮航速快，坚冰已经把木船的船头撞坏了。赫德要满三德与船主抛锚下船，带着戈登的手令去昆山再要一只船，自己把行李和毯子移到小铁轮上。毯子吃了水，变得很沉，他也不舍得丢掉。戈登取笑他："早让你上小铁轮的，你偏不来，这下倒好！"

用早餐的时候，"海生号"已驶入护城河。戈登指给他看娄门栅激战的地方。"你看，墙上装着三排尖钉，还挂着吊杆。那些最早爬上城墙的，不是被尖钉刺死，就是被吊杆打下城墙，那尸体都堆得小山一样高。"

"所以招降是对的，不然会死更多的人，城墙下护城河的水会染得更红。"正说着，便已入城。赫德先前往抚台衙门见李鸿章，告诉他与戈登会见时最好不要谈斩首行动和皇帝赠赐的事，免得言语不合再起冲突。不一会，戈登进来，他介绍了常胜军重炮队管带戴维森等几个将领，还有刚被任命为守备的纳王的那个义子。李鸿章自然勉励有加，并称赞纳王的那个义子是个好小伙子。随后众人退出，只剩李鸿章、赫德、戈登三人议事。这次三方会晤，大家同意戈登在过完中国新年后便带部队作战，抚台则发表一项告示，言明由他本人承担处决太平军诸王的所有责任，戈登对此事一无所知。

告示称：

> 叛军郜（伪号纳王）及其同伙立即处决时，戈登将军不在场……起先，有关投降、杀戮伪号慕王、东北城门投降，以及订定军营会见时间的谈判，每一个步骤戈登都知悉；但是伪号纳王当其到之时并未剃发，而且大家都看到他的反叛意图。他言辞暧昧，表情极为狂暴放肆。这一切都发生在投降已经结束之后，因此，抚台为自身安全计，除变更业已商定的条件以防卫外，别无他策；所有这一切细节戈登并无所知。逆酋顽强，致使形势改易，而事态迫切，后患堪虞，是以刻不容缓，即由本部堂令伤就地正法。

赫德一直注意着戈登的表情，看他再无异议，赫德长吁一口气，紧悬着的一颗心终于放了下来。这个臭小子，这下可以放心回去带着他的兵重新上战场了吧。戈登告退后，赫德与李鸿章进一步交谈，说服他再拨七千两给戈登的常胜军。李鸿章同意了。

此间诸事已了，赫德便向李鸿章告辞回上海。回去的船顺风顺水，行速极快。赫德一路上想着自己的这次旅行，虽然不太舒适，但这个和事佬的角色岂止做得不赖，可以说获得了完全的成功。他知道，要不了多久，自己就会名声大噪，恭亲王和总理衙门也一定会记着他的这一功劳。尽管那晚去苏州途中从撞坏的木船跳上小铁轮时撞伤了左膝，时下还在隐隐作痛，但与内心的得意与狂喜相比，这点疼痛实在算不了什么。在船上，他开始给英国公使卜鲁斯写信，详细叙述了他的斡旋经过。他认为，让戈登重上战场的意义怎么说都不过分：

"他一在战场上出现，就会很快有结果。暴徒们将看到他们的游戏没有希望，商人将再度涌回苏州，叛军将再度灰心泄气。常州府会很快被攻克，接下来极有可能是杭州、湖州、嘉兴以及江浙仍为太平军占据的两三个小城市投降。此时此刻中国的命运是在戈登而不是在别的人手中。"

他的预感不错，常州很快就要被这个难以捉摸的常胜军统领拿下了。二月底，戈登带着他的部队离开昆山总部，三月一日，他迫使宜兴投降，一周后，又拿下了溧阳。尽管常胜军在金坛遭到严重挫败，戈登自己也负了伤，但在这个月底左宗棠指挥的杭州克复战中，还是出现了他倔强的身影。四月中旬，戈登的部队向常州推进，这个城市被李鸿章的淮军包围已有些时日了，数度猛攻都没有得手，坚固的城墙下已躺了无数兵勇的尸体。从二十三日起至二十七日，戈登指挥他的部队以分散突击的方式逼近常州，他相信，攻下了这个堡垒，太仓和以前久攻不下的金坛就可以顺势而下，这样南京就被孤立起来了。常胜军开始了攻城，太平军猛烈的炮火也让戈登吃尽了苦头，他的麾下有二十余名军官倒在坚固的城墙下。淮军存心看他们笑话似的，没有出一兵一卒支援。看来李鸿章是想借太平军的手，杀一杀这个不听使唤的外国佬的骄傲之气。戈登不得不提出，把自己的部队作为淮军的殿后。

在接下来对常州发起的一场总攻击中，戈登终于出了一口恶气。总攻的时间定在了五月十一日。在这之前，戈登把赫德和几个亲密朋友从上海请到了常州城下，他好像在打一场胜券在握的球赛一样，邀请他们前来观摩这场血肉横飞的比赛，并保证，"这个场面绝对值得一看"。

戈登让客人们把船停泊在常州城外的大运河上，这里靠近两军对垒的阵地。赫德和别的客人登上戈登舰队中最大的一艘，戈登别出心裁地在船上的餐厅里为他们举行了一场欢迎宴会。船上通风良好，湿润的水汽挟带着田野上植物开花的气息扑面而来，运河水的轻漾中，轮船偶作微微的摇晃，如果不是靠近天花板有两个被子弹打穿的洞提示诸位这是在一场大战的前夕，这一派田园景色真的让人醺然欲醉呢。在祝酒词中，戈登对不久前赫德先生冒着南方冬天的严寒寻找他、劝他出兵再次表示了感谢，并祝愿诸位从上海到常州的这次郊游愉快而尽兴。

晚餐后，戈登陪同赫德在战舰的甲板上散步。五月的傍晚，暖风如薰，运河两岸稀稀落落的麦苗已长至齐膝，在暮色中柔软起伏。赫德张大嘴深吸了一口气，说道："要不是战争，这些麦子也都快成熟了，现在这可怜的几粒麦子怕也要烂在地里了。"

"仗快打完了，这场战争不会拖太久了。"

"是吗？"赫德欣赏地看了一眼这位新结识的朋友，他那么瘦小、文雅，怎么也无法把他和传说中的英勇联系在一起，"南京城里不是还有十几万太平军吗？"

黑暗中，戈登砸了一下拳头："没有水的鱼，还能游多久？打下常州，再拿下金坛，南京就是个抽干了水的池塘了。"

"南方的这场战争，都十几个年头了，再不结束，帝国真的要沉没了。"赫德叹息一声，"战争结束后，有什么打算？"

"你不要忘了，我是英国皇家工兵少校，现在枢密院命令我们以个人身份加入清国军队，哪天这命令终止了，我也只有回英国去了。"

"有没有想过为海关做点事呢？"他真的很欣赏这位与自己差不多同龄的统领，行事干练，又没有其他英国人的世故。

戈登笑了："我是一个军人，只知为女王陛下四处征战。"

赫德想说，在海关任职，把清国海关牢牢控制在手里，同样是为了大英帝国的利益。大战在即，看戈登满脑子的军事，就不再说什么。

五月十日，戈登邀请赫德和其他请来的朋友去前沿观察，他们由一小队人马护送，前行到离城墙最近的一处壕沟。戈登用藤条指着不远处的城垛说，攻击一开始，我们的克虏伯大炮要集中火力轰炸这里，撕开一条口子来。城上的太平军发现了他们，朝他们开火，子弹把前面十余米处的土堆打得噗噗响，随行的一个女眷吓得花容失色，直往他们身后躲。戈登笑着说："女士们，别过于紧张，他们的枪还射不了那么远。"

总攻击预定在中午时分。整个上午，戈登的常胜军不住地向城内轰炸，两小时后，他下令停火。"里面的穷光蛋们一定以为我们干完了一天的工作，"他命令手下，"赶紧吃饭，吃饱了给我狠狠冲！"

一点左右，他挥舞马鞭下达了攻击命令。常胜军在前，程学启指挥的淮军在后，黑压压的人群潮水一般涌向硝烟尚未飘散的城头，喊杀声震耳欲聋。赫德和李鸿章站在稍远处的一个山坡上观看作战行动。

爆炸声、喊杀声、刀刃的撞击声到他们这儿已变得微弱了，但那么多人如同蚁群一般挤在一处厮杀，还是让从未走上战场的赫德触目惊心。他脸色煞白，像是随时要倒下。他不住地喃喃着，上帝啊，人与人竟然可以这样相互杀戮，宽恕这些有罪的子民吧。进攻的潮水在坚固的城墙下被抑止住，反卷回来，又以更大的势头向前涌去。看到进攻受挫，小山包上观战的人们不由得为戈登捏了一把汗。

忽听得杀声震天，烟尘起处，一彪人马从两翼掠出，如同两支尖刀插入防守的软肋。赫德听到站在一边一直拿着单筒望远镜观察战局的李鸿章叹道："两次佯攻耗敌火力，再从两侧攻其不备，真乃将才也！"

不一会，将官来报，戈登将军率领的右翼，率先通过了炸开的城墙一处狭窄的缺口，正向城里纵深推进。

……

赫德说："你什么时候回国的？也不跟我打一声招呼，回忆起那时你在常州一战中的英武，一晃就是三年了。"

"南京战役后，枢密院撤销了帝国军人在清国作战的命令，正中李鸿章的下怀，他早就想把我赶走了，我就从上海直接启程回国了，那时你已经在北京了，故此没有遇到。"戈登打量了一下房间，"使团的人不和你一起住？怎么一个也不见？团长是哪位朝廷大员？"

"团长是斌椿，一个满人，算不得什么大员，只是个五品文官。"赫德不便说自己提前赶到伦敦是有私事要处理，"我是今天一早火车到的伦敦，为使团接下来的行程活动先做安排，他们还在巴黎，数日后便到。我约将军前来，是有一事烦请帮忙。"

戈登好奇地说："是使团的事吗，有什么事需要我去做？"

"我想前想后，此事非将军不能帮我。你知道，这是清国第一次向欧洲派出访问使团，在这个一切以祖宗法度为准的国家，能顺利出访已是一个奇迹。这多亏了英明的恭亲王，亲王殿下对使团在海外的一切见闻、活动都非常关心。现在使团就要到英国了，他们在伦敦所受的待遇，直接关乎清国朝廷的形象，这在一个什么事都讲面子的国家里是最重要的。所以我想请你帮我，使团在伦敦期间，安排一次女王陛下的接见。"

"啊，女王陛下？她会答应接见这些东方人吗？"

"如果实在不行，安排一次外务大臣接见也行。"赫德说，"你的朋友哈蒙德先生不是在外交部供职，任外交大臣克拉伦登勋爵的秘书吗？就让他找勋爵去说说。"

"可是，这并不是由清国的一品大员带领的使团啊，这个访问团也没有什么外交使命，有必要对他们如此礼遇吗？"戈登在中国多年，也算是个中国通了，"那个率团的斌椿，品秩不是只有正五品吗？"

"是的，不瞒你说，他这个五品职衔，还是出发前才授予的。在这之前，他是我在海关总署的一个汉文文案，这个满人做过的最大的官是中国内陆县份的一个知县。"

"那不是太抬举他了？"

"不，这个面子不是给他，而是给我，是为了我在中国更好地工作，你明白我的意思吗？"

"那我勉力试试吧，你在伦敦住下吗？"

"我坐今晚的火车去都柏林，再回去看看父母，大概四五天后我再来伦敦，安排使团的行程，顺便和你商量会见的事。"

送走了戈登，赫德退了阿尔比恩旅馆的房间，就往火车站赶。

马车在黄昏的街巷上嗒嗒地跑起来。他一路扫视着伦敦的市容，与十二年前离开时几乎没什么变化，就好像时间对这里的建筑和人群不起什么作用。但街角遇到的那些个姿容动人的女子，还是十几年前让他怦然心动的女子吗？一念至此，无常之感顿时湮灭了这个孤独的还乡者。

3

一辆从伦敦开往都柏林的火车上，坐着一个三十来岁的男子。他的短大衣挂在帽钩上，膝上摊着一本翻开的《笨拙》画报。车窗外正是鲜花盛开的五月的田野，但他好似全无兴趣，线条分明的嘴角时时紧抿着，不苟言笑的样子给人以心事重重的感觉。他就是去国十二载，此番回国度假的大清海关总税务司罗伯特·赫德。

在伦敦的十二个小时里，他把三个孩子送到了他们该去的地方，和几个正在国内的下属见了面，会见了前常胜军统领戈登，随后又马不停蹄前往火车站，终于赶上了这班傍晚时分开往都柏林的火车。

从都柏林再转往里斯本，先去看了妹妹玛丽，然后又坐火车。星期一傍晚，赫德回到了已经搬到拉弗内特的父母家中。下着雨，再加一路劳顿，他受了寒，额头发烫，身体也是滚烫的。在家中待了一天，他觉得好些，便在家人陪同下前往贝尔法斯特，去母校女王大学拜访了从前的老师，还去参观了以前父亲与人合开的一家酿酒厂。酒厂里的一个老伙计一眼就认出了他，这让他又是吃惊又是感动。

但他对这个小城镇很快厌倦了。街道变窄了，以前的朋友都变得陌生了，姑娘们看上去不是发育不全的模样就是穿着古板，一点也没有情趣。

布雷迪姑妈在他生病的那天已来探望过他，她收下了他送的礼物——一套景泰蓝的中国茶具和一柄檀香木的折扇——高兴得嘴都合不拢，就要着急地张罗他与赫斯特·简的见面。他一路上都很想见到赫斯特小姐，但到了家，这份急切的心情反而淡了下去，不知是病了还是怎么，恹恹地提不起精神来。他担心，如果见了面不如照片上的好，自己还有勇气向她求婚吗？可要是不确定这一层关系，回到北京后再找一个英国姑娘肯定更难。这真让他烦恼。再加上使团马上就要离开法国来英国，外交大臣是否愿意接见还是个未知数，以后的日程安排也尚未确定，都让他牵心，于是他就以公务繁忙为由让布雷迪姑妈转告，他将推迟半个月去波塔当看望赫斯特小姐。

到了这周末，五月十二日，赫德又出现在伦敦。

在拉弗内特的几天几乎天天下雨，这里，劲吹的东风把雨云都赶跑了，空气湿润而又清新。一到滑铁卢旅馆安顿下来，当天下午，赫德就和休士、汉南一起去水晶宫参加了一个社交聚会。

在遥远的东方古国担任海关总税务司的这一神秘身份，再加马上就要有一个他带领的清国访问团来到伦敦，这使他在聚会中成了一个闪耀着神奇光芒的明星人物，一个被女人们好奇、欣赏的目光包围的钻石王老五。

他穿着浆洗得笔挺、每条衣褶都清晰可辨的燕尾服，端着高脚酒杯在人群中穿梭，一会被引见给某某夫人，一会被介绍给某某小姐。这么多姑娘和女士，他看都看不过来，记住的只有安妮·泰勒小姐、弗洛伦斯·丘吉尔小姐和她们的妈妈。可是泰勒小姐看上去实在太瘦了，她苍白得没有血色的脸、平坦的前胸和窄窄的臀部，让他为这位小姐捏着一把汗，总担心她会突然晕倒。丘吉尔小姐的两只乳房像是要跳出蕾丝花边的胸衣来，可是她热辣辣的眼神太过风骚了些，看着总不像一个良家女子，与总税务司夫人委实有些距离。他觉得，这两位姑娘与照片上的赫斯特小姐比起来，都不如后者端庄。但被这些姑娘团团围着，与她们逗乐打趣，赚取她们崇拜的目光，谁说不是至乐的享受呢。更让他高兴的是，聚会中他认识了一些商人和银行家，他们中有掌管上海颠地洋行的亨利和约翰·登特、在天津做生意的沃勒、丽如银行①的韦伯斯特先生，他们和他一样，都是从中国回来度假。这些人聚在一起，戏谑地自称"中国佬"。赫德非常热情地与他们应酬，因为在中国做事这些人说不定哪一天都会用到。聚会散后，余兴未尽，他们还招朋呼友地去斯特伦剧院看了一场歌剧。

像是为了补偿前些日子住在拉弗内特家中的沉闷和无聊，他疯狂地把自己投入社交与应酬。接下来的几天，赫德的身边从来没有缺少美酒和女人。他和臭味相投的一帮"中国佬"朋友参加一场场酒会，上剧院、看赛马，哪儿好玩就去哪儿，还去刚结识的女孩子家喝茶。有一晚，他和三个女孩子一起去水晶宫玩，半夜一时半才回到旅馆。

他似乎要在此间发泄完这么多苦行僧般的日子里对女人的渴念。不管到哪里，他总是下意识地对见到的女孩子评判高低。他去看一位老朋友，觉得他的妹妹"没有像我预想中那么可爱"。

① 前身为总行设于印度孟买的英国政府特许银行——西印度银行。1845 年改名为东方银行，总行迁至英国伦敦。

在去德比的途中，"一路上看着可爱的女孩们情不自胜"。但碍着身份，他也不敢玩得太过火，要是真惹出了什么丑闻来，传到中国，影响了自己前程，或者传到波塔当赫斯特小姐耳中，吹掉了一桩婚姻，那可不是玩的。他渴望亲近伦敦的这些女人，她们巧笑盈盈，肌肤胜雪，顾盼多情的眼风挠得人心里直痒痒，鲸骨撑和紧身上衣下面遮遮掩掩的风情使她们愈加动人。但他又不得不克制蠢蠢欲动的欲望的火苗，怕这火苗反卷回来灼伤了自己。这不由得让他憎恨起了这里的生活，它比起死水一潭的北京还要让他痛苦；恨女人们太过妖娆，恨这里的空气都飘荡着爱情的气息。

"它有些地方太刺激人，有些地方又显得不够刺激，"他对自己说，"总的来说，它令人厌烦，我多少得培养起高尚的情感，否则就免不了痛苦。"

4

五月十五日下午，戈登陪外交部秘书哈蒙德先生来访，带来了外交大臣克拉伦登勋爵同意接见清国使团的好消息。几个人正在房间里商议会见细节，忽地传来一阵嘈杂声。站在窗前，他们看到街角挨挨挤挤的一大群人，正簇拥着向滑铁卢旅馆的方向走来。

人群中心正是使团的那些中国人。数以千计的伦敦市民兴奋地追随着，围拢过来看这些黄皮肤、脑后拖着一根长辫子的中国人。一行十余人挤出人群进入旅馆，外面围观的还不肯散去。他们指指画画着，表情有诧异的，有艳羡的，都掩饰不住兴奋。

有刚赶来不知详情的，拉住鲍腊问："这都是哪国人？"鲍腊说："他们都从中国来。"又有人问："他们怎么都有这么长的辫子啊？那些长着胡子体格魁梧的，肯定是男子无疑了，那些没有胡子长得漂漂亮亮、清清秀秀的，是女人吧？"鲍腊笑着告诉他们："都是男人。"听了鲍腊的话，人群发出一阵惊讶的叫声。

不见带队的斌椿，赫德心中疑惑，刚向鲍腊问起，却见他捂嘴偷着笑。张德彝上来说："斌老爷病了，德善大人陪着他们父子还在巴黎，要过些天才能来伦敦。"

"病了？我看一路上他的精气神儿比你们哪一个都好，怎么说病就病了？"他把脸转向鲍腊，"说，是不是你们捣的鬼？"

鲍腊正要分辩，张德彝说："一点也不怪鲍腊大人，斌老爷害的是痛风和痔疮，还有偏头痛，可能是太过劳累之故，过些天就会没事的。"

安排好使团食住，吃过晚饭，赫德把鲍腊叫到房间，详细询问使团在巴黎期间及来伦敦路上的情况。他问得特别详细的是这些天斌椿说了什么、做了什么、有什么反应。

鲍腊说，使团在巴黎期间，安排的是一条到欧洲参观的外国旅游者通常走的参观路线。宽广平坦、雨天也不会泥泞的街道，六七层高的建筑物，街上的煤气灯照明，旅馆里的升降机、冷热水龙头以及抽水马桶，这一切都让这些中国人大开眼界。

"巴黎宽阔的街道、美丽的公园，还有美酒和珍肴，当然吸引着这些中国人，但最令他们兴奋的，我看还是娱乐消遣，还有这个城市的女人。"鲍腊说。

五月四日下午，使团参观法国邮船公司船厂，次日上午参观新建的法院大楼，下午乘火车八小时至里昂，然后去参观了一家丝织厂。六日，里昂卫戍区举行盛大的军人节，邀请中国使团参加，要求所有的人都盛装出席。斌椿拒绝在这样一次军人活动中穿戴上他珍视的蓝宝石顶珠的官帽和朝服，因此不得不取消此了此项活动。

鲍腊愤愤地说，使团在巴黎期间，他为斌椿安排了一些外出拜访，还有接受美国大使、俄国大使、瑞典公使等来访。本来，对一个代表中国政府的访问代表团来说这样的安排都是必要的，但斌老爷对这些外事活动很快感到了厌倦。这位大人抗议说，他和他的随行人员应去尽可能多的剧院看演出，比起其他活动，这个节目应该先予考虑。没办法，只好在喜剧歌剧院和沙特莱剧院给他临时安排了两场娱乐活动。鲍腊接下去说了一件事，安排使团拜会法国外交部时，这位老爷竟提出先要外出观光。于是只得临时安排他乘车去爱丽舍田园大街和布伦林地，再去参观为明年博览会建造的一座玻璃建筑物。赶到外交部，比约定时间晚了快一个小时。更可气的是当晚招待会刚一结束，还没正式道别，这位大人竟然半途设法溜走，去安比古剧院看戏去了。

"真没想到这位大人会成为一个剧院爱好者，我敢说巴黎的所有活动里，没有什么比剧院光怪陆离的布景和裸着上身跳舞的演员给他的印象更深刻的了。我听他回来后这样向仆役们吹嘘，说什么女优登台多者五六十人，美丽居其半，皆裸半身跳舞，还感叹布景奇妙，剧中能做山水瀑布，说什么神女数十人自空中降，祥光射人，奇妙不可思议，让那些人听得两眼放光、直咽口水。"

"同文馆的学生们也去了吗？"赫德问。

"怎么不去？我看那个小德明，坐在剧院里看得眼珠子都直了。不过他不像斌老爷那样一个劲地盯着女人看，他好像迷上舞台布景这个魔术了，还好几次问我，舞台上那些层层变化的楼房啊花园啊动物啊是怎么弄上去的，那些闪电和大雨是不是真的。"

赫德沉吟良久，说："这些中国人第一次出国，又没有经过外交训练，一下子面对这么多新奇好玩的，难免东张西望迷了心性，我们也不要太过求全责备吧。毕竟，他们来自一个一切以祖宗成法为最高行事规范的国家，在成立总理衙门之前，这个国家连个正式的外交部都没有，更不要说职业外交官了。我们能够促成第一个访问欧洲的中国使团，就是一个大大的进步。的确，这个使团的成员里没有朝廷大员，除了老人就是孩子，他们回去后对中国的未来会带来什么样的实质性影响，实在不能做过高的估计，但有了这第一个访问使团，以后就会有第二个、第三个。使团在英国期间，我们要尽可能带他们多走多看，把欧洲文明的精华尽可能展示给他们，尤其是你，鲍腊，不要再与斌椿起什么争执纠纷，更不要去捉弄他，中国皇帝和总理衙门给斌椿的一项任务，是把沿途见闻、会见情形悉数报告，你不希望让皇帝和恭亲王都以为这一路上你们都吵得都鸡犬不宁吧？你如果不想再在中国干下去了，你爱与这位斌老爷怎么着，我都不会来管你，如果你想在海关干下去，那就不可再任性使气。陪同使团拜会外务大臣后，我就要回拉弗内特处理一些私事，使团接下来的事就全交给你了。"

鲍腊连连称是。他提出在伦敦期间要请几天假回家，赫德同意了。接下来他们商定了使团在伦敦期间活动的线路和日程，除了旅行者应到的大英博物馆、圣保罗大教堂、水晶宫、动物园、名人蜡像陈列馆等，为了便于他们了解英国政制，赫德还特意安排了参观议会大厦。

"你再给斌老爷发个电报催他前来,当然,如果他对巴黎感兴趣,他也可以在巴黎无限期逗留下去。"

"好,我现在就发出。"

五月十七日,赫德去外交部找哈蒙德先生商量接见事宜,哈蒙德先生告诉他克拉伦登勋爵将于五月二十二日下午接见使团。傍晚,鲍腊和同文馆的几个学生前往火车站迎接斌椿父子,随即驱车前往水晶宫看这天晚上的焰火表演。因过于劳顿,当晚斌椿的痔疮又发作了。

第二日因安排去照相馆拍照,经再三劝说,斌椿也欣欣然一同出发了。途中经过一小湖,湖心矗立着一小岛,岛上有楼房花木,还有一个中国式样的庙宇,斌椿还进去恭恭敬敬上了三支香。

在伦敦街头的一家照相馆里,使团每个成员都拍了一张半身肖像。主人客气地安排斌椿先照,他执意不肯,还要绕到后面去看个究竟。因为他以前听人说过,把人像摄入镜头,就会把灵魂带走。在鲍腊和德善再三劝说之下,再看到同文馆的几个学生拿着洗好的照片笑逐颜开,也不像失了灵魂的样子,他也终于表情僵硬地照了一张。照相馆主人热情地邀请他们去暗房参观。斌椿认为这种显影液是一种神奇的药汁。他感叹这一切实在太神奇了,感叹照相机真乃"神镜"。

接下来坐车去大英博物馆,开始的时候他们还都兴高采烈,但当他们进入一个中国展厅时,脸色全都灰暗了下来。那里陈列的龙袍、貂褂、朝珠、古玩、神像、画轴,全都是皇家御用之物,是咸丰年间英法联军从圆明园中掳掠来的。斌椿一件件看下来,脸色越来越难看。走到一件龙袍前,他突然跪身下去,起身后头也不回,就向门外走去,其他人也赶紧跟着往外走。

鲍腊对安排参观博物馆这个节目感到了后悔。

可能是在大英博物馆受了刺激，以后几天里，斌椿以身体不适为由拒绝外出。在鲍腊建议下，赫德订了皇家剧院的包厢请大家看戏。这一晚将要演出的剧目是《胡格诺教徒》，赫德也顺便邀请了休士、狄妥玛等几个"中国佬"一同观看。白天斌椿精神不振，到了晚上，一进剧院，在宽大的包厢里一落座，果然他的兴致就高涨起来，与白天病恹恹的样子判若两人。赫德想鲍腊虽然对这位斌老爷有成见，对他在巴黎时的描述倒也没有夸大其词。

5

在陪同斌椿拜访外交大臣克拉伦登勋爵的次日傍晚，赫德坐上了返家的火车。

伦敦的这两个星期，是忙碌紊乱的，也是饶有趣味的。大城市向背井离乡多年的他展现了富有诱惑力的一面，酒会、剧院、舞会、五光十色的夜生活，这一切如同一个有着巨大吸力的旋涡，让他沉溺其中不可自拔。但意志力又让他在享乐的边缘停下了脚步。现在诸事已了，总算可以一个人待会儿了！一松懈下来，疲劳感也爬了上来，让他四肢发麻，沉沉欲睡。晴朗开阔的夜空像一卷地图似的展现在他眼前。随着夜色渐浓，车窗上方那轮暗黄色的月亮明亮了许多。他看着和火车一起疾驰的月亮，时间一久，恍恍惚惚周遭全是海水的喧嚣。这让他疑心还在大海上。

火车的急驰中，他做了一个奇异的梦。梦中，他站在阳台上，和另一个人一起望着月亮。星星奇妙地簇拥在月亮右边，它们发出的冷冷的光芒吸引了他的注意力。他凝视时，上端和右边就成了大云块，状似一堆薄薄的有彩色纹路的玻璃石。下面向左边伸展，出现另一个同样形状的不规则的云块，不过带有柔和的淡红色。接着在背后和下端又看到同样一堆有些晦暗的乳白色的烟雾。望着它，他正在诧异会带来什么预兆。突然非常迅速地，出现了一个婴孩。和他一起的一个人喊道："我的主啊，我的天！"喊叫的是威廉·斯旺顿，他少年时代的朋友。他喊着"哈啦"，从阳台上跳起来，从空中迅速飞向那个婴孩，呼喊着赞美上帝，心中感到极度欢悦。当他前行时，这些景象渐渐消失了。在原来的地方似乎有一扇哥特式窗子，像教堂的东窗，背衬着天幕。有人跪着，星光从窗里透射出来。他试图同人们说话，告诉他们救世主已经降临。可他说不出话来。他们用惶惑的、非难的眼光看着他。他渐渐地向地面沉落。突然出现两艘轮船，像是在竞赛。两艘中快的那一艘船头和船尾似在上下跳动，就像慢跑的马的动作。

　　这时他醒过来了。他觉得在梦中真的看到了天堂的幻象。他半睡半醒着祈祷，起来后在日记上写下："当激情的风暴猛冲着心灵，怀疑的云霾使精神枯萎时，会引起怎样的变化？"慢慢地，思路变得清晰：使团将按照排定的计划在欧洲旅行两三个月，三个孩子也早已神不知鬼不觉地寄养出去，通向一个英国式绅士的婚姻道路上的障碍都已扫清，从现在开始，他的心神要全部凝聚于建立一个家庭，凝聚于那个即将成为他的未婚妻的年轻女子身上了。

　　英国式的精明使他对于这桩婚事既迫不及待，又小心翼翼。他没有马上去赫斯特·简小姐家，因为从波塔当传来的消息称，大约十天前，赫斯特·简小姐的父亲布莱登医生不幸去世了，赫斯特·简小姐还没有从丧父的悲痛中恢复过来，不宜在这个时候见他。这一个星期，他去了玛丽姑妈家，去了爱德加姑妈家，又去见了布雷迪姑妈。在国内停留的时间不多了，他觉得这桩婚姻若有苗头就应速战速决，他希望家族中的这些长辈能出面帮他说合说合。

在布雷迪姑妈那儿喝茶时，姑妈说了一桩他小时候的趣事。那时他刚生下来不久，布雷迪姑妈抱他坐在膝上，手里编织着一条表链，布莱登先生正好和太太出来散步，打趣说，这表链是不是准备送给他们以后将要出生的宝宝的？布雷迪姑妈愉快地说，行啊，我是在给我的这个新外甥娶你女儿做一件结婚礼物呢。姑妈说到这里大笑起来："谁能想得到呢，你真要娶他家那个宝贝女儿了！"

五月的最后一天，星期四下午，赫德坐马车从拉弗内特去波塔当小镇。空气湿润，田野上的花都开了，他无心他顾，路上的一个小时，只觉得如同天空下铺展的道路一样无比漫长。照片中的那个姑娘马上就要出现在面前了，他觉得这真神奇。她漂亮吗？她会喜欢上自己吗？更要紧的是，他愿意跟随自己一同去中国吗？车子驰进了波塔当，这个他度过整个童年时代的小镇，这里的建筑物又熟悉又陌生，然后马车在一所房子前停住，他刚下来，就一眼看到二楼摆满盆花的窗口，露出一张脸向他张望。看见他抬头，那张脸突然羞红了，闪到了窗帘后面。

他彬彬有礼地吻了布莱登夫人的手，以一种诚恳的声音对医生的不幸去世表示了哀悼。一起见面的还有赫斯特·简的弟弟，罗伯特·E.布莱登。然后赫斯特·简被引到楼下和他正式见面。她穿着一件墨绿色的苏格兰呢长裙，一头金发像他见过的照片上一样梳得纹丝不乱，头顶打着一个黑色的蝴蝶结，显得大方而端庄。她伸手给他亲吻，脸涨得通红。几句礼节性的交谈后，出现了难堪的冷场，她取下手套，手指不自觉地轻轻摆弄着。虽然这个十九岁的姑娘和他通过几封信，但那么近地面对着却让他感到了陌生。那些和女人周旋的伎俩好像都用不上了，他感到紧张，喉咙发干，终于，他的眼睛落到了客厅角落的一架钢琴上。赫德走过去打开琴盖，按了几个音键，然后他请求主人允许他弹奏一曲海顿的练习曲。他说，这架琴与他刚买下送往北京去的那架是同样的牌子。

星期天在教堂听布道，没去波塔当。星期一，他又去了。星期二，他再去布莱登夫人家喝茶，跟主人谈中国发生的事，宾主都很开心。识趣的夫人起身去准备茶点了，把这个美妙的傍晚留给了两个年轻人。

"小姐，您是否从心底里愿意和我一同去中国？"

之前全无征兆，这话把赫斯特小姐吓得不轻。她的手指加快了速度在琴键上跳跃，以掩饰内心的紧张。布莱登夫人进来，赫斯特红着脸说：

"先生，您能不能把刚才的话再重复一遍？"

于是赫德又问了一遍。

"愿意！"

这次是母亲和女儿一起回答他。

布莱登夫人又补充说，由于布莱登医生不幸去世，因而这事还要赫斯特的弟弟代表家庭正式同意。

离开布莱登夫人家，赫德欣喜若狂，真是旋风式的求婚！但他又隐隐担心，这样做是不是太草率了。布雷迪姑妈也为外甥高兴："这样谈定似乎有些仓促，但算不上草率，对你来说，赫西身上有着你在别处没有找到的美德，你现在认识到了这美德对你很重要；赫西这个姑娘也不简单，她勇敢、活泼、能干、渴望走进新天地，对于她来说，你就是她从爱尔兰进入世界的通途。"

"现在唯一遗憾的是，这是一桩没有爱情的婚姻。"

"爱情？瞧你在说什么啊！"布雷迪姑妈瞪大眼睛叫了起来，"你难道不觉得，在我们这个时代，为了爱情才去结婚是一个蠢材才有的想法？你怎么会说出这样的话来！"

听着姑妈的责骂，他心里却是高兴的。姑妈说的也正是他现在想的，他觉得这就像是现在的自己对过去的自己的训斥。

"一桩好婚姻，首先应该门第相当，看能为你带来多少实惠；其次才是姑娘本人，她是不是讨人喜欢，她的容貌、品行如何等等。你和赫西真的没有爱情吗？不不，你一定没有发觉，爱情的幼苗已经在你心里拱土而出了。其实你已经察觉到了，对吗？瞧你的气色，多好，一个沉浸在爱情中的男人才会这样春风满面。"

星期六晚上，他兴冲冲地去参加了布莱登夫人家的家庭宴会。他到时，客厅里已有许多人，除了布莱登夫人一大家子，还有他们家的亲戚伍德豪斯先生、布坎南夫人和沃达尔夫人。他们都是布莱登夫人请来看他这个准女婿的。餐席上，赫斯特·简的弟弟代表家庭正式同意了他们的婚事，不过他又提出，希望赫德在大清海关为他找一份工作。初听这话，赫德心里一阵别扭，觉得对方是在拿姐姐的终身大事与他做一笔交易。但他马上调整了心情，微笑着表示欢迎，并说会在海关里安排一个适当的位置。罗伯特·E.布莱登大喜过望，说："这太好了，我早就为自己取好一个中国名字了，叫裴式楷，你看怎么样？"

赫德打趣说："这下你也成为'中国佬'了。"客人们告辞时对他们说了许多祝福的话。住在纽米的伍德豪斯先生还邀请他们下周去玩。

晚饭后，赫德和赫斯特·简一起去小镇郊外散步。他们沿着小河一直走得很远。暮色渐深，河边磨坊里的水车还在吱吱呀呀地转，镇口的天主教堂已沉入黑暗，穿过黑松林的风让他们感到了凉意。刚走出镇子时，他们还是一前一后，黑暗把他们的身体紧紧地胶合在了一起。世界变得如此宁静，他都可以听见怀里的姑娘咚咚的心跳。他感到了渴。他吻她，舌头在她的口腔里搅动、吮吸，简直要把她吸干，把她的舌头折断，就好像她的喉咙里藏着解渴的甘霖。他的头发散发着铁腥味，好像要燃烧起来。姑娘被他的举动吓傻了，像根木桩一样呆立着，这个男人的身体里藏着这般狂暴的力量，让她害怕，也让她新奇。

"你看，今晚的星星这么亮，这么密。"姑娘轻轻扭动着身体想从他怀里挣脱出来。

"是啊，我好像又回到了孩提时代，夏天的晚上我们就跑到镇郊来数星星。"

"北京的天空，星星也这么明亮吗？"

一说到北京，他心里一沉。想到前些天收到鲍腊的电文，告诉他女王将在白金汉宫接见使团成员并邀请他们参加王宫舞会，这事也不知怎么样了，一时心乱如麻。这些天流连儿女情事，几乎把他们都忘了，看来要早些把思想集中起来，回中国前还有太多的事情要做。

"时光飞逝啊。"他答非所问。

"你说什么？"

"哦，我是说，我敢保证，到了北京，当你前往拜会公使馆的女士们的时候，你将会乘坐四人抬的绿色轿子，这可是公使夫人的规格。"

"真的吗？这太好了，我都等不及想去北京了。"

姑娘没有察觉他转了那么多念头，顾自说着："去年情人节时，有个朋友送了我一个情人节蛋糕，那天晚上我做了一个梦，梦见一个陌生的男子，和我一起，还有我弟弟，我们三个人向着卡利顿广场走去。我现在知道了，那个梦里的男子就是你。"

"呵，真是不可思议。"赫德说着，心里却在想，前些天我在教堂遇见一个长得十分可爱的女孩，她的父亲也是医生，她的名字也叫赫斯特·简，那才真的不可思议呢。

这个小镇医生的女儿，这个一本正经得有些过分的十九岁的女孩，维多利亚时代老古板的典范，她敏锐的眼睛能捕捉住最有利的机会。既然赫德所寻找的并不是什么浪漫激情，而是一桩和他的身份匹配的维多利亚式婚姻，年龄上的差距就不是什么问题，接下来就应该是商定婚期了。

看起来布莱登夫人对这桩婚姻也极为满意，她提出按照爱尔兰传统的结婚方式，先订婚，几个月后，在赫德返回中国前再行结婚。这期间，赫斯特·简还是住在家里，直到真正成为他的妻子的一天。这天喝午茶时，赫斯特·简反对她母亲的安排，她提出明天就要跟未婚夫去拉弗内特，直到他回中国的前一天正式举行婚礼。她甚至自作主张把婚礼的日期都确定了下来。

一向端庄文静的女儿变得如此固执，这让布莱登夫人很吃惊，却又毫无办法。看来她的心早就让这个男人给勾走了。她想给女儿讲讲妇德，碍着新姑爷在场又不好多说什么。整个下午，赫德一直和赫斯特·简坐在一起。自从那天晚上出去散步后，他们的关系亲密了许多。她坐在他身边，他便感到恬静快乐，她近在咫尺，一点也没有让他不自在，反而她不在的时候，他会有失去自由的感觉。"这个聪颖、活泼、纯真、机灵的小姑娘"——他在日记中这样说她，几乎把所有美好的形容词都丝毫不吝啬地用上了——他现在只想悄悄地带回北京去。她反抗母亲时那眼神里的疯狂劲儿，更是让他疼惜。

> 我会尽我所能让她快乐舒适，而且，只要能够把过去一笔抹掉，我就敢肯定未来将充满真正的欢乐。唉，过去，过去！将它那逝去罪恶的幽灵和成年男子最初过错的严重后果一起带走吧。

他想起了诗人朗费罗《生命颂》里的诗句："让已逝的过去将逝去的埋葬。"这还是容易的，不易的是如何使即将开始的新生活完全摆脱过去的阴影。这就要他和即将成为他妻子的那个姑娘之间彼此完全信任。想到远在中国的那个女人，和她一起度过的七个泪与笑的年头，还有刚被自己带到英国、托交史密斯·埃尔德公司管账人的妻子照看的三个孩子，心里一阵刺痛。

对着上帝发誓，以后的日子里他能做到和这位姑娘心心相印吗？这是不是意味着，为了未来，他就要向她完全敞开，敞开内心，包括敞开罪恶的过去？

6

鲍腊频频发来电报，向他汇报使团在伦敦期间的活动。

由于赫德在六月初的电文中就维多利亚女王将要接见使团

成员一事做过这样的关照，"别让他（斌椿）自说自话"，鲍腊在最近的一封电报中详细叙述了接见情形，并对斌椿的表现多有描述。

按照鲍腊的叙述，斌椿为即将得到女王陛下的亲自召见表现得兴高采烈。六月三日，斌椿和使团成员乘坐皇家马车前往伊顿和温莎堡。他们游览了行馆，参观了馆内所藏珍宝，斌椿在这里对一幅扇面书法表现出了十足的兴趣，据他称，这幅七律古诗书法作品出自中国明代一位非常著名的画家。在花木暖房里他还对一株茶花赞赏不绝，称之为珍品。不过更让斌椿喜欢的是他乘坐的八匹小马拉的马车，尤其是当有人告诉他这些马是女王出行时专用的，他更是觉得莫大的荣光。

鲍腊还称，使团与当地官员商人都有所接触，伦敦商人勒德富先生还邀请张德彝等人前去府上做客。勒德富先生的妻子对这些来自中国的客人很是热情，因为她幼年时跟随在香港任总督的父亲去过北京。这一切，都令这些在伦敦的中国人很是愉快。

六月五日，斌椿和他的同行者参加了由太子和太子妃举行的盛大的皇宫舞会。在命妇、高官云集的这场舞会中，斌椿的表现尚称得上得体。在被引见给主人夫妇后，太子殿下问斌椿，伦敦景象较中华如何？斌椿这样回答："中华使臣，从未有至外国者，此次奉命游历，方知海外有此胜景。"翌日在白金汉宫，维多利亚女王亲自接见使团成员，女王问斌椿："敝国土俗民风，与中国不同，所见究属如何？"斌椿的回答再一次值得称道："来已兼旬，得见伦敦屋宇器具，制造精巧，甚于中国，至一切政事，好处颇多。"

但这位斌老爷接下来的表现就让人大跌眼镜了。在随后的一封电报中,鲍腊称,按照最初议定的线路,使团接下来的安排是离开伦敦前往英格兰北部参观工厂,结束后启程前往美国。但斌椿突然提出不满意这样的安排,他对那些铁轨厂、造针厂、纽扣厂没有丝毫兴趣,他对美国也没有兴趣,尤其是他得知安排的内容有下煤矿,到时还要穿上普通矿工的服装,这更让他觉得无法忍受。他托词说身心俱疲,又思家心切,要求取消所有行程安排提前回国。鲍腊因有赫德叮嘱在前,说话轻不得又重不得,自感智穷计尽,因此不得不向赫德求助。

接读这封令人震惊的电报,赫德的第一反应是怀疑斌椿和鲍腊之间又起了什么冲突。在伦敦时对鲍腊已反复叮嘱,料想鲍腊不会如此不识轻重。那么问题出在这位难侍候的斌老爷身上了?是他贪图伦敦的享受不愿离开,还是欧洲大陆普奥战争的风声传到他耳中,把他给吓坏了?看来不得不去伦敦一趟了。他给鲍腊回了封电报,告诉他自己会在六月十八日晚间到达伦敦,重新商定使团旅行线路。至于斌椿那里,他觉得也不能一味迁就,他让鲍腊这样答复斌椿,口气不妨强硬一点:去留悉听尊便。

得知赫德将与赫斯特·简小姐结婚的消息,赫德的妹妹玛丽邀请他们前去里斯本做客。除了双方大人,玛丽还邀请了布雷迪姑妈、梅兹夫人和一些姑娘作陪。

这是赫斯特·简第一次和赫德家人见面。让赫德高兴的是,父母都很喜欢这个姑娘。他们愉快地共进午宴,主食除了牛排、鲱鱼、罗宋汤,还有就是面包和牛油,但他们都吃得很开心。餐后又一起喝茶。晚上,赫德陪布莱登夫人和她女儿坐火车回波塔当。尽管赫斯特·简一周前就提出要搬到他那里去住,但顾及布莱登夫人的情绪，赫德还是主张未婚妻继续和她母亲住在一起。这让赫斯特·简很不开心，上了火车，她就赌气不再说话。

她坐在靠窗的位置,把脸别过去向着窗外。后来她脱下手套,一直都在摆弄着自己的手，白皙的手指张开，又并拢。他已是第二次看见她这个孩子气的动作了,要不是布莱登夫人坐在一旁，他真想捧起那双手把每一个手指都含在嘴里。"我想真到了那时候，她一定会紧紧地搂抱住我，"他在心里说，"真是一个迷人的姑娘，看来我是真心实意爱上她了。"

他告诉简，因为一些公务要处理，他不得不在六月十八日赶往伦敦。

"这个月的二十一日就是我生日了，到那一天我就要十九岁了，你也不能赶回来吗？"简不高兴了。

"哦，亲爱的，我一定要把那些中国人安排妥当。我想在伦敦我需停留一天时间，然后再去都柏林订购一些准备运往中国的家具。二十一日那天我一定赶在傍晚前回来和你一起过生日，告诉我，想要我送你什么礼物？"

赫斯特·简的脸色这才回阴转晴，她说如果赫德方便的话，最好从伦敦给她买一个梳妆盒和一只手表回来。"生活在波塔当，什么都慢悠悠的，以前我从不看时间，但从现在开始，每一个钟头对我来说都是重要的。"

这些日子爱尔兰一直在下雨，间或夹杂着冰雹，到处都是湿漉漉的。赫德极不欲外出，但因为已经答应了伍德豪斯先生要上门拜访，便在去伦敦前一日和父亲一起去了纽里，在伍德豪斯先生家度过了一个下午。那天下午在座的还有许多年轻的女士，她们叽叽喳喳地围着他，要他讲在中国的冒险故事。当她们得知赫德先生已经有了心上人，非要追着他说出心上人的名字。伍德豪斯先生希望他晚上能够留在纽里，赫德推辞说第二天一早要去伦敦，就提前告别了。

第二天一早他坐上开往伦敦的火车时，雨已经停了，但天似乎更冷了些，铅色的云团像是被一双看不见的巨手推着似的在天空中飞驰。从拉弗内特坐火车去伦敦要经过波塔当镇，他在车上透过蒙满水汽的窗玻璃看着外面一闪而过的街景，辨认出了镇口布莱登夫人家的房子。从里斯本回来，他和未婚妻已经整整两天没有见面了。这会儿，她恐怕还沉浸在梦乡吧，她会不会梦见自己呢，就像她那天亲口告诉他的，梦见他们一起向着一个广场走去。

思念像温柔的湖水，在胸中涌动，他取出一封信阅读起来，这是他前一天晚上写给赫斯特·简的信的底稿，"我的小女孩"，他像前两次见面时这样称呼她。

赫西：

你是全世界最可爱的女孩！我觉得你一天比一天可爱，现在比一个星期前更加可爱。我无法向你表白那天早上在火车上的半个小时里，我是多么愉快，我紧紧握着你的手坐着，感到多么幸福——平静，然而是胜利的幸福。我记得你脱下手套，然后轻轻地摆弄着双手。你知道那时我在想什么吗？我想的就是：你和我一样感到幸福，你的手不停地动，表示渴望热烈地拥抱，或者渴望被热烈地拥抱。是这样吗？我说得对吗？我亲爱的，有你在身旁，是多么愉快，离开你是一桩"多么讨厌的事"！不过，在你完全属于我之前，我们彼此难得在一起。想象一下吧：自从见过你，已经四十八小时了，还要经过一倍的时间，我们才能相会！我尽量使自己相信，你和我一样急于挨过这离别的时光，而且我想你一定比我更觉得时间过得慢。我得外出旅行和工作，心中牵挂着别的事情，几乎觉得时间太短了；而你呢，你是完全隔绝了参与那些使时间飞逝的事。我的小女孩，请允许我向你表示同情，并且表达一个希望，当你再和我在一起的时候——我希望在下个星期四晚上——你会"吹嘘我一通"：我以为承认自己喜欢去爱人和被人爱，对于一个男子汉来说，并非不光彩。

昨天，我们（我的父亲和我）去了奥米斯公园。天冷得要命。我们乘的火车开得非常慢：一路上走走停停，我们一直到二时才抵达。我在客厅坐了半小时，接着和伍德豪斯一起在园子里散步。后来伍德豪斯夫人看到我们在暖房里躲雨，便抓住我，把我带回屋，在那里我同女孩子们和索林小姐闲聊一小时。之后便是五时晚餐。两位家长一口一口抿着潘趣酒时，我重新坐在雷恩房间的位子上，觉得自己如坐针毡。女士们在年轻的伍德豪斯的引导下开始"嘲弄"。我试图扮演无辜的角色——我不知道是否成功，但是尽管他们提到阿马路教堂，以及我去波塔当访问等等，你的名字却一点也没有透露出来。

走过你的房子，我曾经望着后面所有的窗户。尽管实际上什么也没有看到，我却想象有人在里面。我怀着炽热的感情——心满意足而且充满信心的炽热的爱，觉得我心飞向你。下星期四傍晚五时三十五分，等着我。那是我所乘的从伦敦开出的火车应当经过你家的时间。要是你看到我的车厢窗口有个白色的手绢，你会猜出是谁的手在握着它。

我明天去伦敦，途经霍利黑德，星期四到都柏林。回去走同一路线，星期三傍晚离开伦敦。我也许在都柏林会见你的母亲，因为我从上午九时至下午二时都在那里。

现在我亲爱的——我的亲小囡，我得向你说声再会：致以最良好的祝愿，最亲密的爱，一直等到星期四傍晚。最亲爱的赫西，再会。

（我差点忘了告诉你，我的妹妹们和我自己一样，认为我亲爱的女孩非常好。）

永远属于你的，

赫德

1866 年 6 月 17 日，星期日傍晚

7

在伦敦花了一天时间，赫德重新为使团安排余下来的行程。商议中，斌椿继续以体弱染病为由，提出不想去美国访问，赫德从不愿意做任何勉强人的尝试，于是取消了该项目。原定线路中欧洲的六个首都继续保留，行程计划依次是阿姆斯特丹、哥本哈根、斯德哥尔摩、圣彼得堡、布鲁塞尔和巴黎。启航回中国的时间也更改了，从原定的九月初提前到了八月十九日。在使团离开英国前往荷兰和丹麦前，赫德认为英格兰北部的工厂还是继续要参观。对此斌椿没有提出异议。

赫德觉得，斌椿和自己在一起，总是显得通情达理、性情温和，可是鲍腊每次来信，都说他十分难以沟通和驾驭，不讲

道理，还凶蛮无礼。他真没想到两人的关系搞得如此僵。到底是谁的过错呢？他觉得对这个问题要重视起来，否则如果两人的关系真恶化到了无法收拾的地步，使团就会陷入困境。从感情上说，他偏向鲍腊这一边。"要是实在不行，就把马嚼子安在这个老人的牙口上，封住他的嘴巴！"气愤的时候他甚至也说过这样的话。但从理智来判断，他也知道这个已经升为正五品文官的前海关文案不能得罪，毕竟，他是使团名义上的领队，回去后还要向皇帝和总理衙门专折奏闻此次海外游历的见闻呢。正是出于这样的念头，他对斌椿在女王接见时得体的表现褒扬有加，关心地询问他的病是不是好些了，还同意斌椿不去美国——尽管在这之前，他已与美国外交部打了多次交道安排这次访问，现在这一切全要作废了。

他觉得有必要继续敲打鲍腊，让他从大局着眼，维护好与斌老爷的关系，起码面子上大家都要过得去。鲍腊提出，使团结束在英国的访问后他想请三个星期假，回克罗伊登附近的家中看望父母。他红着脸说，家里为他介绍了一个当地姑娘，他也很想去看看那个姑娘到底怎么样，如果长得还算可以的话，就把生米煮成熟饭，带回中国去。没想到这小子竟然和自己有一样的想法，赫德大笑起来。

"看你猴急的样子！德善的假期也快结束了，估计明后天就会回来，你与他办了交接手续，就回去泡你的姑娘吧。姑娘的芳名是什么？"

"她叫瑟泽·伍德沃德，父亲是参议员。"鲍腊笑了，"不是我急，我父母才急哪，为了让我和这个姑娘见面，他们过两天要为我们召开一个花园招待会，我想请您赏光参加，可以吗？"

"恐怕我只能在这里预祝你成功了，爱尔兰那边等待我回去处理的事太多了。"他忽然心中一动，说不定这是改善鲍腊与斌椿关系的一个机会呢，"这样吧，你把使团的几个正式成员请去，也好让斌老爷他们领教领教欧洲式的花园招待会是什么样子的。"

这边事情一办毕，记挂着赫斯特·简想要的生日礼物，赫德前往霍威尔·詹姆斯公司，花五十五镑为她选购了一个漂亮的胡桃木梳妆盒，又前往哈里·伊曼纽尔商店给她买了一只手表。然后他又约了休士去贝克街德鲁兹商店订购家具，约了金登干去丽如银行，做了委托证券投资的授权。忙完这一切，他坐次日早晨的邮车前往都柏林，去那里会见几个有意愿前往中国海关工作的年轻人。等他从都柏林回来，波塔当小镇已沉入了暮色，赫斯特·简小姐生日宴会的蜡烛已经点燃了。

送走了前来参加生日宴的客人们，赫德告诉她，由于使团回国的日期要提前，让她跟妈妈说说，婚礼能不能提前举办。赫斯特·简兴奋地说，太好了，我早想跟你去中国了。布莱登夫人听了这消息心下黯然，伤心于女儿马上就要远离自己却没心没肺地快乐着，但还是同意了把原定于九月十五日的婚礼提前到八月。

接下来的十几天，赫德几乎天天都可以见到未婚妻，他们一起喝茶、闲聊、弹琴，她马上就要成为他的新娘，他有责任和义务去了解她。其他的时间，他全都泡在了家庭和朋友的活动上，日子过得简单而愉快。天气暖和的日子，他会花一整个上午陪着妹妹们玩槌球游戏或者一种叫"草莓叶子"的游戏，然后又带她们去酿酒厂、磨坊这些他以前玩过的地方消磨时光。他是家中十个子女中的长子，他去中国两年后，最小的妹妹杰弗里才出生。现在妹妹们都长大了，除了杰弗里才十岁，夏洛蒂、卡西、吉米也都到了和他的未婚妻差不多的年龄。他陪着赫斯特·简小姐去都柏林，拜访她的两位姨妈——勃朗宁夫人和老处女布莱登小姐，还参加了当地世纪教堂的一个授圣职仪式。他们还一起去里斯本，去他大妹玛丽家喝茶。他们出席了玛丽去年出生的孩子的受洗仪式，以他的名字命名了那个新生儿。在里斯本，他们还接受当地一个水果商的邀请去果园摘草莓和树莓。新鲜的草莓汁沾上舌尖时那种熟悉的味道一下让他回想起了在乡间度过的全部时光，那一刻，他仿佛觉得自己从来没有离开过家乡，没有离开过家中的妹妹们，而已经逝去的十二年时光，就像是做了一个梦，醒来后，还是熟悉的乡村、熟悉的亲人。

那些社交界的活动，剧院啦，舞会啦，宴会啦，招待会啦，这段时间他都没有涉足。与前不久在伦敦时的热衷于社交相比，他像是换了一个人，静静地待在拉弗内特和波塔当，好像在乡村刻意要保持一种内心的宁静，以便在不被打扰中享受人伦之乐。他也没有像那些在殖民地工作、短暂回国述职或者度假的其他官员一样，趁机削尖脑袋往上流社会钻营，结识一个个高官和权威人士，以便晋升、调动或者获得十字勋章和爵位。这倒不是说他真的看淡了名利、不求闻达了，他只是不想把短暂的假期全都花到钻营上去，更受不了丢掉尊严在权门之间奔走。那些身居高位的人，可能表面上对你客客气气，一转身就会把你给甩了。即使通过取悦他们获封最低等的巴思爵士，进入了所谓的"上流社会"，又有什么价值呢？他承认，得到了十字勋章和爵位当然是值得高兴的，但要是得不到这些，也没什么好不开心的。一个人不可能样样东西都拿到手，有所舍，才有所得，只有学会了放弃，才有可能得到更多。就像他现在，要是待在伦敦，或者和使团的人一起到处走动，那就不可能和朋友家人待在一起，享受亲情和友情带来的欢乐。

他想：我现在拥有生命、力量和健康，要不了几年，这三者都会离我而去，那么，我是为了那干瘪的面包而工作，还是为了那转瞬就被遗忘的人世间的浮名而工作？不，就把面包看成是干瘪的面包，把浮名看成是会被人遗忘的浮名，在追逐任何这样的蝴蝶时，都不要离开了正道。大胆地前进吧，你的眼睛应该盯住目标，那扇从这个世界通向另一个世界的小门，努力工作，只有你的工作会伴随你到达彼岸。

"因此要甘于宁静，而不必闻达。"他在日记中写道，"在去中国之前，你还有好多工作要做，去做那些事，而不要为爵位或授予仪式之类的事烦恼。现在去寻求它们，就像是打一局没有把握的牌，或者是一场不知敌人为何许人的战斗，却远离自己的后备力量，没有基地，只是依赖侥幸。重要的是按照桌上的明牌打好一局牌！"

什么是桌上的明牌？那就是他在中国的地位与影响，中国的海关和财政，甚至整个政府，都离不开他；还有他与这第一个来到欧洲的清国访问使团的特殊关系。他相信，这一张张的牌摆在那里，那些权威人士没有理由不知道他，他也可以轻而易举踏入他们的门户。但他不喜欢登门去寻求他们的认可，去请求授予十字勋章和绶带，那太掉价了，他要这一切不请自来，直接降临到自己头上。他试图从眼下要处理的一大堆事中理出一个头绪来，打开桌上一封由鲍腊和德善共同署名的信，看了不由一阵心焦。

这是一封告状信，邮戳上盖着收到的日子是七月十三日。这么说，自己这些天沉湎于温柔乡中，竟把这封重要的信件耽搁两天了？信中报告了这些日子以来使团的行程和所到各国的会见参观等情况，在参观了英格兰北部的工厂区和伯明翰棉纺厂后，使团离开英国前往荷兰，从哥本哈根又前往斯德哥尔摩。在罗列以上这些后，信中说，他们"对斌椿及其作风极感厌烦"，他不顾安排一意孤行，还净提些无理的要求。信的末尾是鲍腊和德善的共同签名。

该怎么办？是支持他们，还是支持斌椿？赫德觉得自己被抛进了一个进退维谷的窘境。的确，鲍腊处事机敏，德善为人忠厚，在海关工作时就很得他的赏识，他当初从海关职员中选了他们两人随团出行，就是想将他们好好历练一番，以便放到更重要的位置上去。可是斌椿真是他们说的那般不堪吗，无知、自大、自私自利又不可通融？平心而论，他对斌椿的印象还是不坏的，相处也是愉快的，尽管这人有些迂腐气，但还算是个明智的人，做事也干练。他对这两个手下老是拿使团内部的矛盾来让他裁决，越来越感到恼火。他认定，这两个人对斌椿有曲解。一个人要曲解别人是非常容易的，不管是有意还是无心，即便一个没有私心的人也会因为愤怒或自命不凡对事件做出歪曲的陈述，更何况一边是二十几岁的年轻人，一边是六十二岁的老人。自己怎么可以偏听一面之词，把要事撇在一边？

想到下一阶段在中国的事业，他的思路越来越清晰，拿着一支铅笔，把急着要办的事和预期目标在纸上罗列了开来：

一、由中国政府派遣官员去欧洲，这一点我已获成功；二、让欧洲各国政府接受这些官员，并且友善地对待他们，这一点上获得的成功超出了预期；三、促使欧洲人对中国人感到满意，并且对他们有更大的兴趣，这一点我也已成功；四、使中国官员带着对外国的愉快回忆离开，这一点迄今为止也已获得成功，只是使团在欧洲的时间过于短促，很难说他们得到了多少实质性的指导和帮助。

还有几项目标，他觉得为期尚远，要采取必要的步骤才能达到，比如让斌椿一回到中国，就出任堂官，即外务部长，使政府在他的帮助下开始学习西方的科学和文化；劝导中国派遣大使出国，与西方各国建立起正式的外交关系，等等。正是为了实现这些目标，几年来孜孜不倦地努力，才有了这第一次出国的使团，难道现在自己竟然成了一头蠢驴，由于狂妄、轻率和考虑不周，把事情全都弄糟了？

他继续想下去：斌椿当然也有他自身的缺点，可是谁没有缺点呢？如果拿住这一点做文章去反对斌椿，可能会成功，但这样一来，这次出访就完全失败了；要是不成功呢，与斌椿之间的仇就结下了，不管成与不成，以后的各项目标要实现起来都会更加艰难。而且凭经验，他断定，如果这种冲突公开化，北京方面只会支持斌椿而不可能来支持几个外国人。意识到这一点，他做出了一个实用主义的决定，支持斌椿。"愚蠢，实在是愚蠢！"他把鲍腊和德善寄来的信狠狠揉成一团丢进纸篓。他决定不去理睬他们那些琐琐碎碎的争吵，把屁股完全坐到斌椿一边来。"工厂的机器发出噪声，但是如果为了消灭噪声而将机器关闭，我们到什么地方去得到布匹呢？"

要实现目标，使团和斌椿就是他的船，现在船已经启碇开航，航程已经过半，他如果还要继续前进，就不能放弃这条船。

他的打算是，让斌椿继续保持他的品性，什么都不用改变，唯一改变的是让他在使团内部掌握尽可能大的权力。并且他要把这个以前的下属视作真正的朋友与之交往。就让他先去占着上风吧，只要不像野马一样脱缰奔突、不听使唤就好。至于鲍腊和德善，他觉得有必要腾出一只眼睛来把他们给盯紧了。不论在需要最普通的常识还是需要机智的地方，他们都不合适：他们既不能见机知微，也不会随机应变。实在太令人失望了。

接到赫德新的指令后，使团再无纷争。整个七月，使团在欧洲大陆继续余下的行程。他们乘坐火车，从一个城市赶往另一个城市。从斯德哥尔摩到圣彼得堡，他们坐了三天半的车。尔后，他们坐火车去了柏林。"七星期战争"已经结束，德国人忙着庆祝胜利，几乎没有留意到这些来访的东方客人。有人建议使团应该看看鲁尔的工业区，于是他们在七月二十四日离开柏林前往埃森。德善此时已结束假期回来，鲍腊终于得到了三个星期的休假。

8

就在使团离开柏林的同一天，赫德离家前往苏格兰东北部的阿伯丁访问。本来七月初的时候他已准备去阿伯丁看几个朋友，但因那段时间刚结束东奔西跑回到乡间和未婚妻待在一起，他觉得为了聚会几分钟却要花去五天时间旅行，实在是浪费时间，就取消了行程。此一时彼一时，当狄妥玛再度向他发出邀请时，他就向那座到处是花岗石建筑的城市出发了。

行前的晚上，他在拉弗内特的家中给未婚妻写了一张便笺，告诉她他要操心的除了"天朝"的事，还有别的一些恼人的事。为了在回中国之前把这些事都处理好，他要外出很长一段时间，可能要三个星期，也可能更长些，但最迟会在妹妹夏洛蒂的婚礼前赶回来。

他要她为下个月的婚礼做好准备。"今天我脑子里塞满了工作，没法给你写一封情话绵绵的信，我离开后你务必写信给我，来信地址是伦敦阿尔比马尔街 7 号的皇家帆船俱乐部。"他告诉她，不论多忙，他的心中一定会有她。

第二天，他到了里斯本，担心赫西因前一封信里说到的烦恼事焦虑，又发出一封信，特意说明，这"恼人的事"与婚事无关，而是一些家务事，父亲生意上的一些事需要他插手。"我亲爱的，就我来说，没有什么事能阻碍我们的结合。"他的嘴巴像抹了蜜糖似的，一会叫她"我甜蜜的宝贝"，一会叫她"我最爱的小姑娘"。他告诉她，和她分别是一桩多么难过的事，让他更难过的是要有三个星期看不到她。"我真的希望能够带你走，在八月二十二日完全拥有你。在我能够有权带你一起到我必须去的地方之前，我不想再多待一天。亲爱的，请为那个日子准备好，我也尽力将我的事情准备好。"

一路上他发出了许多封信，向家乡的未婚妻报告行踪。

渡海到格拉斯哥①，度过一个美丽的夜晚后，赫德和狄妥玛一起去阿伦桥，驱车去东恩宫堡看了玛丽皇太后睡过的床榻，以及哲学家休谟慌不择路逃逸时穿过的窗子。他还在城堡庭院里采了一枚"蓝绵枣儿"要送给未婚妻。阿伦桥是一个非常可爱的地方，阿伯丁这个城市看上去非常整洁，房屋高大而且宽敞，他的感受是，苏格兰远远胜于英格兰。几天后，在拉格比的一家老式英国旅馆等候开往伦敦的火车时，为了挨过近两个小时，他又给"亲爱的小姑娘"写信，告诉她告别后的这一个星期里，他坐下来第一个想到的就是她。这个即将走向婚姻的男人，一路上频繁地写信发信，好像要编织一张爱情的网，把对方装进去，

---

① 苏格兰第一大城与第一大商港，位于苏格兰西部的克莱德河河口。

也把自己装进去。他这么做是出于对无爱的婚姻的恐惧吗？

"你捉弄我，你把我放在火炉上烤，使一个男人完全受不了。"鼓动的情欲得不到满足，使这个旅途中人的话带着些怨气，"你我就这样卿卿我我下去，一直到曲终人散呢，还是将来有一天，为了我曾经这样痴情，受到公众的嘲讪和英国陪审团温情的怜悯？"他希望在伦敦的帆船俱乐部收到她的信："要是俱乐部没有你的信，我会失望极了，我会马上感到要靠我的雪茄盒子来抑制我对爱的饥渴。"他向她索取爱，"只要得到赫斯特的爱，再多的忧虑和烦恼纠缠着我，我也承受得起；只要简是真心实意，我可以对什么都满不在乎地打榧子。"

真的像他自己说的，拥有她的爱就可以对什么都满不在乎地打榧子吗？向波塔当的未婚妻抛出这件爱情的紧身衣后，逗留伦敦的四五天里，工作上的事已让他完全忘记了"亲爱的小姑娘"。

那些天，他忙着在下榻的圣詹姆斯旅馆会见一拨拨的"中国佬"老朋友——戈登上校、雅妥玛领事、福克斯船长，还有金登干、汉南、休士等一帮海关下属。他和他们一道会餐，商量工作。看金登干这段时间跑前跑后颇为得力，委托办的公事私事都打理得井井有条，他决定这次回中国把他带回去担任私人秘书和海关的财务稽核员。为了芝罘港灯塔的事，他又在休士的陪同下前往领航协会洽谈。除此之外，他还忙着筹划购买送给中国友人的礼品，忙着同想在海关觅职的人面谈，直恨分身乏术。到了八月四日，他同金登干一道前往巴黎，准备为扩充中的京师同文馆招募一批学者充任教员。其间他会见了一位叫方根拔的德国学者，据说此人大有学问，且有意出任同文馆的数学和天文教习。另有一位叫毕利干先生的化学家，对出任化学教习也颇有兴趣。尽管巴黎对他不无诱惑，夜晚的爱丽舍田园大街更是勾人魂魄，但妹妹夏洛蒂的婚礼在即，他还是着急地赶往爱尔兰家中。夏洛蒂是他第二个妹妹，比他小七岁，他早就答应她，一定赶回来参加她的婚礼。与未婚妻分别十多天了，他也急着想见到她。

"我的爱，我的乖乖，我的亲小囡，我最亲爱的！如果我继续这样深情地叫下去，你会不会以为我发了疯？"人在旅途，空间距离使他一点也不必为送出这些肉麻的话感到脸红。

"为什么你抓住了我，你这个迷人精？你三十一日一片深情的来信，我一直到昨日半夜才打开。我一读完，嘴里说出的第一句话便是，但愿上帝保佑我亲爱的姑娘！你觉得你对此能够看得透彻吗？我能够。因为我觉得你是一个纯真、高洁、深情的姑娘，我觉得你的确毫无保留地把你的心给了我。"他觉得自己说出这些话时就像一个诗人，"我十分喜爱乡村生活。漫步田野，欣赏着夕阳下的树木和一排排矮树篱，要是和你在一起，我会觉得加倍的欢乐。我们的柔情蜜意是在四墙之内相互倾诉，我更希望风和日丽时和你在乡间散步。只要你始终在我身旁，我绝不会对这个世界上别的女人多看一眼！

"我亲爱的，我认为你是一个非常好的女孩，我认为我已经在你的身上找到了我的好天使：这并不是说我要常常吻着你，或者别的什么，而是，事实上你在房间和我一起时，我好像呼吸到异样的空气，那是我以前从来没有体验过的宁静和安详。你的亲近让我心满意足，一切烦躁不安一扫而空。你像我喜欢的颜色（绿色）：当你在我视野之内，不论是径直凝视着你，还是仅仅瞥见你的轮廓侧影，我的眼睛总是充满欣喜。好啦，亲爱的，再有一个星期，在我去爱尔兰途中，你便会见到我，也许我会……很高兴再一次有你在我的身旁！"

这些充满柔情蜜意的信俘获了姑娘的心。参加完妹妹的婚礼，赫斯特·简半推半就留在了拉弗内特。当天晚上，他们有了第一次性事。他亲吻她的脸、耳垂、脖颈，摸遍了她的身体。他自忖自己的舌尖足够火热，手指足够灵巧，但不管他变着法子如何挑逗，她的身体就像一截不会热起来的湿木头。当他试图进入她绷得紧紧的身体时，他听到她说了一句话："这种事我不熟悉。"

一开始，他只是把这句话当作一个处女羞于性交的托词。"这种事我不熟悉。"当她重复着咕哝的时候，他从这话里听出了一丝取笑的意味。他的头轰地一下大了，看来她已经怀疑起了自己的真诚，把自己看作了一个老于此道的蜂蝶浪子。他猜测这次出门在外的十多天里，她一定从什么地方听到了这十年间有关他在中国所作所为的传言。以前，他曾经向她暗示，在中国的这些年他有过一些故事："我不打算告诉你我过去多么傻。""赫西，请记住，你是为了未来而同我结婚的。"但从她此刻的神情看，他知道她顶真了，她急于知晓他隐秘的过去。

"赫西，受到你的怀疑或不信任，对我将是人世间最大的灾难。我的身上既有行大善的料，也有作大恶的料。要是你这方面有任何不信任，将我引到错误的方向，我担心我对自己还是对别人，都是灾星……"

"亲爱的，你怎么了？我只是不熟悉这事儿。"

"你是不是听到什么啦？"

"……"

本以为销魂蚀骨的性爱会带来期待已久的快乐，这几句话说下来，他再也提不起兴致，几天来的劳顿好像又重新回到了身上。草草结束爱抚倒头便睡，却再也睡不着，十年间的中国往事一幕幕在眼前闪过。第二天一早醒来，赫斯特已经走了，他懊恼昨夜没有说清楚，更担心她一时的负气会让一桩即将到手的婚姻告吹，于是赶紧坐下来给她写信。

当他提起笔来，有一件事他一想到就觉得特别烦心，他是不是应该向赫西坦白自己所有的过去，把与中国女人私通并刚刚将三个孩子送到伦敦的事告诉她？直觉告诉她，这样做是危险的，很可能得不偿失。既然完全的透明不可能，那就向她做有限度的坦白吧，他相信，女人总是很容易被话语所引导，当她们陶醉于爱情的气流时，便不再执着于事情的真相了。他应该说出一些隐秘的往事，但更重要的，要让她相信他对她的爱。

于是在这封信中，他承认1856年曾在宁波同一位英国小姐有过一个鲁莽的婚约，可是姑娘的父亲拒绝接受一个缺乏财富又没什么前途的领事馆雇员做女婿，婚事很快就告吹了。那个英国女士成为别人的妻子已快十年了，现在已是一个有许多孩子的邋遢的胖女人，他再也没有与之有任何联系。他接着含混地承认，由于这一背叛给他带来的打击，随后几年里，他一直处于拜伦式的"放荡"状态。但当他走过深渊，回想过去的放纵，只觉得生活的痛苦。他的语气不像在坦白一段情史，倒像在向着一个知心人儿诉苦。他成功地把自己塑造成了一个受伤害者，以激起她的同情，当然，经验告诉他，在恋人面前适度的谦卑更具杀伤力。

"我亲爱的，我除了没有披露那不必披露的，什么也没有隐瞒！要是你喜欢我这样做，我可以告诉你，我去中国以来每一年是怎样度过的。对你来说，要这样的解释，就是要你弯下身来，把沾满泥土的靴子脱掉。"他还说，一个男人通常到了他这样的年龄，很少经受过火烧和水淹的苦难，但他两者都经受住了，结果是让火烧光了痛苦，让水洗尽了污渍，现在的自己比起以前，是个更加纯洁和善良的男人。至少这两年自己一直过着清心寡欲的生活，这就是证明；最近几个月，在伦敦和巴黎这样容易让人堕落的地方成功抵挡住了诱惑，也是一个证明。他信誓旦旦地表示，一个女孩把她未来的生活完全交付给我，我怎么可以让她不幸福？

"要是我不喜欢宁静而高尚的生活，我不会有结婚的念头，我对于我所思考的未来感到充分自信，而且肯定在未来，我不会做出任何使我妻子痛苦或者让她为我脸红的事。"

距离八月二十二日的婚礼越来越近了，家中成天乱糟糟的，定制礼服、排定邀请宾客名单，一应事都少不了他，赫斯特·简还提出，要把婚礼放在都柏林最豪华的酒店举办，去中国之前要他一直陪着她度完蜜月。

作为一个准备把自己完全交付出去的新娘，这要求不算过分。父母和女方家庭都希望把这事操办得热热闹闹，他只好像一个木偶一样被他们牵来牵去了。他像一个局外人一样看着家人忙活，心底里越来越强烈的是对一个中国女人的思念。

这两年里，她的影子已经很少在心里出现，他以为已经忘记了她，现在他知道，这不可能，永远不会。她给了他感官的愉悦，给了他一次次在汗水和喘息中羽化般的人间至乐，她还给他生下了三个孩子。她是他已经消逝了的青春的墓志铭，是他在中国十年的全部秘密。

她现在哪里？离开了他，她是如何生活的？抛弃她到底是聪明还是愚蠢？阿瑶，我的阿瑶啊。

他一遍遍地在心里呼喊着这个中国女人的名字。这个即将步入婚姻的男人，完全被对这个女人的内疚淹没了。他一向相信自己，但在这件事情上，他真的迷惘了。

下雨了，雨点打得院中阔大的树叶啪啪作响。整个下午，空气中飞扬的尘土味被蒸腾着的水汽吞噬了，天变得格外昏暗，好像黄昏提前降临了。他站在窗前，从倒伏的树梢辨认出了风的形状。这雨紧一阵缓一阵，短暂的消停之后是对大地更肆虐的鞭打。

这疾风骤雨的天气让他想起了北京的夏天，胡同口碗口粗的槐树都会被吹折，雨停后满街的泥泞和水洼，让吃力前行的车子就像陷入了沼泽……满世界只剩下嘈杂的雨声，天色渐渐泛白，他看着满是水渍的窗玻璃上的那张脸，雨水冲刷着那张脸，让它更加污浊。那张脸也带着仔细端详的神情看着他，如同十年前的他，看着现在的自己。

9

那张脸……

哦，是的，那张脸……那么年轻，那么瘦。绷紧的下颌好像承受着内心的某种折磨，又不要让这种折磨显露出来。一种与年龄不相称的阴郁，几乎使这张脸显得神经质，就像一个耽于内心生活、过于羞怯和紧张的青年艺术家。那张侧着的脸看着窗外的雨……

把时光折叠，这张脸的下面是另一张脸……

那张脸正对着蓝如虚空的大海出神。他现在看到这个年轻人正在 1854 年夏天去往中国的船上……

让我想想，他最合适的位置应该是在哪儿？他竭力在记忆中搜索，就像一个侦探重返现场寻找证据。船舱内，船上的舞会，还是与众人一起听随船的牧师布道？

……好了，他转过脸来了。他站在甲板上，孤身一人。三十一岁的他如同在另一个时空与十九岁那年的自己遭遇了。

十九岁那年的他，体力与情感和大不列颠帝国一样正处于上升勃发阶段。情欲之花在他体内隐秘的角落已经不为人知地绽放，在女王学院，他享受过持续不断的对中产阶级少女的心醉神迷。就在踏上中国之行前，这个女王学院的优秀学生（贝尔法斯特女王学院文学士，科学奖学金获得者——他经常带着自得的口吻这样介绍自己），受魔鬼的诱引，和他的同学斯旺顿一道，"走上了叛逆和邪恶的道路"。当然，每个男人都要经由类似的堕落之路才能到达上帝那儿——他在贝尔法斯特酒馆的一个妓女放荡的肚皮上失去了他的童贞。不久他就感到身体的不适，生殖器瘙痒并且伴随着尖锐的疼痛，显然，作为快乐的代价，那个腌臜的女人让他染上了某种惩罚性的疾病。他离开英国是否希望异域的气候治愈这具走向腐烂的身体呢？

此行他的身份，是为女王陛下去远东服务的外交部随习翻译，政府的一个低级职员，隶属香港总督包令爵士① 管辖。他的目的地，是那个古老帝国东部沿海的一个名不见经传的小城宁波——按早几年抵达中国的美国长老会传教士丁韪良先生的说法，"宁波"这个名字并不像字面那样意指"宁静的波浪"，而是指"使波浪宁静下来的城市"——不远的过去，一场旨在打

① 包令爵士（Sir John Bowring，1792—1872），英国派驻香港的第四任港督。

开贸易之门的战争，已经让那儿成为一个通商口岸。

行前，一个外交官这样忠告他：即使艳阳高照，出门的时候也一定要带上雨伞，去打水鸟的时候一定要穿上长筒靴。这话让这个年纪和智力的他颇费思量。一路上，这个勤于内省的青年都在忏悔犯下的罪孽。"不良的交往把我从安守本分的道路上引开，我所遭受的惩罚不仅有心灵上的损失，更有肉体上的折磨。"海上的溽热使那种难与人言的病更为折磨。他想这就是亵渎神明的代价。我现在多像一只迷途的羔羊啊，他对自己说。为了重回主的身边，他规定自己从今以后做一个圣徒：一、读《圣经》，早晚各读一章；二、不说谎；三、戒烟，饮食适度；四、力求圣洁，"不因想着那些引向罪恶的欲念和行为而犯罪"。

可是海上的日子一天天过去，那犯下罪行的一幕在回想中竟越来越显得销魂而美好。入夜的海风把甲板上女人们的香水味和轻佻的笑声送入舱内，他觉得身体里好似有一只老虎咆哮着要跳将出来，关也关不住。实在没办法了，只好背对上帝，趁着黑暗用手了事，当然事后肯定又是无穷无尽的忏悔。

约两个月后船到香港，走下甲板的年轻人形销骨立，如同大病一场。但这里还不是终点。在这里的英国商务监督公署作为额外人员短暂工作了一段时间后，他将转往宁波担任领事馆随习翻译。从香港出发前往上海的船上，他开始稍稍放任自己，读带在身边的司各特和库柏的小说，翻阅中产阶级的《笨拙》画报销磨时光。当湛蓝的太平洋水变成黄褐色，泥流涌向船舷，大河的入口向这个年轻人展开了他中国之行的第一页：肥沃的田野、点点宝塔和背驮着牧童的水牛。尽管离船靠岸还有几个小时，赫德迫不及待地把这些小说胡乱塞进行李堆里，准备下船了。

"阅读小说应当受到谴责，"他对一个结识不久的法国人说，那人正捧着一本《巨人传》为里面的饕餮场面拼命忍着笑呢，"因为小说虽然能使我们得到教益，但它让我们头脑中形成一种对邪恶和不体面的景象——比如说性交——的想象，因此它使我们接触到罪恶和污秽。"

罗伯特·赫德是乘坐"厄林号"从上海到宁波的。十月中旬的一天，船从镇海炮台"高傲的眼皮下"驶过，进入甬江。

> 一进入甬江，右边是镇海要塞，一所大庙坐落在招宝山山顶（非常像直布罗陀的山，只是规模小一些），左边是另一座较高的山。山顶有一小塔楼，用作瞭望哨，有时用作发信号的场所。在招宝山的后面，就是镇海城……沿着一条蜿蜒曲折的河道航行，左边是山，几乎濒临甬江河岸，右边是一片宽阔肥沃的平原。接着，我们航行到了最后一段河面，正对着白沙村，稍往前，右边就是英国墓地，左边河岸上则有无数房子，外国洋行和外国人的船只也都在那里。放下锚，我们到宁波了……

他第一眼看到的，是这座抵挡海盗的要塞下的大队帆船。林立的船桅几乎把城市从视线中遮去。

这是他对这个东部小城的最初印象：咸鱼气味包围着的一座保守主义的城市——保守主义尤其通过士大夫阶级的惧外憎外心理表现出来；根深蒂固的官绅家族集中地终日响着算盘声和桐城派的古文诵读声；某些物品被视为这个城市的特产，如漆器，木雕，镶嵌银饰的家具和一些贵金属制品。

城中心有罗马天主教传教士们居住的天主堂，为了方便传教，他们都改穿中国服装。南门外有一所修女们办的育婴堂。

新教传教士中，有英国圣公会、浸礼会和美国长老会派遣的，大多数传教士住在城东三条河流汇合处的岬角上，即当地人所说的三江口。他们在那里建造了学校、礼拜堂和几座简陋的房屋。尽管这个城市还没有多少教徒，但传教士们相信，安息日的早晨到处响彻教堂钟声的日子终将到来。

英国领事馆在离河岸稍远的一个长条形的岬角上，这一段河常常被叫作领事馆小湾。从领事馆的窗口，可以看到河对岸坟地的荒草。

他的职责是主管送交中国海关的船运报告并学习汉语，帮着代理领事收缴关税，处理私盐贩子、海盗和鸦片船，以及跟地方官吏谈判。他对这一工作并无多大兴趣，他更向往的是作为一个神职人员派遣到那个古老的国度。既然所有的道路都掌握在上帝的手中，他希望很快投身到传播耶稣基督的福音的工作中。怀疑和恐惧的确在，引诱的确在进攻。"感谢上帝，"他说，"感谢上帝，我仍然喜欢宗教。"

一日，赫德穿过近郊的田野出去散步，看见了几座坟墓。其中有一块石碑，是被海盗淹死的美国传教士娄理华的墓碑，上面写着"我是这土地上的一个陌生人"。那一刻他对不可知的未来感到了恐惧。留在中国还是回英国？当牧师还是当律师，还是去经商？他就像一个旅行者来到一个岔路口，前面有五六个岔道，可他不知道该走哪一条。最后他决定留在这块土地上，学会官话和难听的宁波土话，然后从事传教工作。他相信这是他来到这里的责任。

可是穿上教士的长袍就能免受魔鬼的诱引吗？

当夜色笼罩岬角，情欲之花便开放了。这黑而又黑的苦难之花啊，和着夜色中潮水的呜咽渐次绽放，让可怜的年轻人饱受煎熬。这煎熬，即便他抱着一腔传教士的热忱也不可抵御。看来上帝也不是想象中的那般无所不能。他渴望着异性的爱，欲火中烧，与日俱增又不可遏制。只有异性的气息会让他狂躁的内心变得宁静。

"这种时候，只要有一位年轻而富有生气的传教士的妻子在我身旁，我就会感到愉快。"他在写给斯旺顿的信中说。

信中还不无醋意地说，我在宁波，必须自己动手给衬衫钉纽扣，穿着无跟又无尖的袜子，自己动手弄吃的；你所在的教区呢，想必有许多女孩子都乐于为你的手帕镶边，为你织袜子、做衬衫。可怜我这个倒霉的单身汉，这两周来还没有同一个英国妇女说上三句话，只对一个美国人点过头，除了那个倒夜壶刷马桶的老太婆，很少看到中国女人，尤其是年轻的女人。

近乎幽闭的日子好像让年轻人变得谵妄了。他吹嘘，自己正爱上一个十四岁的中国姑娘，"她的脚只有两英寸长"。同时还爱着这里的两个英国姑娘，他已与她们握手六次。还爱着一个在此地的爱尔兰姑娘，已见过她七次，并在三个不同的场合与她讲过话。

领事馆里只有一个英国人，代理领事密妥士，一个高个子、络腮胡子、灰杂色头发，长着一双狂野的蓝眼睛——"极像一个疯子的眼睛"——的苏格兰人。他们很少有交谈，工作也大都是"在纸条上涂写"。除了和传教士们喝茶，晚上的时间如何打发确是一个问题。到宁波不久，他得出的一个结论是：基督徒的生活就是不断战斗，击退肉体的、世俗的情欲。年轻人太需要一个对手了，他把自己视作了最大的敌人。然而发生在身体内部的战斗毕竟是可怕的："考验最激烈的时候只有被引诱的个人、引诱者和上帝知道。"

　　尽管罪恶感要把他推向一种禁欲生活，但内心里有一种强烈的力量引领着他立即退回到世俗生活中来。在深夜的书写中，深感寂寞并对女人充满幻想的年轻人记录了生活带给他的各种烦恼、诱惑，道德上的斗争和苦恼的时刻。他涉世不深，却又雄心勃勃、富有见识。他尚把握不准自己的方向和潜在的能量，正摸索着培养自身的处世技巧、耐性和精明的头脑。

　　密妥士搭上了一个中国女人，他在领事馆旁边租下了一套房子，经常跑去幽会。赫德见过这个女人。她长着一张狐媚的脸，眉骨高挑，眼里的一汪水色好像要随时溢出来。一天傍晚，赫德出去散步时路遇了这个女人，当时她正一个人，看起来似乎很不开心。赫德的上衣纽扣上正别着一支漂亮的玫瑰，那是维多利亚时代的风尚，即使他来到了东方也不舍得丢下，他摘下这朵玫瑰递给了她。然后他又到领事馆的院子里采了一大捧玫瑰，跑出去把这些花全给了这个女人。这件事后，好多天他都不敢看密妥士。但接下来似乎什么都没有发生。

　　出于某种考虑，他和传教士们保持着时断时续的接触，所谈无不是一些宗教问题。但当每周末去教堂做礼拜时，所有人都看出了他的兴高采烈。这让人不由得怀疑，他与其说是为了去听牧师索然无味的讲道，倒不如说是为了寻找机会和年轻妇女接触，并体会异性之温馨。

　　一个礼拜日，他照例去教堂听一个浸礼会牧师讲道。那天讲的经文是《哥林多前书》第十三章第十三节："如今常存的有信，有望，有爱；这三样，其中最大的是爱。"当讲道进行到中途的时候，一只黄狗钻进了屋子。牧师在上面讲对一切事物要仁慈、克制，教士们对那个不速之客忙开了，你打它一下，他踢它一脚，吓得黄狗尖叫着在人群中四处乱窜。先是女人们笑出了声，然后传染给了下面站着的教士们。赫德也快活地笑出了声。

"上帝啊,救救这些渎神的人吧!"牧师在台上连画十字。

没事就去城外打猎。他打中过麻雀、斑鸠、稻鸡、知更鸟,还有一次差点打下一只猫头鹰。每当他背着猎枪出行,身后就会跟上一大群孩子,队伍浩浩荡荡开出去,让他再也找不到一只鸟。他向孩子们做出吓唬的样子,但他们还是远远地跟着他。这很快让他兴味索然起来。

难道生活真的无趣到了在晚上听听更夫打锣和敲竹梆子?当当当,哪哪哪。深夜划破空气的敲打声倒是很有规律,尽管音色变化少,效果还真不错,有点古东方的情调。

年轻人很快找到了新的消遣,去城墙那边散步。宁波的城墙是石砌的,因年代久远而呈灰色,墙上缠满了爬山虎等匍匐植物。赫德目测了一下,墙体有二十至三十英尺高,周长足有六英里。城墙顶部开阔,足以行驶一辆马车。站在城墙上,无论是往城里看还是城外看,都让他心旷神怡。第一次去,在城墙上走到一半的样子,散开了的蛋黄一般的落日似乎在向他发出警告,如果走得再远一些,就得留在黑暗中了。他离开城墙,从城中直穿过去。走进一条狭窄的街道时,他迷路了。他不知道是继续往前走还是留在原地。当他看到住处的屋顶时才安下心来。

城墙上行人很少,只有士兵、乞丐和传教士。他喜欢早晨去那儿散步。那时,这座城市刚刚醒来,他听着嘈杂的市声像潮水一样慢慢地涌上来,内心感到了充盈,觉得了尘世并不是一味的乏味,还是有些可爱、可亲的东西。

一天清早,他在城墙上遇到了奥尔德茜小姐 [①]。

[①] 奥尔德茜小姐(Miss Mary Ann Aldersey,1797—1868),英国基督教循道公会传教士,曾创办近代宁波第一所女子学校。

　　奥尔德茜小姐是一位英国传教士，是这座城里最早到来的外国人士之一。她很早就立志献身于上帝的事业，但因父亲年纪大了，不得不在家照料，直到她父亲去世才开始传教生涯。她先在爪哇待过几年，鸦片战争结束后来到中国。尽管那时她已经四十岁了，但还是学会了阅读中文。奥尔德茜小姐天生丽质，又颇富家财，纤弱多病的她却一直没有结过婚。这并不是说缺少求爱者，这个老处女至少拒绝过别人一两次吧。她花费了很大一笔钱在市中心租下一套大房子，开办了这个城市最早的一所女子学校。她一天中最好的消遣，是由最中意的几个女学生陪同，爬上城中九层高的宝塔顶，坐在那里，呼吸着海边吹来的清风，度过漫长的午后时光。这时总是有几个她最喜欢的学生陪着她，在她喝午茶时读书给她听。

　　这一年，这座城市发生了几次轻微的地震，有人说是奥尔德茜小姐的魔法带来了这些灾难。因为这座城里的人们曾经见到她在黎明前爬上城墙，打开一个瓶子。他们说瓶子里禁锢着法力巨大的鬼魂，这些恶鬼摇动了支撑大地的柱子。她差点儿被当成女巫烧死或者砸死。其实是她独特的生活习惯惹来了这些麻烦。她一年到头总是在凌晨五点时到城墙上去散步，前面一个仆人提着灯为她引路。即使冬天她也十分准时。她手中拿着的瓶子里的确也装着"法力强大的东西"，这东西是鹿角精，她用来解除头痛、驱除异味的。

　　矮小的老处女由一个拿着灯笼的仆人陪伴着，正喘着粗气沿着石阶走上来。她身穿一件花丝绸晨衣，严严实实的扣子一直扣到头颈底下，头发用绿色的蝴蝶结系住。这个女校校长直挺挺地站在那里，看得他心里发毛。

　　对这个老资格的传教士，他理所当然要为她让道。他向她问好，语气里带着自己也能感觉到的殷勤。因为他听说，奥尔德希小姐办的女子学校里，有几个漂亮的女助手，他早想结识她们了，只是苦于没有机会。

行为古怪的老处女摸出一瓶治头痛和驱除异味的氨水，往手掌上洒了几点，又添加了些随身带着的鹿角精，揉了揉太阳穴，说："年轻人，我每天早晨五点就来城墙散步，想不到你起得更早。"

"能陪小姐您一同散步，不胜荣幸。"

陪同老处女散步的结果是他得到了邀请。本市的英国人要到雪窦寺游玩，奥尔德茜小姐希望他能同去。就在那次游玩途中，赫德看上了老处女的一个助手，年轻美艳的戴尔小姐。看着她惹火的身段，赫德心里暗暗发誓要搞到她。要不是他紧张得舌头打了结，倒真的要脱口而出向姑娘求婚了。上山时，赫德一直有意走在戴尔小姐的轿边，一想到马上就要宣布爱情，年轻人就喘不过气来，有六七次差点晕倒。

"我是个什么样的青年呀！"他忍不住埋怨自己。

最后他总算找来了一只小狗做了戴尔小姐的替代，这当然要比一个年轻女子差远了。聊胜于无吧，他把自己最喜欢的一个外甥女的名字给了它：诺拉。

奥尔德茜小姐最喜欢的女学生是一个姓冯的二十岁寡妇，她给她取了个名字叫萨娜冯。萨娜冯肤色很白，俊俏的脸上有着一丝淡淡的哀愁。这让他十分动心，有事没事就往奥尔德茜小姐的女子学校跑，试图找个机会勾引上这个小寡妇。萨娜冯结婚前曾在女学读书。后来父母把她许配给了一个从未见过面的男人，十三岁那年她就结婚了。婚后不久，男人害痨病去世，她像一个用人一样服侍公婆，但他们经常打骂她，说她带来了灾难。他们逼她改嫁，因为这样可以免除厄运，又可以得到一大笔彩礼。消息传到奥尔德茜小姐耳中，她买下了这个可怜的女孩，给她施洗礼，让她皈依了主。

得知了冯寡妇的这段悲惨经历，他在心里更加疼惜她，也更加向往她黑色教袍下隐约起伏的躯体。他去的次数过于勤了，奥尔德茜小姐看出了这个领事馆小雇员的不怀好意，特意关照门房，他一来就赶紧关门。那时其实他已经小有得手了，有一个傍晚，冯寡妇已经默许他隔着教袍抚摸了她的乳房。她小小的乳房如同尚未成熟的春桃一般不盈一握，他觉得很不过瘾，想有进一步的进展，小寡妇捂紧衣服死也不肯了。正面进攻受挫，迂回包抄亦可得手，正当他试图进行第二轮进攻，用小礼物小首饰之类的东西突破小寡妇的防线时，奥尔德茜小姐灵敏的鼻子嗅出了他不轨的举动，最终让他功亏一篑。那些日子他就像一只伤心的狗围着女学高高的围墙打转，却又不得其门而入，他不修边幅，痛苦而又失望，看上去就像一个邋遢不堪的流浪汉。为了让他彻底死心，最后，在奥尔德茜小姐的主持下，萨娜冯和一位在农村传教的本地牧师结婚了。

不久，萨娜冯从乡下给她的教母寄来一个塞满了刚从地里收上来的新棉花的枕头。信里说：我只是降生在这个广阔而自私的世界里的一个年轻无助的寡妇和孤儿，是您让我抵挡住了魔鬼的诱惑。

到了秋天，一些年轻中国女子开始进入他的视野：阿蝉、阿金。她们可能是领事馆里的同事介绍他相识的，也有可能是华人邻居或仆役的女儿。他为她们心跳、发烧、忽冷忽热。因怀疑得了可怕的疟疾，领事馆的总翻译密妥士先生不得不给他服用了蓖麻油，并用温水洗脚。为了搞到她们（尤其是最小的一个），这个年轻人无师自通地学会了向她们献小小的殷勤，赠送扇子和盘花纽扣。当女孩们拿着这些扇子来到他的房间向他道谢时，他多么想拥吻这些少女啊。可是他又为自己的腼腆而害臊，只好把欲望发泄到当晚的日记中："我对这些小姑娘很感兴趣，尤其是对后者。"

他甚至考虑过向一个中意的十五岁的英国女孩求婚，请求她十七岁时嫁给他。但理智终于让他没有这么做。

一个年轻的外国人在异国，自然少不了忍受当地女子好奇的眼光。当有几个中国妇女从窗外向他窥望时，他感到了被侵犯，但也不无白人的优越感。他告诉自己，在这里我要自持，在我的周围有许多诱惑，让我做一个意志坚定的人吧。

"昨日一个年轻妇女从窗口向我窥望，她长着狐狸的脸、母豹的臀。"

他这么说时，朋友讥笑他是中了这个国家著名的短篇小说作家蒲松龄的毒了。因为此人在他的短篇故事集《聊斋志异》中，惯于虚构一些狐狸精变的魅人少女，来抚慰落魄书生的性幻想。

"我还看见一个很漂亮的中国女孩在领事馆附近，她的外貌并不特别像中国人。"后来他打听到那个长得像混血儿的女郎是领事馆里一个仆役的女儿。

"为什么我的眼睛总是像两粒子弹一样准确地命中她们的乳房和屁股？我知道这是不对的。"他说得如此痛苦，像在暗室里忏悔，让人不同情也不行。

"但艳梦像三江口的潮汐一样没有止息，自慰时我不得不想着她们，最后我不得不放弃战斗。"

但他还是不由自主去留意这些中国女子，以至不经意间流

露出对她们的爱慕和好奇。这个过分相信文字的年轻人，喜欢
对一切事物包括自己脑袋里的念头追根究底，他爱探索的头脑
在没有被事实说服之前是不可能接受别人的意见的。但他终于
说服了自己：既然用五十到一百元就可以买一个长得还算标致
的女人，让她们成为你的私有财产，且每月花两三元钱就可以
养活；既然寂寞是如此深，就像秋天的荒草；既然思念被禁止
的欢乐是有罪的，抱有这类想法又害怕实施它会更加地不幸，
那又何不摆脱空想去切实地行动起来？

> 肉体与灵魂交战，引诱不断出现，良心告诉我不要向
> 它们低头，它们产生的点点世俗欢乐都会被内心的谴责所
> 摧毁，可是引诱是如此强大，让我心生眷恋，最后我不得
> 不放弃战斗。

1855 年的一些零散的纸页上，他以不同寻常的热情描述了
他的一个中文老师的婚礼。他还津津有味地描述了宁波的妓院，
它的内部陈设和做生意的方式。尽管没有证据表明这个年轻人
曾在那些花柳之乡过夜，但他肯定进去享受过。

他这样记述他之所见：在一些妓院里只住着一个姑娘，她
很可能靠她的生意来维持年老的妈妈或者某个上了年纪的人。
最好的是那些有几个姑娘的妓院，她们能唱，能表演，并能陪
客人作乐。在有三四个房间的屋子里，一般是有三四帮男人在
喝酒、抽烟、赌博。每个房间有一个姑娘，她坐一会儿，然后
到另一个房间去，在那里，她照顾他们，然后离开。这里没有
欧洲一些地方那种拖来拖去、搂搂抱抱，或者打打闹闹的举动，
这些男人和女人都是以一种冷漠的态度度过一个个晚上，就好

像一些没有性别的人。

他坦白，一些老于此道者还传授给他少花钱在妓院里过夜的办法。那就是两个人一起去一间屋，在那里让一个姑娘服侍他们，装烟呀，递茶呀，然后两个一个睡前半夜，一个睡后半夜。这种少花钱多办事的嫖妓方式，他称之为一种经济学家式的节俭。

"如果一个女人在街上说，今天生意好哦，凭着她的衣饰我一眼就可以看出她是操那种营生的。"他向朋友吹嘘说。

本市的外国人经常举行一些宴会，那时他们都会带着打扮得漂漂亮亮的夫人出席。某次宴会后，年轻人写下了一首诗，准备给它配上《友谊地久天长》的调子：

> 在宁波府我们能听懂的话不多
> 看不到一个漂亮的姑娘，可以搂着细腰散步
> 但在宁波府我们仍然有一些欢乐
> 音乐会、舞会和游戏
> 中国习俗与古老英国的好方式混合在一起
> 在宁波府我们品尝着冒到杯边的酒趣
> 爱本地少女，抽雪茄，饮酒
> 如果不在宁波府享受某种生活，那是我们自己的错

这年十一月底下了一场冰雹，天突然冷了，早上起来，赫德发现玻璃杯里的水都结了冰。看来冬天真的到来了。

天空不再是无云的湛蓝，太阳也变得有气无力。从江面呼啸而过的西北风吹得窗户咯咯作响。它们带来了急急南驰的大块乌云和刺骨的寒冷。

　　咸丰五年正月初二，新历已是 1855 年的二月，一大早，云消雾散后，赫德渡过甬江去药行街天主教堂。经过城隍庙时，他看见人们围桌而坐，许多衣着华丽的人走来走去。锣鼓号角喧天，噼啪的火枪和鞭炮声中，舞龙的队伍开了过来。赫德饶有兴味地立在人群中观看。

　　一条用彩绸和竹篾扎成的巨龙，由把头藏在鳞光闪闪的龙肚子里的数十个男子举着，忽而匍匐，忽而转身翻腾，其模样就像是鳄鱼与大蛇的混合物。后面跟着的是一大群飘在空中的仙女，每一位仙女都由衣着鲜艳、容貌出众的年轻女子扮演，用细得肉眼几乎看不见的金属丝网吊在半空中。站在人群中的赫德不由得用刚学会的土话叫起好来。

　　"那是谁？"有人惊奇地问。

　　"赫老爷。"一个人说。

　　新的一年开始了，他很高兴这座城里的人们开始认识他。

　　即便是在宁波这样的小地方，赫德也感受到了天下不靖的震撼。去年十月他取道上海前往宁波时，清军和太平军正在上海近郊拉锯争战。过了旧历新年，传来了太平军攻下了江西省与浙江省交界处的玉山县的消息。风传一些上海三合会的秘密信徒已经来到了宁波。某天赫德去道台衙门，看到了几个装在竹篮里的血淋淋的人头和七八个被捕的嫌疑分子。为防止他们逃跑，兵士们把这些犯人钉在木板上，钉子钉在拇指和食指之间的肉上。

　　与此同时这个地区更迫切的问题是葡萄牙水手和广东水师之间的冲突。这是一场恶狼争当保护者的利益争夺。过往的商船请葡萄牙人护航，这惹恼了那些海盗出身的广东水师，他们扬言要报复葡萄牙人。有关动乱的谣传已经闹得满城风雨。有消息说，报复性恐怖活动已在酝酿之中，不久将要爆发。在宁波的外国人举行了一次冷餐会筹划对策。但赫德以为，"作长夜之饮的人无法应对仓促事变"，拒绝了赴宴。尽管如此，睡觉时他还是在枕头底下压了一支左轮手枪，并把床边的窗户打开，准备必要时就跳窗逃跑。

随着天气回暖，漫长的雨季开始了。整个城市变得成天灰蒙蒙的，往空气里随便伸手一攥，就是一大把水汽。床单长出了霉点，不穿的衣服和鞋子长出了绒毛，似乎整个世界都在霉烂。

某个特别闷热的夜里下了一场特大的雷暴雨。一道闪电，同时伴随着震耳的炸雷，好像大炮在头顶开火一般。次日早晨起来，赫德吃惊地看到，闪电击中了河里泊着的一艘船的前桅，桅杆折断，余下一截的下部有一道明显的不整齐的凹槽。这不禁让赫德后怕，要是雷电击中了他住的房子怎么办？

雨季过后到处是明晃晃的阳光，空气中充满了蜜蜂采蜜的嗡嗡声。鸟儿也忙于表现爱情。群狗似乎在比赛谁的舌头伸得最长。年轻人身体里暂时偃旗息鼓的战争又重新开张了。

一个闷热的夜晚，空气中充满蛙鸣，赫德坐在桌前。桌上散乱地堆放名片、家信、记账本、道台大人的信和《辉格》《信使》《国内新闻》等杂志（"一个私人与公家、文学与政治、多愁善感和忧郁思想的大杂烩"）。不知什么时候，两只蛾子飞了进来，在他写字的时候静静地坐在纸页上，赫德觉得它们似乎很有礼貌地看着自己，就像中国传说中那种上了年纪的女才子。然后又飞进来一个大家伙，两个老处女中的一个开始有些激动，年轻的绅士围着灯追逐着这些不速之客。

一整个晚上他都被蛾子翅膀的拍打声扰得睡不好觉。迷迷糊糊入了睡，梦里还是那些谈情说爱的蛾子。就像当地那个美丽的传说中的一样，它们幻化成了俊朗的男子和楚楚动人的女子，到后花园私订终身，又在去省城杭州读书的路上十八里相送。

那些日子，造访他屋子的还有以下这些不速之客：从天花板上吊下来的蜘蛛、捣蛋的甲虫、军团一样在头顶飞舞的蚊子、蟋蟀、蝗虫、蜥蜴、忧伤的纺织娘和小商贩一样机警的壁虎，还有一些爱跳舞的小动物他连名字都叫不出来。这些小昆虫闹得他不胜其烦，身体内部的战争逐渐演变成了他与动物世界的战争。

窗外又如何呢？同样是不得安宁。当然更多的是忙着唱歌求爱的青蛙。"青蛙在路边蹦跳，数目之多令人吃惊，"他说，"有各种颜色和形状，有许多就像一块泥。有一次我走近时看到一块泥土忽然裂开，好多青蛙四处跳散开来，吓了我一跳。"

长这么大，他第一次看到了蛇，好家伙！足有四五英尺长，它隐秘地在草丛中悄悄溜过时，他觉得上帝的造物里没有别的什么东西比这位老兄更像是狡猾的化身了。

有一天，竟然有一条蛇钻进了他卧室的木板底下。"我对这位绅士感到有些紧张。"还有一次，这邪恶的化身钻进了他放在桌上的衬衫里，要不是他准备穿那件衬衫前抖了抖，那条蛇怕是真的要缠上他的脖子了。这让他一想起来就后怕不已。"我用手杖打死了它，它足有五英尺长，最粗部分的直径有一英寸半，在卧室里看到这东西真是太恶心了。"

夏天似乎提前到来了，天空没有一滴雨，到处又都是明晃晃的阳光，这让他感到难以忍受。早晨的时候希望晚上到来，夜晚来了又希望是早晨。一般，傍晚六点钟他就带着小狗诺拉出去，到领事馆背后的山丘上，手脚四伸地躺在一块坟地上，看看四周，吹着凉风，做些不着边际的梦。

"我开始像畜生一样地生活，睡觉、吃饭、写字、抽烟、闲逛，不想家，没有烦恼，也没有思考。"他抱怨说。

10

七月初的一天，不胜昆虫们的骚扰，赫德搬出领事馆，住进了怡和洋行在宁波的代理人帕特里奇船长家。

帕特里奇船长三十出头，却已是显赫一时的商人。他的鸦片生意做得很大。一住进他家，年轻的领事馆翻译的生活一下子变得优裕了。他搬入的是一幢坐落在江北岸的气派的大房子，长驱而入的江风吹动洁白的落地窗帘，屋里安放着远洋运来的英国家具，架上陈列着主人搜罗来的各式古玩。宅内婢仆成群，她们懂得洋人的喜好，善于逢迎，无一不令人心满意足。

见多识广的船长自以为有责任解决这个新搬进来的朋友的性苦闷，让他尽快从寂寞中走出来。船长自己就养着一个中国情妇。他认为只要有钱，搞个把年轻姑娘实在不算什么难事。"去买一个女人吧，在香港四十来块钱就可以买一个，这里三十块钱都用不着，够便宜的了，她们会帮你洗衣、做菜，当然你先要教会她们使用欧式炉子和放咖喱粉，才能做出与你家乡口味相当的可口饭菜来。重要的是，到了晚上她们会像小猫一样钻进你的被窝，还会像撒娇的猫一样舔你。"

"对这些年轻的女孩子来说，这样做是不是太不公平了？"

船长咬着烟斗大笑起来："那些像狗一样听话的买办，你只消使一个眼色，他们就给你安排得妥妥当当的。只有伪善的教士们，没有买办替他们办这事，他们只好躲在圣像背后手淫，要不就把一点不解风情的夫人带到中国来。"

赫德没有答应帕特里奇船长，这倒不是他不需要女人，他只是觉得花钱去买一个女人，就像进行一桩没有保障的投资行为，很有可能蚀本。因为他不能确定自己会长时间地喜欢一个买来的女人。

在帕特里奇船长家里生活一段时间后，他突然发现，这个女人不需要到外面去找，其实船长家的一大群仆役中就有一个。这是一个十七八岁的姑娘，淡棕黄色的脸显得很清秀，黑发又长又密，微微斜着的黑眼睛闪着快乐而明亮的光。如果说这脸上有什么不足，那就是那个中国南方型的扁平鼻子显得太大了些。她柔软健康的身段如同一棵刚长成的嫩树，她的手和脸上的肤色是吉卜赛人那样的橄榄色，可能是经常吹海风和晒太阳的缘故，一双健康的天足跑起来，翘翘的小屁股就很好看地扭动。他很快打听出来了，姑娘叫阿瑶，是城郊一个船家的女儿。她父亲是河上摆渡的艄公，母亲在乡下的红白喜事上经常掌勺，正好帕特里奇船长家里没有好的厨师，经人介绍她就来给这个外国人做菜了，姑娘有时来这里帮母亲在厨房里打打下手。

"中国菜实在太难吃了，什么东西都放在一块煮，简直像猪食一样，你看这牛排煎得就像铁板一样硬，在这个城里最大的遗憾就是吃不上正宗的西餐，可是我那个英国厨师要到明年才来。"船长歉意地对赫德说。年轻人却没注意他在说些什么，他的视线落在了刚端菜进来的姑娘扭动着的屁股上，嘴还在机械地嚼动着，却早已不知道放进去的菜肴是什么滋味。船长顺着他的视线看出去，知道了这位年轻朋友动的是什么心思。"我敢打赌，这个姑娘你动不了，她母亲把她看得死死的。"

　　这个精明的年轻人自然不会有在这个小地方做长期投资的想法，无论是金钱的投资还是感情的投资，他都没有这个打算。他希望等他的任期结束——一般是四年——他就可以回到爱尔兰向家人和朋友吹嘘他在远东的神奇经历。没错，他是被情欲包围着；没错，他向往着在异国有尽可能销魂的艳遇。但这个开埠通商才十来年的小地方，怎么会让他停下脚步呢？他不需要爱情，他只要一个女人，一个在长得望不见尽头的黑夜里给他温暖的女人，折磨得他寝食难安的是一种殖民地情欲：它绚烂而短暂，放荡而有节制，充满了异国情调。

　　但后来发生的一切显然背叛了他的初衷。

　　这天晚餐，一坐到桌前，船长的脸上就露出了惊奇的神色。他尝了一下放在面前的几样菜肴，叫了起来，嗬，今天的菜全不一样了。

　　"这黄鱼煮熟了眼睛还那么亮，就像玻璃一样！那上面撒着的是什么？像米饭，又有股酒香，怎么做出来的！"船长把一大块鱼肉拨拉到嘴里，招呼赫德一起享用，"今天我们家的厨娘好像使出真本事了，她从没做出过这么好吃的菜！"

　　这时姑娘端菜上来，告诉帕特里奇船长，她的母亲今天病了来不了。

　　"你是说，这菜都是你做的？"

　　姑娘抿着嘴点点头，她有点惊慌地看着这个外国人，端在手里的菜也忘了放到桌上。赫德接过来，他先是闻到了一股刚抽芽的树叶的清香，凑近去看，这盆菜竟像是树叶被细细切碎了端了上来。

　　"这个，也能吃？"

"这是香椿树的嫩芽，我摘来的还是头茬的呢，先用开水氽过，去了苦味，再加佐料凉拌，大人们尝尝是不是合口味。"

姑娘一介绍吃食就大胆起来，话也显得多了。赫德看她两臂的衣袖都挽到肘上，鼻子两翼沁着细小的汗珠，不由得多看了两眼。

她都被这个年轻人如灼的目光盯得不好意思了，低头捏着衣角不自觉地轻轻摆动着身子。

帕特里奇船长正在吃那盆香椿，他的长脸俯在盆子上，就像一匹马在吃草料。他咕哝着说，你比你妈妈强多了，告诉她不用来了，以后你就给我做厨师吧。姑娘没想到会是这样一个结果，脸上掠过一丝惊讶，垂下眼睑。赫德看到两行泪在她脸上滑落。这副楚楚可怜的样子让赫德看了心里一痛，他脱口而出，就让她做厨师，她母亲留下做下手吧。帕特里奇船长意味深长地看了赫德一眼，笑笑，算是默认了。

船长呷了一口葡萄酒："哈哈，你是看上这小娘们了，别看她奶子小小的，一上床肯定特别有劲。"

让船长说中了心事，赫德窘红了脸，他支支吾吾地说，自己只是喜欢她做的菜。

"饮食男女，人之大欲存焉，两千年前这个国家的哲学家孔夫子就这样说过，"船长的嘴里突然冒出这么一句文绉绉的话来，让他吃惊，"好吃的食物，如同好的情调，一样能催动情欲。"

在帕特里奇船长的调教下，阿瑶的烤鱼排和咖喱牛肉已经做得相当地道。这个女孩在厨艺上的聪明颖悟让船长吃惊，想吃什么菜，只要给她说个大概，她都能做得八九不离十。帕特里奇船长托人从伦敦带来个面包烤箱，她还学会了烤面包。让船长和他的客人更感新奇的是，她还能用从来不上台面的植物做出各种时鲜的凉拌小菜。她用开花的油菜给他们做过美味的汤，上面漂着几只白虾，鲜绿的颜色让他们惊叹了半天。她把艾草榨出的汁水跟面粉搅拌，蒸熟了做成一种叫灰汁团的东西，让他们吃了齿颊留香、念念不忘。她把苜蓿放上酒糟一起煮，吃起来就像拌上了怪味色拉。有一次，他们吃到了一道牡蛎一样的菜，放到嘴里滑溜溜的，有些淡淡的腥味，却又十分可口，只是颜色是深褐色的。

阿瑶告诉他们，这叫地衣，到了初夏，暴雨过后，江堤上到处都可以捡到。这简直是一个精灵嘛，她只要随便在田野上一转悠，那些植物的叶子呀花朵呀在她手里都会变成一道道别有风味的菜肴。阿瑶说，在乡下这些都是最寻常不过的吃食，只是从来不上桌，孩子们拿来当闲食吃。这让帕特里奇船长很激动，这个国家小小的饮食都如此精妙、如此出人意表，它古老的文化真是相当博大。他不再想念西餐，招待客人时餐桌上的刀叉也全换成了中国筷子。

每天早上醒来，一想到可以见到这个姑娘，赫德就会被一种幸福感从头到脚充满。领事馆的事一办完，他总是迫不及待地往船长家赶。她的脸是燃烧着的风，只要看到她，听到她在院子里或是在客厅里走动发出的响声，他就觉得一股灼热腾地一下从腹腔升起。为什么会如此牵念一个女人？他怀疑她在那些吃食中施了什么魔法把自己拴住了。他听说在家乡阿马郡的乡下，有一种法术可以套住花心的情郎，女人把面粉、猪油和水揉在一起，洒上腋下的汗水，再把它放在大腿中央夹成形，把这面团烤热，送给那个男人食用，男人就会对她死心塌地。他想，厨娘做出的那些稀奇古怪的吃食，是不是真的放了什么了，让自己对她如此痴迷？

　　第一次的身体接触来得如此突然，连他自己都猝不及防。

　　那天下午，他在房间写一份海关进出口报告，口渴了去厨房倒水。他先看到的是阿瑶的背影，她袖子卷得高高的，正伏身在案板上揉一大堆面团，她使劲揉的时候，衣服往上缩，露出了腰际一片月牙状的白。他一下子口渴得厉害。阿瑶看到他进来，微微吃了一惊，随手抹了一下落到眼前的一绺头发，向他笑笑。这一笑竟让他觉得这个女孩说不出的妩媚。他捂住胸口，好像中了一箭。他忘了倒水，呆呆地站着，看她揉面团，那慢慢暄腾开去的湿面团越来越平滑，细腻，如同她腰间那一圈月牙状的白。他的下体一下顶了起来，他闷哼一声，像喝醉了似的摇摇晃晃着伸手去摸她的脸。她的眼里掠过一丝惊恐，想伸手格开，满是湿面粉的手抹上了他的脸。他不管，只是使劲顶着她，案板上的水倒翻了，两人脸上衣服上全是面粉。他气喘如牛，费了好大劲才把她平放在案板上，她的手还死死地捂着肚子，不让他把衣服往上翻，他索性把自己整个都压了上去。

　　他不关心她的灵魂，他只要抓住她的身体，像一个溺水者随便抓住一片树叶。他只要进入她花朵一样盛开着的器官。搓揉她，抵达她，直至把自己淹没。

　　随着他的得逞，他发现，这个不识字的女人，她展露给他的器官有一种比她的灵魂更强大的东西。和她在一起，他会忘记自己的肤色、种族，甚至忘掉了语言。他指着她的下体，问她用当地方言怎么念，她脸红了红，还是告诉了他。这个古怪的发音他念了好几遍才念正确。他又指着自己胯下那玩意儿问怎么念。她飞快地发出一个音节，这一次他没有听清楚。"暖"？你是说念作"暖"吗？不对，应该是 LUAN。她纠正他可笑的发音。他的脸上露出顽皮的孩子气的笑容。他这样胡乱地喊着，感觉到了压在下面的她的异样。他发现这样没有羞耻地叫喊特别容易让她兴奋起来。

他喜欢上了和这女人做爱。当她被撩拨起来，浆果一样鲜艳的乳头高耸，她的身体会散发出一种海洋的气息。她的身体一波一波涌动，她浑圆结实的臀就像一艘再大的风浪也无法掀翻的船，可以载他去任何想去的地方。他激发了这女人的情欲，又甘愿做这情欲的俘虏。当高潮远远到来，他是多么着迷于她汗水的芳香，着迷于那具丰饶的身子里发出的潮汐般的叹息啊。而房事之后拥着这个当地姑娘学说土话又是多么销魂。她都成了他学说中国话的活字典了。

做个传教士的想法早就一去不返，祈祷的时间也大大减少。上帝出现在意念中，越来越变得像个稀客了。他再也不提回贝尔法斯特去。对女人的爱、古老帝国的房中术，像锚锭一样把他固定在世俗世界里，而他也无须再去考虑来生会遭受什么样的报应。他还要靠经常阅读来自伦敦和爱丁堡的期刊来慰藉心灵，但在情感生活中，他已完全以中国为中心了。这个女人让他毫无他乡之感。让未来的赫德爵士永久留在中国的不是别的，正是他和这个女人的一番经历。

他不喜欢船长家的客厅，在空荡荡的客厅和阿瑶做那事，无数扇敞开着的门里吹出来的风总让他背上凉飕飕的。他喜欢在厨房的案板上，或者在灶间的柴草堆里，闻着麦秆和稻草叶上阳光的气味和她做爱。那里是女厨师的天下，她的身体会更舒展，更柔软。吸足了阳光的麦秆在他们的身体下噼噼啪啪爆裂，随着他们身体的滚动被带得满地都是，他想这就是烈火干柴呀。她粗重的呼吸、茂盛的耻毛，她涌泉般突然冒出的汗水，既让他觉得说不出的粗俗，又让他心甘情愿地沉迷。完事之后，他像换了一个人，冷冷地看着她拉上粗布裙子，踮着脚尖离开。那时候他就想，女人和男人的差别，真像植物和动物一样巨大。但等待下一次幽会的时间里，他会更加强烈地思念她，一待重逢，两具身体更加汹汹欲燃。

当有一天阿瑶告诉他怀孕的消息，他懊恼地想，这把火终于烧出麻烦来了。他想让阿瑶去打胎，又害怕那些土郎中土法子会害了阿瑶性命。犹豫不决间，她的肚子慢慢显了形，薄薄的秋衫都快遮不住了，他也就绝了这念头。

好在帕特里奇船长对中国饮食的热情已经过去，厨娘的那些小吃食也逗引不起他多少食欲，就任由年轻的领事馆译员把她带走了。

他花了四十大洋，在离领事馆不远的居民区租了一间民房，让阿瑶住了进去。因为这房子不在划定的外国人小区，他自己不好出面，承租人是阿瑶的母亲。那个女人还从他那里要走了二百大洋。他心下不悦，这不比买一个女人要贵许多吗，但看在阿瑶的面上，也就没说什么。怀孕后的阿瑶人变懒了，胃口奇好，鼻子两边还长出了小雀斑，他觉得，就像孵化过后失去了双翼的蚂蚁，她身上那种让她心颤的少女的美消失了，变得和大街上的妇人没什么两样。他们不再行性事，熊熊开放的情欲之花在绚烂燃烧之后一下凋败了，但她的肚子里怀着他的孩子呀，这使他在偶尔冒出抛弃她的念头后觉得自己在犯下罪孽。

1858年的春天，赫德被任命为英国驻广州领事馆的二等帮办，他决定带着女人一同去广州。他是先赴香港，再乘炮艇"福雷斯特号"前往广州的。那时，阿瑶的肚子已经很大了，为了避人耳目，一路上她只得躲在船舱，颠簸的风浪对一个孕妇来说真是要命，她吐得胃都空了，胆汁都吐出来了。看着一脸死灰、不能动弹的女人，赫德真担心她在路上死掉。

此时的广州已被联军攻陷，以屠杀太平军出名的两广总督叶名琛被捉住后关押在一艘皇家炮舰上，后来又给押送到加尔各答。此时的广州城，名义上是广东巡抚柏贵管辖，实际上所有的权力都落入了联军的三人军事小组里，这个小组的首领是精通中国事务的英国商务监督巴夏礼。在此人要求下，赫德从宁波领事馆调任联军委员会秘书，实际上也就是这个执掌广州的实权人物的私人秘书。来到中国四年了，他的命运开始面临转折，他不再是那个刚来东方、什么都不懂的小译员，他开始正式参加外交事务，了解官场内幕，他相信在中国的舞台上，自己正在慢慢由观众变为演员。

> 我正经受一种心理上的变化：对异性比过去想得少了，不喜欢那种想象中的私通了。

——七月八日的日记中他这样说。这一方面是因为阿瑶正在孕期，另一方面是因为公务日增，权力带来的乐趣比性爱之乐更让这个年轻人兴奋。他现在不得不顾及自己的身份，如果在广州想要谋个好的前程，让上司和同事们知道自己还拖着个弄大了肚子的中国情人肯定是不合适的。有一天，两位不期而至的军官朋友进入了他的住宅，幸亏阿瑶见机得早，机智地躲入后堂，才没有被他们发现。出于多方面因素——更多是自己声名——的考虑，七月的一天，他把阿瑶送到了澳门的一个小渔村，偶尔派仆人给她送钱。

或许是因为囊中羞涩，有一次阿瑶向他开口要七百大洋，这让赫德很不高兴。显然，对这个怀孕的女人，他已不再有往日有过的关怀。他甚至考虑要了结这层关系。他怒气冲冲地记载那些不愉快的会面场面："我的女船娘回来了，她于前夜从澳门回来。她向我要二百大洋。我一定要和她断绝关系。""阿瑶的要求是七百大洋，或最少二百大洋，没门儿！""给阿瑶一百二十五大洋，我的意思是这就了结了关系。"

他又开始另觅新欢。他毫无廉耻地记下他的艳梦："星期五，从一个美妙的梦中醒来，梦见把 MM 捧在怀里，亲吻她——这样甜蜜——紧贴她的前额。"

他开始频繁地和一个叫阿依的广州女孩幽会。他去东北门她的住所看她，送给她钱，又把她带到自己宝塔街的住处。星期天，他和阿依一同骑马去广州城外的南郊和西郊。如此迅疾的发展速度，无疑更适合他那种殖民地情欲的发泄，来得快，去得也快。或许这只是一个性苦闷的男人在同居的女友怀孕期间的拈花惹草。大约是在这年底或下年初，阿瑶生下了他们的第一个孩子安娜，他迅速离开情人阿依回到她身边，和她恢复了关系。

1862 年，他们的儿子赫伯特出生。三年后在上海，阿瑟·哈特出生。

……

11

他一页页地翻着日记，短短几天里，好像把在中国的十二年时光又重新过了一遍。一行行文字之间的空隙，向他吹来阵阵冷风，如同来自时间深处。惊悚、庆幸、忏悔、痛苦……他被这种混合成一处说不清是什么滋味的情绪的泡沫完全淹没了，一会如同泡在冰水里，一会又如同架在火炉上烤。他恍惚觉得，日记里的中国十年，尤其是和阿瑶在一起生活的七年，好像是另一个不相干的人的故事，而他自己则成了观众。

他想起了那些逝去的夏天的日子。海风灌满了屋子，把窗帘高高扬起，两具满是汗水的绞合在一起的身子分开了。空气里混合着海水和新刷的石灰水的气味。他从她潮红退去的身体上下来，在她温柔的双乳间读一本王尔德的小说。一会儿，她起身去倒水。她什么也不穿地从一个房间到另一个房间，苍白的身子小而结实……他从来没有像现在这样强烈地思念那个叫阿瑶的中国女人。

他似乎有些明白过来，他和她一起度过的七年，是一生中最销魂的时光了，以后再也不会有别的女子带给他同样多的快乐和痛楚，包括即将成为他妻子的赫斯特·简。他对女人的所有幻想和激情，都已在那个叫阿瑶的女人身上耗尽，在中国东海岸一座叫宁波的小城耗尽。她现在在哪里？她好吗？会有什么样的男人出现在她身边呢？他偷偷带走了她身上掉下来的三个骨肉来到英国，她一旦得知，独自如何得活？他就像一条狂暴的河流裹挟着她走了一程，又毫不留情地把她抛上了河岸的浅滩，现在他知道，他抛弃了她，自己生命里的一部分也就枯死了，这枯死的部分再也不会回到他的身上。

他感到自己赤裸的身体在黑暗中游啊游，在这女人的身上游，也游在她沼泽般的心中。他呻吟起来，Ayaou——阿瑶，你这放荡的女人，你这蚌珠般的尤物，如果你已经离开了，为什么波涛依然暗涌，依然使我内心澎湃？

但如果留着这些日记做情感的凭吊，显然是危险的。不久就要回中国去，新的生活，无论是即将开始的与赫斯特的家庭生活，还是与总理衙门、海关下属的官场周旋，都将以全新的面貌展开，自己身上任何的不检点都会对名誉构成损害，甚至影响到前途。这也正是这次回国他执意要把三个孩子送回来的真正原因。他不希望生活在过去的阴影下。他决定，把日记中和这个女人共同生活的部分全部抽出来予以销毁，如同一个罪犯消除掉现场所有对自己不利的证据。

撕下来的纸页被烧得蜷缩起来，被风一吹，黑蝴蝶一般蹁跹着落入花园深处。渐渐小下去的火光中，那双哀怨的眼睛慢慢变得黯淡。随着一缕风扑灭最后一丝火苗，那张美得动人心魄的脸沉入了泥土。

别了，阿瑶！别了，罗伯特·赫德的黑色青春！眼泪却不听话地溢出眼眶来。墙外传来姑娘们清脆的笑声，那是妹妹们采来花束布置他的新房。他抹一把脸，转过脸来时已是满眼笑意，就像一个埋葬所有噩梦的人一样神色轻松。

八月的一天，罗伯特·赫德与赫斯特·简的婚礼在都柏林举行。

他们在爱尔兰西南部美丽的基拉尼湖畔的蜜月只开了个头就不得不匆匆结束了。邮船去中国的日期已经确定在九月十三日，他带着新娘回到巴黎，在等待使团返回的几天里处理些事务。

随后他们前往马赛，金登干和即将出任同文馆天文学教习的德国人方根拔已经在马赛等着他们。不几日，中国使团也结束旅行回到马赛与他们汇合。只有鲍腊度假还没回来。

邮船开行前一天，鲍腊来了，带着一个打扮得漂漂亮亮的姑娘，他向赫德介绍这就是他的新婚妻子瑟泽·伍德沃德。

赫德吃惊得瞪大了眼，这么快就收获了一个姑娘？鲍腊说，您不也是闪电式结婚了吗？赫德大笑，回到中国一定给你安排个好职位，我说出的话一定做到！

邮船拉响汽笛，慢慢地离了岸。送行的人群拼命地挥着手帕和帽子，高喊着什么，邮船上的旅客也依依不舍地向岸上的亲人挥手告别。夕阳滚过水面，又带着水汽落到船上每个人身上。鲍腊拥着新婚的妻子靠在船舷上，像在悄悄安慰着什么。赫德穿着短大衣，风把领子吹得竖了起来，他眯缝着眼睛看渐渐远去的马赛港。站在他身后的是中国使团的几个年轻人，经过这次游历，他们显得成熟了许多，眼里的神情也坚毅了许多。只有金登干一个人闷闷不乐，他的母亲因为害着风湿痛没有来码头送他。

当夕阳下的马赛港变远变小了，一波波涌来的海浪使邮船晃荡了起来。赫斯特和鲍腊的妻子因为恐慌脸色变得煞白。赫德让仆从们把女眷送回船舱去，他双手抓着船舷，好尽可能地离溅起的浪花近一些，他冲着她们的背影大声喊：

"女士们，悠着点吧，美丽的中国之行这才开始呢！"

第三章

钉住的舌头

讲述人：阿瑟
1900，北京

1

1875 年 6 月 5 日

发自北京

我亲爱的金登干：

1866 年，我把我的三名受监护人（安娜、赫伯特和阿瑟·哈特）送回国去，经史密斯·埃尔德公司把他们托给簿记员的妻子戴维森太太，现在他们仍和她在一起。时光如逝，工作羁身，对于安排这些孩子们前程的责任，我本不应拖延至今。现在，安娜已十六岁了，我必须着手此事，不能再拖延。

关于两个男孩，倒没有什么特别困难。我想立即把他们送到克利夫顿学院。赫伯特刚满十三岁，阿瑟也快十岁了。这样的年龄，我想初级学校对他们是合适的。把他们安顿在学校寄宿以后，我要他们一定在学校度过 1875—1876 年的假期。我希望开始就说清楚，要把他们培养成为印度文官，除非他们对此表现出不合适，或在其他方面表现出特殊才能。

至于安娜，我想把她送到欧洲大陆一所基督教寄宿学校去待三年，在那里她可以学习音乐、法语和德语，并且住得舒服，受到亲切的待遇。……

除了你，我不知道找谁来帮我的忙，现恳求你对我个人私事惠赐关怀，费神代办。

男孩子们应在仲夏假日以后去克利夫顿。提名可向学院理事会取得，每个孩子的操行证书可由戴维森太太向他们原校索取。

　　一旦找到一所符合要求的女子寄宿学校，就打发安娜前去，或者你若有时间就送她去。我想日内瓦有两三所这样的学校。我希望这孩子能找到一个舒适的家，继续进行常规的学习，掌握法语和德语，并成为一个与天赋相称的音乐家。她在假期里也应留在学校。

　　我想你一定愿为我不辞劳累，所以我随信附去给金氏公司和戴维森太太的便笺，以及一张三百英镑的支票，以应初步开销。

忠实于你的赫德

1875 年 8 月 27 日
发自伦敦

我亲爱的赫德先生：

　　您六月五日的 Z/20 号信（内附一张英镑支票）是八月十七日收到的，比一般的时间——两个月——几乎晚两周。

　　我当天拿着您的信去了金氏公司。由于当我往访时戴维森先生不在，我就把给戴维森太太的那封信给了他们。他们答应我几天后告诉我何时可以看孩子们。但等到二十一日星期六，仍无消息，我只好再写信提醒他们。他们后来告诉我戴维森太太的地址，要求我去拜访之前先通知她，这样她就可让孩子们不去上学。

　　我是下一个星期一去看他们的。赫伯特似乎是个很强壮健康的孩子，两颊红润，除了头发和眼睛之外，样子很像英国男孩。安娜像她的母亲，从外表看她更像中国人，她的脸上长满雀斑。可是阿瑟在各个方面都是道道地地的中国人——并且看样子很娇嫩。他们把戴维森太太当妈妈，而戴太太说她爱他们就像爱自己的孩子。我看她真是这样做的。他们看样子很愉快，说话动听，举止大方。安娜用钢琴为我奏了波尔卡和玛祖卡舞曲，指法准确，节拍鲜明，但乐感不强。

　　克利夫顿学院人满为患，目前是否还有空额，不得而知。我打算明天去问一下。我本来早就该去，只是事务繁忙耽搁了。戴维森太太就要去索取孩子们的操行等方面的证明书，但我尚未收到。我正在打听日内瓦的学校，我必须亲自带安娜前去，因为她年幼胆怯，不宜单独旅行。您尽管放心，我随时愿为您的任何私事效劳。

　　　　　　　　　　非常忠实于您的金登干

　　　　　　　　　　　　1875 年 9 月 16 日
　　　　　　　　　　　　　　发自伦敦

我亲爱的赫德先生：

　　附上一封戴维森太太的来信。她丈夫对孩子们的突然离去极为恼火，以至连一个便士也不肯给她，更别说帮忙给孩子们准备东西了。同时，戴维森太太的朋友们劝她在得不到补偿的情况下不要放走孩子们。对这个问题，我和她讲道理，说服了她。她是个理智的女人，看来很喜欢孩子们，特别是那个女孩。我让她放心，说您定会公平对待她的，会如数偿还她已经为孩子们花费的钱。我给她二十英镑为孩子们准备行装，但是要花的可能会大大超过这个数字，因为他们只有一些自己家里缝制的衣服。

我明天早上和男孩子们乘早班火车去克利夫顿，我希望在下星期的信中能告诉您他们在学院中舒适地住下了。学院秘书来信说，他还不知道他们将住哪个宿舍，但认为毫无疑问，"能为他们找到房间的"。

非常忠实于您的金登干

1875 年 9 月 24 日
发自伦敦

我亲爱的赫德先生：

我本希望男孩子们不会有更多困难就可录取，但是他们的资格鉴定考试没有及格，因此未被录取。……

附上珀西瓦尔博士关于这个问题的一封信和一份有关录取标准的文件。珀西瓦尔博士建议把他们送到一所私立学校去，那里的学生不多，可以得到许多个别的照顾。他认为，赫伯特需要一年到十八个月的时间达到录取标准，阿瑟可能不用那么长时间。他说，假如以后决定还把他们送来，应提前一年申请提名。

我是上星期的今天乘上午九点的火车带孩子们到克利夫顿去的，我们十二点半到达学院，在等待考试时，我见到了几个熟人，他们的孩子就在该学院，其中有邓肯少校。当他听到他们未被录取时，很同情小家伙们，而正当我和珀西瓦尔博士谈话的时候，他把他们带到他家里吃了点东西，因为他们只在早饭时吃了几块点心。

珀西瓦尔博士和邓肯少校竭力推荐伯德先生在克拉维登办的学校。伯德先生原是圣公会的牧师，教廷对弗赖斯的贝内特案做出判决后，他受良心的驱使，脱离了教会。他那时在多塞特郡有产业，每年收入约一千英镑。伯德太太不用宗教偏见来培养孩子。他收的学生从不超过十四名，一直保持此数——但这次他破例腾出地方来收下赫伯特和阿瑟，每个男孩子在这里都很像是被当作这一家的成员对待，在我看来，他家里的学校生活确实是男孩子们所需要的。（不管戴维森太太对他们是多么的慈爱，她也不能恰当地对他们进行教育，他们两个说话都养成了漏掉 H 和 N 的坏习惯。）伯德先生那里的费用和克利夫顿学院差不多。我附上他就此事给我来信的抄件，我已预缴了第一季度的费用。在这种情况下，我已尽力而为，尚希鉴察。邓肯有个儿子在这所学校，他两天前给他父亲写信说："哈特兄弟两人非常愉快，并且非常喜欢这个地方。"

附上一份皮尔小姐的教学大纲。我已决定让安娜进她的学校，我将尽力大约在十月份第二星期开始时就把她送去。

非常忠实于您的金登干

1875 年 10 月 15 日
发自伦敦

我亲爱的赫德先生：

附上戴维森太太十月五日的来信。我和她又谈了一次，她详细地解释了目前的困难，又说，她丈夫已经病了六个星期，她自己也差不多搞得筋疲力尽。她说，所有这些，都是由于孩子们被带走得如此突然引起的。我想，最好是按她的要求给她一个季度的报酬，以代替事先通知。我告诉她说，在这种情况下，我这么做，我相信是按照您的意愿办的。我给了她五十英镑，让她开了收据，并且约定，假如您在收到我的信之前就已答应给她一笔补助金的话，她就应该把这五十英镑退还给我。我还相应地通知了金氏公司。我担心，假如我不付给她这笔钱，可能会有麻烦——但是我想她应该满足，不应再索要了。……

到九月三十日，您Z字账户的结余是一百三十英镑三先令二便士，从那以后又支付给：威立士八英镑十四先令十一便士，戴太太行装费五十五英镑十先令，补贴费五十英镑，余额十五英镑十八先令三便士。这笔结余会很快用光，因为戴太太刚刚又寄来一笔（我希望是最后一笔）孩子们的制装费八英镑十先令的账单，并且还有去克利夫顿的旅费（我还没有报账）和去日内瓦的旅费。我今天已致电给您，说明您Z字账户的情况，并且告诉您，我打算本月十八日前后带安娜去瑞士。

非常忠实于您的金登干

1875 年 11 月 3 日
发自伦敦

我亲爱的赫德先生：

今天晚上我要带安娜动身去瑞士。如果没有您的电报

或者公文叫我赶快回来，我打算待十天左右。……我听说
大家很喜欢赫伯特和阿瑟——赫伯特很有宗教意识，阿瑟
聪慧过人，几天后我将收到伯德先生关于他们的报告。

非常忠实于您的金登干

1875 年 11 月 23 日
发自北京

亲爱的金登干：

我对孩子们的教育成绩很感失望，但是没有办法。请
伯德先生仔细观察他们，并请他对他们将来干什么提出最
合适的建议。我首先想让他们成为印度文官，但我不想强
求他们干他们不大可能做好的事情。阿瑟是个多么丑的小
乞丐！安娜非常像我 1857 年第一次见到的她母亲的样子，
只是她母亲没有雀斑。我想让安娜在学校里再待四年，希
望到那时她能长成一个像样的姑娘。她母亲是人们能想象
得出的最可爱、最有理智的人。她父亲原以为自己是个聪
明人，但后来在他的内心深处不得不承认自己是个傻瓜！

要付给戴维森太太合理的报酬，宁可慷慨一些。她对
孩子们显然是非常好的。他们没有成为天才，这是真的。
但从她的信中也可以断定，她本人是相当有教养的。她很
会表达自己——并能正确使用标点！

现在这里一切平静无事，我们将度过一个安静的冬天。
内子将乘明年三月十八日的邮船回国，而再过两年，我也
许将跟踪而去——如果我可以离开的话。

附上一张二百英镑的支票（丽如银行 Z 字账户）。

万分感谢"赫德懂得小提琴"的评论。我完全可以肯定我那把琴是真正的斯特拉德小提琴，并且我相信，它是一百多年前被会演奏小提琴的天主教传教士（意大利的或西班牙的）带到中国来的！

祝你新年快乐，并靠圣诞节葡萄干布丁迅速康复。

忠实于你的赫德

1875 年 12 月 10 日
发自伦敦

我亲爱的赫德先生：

附上伯德先生的便笺和月度报告。邓肯已邀请男孩子们在他家过了一部分圣诞节假期。我私下写信给伯德先生，求他不要再接受这类邀请——因为您不愿欠陌生人的人情。

附上安娜的便笺，还有一封是赫伯特写的。我已经给安娜写了信，告诉她要振作起来。我还要皮尔小姐给她二十法郎作为圣诞礼物。下面是我最近给皮尔小姐的信的摘录：

"我认为目前最好不要给她加太多的功课，而要先给她补英文和她较差的基础课目。我想，一个时期只学一种外国语对她已足够了——在她掌握了法文书面语和口语的相关知识以后，她可以开始学德文。假如你发现她特别喜欢某一学科或某种技能，请给她培养它们的机会，因为多方面的庸才不如一方面的高手。"

非常忠实于您的金登干

1876 年 2 月 18 日
发自伦敦

我亲爱的赫德先生:

　　附上皮尔小姐和伯德先生的信和账单。皮尔小姐一年交四次账单,伯德先生是一年三次。皮尔小姐的账单金额是三十八镑,伯德先生的账单金额是九十二英镑十五先令十便士。这些和给赫伯特买一块银表的另一笔二英镑十先令加在一起,使您的 Z 字账户透支金额达一百一十八英镑二先令六便士。我已告诉伯德先生,我认为休假零用钱有点多,请他考虑是否在将来的账单上能减一些。

　　附上一封赫伯特给我的信。我回信时,指出了他的拼写和标点的错误;我也提醒伯德先生注意这些缺点。我给他买的那块表,就其价钱来说,确是块好表,走得相当准。

非常忠实于您的金登干

1876 年 3 月 16 日
发自北京

亲爱的金登干:

　　内子和孩子们十九日离开这里,以便赶上三月三十一日从上海启航的法国邮船。那么在你收到此信的八天或者十天后,他们就将途经伦敦。非常感激你提供房间,但我们不想让这么一大帮人去麻烦你。最大的可能是内子去住阿尔比马尔大街的科克饭店。但不管她去住什么饭店,我弟弟赫政会到办事处找你。内子也要前去看望尊夫人的。

内子觉得,要在丽如银行用她的名字开一个存款账户,那就方便多了。请你费心用所附的支票(Z字账户100号七百英镑)为她开这样一个户头,并备好支票簿,在她到达后交给她。

离别的日子迫近了,和她们分别是这样牵肠挂肚,我今天干什么都定不下心来。有时,我突然意识到快要别离了,使我好像快要被绑去"走跳板"或被绞死!我简直不敢相信,自从我们这一帮人乘"艾菲号"东渡到现在,已经过了十年。变化有多大呀!……

高丽恐慌已经过去,和日本签订了一项条约,三个口岸向日本开放(我估计,也向全世界开放)。滇案"悬而未决",我们现在正等待格维讷的报告。要不是威妥玛的反对,非要等事件解决,郭早就去英国了。我认为不会打仗,但在一切了结之前,我们这里还有一些惊心动魄的场面。总理衙门有意要借一笔三百万英镑的款,但还没有到说此事非办不可的地步。至于造币厂问题,他们不愿意人催促,但我认为经过一段时间,他们会要求我们推动的。在中国,人们一般要谈上十年才办得成一件事呢!

忠实于你的赫德

1876 年 5 月 19 日

发自伦敦

我亲爱的赫德先生:

尊夫人和孩子们于本月十六日星期二晚上到此,第二天晚上动身去爱尔兰。她有点感冒,但看来身体很好。埃薇非常高兴——我们看到从中国来的孩子像赫承先这样强健和快活,都感到惊奇。您可能听说了,令弟在巴黎时鼻子大出血。我相信他不会重犯——但是,不管会不会复发,他都打算到贝尔法斯特去找个名医看看。

……跟随阿思本出去过的船长现在只剩下两位了,其余全故世了!我听说李泰国在科尼什矿山等地的投机差不多蚀光了他所有的钱,境遇很惨。

天气仍很冷,不合时令。

非常忠实于您的金登干

1876 年 7 月 17 日

发自伦敦

我亲爱的赫德先生:

附上您的 Z 字账户报告,共透支二百六十英镑六先令八便士。

皮尔小姐在城里的时候刚刚来访,说她希望您不要让安娜在英国放假期间到英格兰来,或者到戴维森太太家去,因为这样会对她的学习有很大影响——英国的假期正好是国外的学期中间。

男孩子们似乎生活得相当好。我写信给伯德先生,要求他让孩子们更多地注意书写、拼写、语法、标点符号,等等。

非常忠实于您的金登干

1876 年 11 月 3 日
发自伦敦

我亲爱的赫德先生:

我收到安娜的一封来信,现附上。我给她回信说,在国外度假是她的监护人的意愿,所以我不能安排她在今年圣诞节回家了——至于补贴,如果这是皮尔小姐的学校的惯例,那么她最好请皮尔小姐就此事给我来一封信,说明一位年轻姑娘通常领多少钱。

非常忠实于您的金登干

1877 年 2 月 4 日
发自伦敦

我亲爱的赫德先生:

随函附上皮尔小姐去年十一月三十日的一封来信,我想,给安娜一笔服装费等津贴的计划是切实可行的,也是对她有益的,可以教育她懂得金钱、节约、在一定程度上独立生活等等的价值。我还授权皮尔小姐花八英镑给安娜买一块表。

另外还附上安娜自己分别在去年十二月＊日、十二月二十日和今年一月二十九日写来的三封信。最后一封信很难回答，我不能不认为，皮尔小姐可能曾建议她写这封信。我附上刚才写好了的复信。您曾在一封 Z 字编号的信中，以过去的时态提到她的母亲，我认为我最好相信我陈述的事实，就是她已去世。我附上伯德先生一封报告杂项账目等的信。两个男孩子都表现出了对绘画的极大兴趣，特别是赫伯特。我已要求伯德先生给他们表现的机会。赫伯特好像想当一名建筑师或者土木工程师。我一定争取哪一天去看看他们。

不管监护孩子们的花费有多大，若同您对他们的前途所寄予的厚望相比，这点花费都是无足轻重的。我想您不能不放弃让他们从事印度文官公职的想法。如果我能进一步协助您做什么事情的话，我就太高兴了。男孩子们可能下次会提出问题，不过那是较为容易应付的。

非常忠实于您的金登干

附：抄件

我亲爱的安妮：

为答复你一月二十九日的来信，我所能提供给你的唯一消息是：自从你的母亲去世以后，赫德先生就负起了扶养你的两个弟弟和你本人的责任，你们成了受他监护的孩子，他把你们都送到了英国。赫德先生在就你们的教育问题写信给我的时候，没有告诉我更多的详情。

如果那些女孩子向你提出任何问题，你回答她们说你"不知道"，那是十分自然的。因为你离开中国时，还只是个幼儿，而作为你们的监护人的那位先生这些年来一直远在中国。

你的诚挚的金登干

1877 年 6 月 15 日
发自伦敦

我亲爱的赫德先生：

……我收到伯德先生的一封短信（附有他上学期的账目），他在信中说："赫伯特非常喜欢图画课，看来他的功课有很大进步。两个男孩子的健康状况极好，功课也都有长足进步。赫伯特日益成长为具有绅士风度和讨人喜欢的孩子，大家都很喜欢他。我从他的裁缝的账发现，他逐渐注意讲究衣着了。"

给伯德先生寄支票清还他的账（一百零四英镑九先令十便士）时，我请他把男孩子们在各课程中取得进步的详情告诉我，并且说明他们最喜爱或最适宜何种职业。尚未收到他的回信，随函寄上赫伯特最近寄给我的两张照片。

我付给皮尔小姐上一季度的三十二英镑，也要求她说明一下安娜在音乐、法语、图画等方面有多大进步。随函附上我上星期六收到的安娜来信。我已给她回信说，她的弟弟们都还太年轻，不能单独外出旅行。

非常忠实于您的金登干

1879 年 6 月 20 日
发自伦敦

我亲爱的赫德先生：

  霍金司先生写信给我说：我发现根本不容易找到一个照管孩子的人家。考虑到（两个）男孩太年幼，我倾向于这样想：如果开销供应得上，最好的办法是让他们继续留在伯德先生那里，至少再住一年。

  如果打算停止供应安娜小姐住在皮尔小姐家里学习的开销，可以把她带回来，让她自己照料自己。但是我担心，在她面前会有许多麻烦，而且她将不得不离开那个已经生活惯了的家，勉强搬到一个水平较低的家里去。我担心，她行将与之接触、被她当作母亲看待的那位高尚的女士未必会心甘情愿以每年仅四十英镑的收入——其中的二十英镑还要留作添置服装等的费用——承担那种责任。

  我看，那个大男孩年岁还那么小就要跟人家订合同当学徒，也会遭到拒绝。

  我看得出来，这个女孩子已经给霍金司先生写过两三封信，她认为她自己已长大成人，有了为她自己和弟弟们选择一个家的发言权——据她说，那位女主人必须是一位高尚的笃信基督教的妇女，那位女主人要使她看着顺眼，并且值得她尊敬。她对于和皮尔小姐分手表示了极大的遗憾，要求送给皮尔小姐一些礼物，并谈到戴先生就曾经得到过二百英镑！

看来，把大男孩送去给人家当学徒还太年幼。伯德先生写信来说，小男孩还那样小而弱，再过几年才能在体力和智力上适合送到一个账房或别的地方去做文书。

我今天见到了霍金司先生，我告诉他，我认为最好给孩子们转学，他们现在所在的学校花费太大。我建议，当女孩子能够帮助管家教导弟弟，又能看管他们时，大男孩可以上肯粉敦或别处的国立艺术培训学校，小男孩可以上走读学校。我认为，大男孩应比现在得到更多的机会和可能，为他自己将来的职业做好准备。女孩子应该认识到，让她受教育是为了使她离开学校之后能自立。霍金司先生似乎认为他们目前不到伦敦来为好。但是，主要的困难在于找不到一个合适的人家。他想起，他曾找好一家，但他们被小男孩的照片吓住了。我曾劝他在报纸上登个广告试试，措辞上要使人家不知道其来历，而所有通信都可以寄到广告公司去。但是他好像不太赞成，而我不知道还能出什么别的主意，除非是向戴维森一家提出请求，或者，倒不如探听一下他们的主意。

非常忠实于您的金登干

赫德致金登干
发自北京

给你和霍金司先生增添那么多麻烦，我感到格外过意不去。可是，这对我自己来说又是一件多么苦恼的事啊——每当这件事涌上心头，就使我悲伤绝望！我收到了你的Z/88函，感到十分窘迫。我想，总的来说，在任何地方都比在伦敦好，住在任何人家里都比住在戴维森家里强。如果那个男孩子还不适合做办公室的工作，那就让他去做水手，或到这一类的行业里去谋生，我指的是那个最小的。我当然希望为这些孩子尽可能做出最大的努力，但是我们不可能超越可能性，而他们必须含辛茹苦。我担心他们迄今所上的学校太高级了。我实在希望你会想出一些办法来安置他们。最需要的是给他们找到些事情去做，使他们得以靠他们的收入生活下去。他们必须到挣面包的"士兵"队伍中，而不能被安插在军官队伍里。必要时，可以送他们到商店里去做学徒：你可以让一个孩子学做药剂师，另一个学做呢绒商。随你的便——只要能够尽快地找到些事情让他们去想想，让他们去做做，找到合适的人去管教他们就行了。我重说一遍，我的意见是，最好让他们不要待在伦敦，不要住在戴维森家里……

2

我的身体里流动着两种血液，一是来自我的北爱尔兰父亲，一是来自我的中国母亲。

因为我长得太像个中国人了，眼珠子是黑色的，额头也是亚裔人种的，父亲曾经鄙视地说我像个乞丐。"一个多么丑的小乞丐！"为了他自己在东方帝国的前程，他在我们还年幼的时候就放逐、遗弃了我们，让我们终生成为没有身份的人。在这个世界上我从来没有体会过父爱的滋味，只有遗弃，永无休止的遗弃！

对那个给了我生命又把我像一口痰吐掉的男人，我只有仇恨。我从小就浸泡在仇恨的墨汁里。我的一生就是要同这个试图控制我命运的人做斗争。

我生下来不到两岁就离开了中国，对母亲印象全无，甚至都不知道她是死了还是活着。他们告诉我，妈妈在生下我的那年害产褥热死在了上海，我不相信，我死也不会信。因为这话的源头就在父亲那里，这个伪君子出于不可告人的目的，肯定撒了谎。他需要一位正式的夫人，一个体面的太太，所以他必须结束和一个地位卑微的中国女人的同居关系。他必须遗弃她，就像遗弃一只旧雨靴。他当然巴不得她死了，巴不得我们大家都死干净了。

我情愿相信妈妈还活着，在这个世界的某个角落里，像我想她一样想着我们。

这个我称之为父亲的男人，我终生不能原谅他的是，1866年春天，他把我们兄妹三个带到伦敦，如同寄存三只永远不想取回的包裹一样交给戴维森夫妇之后，转身就向一个姑娘求婚了，并在短暂的蜜月以后带她一起去了中国。他这么急着把我们丢开，竟然只是为了博取一个姑娘的青睐，有谁见过这么不负责任的父亲？

当然以后我会知道，他得到的并不是一桩十全十美的婚姻。求婚的、允婚的，速度都如此之快，只能说明双方都希望从对方身上得到需要的东西。婚姻的双方都太理智、太聪明了，他们太清楚自己想从中得到什么了。从父亲的角度来说，有了这个姑娘，他回到中国就有了一个名正言顺的总税务司夫人，他层出不穷的晚会和花园派对就有了一个女主人，一个经管一切的妻子。而那个女人得到的，除了丈夫转赠的中国官员赠送的礼物、家人在中国海关的高薪职位、每月的补贴和零花钱，还有丈夫许诺给她的一幢在伦敦上等地区的房子。

每个月总有一两天，父亲在伦敦的代理人金登干会来看我们。

他有时一个人来，有时带着漂亮的太太艾伦·玛丽和儿子金真备。艾伦身材不高，面容姣好，长着一头美丽的金发，戴维森太太和我们都很喜欢她。她检查安娜的功课，还辅导她弹钢琴。她的一手字十分漂亮娟秀，琴也弹得好。看到她站在弹琴的安娜身后，身子随着音乐节拍轻轻晃动，我就羡慕金真备有个好妈妈。

金真备比我小四五岁，金发碧眼，长得胖嘟嘟的，是他们婚后的第一个孩子。他一来就和我疯玩在一起，但因为嫉妒他有个漂亮妈妈，我时常忍不住要捉弄这个小跟屁虫。我们在戴维森太太家的阁楼上捉迷藏，拿着木剑在花园里追逐，把戴维森先生种的花当作异教徒的头颅乱砍一气，还跑出院子追着路过的女孩子撒尿。看到我们玩得满头满脸都是泥和汗水，艾伦就装作生气的样子要来打我们。我们绕着戴维森太太肥胖的身子和她转圈子，直到她跑不动了，脸色发白，像是要晕倒的样子，我们就像做了坏事的猫一样乖乖走过去，仰着肮脏的小脸让她使劲擦呀擦。

金登干每次来，总是带着一张由父亲签发的丽如银行的支票，那是给戴维森太太的我们三个的抚育费，当然也包括着装费、教育费和给戴维森太太的薪金。同时他还会带来远在北京的监护人发来的最新指令，三个孩子该上什么样的学校，该与什么人交往，等等。他回去后又会如实向北京汇报我们的最新情况，体重啦，身高啦，语言上的进步啦，有无调皮捣蛋啦，

等等。作为大清海关伦敦办事处主任，受北京方面的委托，金
登干要办很多大事，海关人员招聘、帝国的军火采购、海关的
航道灯塔设备采购、帝国与欧洲的非正式洽谈（因为在1867年
前中国还没有正式的驻外使节），每一件事都少不了他跑前跑后，
但他还是经常抽时间来看我们。他腿脚不便，走起路来格外吃力，
每次他一瘸一拐走进戴维森太太家时的模样，就像是一个忠实
的管家，受主人之托来办一桩极为隐秘的私事。

他没有自己的灵魂，主人的灵魂就是他的灵魂。他不苟言
笑的脸，从来都是一副冷冰冰的表情。

3

戴维森太太没有生过孩子，她和戴维森先生把我们看作了
自己的孩子。我喜欢戴维森先生咬着烟斗读报纸的模样，他从
史密斯·埃尔德公司下班回家后唯一做的事，就是读他永远也
读不完的报纸。我喜欢来一些小小的捣乱，换来戴维森太太夸
张的尖叫。那么胖的戴维森太太发出女孩子一样的惊叫声，真
是十分有趣的一件事。

我喜欢一年四季都开着花的屋角小花园，喜欢他们家的小
阁楼，那里有着腐烂的土豆甜丝丝的、催人欲眠的气味。我常
常一个人悄悄躲在上面，趴在窗口，听着街上的叫卖声，看着
街上的房子啊树啊沉入黄昏的薄雾。我让黑暗一点一点把我吞
没，越来越深的黑暗的重量把我压得喘不过气来，我也不吭声。
"阿瑟·哈特！阿瑟！阿瑟！"戴维森太太和安娜在到处找我，
我听见他们被风拉长的叫喊声，我就是不出声。

到了我们开始上学的年龄，戴维森先生有一次向我们传达了远在北京的监护人对我们人生道路的设计：我和赫伯特，粗通文字就可以了，最好是先做商店学徒，以后一个学做药剂师，一个开一家专营呢绒的小商铺自食其力。如果我们有能力为大英帝国出一把力，那么，去印度支那做个殖民地文官，这样的差使他也不会反对。以后大概是看我太过调皮捣蛋，又建议我去做一个水手，自谋生路。至于安娜，一个女孩子家，必须先学好法语和音乐，因为这是判别一个姑娘是不是有教养的两条重要标准，更事关她以后能不能嫁个好人家。

可怜的赫伯特一听让他做商店学徒就哭了起来，因为这条街上皮草行的一个学徒就是我们的玩伴，他常常撩起衣服，给我们看手臂上和背上一条青一条紫的挨打的伤痕，一边龇着牙骂东家不是东西。赫伯特说他才不做什么呢绒商人、药剂师，他要么去做一个画家，要么就去挣大钱，挣我们所有人几辈子都花不完的大钱！

戴维森先生摘下眼镜，把埋在报纸中的头抬起来感兴趣地听着。他问我将来有什么打算。

我喊了起来："等我长大了，我要去中国！"

"去中国？去中国干什么？"

"我要去找妈妈！"说完这话我就跑开了，我怕他们看到我眼里的泪水。

现在想来，父亲在清国海关经营多年，把海关打造成了他的独立王国，他成就了无数想到东方寻找发财机会的欧洲人的梦想，这些人散布在数十个帝国口岸城市大大小小的职位上，甚至他的弟弟赫政、妻弟裴式楷，也都靠着他的关系平步青云，在他的独立王国里做着各个城市的税务司。但他从来就不想让我们重返中国。从一开始,他就把我们放在了他在帝国的事业的对立面上,像避瘟疫一样远远地避着我们。他可以遗弃我们,但凭什么要来安排我们今后的生活!就凭着他寄给戴维森太太的那些银行支票?

我可不想按着他排定的脚本,出演他指定的角色。

我问安娜,我们的母亲长什么模样,叫什么名字。

安娜也说不全妈妈的名字,她甚至也说不清妈妈是死了还是活着。因为1866年春天父亲带我们回国前,先把我们从上海带到北京住了一段时间。她只知道那时候妈妈刚生下我,身体非常不好,至于我们离开上海后她一个人怎样了,她也说不上来。

安娜告诉我,妈妈的名字里有个瑶字,人们叫她阿瑶。

"我们的妈妈有一头乌黑的漂亮的长发,她的眼睛像宝石一样明亮,"安娜说,"我们的妈妈是世界上最美丽的妈妈。"

"有艾伦那么美吗?"在我看来金真备的妈妈是这个世界上最美丽的女人了。

"傻弟弟,那是两种不一样的美,就好像玫瑰与水仙。"

每到星期天,戴维森太太就雷打不动地带我们上街区教堂做礼拜。出门前,她总是把我们打扮得整整齐齐的,穿上浆洗过的、领子直挺挺的衣服,戴维森先生还要穿上黑色礼服。跨进教堂的黑色大门前,她总是一再嘱咐我和赫伯特不要大声说话、吵嚷。"上帝无处不在,他在天上看着我们呢。"她警告我们说。

我不相信那个钉在十字架上的干瘦的男人真有那么大的法力。布道坛上,牧师拉长了调门的布道声像苍蝇嗡嗡一样烦人,他那套天堂、地狱和严酷刑罚的描述,我们都听得耳朵起茧了。汗味、香烟味和无数人聚在一起散发的说不出来的气味让人几乎透不过气。趁着戴太太闭起眼睛祷告或者画十字的时候,我和赫伯特就挤眉弄眼的，相互投掷小石子玩。

实在无聊了，我就偷偷溜出来，跑到广场上看鸽子飞来飞去。在我看来这些鸟儿要比我幸福得多。它们与人混熟了，人走过去也不会惊惶着飞走。戴维森太太说过，传说中圣灵有时会显身为鸽子。我摊开手掌，一只飞来啄食玉米粒的鸽子却拉下了一泡屎。这并没有让我讨厌它。我抚摸鸽子的脑袋，它小小的、微温的躯体调皮地蹭你，又暖和又柔软，那一刻我真想告诉他们，爱不是你们说的那样空洞，爱就是相互挤靠在一起取暖。

戴维森太太总会在广场上的鸽群中找到我。她掸干净沾在我身上的鸽子粪，搂着我的脑袋靠在她的胸前。可怜的孩子，你的小脑袋里都装着些什么啊。她喃喃着，一手拉一个，领着我们回家。

4

那一年我十岁。八月的一个下午，金登干来看望我们。他和戴维森先生关着门说了会话，就匆匆登上停在门口的马车走了。他一走，戴维森先生才发作了起来。一向和气的戴维森先生生气的样子真是十分可怕。他怒气冲冲地在屋里乱走，就像一头困住了的野兽一样，骂骂咧咧，乱摔东西，乱踢桌脚和凳子。

"岂有此理，真是岂有此理！"他激动地嘟哝着，连花园里的狗都远远地避着他。我们不知道发生了什么事，只是猜想这事儿可能与我们有关系。

傍晚，戴维森太太回来了，我们才知道，金登干带来最新指令，监护人要求我们即刻离开戴维森先生家，到外地去上学，我和赫伯特去克利夫顿学院，安娜去瑞士的一所私立学校。这个消息一下把我们打懵了。安娜本来在弹一支玛祖卡舞曲的，听了这些，砰地合上琴盖。她长着几颗雀斑的脸涨得通红，噔噔地跑进了房间，不一会传出了她使劲压抑着的抽泣声。

戴维森太太得知消息，也是满脸愁云。来到戴维森太太家九年了，我们已经把这里看作了自己的家，他们也把我们看作了自己的孩子。我们这一大家子朝夕相处，彼此信赖，虽然靠着戴维森先生的一点薪金和金登干带来的钱，日子过得不富裕，却也快乐安宁。现在平静的生活就要被打破了，我们再也看不到好脾气的戴维森先生，再也听不到已经习惯了的戴维森太太的数落，我们兄妹三个也要硬生生地分开。将要独自去面对的这个世界有着怎样的险境，会有什么样的黑色悬崖等着我们摔下去、一口吞没我们？

隔壁房间里，安娜的抽噎声小了下去，可是绝望和恐惧已经传染给了我和赫伯特，它们像黑色的水一样淹到了我们的喉咙。

没有了妈妈，父亲又不承认我们，现在我们又要失去彼此，世界上还有比这更不幸的事吗？1875年秋天的这个黄昏，我们兄妹三人为即将到来的远行和分离哭成了一团。让我愤怒的是，远在北京的那个人，他凭什么拆开我们，他有什么资格对我们的生活说三道四？他不是不承认我们是他的子女，不让我们说出他是我们的父亲吗？行，我们就不说，我们是野种，天生的野种！他钉住了我们的舌头，还要把我们今后的生活道路死死地钉在泥潭里吗？

戴维森先生说，伦敦有那么多好学校，有必要把他们赶到那么远的地方去上学吗？

"他是监护人，从法律意义上说，在孩子们成年之前，他有权这么做。"当戴维森太太明白他们的反对不可能改变北京那个人的主意时，她变得出乎意料的安静，她要丈夫向公司预支一些薪金，好为我们三个准备行装。

戴维森先生拒绝拿出钱来为我们置办行装。他气得病倒了。从中国寄来的行装费还没有到，戴维森太太只好偷偷拿出自己的一点私房钱应急。好在几天后金登干叔叔送来了二十镑，后来又送来给戴维森太太的五十镑薪金，两笔钱凑在一起，再加上戴维森太太用积存下来的旧布料自己缝制的一些衣物，勉强凑够了我们的行头。不久，金登干又送来了北京寄来的行装费五十英镑十先令。

"他已经给得不少啦。"为了钱的事，他与戴维森太太不知争过几回了。"你以为有了钱什么事都可以摆平吗？你说说，我是个钻在钱眼里的人吗？我是吗？我就知道，你们眼里从来只有钱，没有别的。"戴维森太太像骂大街的女人一样手叉腰，眼泪却不争气地流了下来。

为了让我们出门在外不致耽搁时间，戴维森太太托金登干给我们买了一块银表，花去的二英镑十先令是从她的薪金里扣除的。赫伯特一把抢去戴上，就再也不肯摘下了。

九月的一天早晨，我和赫伯特要坐火车去克利夫顿参加学院的入学考试。戴维森太太这些日子忙得心力交瘁，心情又不好，没有送我们。我们坐上了金登干叔叔的四轮马车，马车开动了，安娜突然跟着小跑起来。她一边跑一边气喘吁吁地喊我们的名字。她的胸膛剧烈起伏着，头发乱了，额头和鼻翼上沁着细小的汗珠。马车驶过街角，她还在远远地跟着我们跑，她没有扣紧的短上衣飘飞着，就像鸟儿张开的翅膀。她被石头绊了一下，差点要摔倒了，捂着肚子蹲在路边呕吐起来。行人漠然地经过，没有一个人过去搀扶她一下。

我突然心痛如绞。

去克利夫顿，金登干一路上都受着牙痛的折磨。发肿的牙龈让他的半张脸像气球一样吹得老高。他捂着脸丝丝地抽着冷气说，一个没有经验的牙医想拔掉这颗牙，但把牙弄碎了，整整花了两个小时也没有把牙根拔出来。路上他告诉我们，他已经与一个朋友，学院的秘书联系过了，新学年开始，克利夫顿学院的校舍刚刚扩建，住宿不用担心，还十分舒适，尽管还不知道会安排我们住哪个宿舍，但毫无疑问，一定能为我们找到房间，并且把我们兄弟俩安排在一起。

中午，火车到了克利夫顿，我们中饭也没吃，就由院长珀西瓦尔博士带着去参加入学考试。金登干叔叔碰到了一些熟人，与他们寒暄，他们有的孩子就在这里读书，有的也是带孩子来考试的。他安慰我们不要紧张，他会在楼下等待我们给他带来好消息。半小时后，看到我们垂头丧气地出来，他就明白我们考砸了。珀西瓦尔博士赶上来，对我和赫伯特没有通过资格考试向金登干表示了遗憾。他认为，我们应该先在较小的私立学校经过一段时间的补习，才能考进克利夫顿学院，因为私立学校的学生不多，可以得到更多辅导和照顾。他建议我们去克拉维登，那里有一所伯德先生办的私立学校。

"假如以后决定还把他们送来，应提前一年申请提名。"博士临走时摸了一下我的脑袋表示亲昵，我扭头避开了。"大的一个可能需要一年到十八个月的时间才可以达到录取标准，"他在说赫伯特，"至于小的一个，他叫阿瑟吧，我想可能不用那么长时间。"赫伯特听见了，气得冲着他的背影吐口水。

金登干叔叔的一个朋友邓肯少校走了过来，他很同情我们。他的儿子汤普森也没有考中。知道我们早上只吃过几块点心，还饿着肚子，他热情地邀请我们去附近他家吃点东西。他儿子像抢一般地来帮我们拿行李。

邓肯少校也认为，他儿子和我们都考得这么糟，怕是只能去伯德先生的学校了。他把了解到的关于这所学校的情况向我们做了介绍。伯德先生原是圣公会的牧师，后来脱离教会办学。他是一个有产业的人，在多塞特郡有好几处房子和地产，每年收入约一千英镑。更可贵的是，伯德太太，这位有教养的女士，从不用宗教偏见来培养孩子。

"如果你不反对的话，我那个让人头痛的儿子也有上学的同伴了。"

金登干叔叔担心的是费用，如果伯德先生的学校收费远远高于克利夫顿，他就无法做主。当他听说伯德先生那里的费用和克利夫顿学院差不多，就准备把我们送到那儿去。于是我们一起去了克拉维登。在汤普森家待了半天，我们已经成了无话不说的好朋友。他和赫伯特同岁，懂得的东西却比我们多得多。

伯德先生为难地说，为了保证教学质量，他收的学生从不超过十四名，现在已经满员了。但最后他还是同意破例收下我们，让伯德太太为我们腾地方。金登干叔叔要我们好好用功，不许贪玩，他还会来克拉维登看我们的。走之前他向伯德先生预缴了第一季度的费用。

"每个男孩子在这里都会被当作我们一家的成员对待。"伯德先生这话是对他说的，也是对我们说的。

不久后我们收到了安娜的来信。她问我们在新学校生活怎样，想不想家，说我们走后，戴维森先生病了六个星期，戴维森太太也好像一下子老了很多。她还说，她也要离开这个家了，或许等我们读到这封信的时候，她已经被送往瑞士了，金登干正在帮她联系那边的一所学校。

临近圣诞节，安娜又寄来一封信，邮戳上显示，信是从瑞士的一个避暑城市丰维寄来。安娜说她上个月来到了这里，在皮尔小姐开办的一所学校就读，学校里有十二个和她差不多年龄的女孩子。信写得很短，字迹潦草，显见她心情很糟。她说功课很重，英文要补习，还要学习法文和音乐。她说从来没有这么想念我们，让我们寄照片给她。我们没钱去拍照，赫伯特说他自己动手来画，他越画越不耐烦，觉得一点不像，所以我们从来没有给安娜寄过照片。

这年的圣诞节我们是在汤普森家过的。节前几天伯德先生就给我们放了假，于是我们接受汤普森的邀请去了他家，住了好些天。

下过几场雪，他家附近的山坡成了天然的滑雪场。我们坐在雪橇上从高处往下滑，巨大的落差让我们发出一阵阵尖叫。离开伦敦几个月来，我们从来没有这么快乐过。整个世界被雪覆盖了，洁白，松软，尽兴的玩耍使我们忘却了尘世间所有的烦恼。

我们在山上捡了被大雪压断的一截松树枝回去做圣诞树，还跟着他们一家，去镇上的教堂做弥撒。往年的这个日子，都是戴维森夫妇带我们去教堂的。现在我们三个像鸟儿一样飞走了，他们会伤心吗？黑暗中想着两个老人搀扶着上教堂，我的泪水像初春的河水一样汹涌而出。

以后每年的圣诞节，我们的床头再也不会有戴维森太太送给我们的裹在红袜子里的礼物了。

第四章

骑在墙上的人

1

浓雾还笼罩着清晨的户宋河^①，五十步开外人影莫辨。突然响起的一阵枪声打破了河谷死一般的寂静。李珍国听出来了，起先的一排枪声是土枪放的，随后零零落落响起的是洋人来复枪的回射声。他带了几个护卫，策马向枪响的河谷方向奔去。

一阵由当地土著发出的咿咿噢噢的叫喊声突然响起，由近而远，连绵不绝，随后，鸣锣声、号角声、喊杀声响彻山野。杀呀，杀呀。一把把梭镖和雪亮的马刀挥舞着。数不清的人群就像刚从地底下冒出来似的，簇拥着、呼啸着向河谷地带直泻而去。李珍国胯下的坐骑被惊得唉唉叫着，竖着前蹄原地打着转，死活也不肯前行。

大清国腾越镇守备总兵官副将、署鹤丽镇左营都司李珍国坐在一匹红骠马上，用马鞭指着满山奔跑的傣胞们，对护兵队长、他的侄子李含兴说："民心可用也！"这些人都是他为防止洋人强行抢境通行布下的团练武装。

"我就料到这些洋鬼子没那么老实，一定会趁着黑暗偷偷溜进来。传令下去，好好教训他们一顿，驱逐出境，不要闹出什么人命来！"

几个月前，李珍国就得到消息，由英国上校军官柏郎上校率领的一支二百人左右的武装探路队正集结在缅甸边境，企图

---

① 位于今云南省德宏州盈江县境内，是大盈江下游的一条支流。

从缅甸的八莫沿大盈江进入中国云南。不久，由驻京公使委派的翻译官马嘉理来到云南，呈投总理各国事务衙门咨文、护照，要求办理赴缅甸交界迎接事宜。在得到云南军政方面一番客气的应酬之后，马嘉理一行被礼送出境。马嘉理离境的最后一站，来到中缅边境腾越厅的蛮允，李珍国严正警告之：在没有接到上司的正式公文前，别说探路队，就连一只鸟儿也别想飞进来。

有传言说，洋兵将要进攻腾越。腾越一地，因其独特的地理位置，屡经兵燹之苦，当地军民闻听这一消息，可谓风鹤皆惊。李珍国身为此地守备总兵官副将、诰封匡勇巴图鲁，守土护疆职责所在，当即号令十八乡团练首领来厅议事。腾越厅地处边界，东至永昌一百余里，西至盏西、北至古永均一百一二十里，南至南甸四十余里，皆系山深林密、匪徒出没之地，因此四乡百姓早就编联保甲，举办团练，以防匪徒而保身家。目下情势紧迫，漫长的国境线上料不定洋兵从何攻入，政府军又兵力有限顾不过来，李副将听从帐中谋士之命，令各乡团练昼夜轮值巡逻，一发现入侵者即鸣锣号角，合力抵御。

这不，这边刚张罗停当，鱼儿就来撞网了。

越境者一行十来人，边逃边开枪还击。他们的回击更加惹怒了彪悍的山民，人群如黑压压的潮水一般向他们涌去。那群人领头的是一个年轻的英国人，他停下来挥动着一张纸，想对这些追赶的人群呼喊什么，两个掩护他的随从不容分说，一边一个架着他就跑。李珍国从单筒望远镜里看到了那张惊慌愤怒的脸，他大吃一惊，那不就是前些日子已经送往缅甸八莫的翻译官马嘉理吗？他怎么招呼都不打一个就折回来了？他急令手下停止射击。

"都司大人有令，枪弹长眼，不许伤人！"传令兵在山岗上高声呐喊。但黑压压的人群发出的怒啸一下就把这些喊声淹灭了。场面开始失控了。

河谷里、山坡上涌动着那么多人，看样子蛮允一带所有村寨的男女老少都出动了。李珍国策马狂奔，他只想在愤怒的团民追上那些入境者把他们碾成肉泥之前控制住局势。他不想把事情闹大，只要把这些洋人教训一顿赶走就行了。尤其是对方的人群里有一个持有总理衙门咨文、由驻英公使委派的翻译官，出了人命就不好向上面交账了。

李参将的红骠马所到之处，士兵和山民纷纷避让，但他们把李参将的策马狂奔看作了这个出名的巴图鲁勇士是在身先士卒。汹涌的人潮挟带着冲开堤坝的气势，怒吼着漫过河谷的一大片滩地，很快就涌到了尽头。笔立的山崖让河滩在这里戛然而止。逃跑者插翅难飞，很快被追至的人潮吞没了。

太阳升起，雾气渐散，浓重的杀气也消弭于无形。湿润的风吹拂着恢复了平静的河谷，阳光抚摸着横七竖八躺着的几具尸体。李珍国跳下马，翻看着一具具血肉模糊的尸体。突然他停住了，懊恼地跺了一下脚，抱头蹲下。

事儿闹大了。这场冲突中，双方互有伤亡，英方被打死的，是翻译马嘉理和他的几名中国随员。

这一天，1875年2月21日，即大清国光绪元年正月，距新皇上登基才过去没几天。

2

1874年春天，英国驻上海副领事马嘉理收到了公使威妥玛先生的北京来信，要他放下手头工作即刻前往云南边境。为了修建一条穿中缅国境线的铁路，由柏郎上校率领的一支数百人的勘探队已经抵达缅甸境内大盈江上游的八莫。他们请求在北京的英国公使与总理衙门联络，发给三四名英方官员从缅甸进入中国游历的护照，同时希望从领事人员中给他们选调一个翻译官。

这年马嘉理二十九岁，来到中国已是第七个年头。收到威妥玛的指令，他并没有即刻动身，因为他担心一离开上海前往云南，就会收不到未婚妻从国内寄来的信。自从去年冬天未婚妻来过上海，他们就定下了婚期，只等他休假报告批准返国了。面对上司接二连三的催令，马嘉理觉得再待在上海就有违拗命令之嫌了，于是在八月的一天带上六个中国随从离开上海，踏上了前往西南之路。

一行人从长江坐船，过洞庭湖，溯沅江而上。秋日天气晴好，大多日子刮的是干爽的西北风，船行不快，费时两个月才进入贵州省。再往西行，地势渐岌，路也更难走，整个云贵高原的海拔在五千英尺以上，群峰挺峙的高原景象让从未到过中国内地的马嘉理大开眼界，对未婚妻的思念之情也冲淡了不少。这个时令，长江中下游一带应是入冬了，但此地好像还是山花烂漫的暮春天气。

从贵阳来到云南府，马嘉理要求云南巡抚岑毓英接见，并呈上了总理衙门咨文。但衙门的人告诉他，巡抚不在昆明。他问巡抚几时归署，衙门里的执事说归无定期。马嘉理一行无望地在昆明城中等了几日，当地文官武弁对他很客气，也很警惕，这愈发让他觉得岑毓英是在有意避着自己。看再等下去也是无望，马嘉理决定先前往缅甸八莫，与柏郎上校接上头。

马嘉理带领随从前往大理府，沿途州县一路派兵勇报送，接待之殷勤实在无可挑剔。越是这样，马嘉理心里越觉得憋了一肚子火。由大理府再往西行，即到了中缅边界的腾越厅，在这里一个叫蛮允的地方，他住下休整了几天，受到了腾越镇守备总兵官副将李珍国的款待，几天盘桓下来，他与李参将彼此都有好感。但他一提起给勘探队入境提供方便一事，李珍国就以没有收到总督的命令为由搪塞了过去。

由此再向前行，越过边境，马嘉理一行到达缅甸八莫，已过了新年的元旦了。在柏郎上校探路队的营地，马嘉理给威妥玛写了一封信，告诉他入滇经过及对"有名的李珍国"的印象。探路队要进入中国境内，必须通过李参将的防区，他觉得有必要向上司汇报关于此人的所有情报："李珍国别名李思或李协台，是他父亲的第四个儿子，协台这一官职，相当于上校。1868年的时候，他曾经攻击过斯赖登上校率领下的第一支远征队，素有马贼和其他各种凶悍难听的绰号，但他现在已经转变成一个非常文雅、机智和爽快的人。他对我们的前进曾尽力予以方便，并且以意想不到的殷勤礼貌来对待我们。"

他那时还不会想到，一个月后，他就要命丧赞美过的此人之手。

柏郎上校率领的队伍，对外声称勘探队，实际上是一支小型的远征军。这支队伍包括十六名采集人及其仆人，还有十七名印度的锡克教徒和一百五十名缅甸人组成的警卫队护送。马嘉理为难地说，北京方面只给了三张护照。柏郎上校笑话这个年轻人过于天真，墨守成规。对于帝国决定在此崇山峻岭之间开筑铁路的计划，马嘉理觉得很难理解，因为这里环境恶劣，伊洛瓦底江和萨尔温江这两条大江之间，形成一个极为艰险的障碍，再加此地民风强悍，是一个出了名的匪患区。

鉴于云南当局还没有对探路队通告一事做出正式答复，马嘉理提议暂不入境，由他返回中国，再与云南巡抚岑毓英交涉。因为有总理衙门的咨文，放行只是迟早的事。但柏郎上校等不及了，他命令大队人马分作两路，一小队取道孟磨前进，他自己和马嘉理率领大队取大道前往蛮允。

"要是他们阻止我们前进怎么办？"马嘉理问。

柏郎上校拍拍腰间的枪："大英帝国征服的步伐会让几个农民一样的士兵挡住吗？我们有能力摧毁一切障碍！"

马嘉理来到这里只是充当一个翻译，柏郎上校决定已下，他也就不再多言，只觉得此行不会那么顺利。

远征队于二月六日开出八莫。二月十八日，柏郎上校越过边界后，接到一个缅甸人密报，有一支中国军队在前面阻挡他前进。柏郎上校要硬闯过去，马嘉理提议，他与李珍国参将打过一回交道，彼此印象不错，不如他先带几个人去与李参将会商，确定前方道路安全再前行不迟。

这一夜月光皎洁，马嘉理自恃这里的路已走过一回，地形熟悉，决定连夜就去找李参将会谈。他带着从上海就跟着他的几个随员出发了，柏郎上校给了他两个卫队士兵。他们上路了，银盆般的月亮高悬头顶，月光如黏稠的乳汁倾翻在群山密林之上，一行人脚步轻快，觉得这样的月下踏步真是不错。不知什么时候，月亮躲进了云层，渐紧的山风吹动桉树林和近旁的灌木丛，就好像黑暗中埋伏着千军万马一般。此时离开营地已经很远，真是进退两难，出发时的好心情早就抛到了九霄云外，一行人只得硬着头皮，战战兢兢摸黑前行。行了老半天，也没有到达预定的目的地，再细察走着的路，竟好像是一直在密林中转圈子。

一切都是在突然之间发生的，先是一阵爆豆似的枪声，打得头顶的树叶簌簌地往下落。随后，满山遍野的咿咿噢噢声中，无数个人头、无数把马刀和梭镖齐茬茬地冒了出来。两个锡克族卫兵的回击就像把两颗石子扔向汹涌而来的潮水，反而引来更猛烈的反噬。他们慌不择路，尽往林密的地方钻，但这样反而跑不快。凭着熹微的天光，马嘉理透过密林枝叶的间隙看到了坡下一条河的白亮的反光，那是大盈江的支流户宋河。

"向下面跑，去河边！"他大喊。

蚂蚁般密密麻麻的土著向他们冲来，这情形真让人心惊。他想不明白平静的山谷里怎么一下子冒出那么多土著。他想这之间一定有什么误会。现在他们已经离河不远了，他都闻到了河的湿润气息。天色微明，透过渐渐飘散的雾气，他看到了对方的指挥官，他正在山岗上勒住马头，举着单筒望远镜向这边张望。他认出来了，此人正是他此番前来寻找的李参将。他站住，掏出总理衙门的咨文摇动着向对方大声呼喊，两个随从见他落了单，回身一把拖住他架着就跑。

他们试图泅过河，但宽阔的河面上巨大的波浪让他们放弃了努力。眼看着河滩就要跑到尽头了，前头矗立的崖壁，又光滑又陡峭。就在迟疑的当儿，追赶的人群逼近了，他都看到了那些土著愤怒地大张着的黑洞洞的嘴。他试图大声叫喊阻止他们，一颗不期而至的子弹准确地穿入他的喉咙。仰天倒下的一瞬间，他看到江面上的雾气正在飘散，露出蓝丝绒一般明净的天空来。哦,亲爱的,我要死了。他在心里痛苦地喊了一声。

几乎只过了一天,柏郎上校的营地也被包围了。中国人从三面围住,大声鼓噪呐喊,只留西边一个缺口。柏郎上校命令锡克教徒们开火,总算把队伍撤了出来。

等他们回到八莫,得到的消息是,另一支取道孟磨的小分队由于李珍国的阻止,也被迫改变了路线。他火速派人前往接应,免得这支小分队也像马嘉理他们一样惨遭灭顶之灾。

3

京城勾栏胡同的居民们已经习惯了每天傍晚准时响起的小提琴声。琴声是从胡同口的一个三进四合院里传出来的,这青灰院墙里面住着的是大清海关总税务司赫德一家。赫德的这栋府邸位于北京城的中央地带,在使馆区的边上,靠近紫禁城的红墙。它的北边是一座道观,西边是一处荒芜的花园和肃王府,东边则是豫亲王的庄园。

高高的院墙挡住了视线,看不到里面的陈设,这反而让人产生一种神秘感。他们只知道这一家的主人在大清做着高官,来往的也都是朝中的当权人物和各国公使。一个月里总有两三天,这个四合院车水马龙,一拨拨高鼻蓝眼的洋人带着打扮得珠光宝气的女人来到这里,隔着老远路就能听到里面传出的喧闹声、音乐声和开香槟酒的爆鸣声。于是他们都觉得,洋人都是些闲着没事找乐子的人。男主人办公的总税务司署在东交民巷使馆区,他每次进出胡同都是坐着马车,几乎没人看清过他长什么模样;总税务司夫人是个不算漂亮但长得很端庄的英国女人，她偶尔会带着女儿出来散步，后面跟着一个奶妈抱着还不会走路的孩子。看到胡同里的邻居们，她会笑着跟他们点头招呼，有时还会操着半生不熟的京片子与他们说上几句。

赫德的这幢官邸与京城里其他的四合院并无两样，第一进除了门房、厨房，还有厨子、奶妈、马夫、园艺工和仆人的房间。第二进是客厅、餐厅、书房、台球室和客人接待室。再往里，是一个新修的欧式小花园，种着本土的紫藤、刺槐和一些引种进来的花草。一个角落里还圈着孩子们养的鸽子、珍珠鸡等小动物。第三进则是他和夫人的卧室及孩子们的房间。赫德一家入住前，把二进和三进的房间用欧洲运来的材料全都重新装修过，所有的床、椅、餐桌、壁炉、吊灯、镜子、书橱，包括全套的餐具，都是从英国运来的。

但赫德得意的并不在此，而是琴房里收藏的一长排乐器。从都柏林购买托运来的钢琴是夫人和女儿弹奏的。一长架产地不一的小提琴，除了一把袖珍型的是为女儿埃薇备着的，其他全是他专用的，都是托伦敦办事处的金登干购买的。还有两支六孔的竖笛，是用那种在干燥季节也不会开裂的木料做的，虽然不是很贵，他也很珍爱，每次他起了兴致要写一个乐章或作一首乐曲时，手头有了它们来试奏就方便多了。所有这些乐器中，他最喜爱的还是那把出自意大利制琴名家塔第瓦利之手的吕波琴，此琴材质优良，纯手工制作，工艺精巧，琴弓和琴弦都是同品牌的，最适于外出旅行时携带。这把琴他是看到了报上的广告，托金登干去伦敦王子街的乐器商哈特那里购买的，店主要价四十镑，颇有商业头脑的金登干一番讨价还价，帮他杀价到十五镑就到手了。

赫斯特·简跟他来到中国快十年了，刚开始共同生活的新鲜劲过去后，他发现，家庭生活并不是当初想象中那样可以让他全身心地投入工作中去，相反，他要时时分心，要顾及那个和他一起生活的女人的感受。和朋友聊天时，他曾这样感叹，一个执着于事业的男人真的不应该结婚。在北京的外国人圈子向来把总税务司夫妇看作家庭生活的典范，夫妻间彬彬有礼，晨起问候，餐前餐后致礼，睡前小心翼翼地吻别、互道晚安，圣诞节和主日还互送小礼品。他和妻子都觉得这是很有面子的事，他们愈发小心地维持着这面子。尽管妻子私底下埋怨丈夫很少与自己行房事，但囿于教养，她从来不会说出来。他也只觉对性事兴致全无，不只对妻子没兴趣，对其他女人也同样没兴趣。

要是在从前，他警觉的目光从来都是追逐着她们的。他为她们的美而痛心，为得不到她们夜不成眠，觉得所有的成功都只为获得她们的青睐。现在自己才四十岁，生命这么快就显出颓势了？是不是从前一起生活的那个女人已经耗尽了自己所有的激情？

回到中国三年后，他们的第一个女儿埃薇出生，两年前，儿子埃德加·布鲁斯出生（粗通文墨的管家帮他给取了一个中国名字叫赫承先），他忙于海关人事，又因陷身一桩官司，几乎很少在家陪他们。对他的冷落，妻子早就心生不满，好几次向他暗示想回英国去。既然夫妻同床渐生异梦，两人睡在一起就像互不接壤的两块大陆版图；既然性事只是机械的活塞运动，只是有责任的丈夫向有教养的妻子例行义务，这个世界还有什么给他安慰？

有的，比如他一直在追逐的权力；还比如，音乐。在对音乐的热爱上，妻子倒是很快就和他达成了一致。他应该不会忘记，当年他回爱尔兰，第一次去她家，就是一架钢琴让他们找到了共同的话题。他们在家里定期举行音乐会和沙龙，总税务司夫人的热情好客、优雅大方很快在京城上流社会中流传开了，连各国公使夫人和从不出门的京城命妇也都坐在密不透风的抬轿上闻名而来。赫德的梦想是拥有一支自己的铜管乐队，海关丰厚的薪金使他不必为实现这个计划要花费多少去精打细算，对他来说，这支乐队里汇聚起多少个真正的艺术家才是最重要的。妻子对他的异想天开一点也没有惊奇，相反地，她也以从未有过的热情投入了这个乐队计划中。她不再提回国的事了。她甚至开始跟着法国公使夫人学唱歌剧。从一件小事上可以看出总税务司一家对音乐的热爱到了何等地步：埃薇五岁那年，他们决定给她找个家庭女教师，关于这个职位，他们给出了优厚的待遇，每年二百镑的薪金，并许诺会把她当作家庭正式成员来对待，但条件也是不无苛刻的，她应该是年轻漂亮的，有语言天赋的，更重要的是，她还得爱好音乐，起码会一两样乐器，会唱《蝴蝶夫人》里的一二选段。

这天是三月十一日，傍晚时分，赫德寓所里又飘出悠扬的提琴声。琴弓却突然顿住了，总税务司署的一个文案刚刚送来一份电报，是伦敦印度事务总署三月四日拍发的。印度事务部署电讯：中国部队在蛮允进攻缅甸—中国探路队……二月二十二日，马嘉理及其五名中国仆人被杀，其余逃脱，三人受伤，行囊丢失。

他的脸色一变，快步走到桌前打开地图，费力地寻找中国和缅甸交界处一个叫"蛮允"的地名。

马嘉理，马嘉理……他念叨着，眼前浮现出一张年轻的充满朝气的脸。这个年轻人他并不陌生，去年巡视口岸到上海时，他曾和领事馆的一群官员来自己下榻处拜访。当时得悉这个上海副领事能讲一口流利的汉语，他还有过把这个年轻人罗致到海关的想法，碍于公使威妥玛对下属控制极严，他又不得不与之搞好关系，才没有提出来。

一个极具才干的年轻人突然间死于非命，这当然令他震惊。但他更担心的是，这桩偶发事件会给东西方两大帝国的关系蒙上一层阴影。

4

他吩咐门房赶紧备车，他要去恭王府。

恭亲王一直对他器重有加，海关和他能有今天，离不开亲王的信任与关照。他觉得有必要在第一时间把这一突发事件告知亲王，并商议如何应对。

马夫套好了车，门房也来催了几回，赫德却犹豫了。他断定马嘉理的死必然会演变成中英之间的外交事件，在得悉英国政府对这一事件的态度前，匆匆忙忙赶去恭王府，是不是过于冒失了呢？要知道，自己是蝙蝠一般有着双重身份的人。既是大清国的官员，又是英国臣民，在这样的时候应该为谁说话？那么，要不要去公使馆找威妥玛先生谈谈？看来也同样不合适。

他的头痛病又犯了，内火急攻，嘴角都烧出了一排水泡。回忆从 1860 年到现在的十五年，他认为这是中英关系调整得最平稳的时期，他麾下的海关也在这个时期得到了很大发展。当然，历任英国公使，从额尔金，到卜鲁斯，到威妥玛，都起了很大作用，但自己施展骑墙术，左右逢源，两面贴金，更是劳苦功高。

他担心的是威妥玛趁机从这一突发事件中找碴。

威妥玛这个老牌外交家确实有点让他发怵。此人剑桥大学出身，精通中文，早在 1842 年就来到中国担任汉文副使，外交家之外的另一重身份是语言学者，出版过一本用罗马字注音汉字的专著《北京字音表》。公使馆和海关总署办公地点不远，都在东交民巷一带，他们也经常打交道，每次相互间都殷勤客气得近乎虚伪。他们一个是大英帝国在华利益的代表，一个负责着的海关对保证英国在华利益又十分重要，在一起免不了虚与委蛇。赫德不喜欢此人，不喜欢他虚假和客套之下的盛气凌人，不喜欢他自恃资历用教训口吻说话的那种腔调。从威妥玛夹鼻眼镜后面那双眼睛里，赫德更多看到的不是尊重，而是傲慢。从别人嘴里他也不止一次听说，公使先生对他与金登干联手做军火生意为清廷购置军舰一事颇有微词，认为他的手伸得过长了。

他担忧的事还是发生了，威妥玛对发生在云南的探路队遭袭事件震怒。

一个星期后，一份从英国公使馆发出的最后通牒放到了总理衙门各位大臣的案头，并限令在四十八小时内做出答复。这份通牒除了要求成立调查委员会彻查此事、惩罚凶手、支付赔偿、准许继续派遣远征队外，还提出了增开商埠、优待外国公使、租界内外国商品免征厘金、外国商品运转内地全免各项正税和子口税等额外的要求。毕竟是老牌外交家呀，要么不做文章，一做就是一大篇，赫德既鄙夷威妥玛趁火打劫，却又不得不暗自钦佩此人手段厉害。四十八小时做出答复？按照大清国的驿传制度，这事从云南府一级级呈报到京城，怕要两个月以后呢。

得悉此事，总理衙门迅速做出回应，他们承认此事的严重性，并对暴行进行了谴责。两天后，宫中发出的一份上谕命令署理云南巡抚岑毓英彻查此一事件并具报，但在事情真相正式明朗前，总理衙门拒绝威妥玛提出的公使觐见、程序修改、条约修改、商品免税等要求。威妥玛不同意中国单方面调查，且由岑毓英来负责，认为调查必须在英国官员在场之下进行。在他看来，岑毓英本人对这一事件负有直接责任，应是被调查的对象，现在反而让此人来负责调查，岂不是滑天下之大稽。他带着使馆随员离开北京去了上海，并威胁说，英国国防部已派出两艘军舰，由兰波上校率领，正在来华途中。迫于压力，朝廷不得不改派驻扎武昌的湖广总督李瀚章任钦差大臣负责调查此案，英国公使馆秘书格维讷带两名译员负责到场监督。

　　三月的北京尚是寒风扑面，连着刮几日西北风，冻雨夹杂着雪粒子，更是冷得彻痛。这些日子，随着中英关系降到十几年来的冰点，赫德的一颗心也有如落入了冰窟。与伦敦的电报线时开通着，他迫切需要金登干告诉他国内有关此事的反响，掌握时局的进展。云南此案，看似无关海关总署，是公使馆的事，实则与他息息相关。就目下形势而论，假如中英开战，他百试不爽的骑墙术还行得通吗？这个海关总税务司还当得下去吗？苦心经营十余年一直高效运转着的这个王国，就这样让它崩溃吗？难测的前景让他心忧如焚。

　　总理衙门大臣文祥派人来请他了。这在他意料之中，事关两国交涉，他又是这么一个特殊的身份，他料定了他们一定会来咨询他，请他居间调停。轿子进了东堂子胡同，刚在总理衙门前停下，早有一个章京迎上，告诉他文中堂已等候多时。

　　转过照壁，是一个南方园林式的花园，步过池塘上的木头拱桥，一个曲尺形的转角连着一条长廊。几只早醒的蝴蝶翩跹着，飞落在长廊黝黑的大柱子上。引路的章京按规矩不能再进内，他停下，垂手站在一边，示意客人继续往前。赫德再行几步，听见了里面气呼呼的说话声。

"洋人也真是的，非要从这里强闯进来。云南西部群山环列，各处山隘高不可攀，坡崖中南北相连的山谷里，又常年流淌着喜马拉雅山脉融雪形成的激流，如此险峻的地形，连当地的马帮都不愿意走的。"

"文中堂有所不知，英国人觊觎我云贵的矿藏资源已不是一日两日的事了。历来进入云南省有两条道，一是从广州溯西江，从百色穿过一大片山地进入云南；第二条道，是经由安南东京，溯红河上达蒙自，再由铁路进入云南。前一条道控制在中国人手里，第二条道控制在法国人手里，英国人要另辟新路，从缅甸国进入云南，就只有把目光投向伊洛瓦底江上游的通航地八莫，然后朝东北前往腾越厅，再向东经大理府而进入云南腹地。"

说话的是文祥和另一个当值的总理衙门大臣。文祥愁眉不展，显得心事重重。赫德同情而又无奈地发现，他的这位老朋友似乎一天比一天衰老了。

"总司大人，我们等候多时了。"文祥站起来拱手致礼，他赶紧迎上去扶住。

"去年一年，上海发生暴动，法国人在越南闹事，四川传教士被杀一案尚未解决，各地又兴仇教风潮，今年一开春，又出了这档子事！我这个总理衙门大臣怕是再也不会有舒心的日子喽！"文祥一见他就大倒苦水。

"是啊，是啊，有了这些火绒、火石和火镰，足可以引发出一场大火来，"两人相交多年，他也就免去客套开门见山，"所以这件事我们一定要慎之又慎，不可掉以轻心。"

因为他说了"我们"这个词，文祥感激地看了他一眼。但他确实觉得，这个时候自己应该站在雇用他的国家的立场上说话，而不只是为了讨好总理衙门。他告诉文祥，各国公使都接到了本国政府不得擅离职守的训令，这充分说明，各国都意识到了事态的严重。

文祥迫切想从他这里知道英国政府对此抱什么态度。赫德说，他听说已有超过五万名的英军和印度士兵在仰光一带待命，另外，兰波上校的两艘军舰不日也将抵达广州。

"你觉得战争会爆发吗？英国国会竟然会为这么一件小事就开战？"

"不，英国政府不会认为这是小事，因为威妥玛公使事先向我们提出过申请，并得到了总理衙门发给的咨文和护照，他才会派出上海领事馆的官员马嘉理去当探路队的翻译。偏偏被杀的就是这个马嘉理，所以他们会认为这是故意挑衅。"

"挑衅？"文祥咕哝着，"我们为什么要故意向英国挑衅啊，我们能落着什么好？"

"是的，我当然能够理解，"赫德说，"但更重要的是要让英国政府理解，要对这一意外事件做出一个合理的、他们能够接受的解释。"

文祥说："我们当然会调查的，但这需要时间，问题是威妥玛公使提出了许多与此事无关的要求，什么增辟口岸、减免商品厘金，实在让我们为难。"

"就英国政府对华政策的影响力来说，他一个驻外公使肯定要远远超过我，他们更愿意听他的，而不愿意相信我。"赫德也深感无奈。他不忍面对老朋友失望的眼神，表示方便的时候他会找威妥玛谈一次。

5

通过各个口岸的耳目，赫德在北京密切关注着此案的调查进展。

七月七日，接受威妥玛使命的格维讷抵达汉口，与李瀚章总督就此案首次会晤。会谈中，李总督表示他本人也很希望尽快解决马嘉理一案，但老奸巨猾的总督大人同时又否认政府军队参加了袭击行动。威妥玛在指令中重提了各项赔偿要求，但又担心催迫过紧会让格维讷和他的同伴被扣作人质，于是在调查时间上略做了让步。

八月间，从天津传来的一则消息让赫德焦躁不安的心里又添了一把堵。传言说，某日上午，威妥玛和公使馆的汉文参赞梅辉立应约前往北洋大臣官邸拜会李鸿章时吃了一顿闭门羹。尽管事情很快搞清楚了，是官邸的司阍前一夜因天气太热没睡好，起床晚了，延误了开门，李鸿章也于当天夜里对威妥玛进行了回拜，但坊间已经群议汹汹，朝中更有不识大体的清流派人士高度褒扬李鸿章，说他大大地为国人露了一把脸。赫德一听就知道坏事了，他知道，以威妥玛的傲慢成性，这外交礼节上小小的一点失误只会让他更变本加厉、漫天要价。

果然，几天后金登干发来电报，说伦敦的报纸就此事刊登的新闻配上了如此耸人听闻的标题——《李鸿章把威妥玛公使阻留在他的门外》。金登干还告诉他，英国国内舆论强烈主战："报纸上中国电讯交替散布着战争与和平的消息，如果中国拒绝英国的要求，英国公众表示决心一战。"十一月间，女王授予威妥玛高级勋位爵士，这似乎在表明，皇室赞赏对华的强横态度。

如果两国开战，赫德估计，形势很可能回到十五年前那样，皇帝西狩，中国在屈辱中订立城下之盟。但今年更经不得打。年初，同治皇帝和他的皇后阿鲁特氏刚刚去世，才四岁的光绪皇帝即位，尽管西太后有着十几年临朝执政的经验，但宫廷的混乱多少影响了政府运转的效率，特别是在外交和国防上，更是章法大乱。在此情势下，如何避免两国关系滑入战争深渊？他深知自己对本国政府的影响力有限，但又不甘心放弃努力，当下之计，只有去找威妥玛谈谈了。两边的齿轮都咬得死死的，只有把自己豁出去当润滑剂了。

果然，威妥玛一见他来，丝毫也没有掩饰怀疑的目光，他把赫德当成了总理衙门派来的说客。他说，你如果来叙旧我欢迎，如果来做说客那就请回吧。赫德不卑不亢地说，这事不归我管，我做什么说客！威妥玛笑了，对啦，这事不归你管，归我管，中国皇帝给你的年薪再高，也没让你管两份差事吧？

赫德听出了威妥玛这话里浓浓的醋意。自从他从李泰国手里接掌海关起，他对各口岸税务司及聘任的各级洋员就定了很高的薪俸标准，一般一个口岸城市的税务司一年有两万两银子的收入，他自己和总署职员的收入更在两万以上。而驻外公使和领事馆职员的薪金参考的是国内标准，难怪威妥玛眼红了。威妥玛这话里还有一层意思，是在暗示他除了做着总税务司，还做着另一份差事，伙同伦敦的代理人，为清廷向阿姆斯特朗军工厂购买武器做掮客赚取中介费。

"尊敬的公使阁下，请您相信，现在站在您面前的不只是大清国海关总税务司，更是女王陛下的一个海外臣民，他是站在英国的立场上和您说话。为了保证我大英帝国在东方的势力和已经取得的各项利益，我们现在最迫切需要的是保持与中国的友好关系，否则，我不能保证法国、日本、俄国不会趁火打劫。"

威妥玛不客气地打断了他："你不可能完全站在英国的立场上，为我大英帝国的利益说话的，因为屁股决定脑袋——请原谅我此语不雅，你现在坐的是大清国龙椅边上海关总税务司的宝座，如果我的记忆没有发生差错，你还有着他们的二品顶戴吧？咦，今天你怎么不戴啊？"

公使先生揶揄的语气让他恼怒，他觉得自己的尊严受到了冒犯。这几年在中国平步青云，自恭亲王而下，都对他这个洋官兼政府高级顾问礼敬有加，从没有人用这样不敬的语气与他说话。但他现在不想与之闹翻，尽力让脸上保持着无懈可击的笑容。

"公使先生这一问，倒让我想起来了，不久前，派到福建任按察使的翰林院里最有学问的郭嵩焘大人也这样问我：'君自问帮中国，抑帮英国？'我这样告诉他：'我于此都不偏袒，譬如骑马，偏东偏西便坐不住，我只是两边调停。'他又问我：'无事时可以中立，有事不能中立，将奈何？'我是笑着这样告诉他的：'我固是英国人也。'我觉得，我回答郭大人的这番话，其实也是对公使先生提出的问题最好的回答。"

这番话，让威妥玛也不由得佩服起了这个来自爱尔兰乡下的同胞，但他在口舌之战上还是不想输给这个后生小辈。"你刚才说譬如骑马，东西都偏不得方能坐稳，我怎么知道你这会儿是不是也在施展你的骑墙术？"

赫德不想与这个早他十多年来到东方的前辈玩文字游戏，此人在第一次鸦片战争后，与李泰国一起做额尔金的谈判助手，把中方谈判对手琦善弄得恼羞成怒开溜，最后落得个被咸丰皇帝赐死的下场，嘴上功夫毒着呢。

"当然，我现在做着大清海关总税务司，那是因为我与帝国皇室、高层有着良好的关系，更是由于女王陛下对我的支持。我想如果中英开了战，我这总税务司恐怕也当到了尽头，所以，我当然不希望两国开战，希望回到谈判桌前把纷争给解决掉。话说回来，我一个来自阿马郡波塔当地方的基督徒，坐在这个显赫的位置上，代表的难道仅仅是我个人的私利吗？我想公使先生也不希望一个法国人或者俄国人来取代我的位置吧！"

"不不，当然不，但是我总不能为了保全你的这个职位，放弃帝国的荣誉和其他更重要的利益吧。"

话题回到滇案上来，得悉前段时间威妥玛和李鸿章会晤后，在一份备忘录中提出了两项新的要求，一是审判云贵总督岑毓英，一是要求中国派遣一位使臣前往英国谢罪，"表示中国政府对于曾经发生的事件的歉意"。赫德认为，第二项要求于国际法上尚讲得通，但第一项要求，审判一个地方高官，对这个爱面子的国家来说实在很难办到。

听到他的这一异议，威妥玛咆哮起来："那么你认为，谁应该为这一死亡事件负责？是从前的中国皇帝旧属、现在英国人保护下的曼德勒的缅甸国王吗？是云南省的中国官员们，那个姓李的都司和他的侄儿，还是边境上的那些愚蛮的土著？的确，这些野人表面上服从中国的管辖，但实际上却不受统治，他们仇恨一切外来文明，对于劈开荆棘进入他们地界的远征队，稍一煽动就会挥舞起仇恨的马刀和梭镖，射出浸沾着毒液的弓箭……或许这些人都要负部分的责任，但我在这里不想深究，我要说，这一阴谋的幕后指使者就是署理云南巡抚岑毓英，他必须为这次袭击远征使节和杀害马嘉理的事件负起全部责任！这个来自广西的武人，他的血液中天生就有生番的野蛮精神，帝国曾以他不分青红皂白屠杀、平定云南武装叛乱的功绩，让他出任此地最高长官。对于这样一个嗜杀成性的人来说，如果有机会让他杀掉整个远征队，他也不会犹豫的！

"李瀚章总督在汉口告诉格维讷说，应对这一事件负责的是几个下级军官，还说什么岑对马嘉理入滇提供了最周到的款待，你信吗？是的，岑在表面上或许是客气和友善的，但这不过是他实施的杀戮计划的一个障眼法而已！像岑毓英这样一个刚愎自用、行事毒辣的人，他的一句话都可以让属下哆嗦好半天。如果没有岑毓英的授意，我敢保证，他治下的官员没有一个有那么大的胆子！你以为，杀掉几个下级军官就能让这个屠夫逃脱惩罚吗？"

话说到这个份上，赫德对这个硬心肠的好战分子不再抱什么奢望了。他也没有把会谈结果告诉文祥，因为他看出来了，文祥衰弱的身体应该已经受不了来自外界的任何打击了。花了许多个不眠之夜，他终于鼓捣出了一份《遵拟整顿通商各口岸货物征抽事宜节略》交给总理衙门，以做滇案谈判的底牌。报告中，他从海关口岸自身发展的角度建议，增辟重庆、宜昌、南京、芜湖、温州等地为新口岸，并减免各种外来商品的税收。他相信，威妥玛从这份报告中一定会看出，他的许多要求都变相地实现了；而对大清来说，这乃是政府对外交和经济政策的主动调整，也算保住了一点可怜的面子。英国人争实利，中国人好面子，你们就各取所需吧。

他不知道总理衙门在多大程度上会接受自己的建议，但自己能做的也就这么多了。

6

前署理广东巡抚郭嵩焘奉诏来京陛见，于 1875 年农历正月入都，即入住京师名刹法源寺。寺处于宣武门外西砖胡同内，建于唐贞观十九年，是唐太宗为纪念征辽将士所建，原名悯忠寺，入清后始改称法源寺，上有雍正皇帝题匾。入京官员大多寄居于此。

曾国荃也在奉诏入京之列。他比郭嵩焘早一日抵京，特设下酒宴为老朋友接风。酒毕，又一同上街游玩，至关帝庙行礼求签，叩问时局。

"这次诏命入京，筠仙兄知是什么缘由吗？"

"去年以来，日本借琉球渔民在台海遇害一事，兴师进犯，朝廷诏授沈葆桢为钦差大臣赴台处理，并命沿海各省加紧筹防。值此多事之秋，诏命我等入京陛见，显见国家危机当头，急着召集干才能吏商议对策。"

曾国荃同意老友的分析："日本人垂涎琉球，意在试探耳。这几年每听海外来客说起，日人多方购买铁甲船，其狼子野心，实在不能不引起警惕。此事既涉外交，应该征询的是熟知洋务之人，筠仙兄在广东时就以知晓洋务闻名，在诏命之列，并不意外，我一介武夫，怎么也混于其中？"

"你刚才一番话，识见已在朝中好多大臣之上了。那些人不懂考究事理，只会横生议论，使我大清一次次坐失图变良机，真到临事，却又束手无策了。"

"手握权柄，却遇事不作为，做事无章法，中国的事都是让这帮庸人弄坏的！"曾国荃也激愤起来，"兄在翰林院多年，又曾入值南书房，京师乃是旧游之地，故交门生遍布，此番入京，当能重新启用，愚弟先表祝贺了。"

"自从广东任上被谤，一晃八年，唉……"因语涉左宗棠，不便详述，郭嵩焘唯有长叹一声，"回湘八年，我已心灰意懒，只一心居家讲学，从未离开湖南一步，这点心思早就没了。"

"岂无用世之心乎？我听说同治七年，少荃剿平东西捻之后，入京觐见，与恭亲王和文祥谈论国事时，就特别推重你通达夷务，请召用京秩为宜。"

"此生所恨者，没有降生在康乾那个盛世。说来不怕你笑话，执教长沙城南书院这几年，我曾两度梦见圣祖，一次是在同治七年四月，圣祖南巡，我扈从召对，为圣主明君办事，我犯颜直谏，而圣祖毫不介意。新近一次，是在同治十一年八月初四夜里，我在梦中听说圣祖已经复位，惊问相距百余年，圣祖藏身何地而于今日复位？答称因见时局艰难，必须出来料理。我听了真是既喜且惧，所惧的是此身将受重寄，又恐有负平生之志，这一吓，梦就醒了。"

曾国荃听了哈哈大笑："筠仙兄这两个梦，都是平日积想所致，兄前番从粤抚任上受谤去职，积郁于中，不免有生不逢时、怀才不遇之感，这才连梦中都不忘用世之心！放眼当今天下，能推究夷情，知其所长以施控御之宜，舍筠仙兄而其谁！我等曾蒙圣恩，不为己，亦当为天下苍生，搏它一回。"

"大清国势日衰，这二十年来，哪一天有过太平日子？咸丰年的英法联军之祸，实为我朝奇耻大辱，长毛乱我华夏一十五年，千万生灵惨遭涂炭。同治年后，虽有曾李一班名臣力撑危局，渐呈中兴气象，但目下夷情方炽，应对失措，却没有多少人认识到，造成这一恶果的因，早在几十年前就种下了，全在纲纪废弛，内政不修，实学不得其行，人才不得其用。每念及此，怎不心忧如焚啊。"

"此番入京，入都方知穆宗大行，即位的新帝竟然才四岁！皇帝是久病衰竭去世的，那么刚刚受封嘉顺皇后的阿特鲁氏呢，真的是邸报中说的悲而自尽？坊间传闻汹汹，都说是被西太后赐死的呢。看来宫里确实有些乱，局势动荡，的确前途堪忧啊……"曾国荃也是眉头深锁，一脸排遣不去的焦虑。

郭嵩焘神色一凛："怎么会有赐死一说？宫中的事，我们不好乱传的。"

"传言也不全是捕风捉影。你想想，新帝即位，嘉顺皇后就是皇太后，慈禧老佛爷往哪儿放呢？"曾国荃咬耳低语，"好啦，筠仙兄左耳进右耳出，权当我没说这话。"

京师是郭嵩焘旧游之地，自有不少同年、朋友酬酢，每日到夜深方能回寓。循旧例，他此番奉诏入京，应该尽快赴宫门请安，但适值同治皇帝新丧，朋友们都认为他宜在百日之后入宫请安。他的同年、兵部尚书协办大学士沈桂芬则认为，请安宜早不宜缓。郭嵩焘遂于元月初九日入宫。

进了东华门，先至九卿朝房小坐，然后，一位苏拉引他到内务府朝房。在这里他见到了军机大臣恭亲王奕䜣、宝鋆、沈桂芬、李鸿藻等人，见后仍至九卿朝房。然后内侍传恭亲王命他到军机处相见。他和军机大臣们重新见礼，宝鋆要让座给他，他连忙谦让，恭亲王说："筠仙乃南书房旧人，就不必拘礼了。"又向宝、沈等人说："此人洋务实是精透。"

略谈一会，内侍将他引领至养心殿。门帘掀动，他即入内跪安，在席边他看到了坐在御榻上的四岁小皇帝光绪，他小大

人一样坐着，几乎还坐不稳当。御榻两边及前后方都有青布覆
盖的小桌子相护，榻后垂帘，赫然在座的是东西两宫皇太后。
他大着胆子抬头，想看清两宫皇太后的脸，影影绰绰的一缕光
线中，只见垂帘后面端坐着两团模糊的身影。觐见不过十来分
钟，几乎都是西太后问，他答。太后问他在外几年，在广东几年，
在路上是否遇雪，以及地方是否安靖，又问他曾在京城应何差使，
今年几岁，等等。问答之后，回到外朝房，和等候召见的其他
官员座谈、寒暄、辞出。

　　随后几日，恭亲王、文祥接连数次找他长谈。见总理衙门
两大巨头对他如此器重，有消息灵通人士猜测，郭嵩焘此番进京，
必会在总理各国事务衙门任职，襄助洋务。京中有好事者特意
留心观察，郭嵩焘入京月余，已拜访过不少洋人，有总税务司
赫德、同文馆总教习丁韪良、英国公使威妥玛，还有美国公使、
德国公使等等。由此种种迹象看来，传言非虚。甚至当初曾举
荐他入京的李鸿章，也相信老友就要跻身总署了，为他将要获
得这个才尽其用的新职位而高兴。在写给郭的兄弟的一封信中，
他还感慨，以郭嵩焘那出了名的湖南人脾气，任京官或许比放
为外官更合适。

　　连郭嵩焘自己都相信，此番怕是真的要留在京师了。会客
访友之余，他忙着找房子安顿下来，因为既然要任京官了，就
不能一直住在法源寺了。自有热心人帮忙张罗，房子找好了，
在延旺庙街地藏庵的后进，是一个致仕官员的旧宅，他也还满意。
正想选个吉日搬进去，忽一日，内侍传旨，诏授他为福建按察使，
要他择日谢恩出京。幸亏订下的房子还没搬入，不然真要在京
城落个笑柄了。

　　一同入京的曾国荃诏授陕西巡抚，虽没能留在京城，但一

省巡抚的职位着实令穷京官们眼红，比郭嵩焘不知要好多少倍。曾国荃有一日赶来法源寺，很是为他鸣不平："这样对你太不公平了，若论官场资历，筠翁曾在南书房行走；若论官衔，八年前你就署理广东巡抚，虽非实授，但等了那么多年，外放臬司，岂非不升反降？"

郭嵩焘笑笑说："福州系东南海防重地，刻下日本侵台事件刚过，恭亲王与文中堂正筹议海防，沈葆桢又力主经营台湾，并有闽抚驻台的设想。这个时候要我去福州，也算是因事择人吧，我又有什么可以计较的呢。"

"传言福建巡抚王凯泰与闽浙总督李鹤年向来不和，王又多病，数次上折乞退，朝廷让你去福建，想来是要让你继任闽抚的，我就在西安城里等待兄的好消息了！"

"大丈夫岂能汲汲于功名进退！你来得真好，我正在想，内事与外防为本朝两大要务，内政为本，外交为末，内政积弱，外交无以强。就说海防吧，如果仅由官方筹防，得不到商贾支持，不通官商之情，不究公私之利，根本无以防海，这是我正在写的条议海防事宜折，准备去福建前送交总署，你先帮我看看吧。"

曾国荃把墨迹未干的奏折一推："筠翁啊，让我说你什么好！国事为重没错，也要爱惜自己呀。"

郭嵩焘于五月初出京，一个多月后抵达福州，适值福州船政大臣沈葆桢升任两江总督兼南洋通商大臣。在军政方面为郭嵩焘接风，同时也是给沈葆桢饯行的那个晚上，沈葆桢告诉他，有意与闽浙总督共同上奏，保举郭督理马尾船政。郭嵩焘也就在心理上做了长久留在福州的准备，着手处理海防交涉案件。

没想到派往福建才两个月，到了八月初，总署发出的一纸催令送到了他手上："饬令即速交卸起程北上。"

从任职到交卸才两个月,这般朝令夕改,让郭嵩焘很是懊恼,但总署移文已下,他又不能不动身。到得上海,有地方文武官员迎迓,又有英国领事麦华陀来访,郭嵩焘才知今年正月发生在云南的马嘉理事件:迫于英方压力,朝廷已命湖广总督李瀚章会同英使馆译员前往云南查办,并让直隶总督李鸿章在天津与英使威妥玛交涉。威妥玛所提要求中,有一项是派遣使团赴英谢罪。

让谁来做这吃力不讨好的事?李鸿章就想到了派往福州的他,于是上奏,以郭嵩焘明悉外情,任粤抚期间与英人颇有交往,赴闽前又与英使威妥玛等见过面为由,请诏郭回京,以侍郎候补,同时照会英使将简派郭嵩焘等出使英国。发生这一切时,郭嵩焘还在福州,这些事全然蒙在鼓里,一听之下,觉得此事因涉两国外交,说大不大,说小不小,朝廷应对得当,完全不必如此紧张,这般急匆匆召自己回京,也可见朝廷缺乏外交专门人才,实在是举止无措了。

途中他收到了李鸿章的来信。可能是因为不知道他已上路,李鸿章要他"早日命驾北来""务乞于奉旨后迅速交卸",并要他坐轮船至天津面商一切。李鸿章还在信中说:"威使调集兵船多只,恫吓要挟,所求各事,势难尽允。且滇案正文,尤无妥结之法,即我以为妥,彼仍多方吹求。唯赖明公到津后会商开导,设法挽回,俾无决裂,大局之幸!"

看来这次招他回京,不仅为了出使,更要借重他与英国人的交情排难解纷。

7

随着天气渐渐转热，总税务司夫人很少出现在寓所的花园里了。

往常，只要她塔夫绸长裙的下摆窸窸窣窣地拂过鹅卵石铺就的小径旁的花花草草，她那副纯正的英国贵妇派头总会吸引得用人们放下手头的活，远远地，以一种尊敬而又欣赏的目光观看。

毕竟不是十年前刚来中国那会儿了，她已经是两个孩子的母亲，一晃眼过了年就是三十岁的妇人了。对北京，这座天子之都，最初的新鲜劲过去后，长年挥之不去的就只有飞扬的尘土、肮脏的灰扑扑的街景和一张张谄媚得让人起腻的脸。她之所以能够忍受在这里生活十年，只是因为那个男人给了她这个小镇女子一个尊贵的身份，总税务司夫人。想想吧，在这个古老的国家里，这都算是个二品命妇了！波塔当女子中学的从前那帮姐妹要是亲眼见到，那还不得一个个激动得晕过去？当然，让她继续留在北京城的还有这里的一个外国人社区，那些抱着宠物狗的公使太太、领事夫人，那些同样闲得无聊的商人妻子，她可以经常和她们聚在一起谈论绯闻，谈论巴黎和伦敦的最新衣服款式。要是没有了那一场场家庭宴会，没有了可以让她们尽情显摆最潮流的衣裙和曼妙舞姿的沙龙音乐会，北京的日子才真是死水一潭。

那个男人的头发掉得越来越厉害了。他越来越疲软了，几乎一个月里都尽不了一次丈夫的责任。撩拨开了也总是草草收场，完全不顾她的潮湿和饥渴，掉头便睡，任由她像一条找不到方向的河被月光晒干。

他曾经多么富于激情，多么活力四射啊。他有情妇了？他的激情有了流泻的通道？不不，这个焦头烂额的男人现在只是一架快要衰竭的蒸汽机。他睡着了说梦话、骂人、磨牙——那老鼠一样叽叽咕咕的磨牙声半夜听来真是瘆人——急性牙龈炎发作时还整夜像个孩子一样哼哼。屋子里成天飘荡着一种莫名其妙的药膏的气味，就像床底下有一大堆树叶沤烂了似的。

她受不了这讨厌的气味，受不了这古老的中国院子里永远也不会流动的发绿的池水、假模假样的小山和亭子，受不了屋檐上越长越高的蒿草、瓦松、面相丑陋的瑞兽和永远也照不着阳光的幽暗长廊，受不了仆人佣妇们浑浊又不怀好意的目光。天气越来越热，实在不堪忍受，她已经不止一次向丈夫提出要到烟台去避暑。

她在等待，他在拖延，终于双方都不再有耐心。发作是迟早的事，就像毒脓总要挤出来。这一天的晚餐，这一家子伏在餐桌上，依然什么话也没有。要是往常，男主人肯定要说一些中国衙门里的逸闻趣事作为佐餐的调剂，埃薇和赫承先两个孩子要么争抢桌上的调料，要么叽叽喳喳个没完。但是女主人的好胃口并没有因气氛的沉闷有丝毫影响，她刚消灭了一块鳕鱼片，又赌气地喝下去一大杯加冰的西瓜汁，还不时地向站在一边的用人发号施令。对男主人来说，这顿饭却食不知味，他的脑门因出汗显得油光光的，一块牛筋放在嘴里嚼了好半天。菜还没上齐，他就把盘子一推，扯过餐巾的一角抹了一下嘴角，站了起来。

"你怎么啦，罗伯特？"妻子故作惊讶地问。

"我什么事也没有，"他咕哝着，"赫西，你为什么要选择这个时候离开？云南案件一直处置不下，我像一个和事佬站在两个打架的人中间，这打架的两人，一个叫中国，一个叫英国，我劝他们松开拳头放下刀子，我劝他们坐到桌前好好谈，我都愁得天天掉头发，你还不能够体谅我？现在正是我最困难的时候，你不替我分忧倒也罢了，反而要走得远远的，去什么烟台度假，你不觉得这样做过于自私了吗？"他的表情严肃得吓人，有几分愠怒，又有几分真诚的悲伤。

"他们喜欢打架，他们就是扭成一团把对方的耳朵鼻子都咬掉了，又关你什么事呢？你受雇于这个国家，替他们收取口岸城市的商品税，那事不归你管，你也管不了。"

"真是妇人之见，白当那么多年总税务司夫人了！我告诉你，他们无论哪一个吃了亏，我们都不会有好果子吃。所以我一定要阻止这场战争。夫人，您没有见识过真正的战争吧？炮弹会摧毁所有华美的宫殿和建筑，到处是尸体，大火把土地烧得发黑，温文尔雅的绅士也都会变成强盗，更可怕的是，我们在这个国家二十多年的经营全都会成为一片废墟。"

"是的，你为你的大清主子奔忙得早早就谢了顶，甚至和我做爱时你也是满脑子的太后、亲王、总督，你赔进了你的健康、你的睡眠，他们给你官位、权力和高得吓人的薪金，你算是值了，你想要的不就是这个吗？可是我呢，我这是生活在自己家里，还是在你的海关衙门？亲爱的罗伯特，你难道没有发现吗，你的脸色是我们家庭的气候？你开心了，才会施舍给我们开心，你脸上刮起了风，我们就要下一个星期甚至更长的雨，从春天到现在，这大半年了，这个家里你还听到过笑声、歌声和琴声吗？"

"难道我这么拼命工作不是为了我们这个家吗？赫西，我爱你，我爱这个家。你总不应该这么快就忘了我为这个家的所有成员做的一切。我为埃薇从伦敦最好的乐器行买来袖珍小提琴，给她请最好的家庭教师，为的是从小就把她培养成一个淑女。

我千里迢迢从爱尔兰的农场买来珍珠鸡、垂耳兔、珍稀的鸽子，从非洲买来卷尾猴，来给赫承先丰富动物收藏；为了培养起他对科技的兴趣，让他从小有大英帝国子民的自豪，我又从伦敦和巴黎买来了电动火车、军舰模型。甚至，亲爱的夫人，你身上穿的、手上用着的，哪一样不是我吩咐采办来的？你穿上这条紫罗兰的塔夫绸长裙确实更显得亭亭玉立了，几乎为你量身定做的一样，如果我没有记错，为这条裙子付出了五十镑；还有你天天坐在前面的那张桃花心木的梳妆台，那可是纯正的英国货，买价加上运费，一百镑都不止吧……那些靴子、手套、项链，我想没有必要一一说了，我只是想提醒你，一个父亲、一个丈夫应该做的我都做了。"

孩子们几乎已经习惯了这样的争吵，他们开始的时候总是茫然地看看这个，又看看那个，随着父亲的嗓门越来越高，他们脸上露出受惊的耗子一样的神色，悄悄开溜了。

妻子一直努力微笑着，如同看着一个演技拙劣的街头艺人在她面前演戏。她有那么好的涵养和定力，自己也不能不钦佩自己了。微笑，保持微笑。她要在仆人们面前保持住贵妇人的美好形象。一等到进了房间，她终于不再顾忌什么，长久压抑着的愠怒终于岩浆一样喷发出来。

"啊，你多么成功，尊敬的总司大人！阿马郡的愚夫愚妇们要是知道你在遥远的东方创造了这么伟大的功绩，不定怎么羡慕你呢！女王陛下要是知道了，说不定赏你一个有限世袭的贵族爵位呢！你天天穿着小硬领的制服奔走在宫廷和一个个衙门之间，来往的都是帝国的亲王、总督和大学士，谈论的也都是国家大事，多少英国和法国的年轻人为了求得一个职位抢着来巴结，总司大人，你是多么成功，多么风光！可是我呢，十年了，我还不是一只你买回家的花瓶？好让你在烧着壁炉的客厅里待客的时候显得有身份和排场！是的，你懂那些黄皮肤的中国人的心，你游刃有余左右逢源，常在河边走总是不湿鞋，没有一个外交官及得上你与他们打交道的技巧和水平，可是，在这个什么都要面子的国家里，与这些打肿脸也要充作胖子的人打交道，你也变得和他们一样虚伪了！"

"瞧你都说了些什么啊，赫西，你不爱我了。"他像一头跑累了的兽，咻咻地喘息着，想与对手和好了，"我们婚后一直很幸福，不是吗？"

"幸福？幸福是什么？那不过是一双表面看着很漂亮的新靴子，穿着是不是适脚是不是舒服只有自己知道了。我在你心目中可能还不及那把快要朽烂的小提琴吧，看你抱着这琴贴着腮帮的样子，多少年了，你这样拥抱过我吗？你像填写一月一次的海关报表一样掌握着我们的做爱次数，例行的接吻，落下去的部位、力度也总是恰到好处不轻不重，我没有了自己的灵魂，因为一直以来你就是我的钟表。你真的像你自我标榜的，是个好父亲、好丈夫？你每月寄到伦敦的支票里怎么会多出一部分来？你是寄给谁的？你不会是偷偷养着一个情妇吧？那一年，我生下埃薇的时候你在哪里？你大半年时间不在北京，去巡游你的海关王国去了，等你回到京城，孩子都会满地跑了。你常常拍拍屁股就走了，把这么大一个园子交给我，把这帮不听话的仆人交给我。我憎恨这四面高墙围着的日子，我讨厌在这些闪烁不定的眼神下生活，看看吧，这就是总税务司夫人的幸福生活，牛排要么是焦的，要么老得像皮筋，咖啡里会飞出跳蚤，番茄酱、咖喱粉、香精用完了得等着下一个邮班给送来……"

"得，得，行啦，收起你中产阶级趣味那一套吧，牛排老不老真有那么重要吗？不喝咖啡难道会死人？你的世界里除了这些婆婆妈妈的就没有更重要些的东西了吗？你就对我从事的工作这么不感兴趣吗？我为什么一年到头沿着帝国漫长的海岸线，沿着扬子江辛辛苦苦地跑，我是闲着无事去逛风景吗？不，夫人，那是为了我的一个梦想啊，我要以海关为依托，自南而北，从东往西，像串一条珍珠项链一样，在这个古老的帝国建一条 T 字形的殖民地长廊，到那时候，从北方的天津、牛庄到南方的广州，再从东面的上海沿着扬子江一路往西直到雪域高原，到处都将是天堂般的花园、别墅，到处是帝国的米字旗和弥撒的钟声，我们将引领这个古老的东方帝国一起走向现代化。夫人，面对这样的美妙前景，你就没有一点点的动心吗？"

"哦，多么伟大的蓝图！多么诱人的前景！"他最受不了的就是妻子言不由衷的赞美，他都没注意到眼泪在她的眼眶里打着转了。她的声音突然变得歇斯底里：

"是的，你喜欢这里的鸦片、酒精、小脚女人和异域风情，喜欢那些大老爷颁给你的镶嵌着宝石的顶戴和越来越高的荣誉，喜欢这里中国式的声色犬马和英国式暗藏机锋的笑谈谩骂，我可是受够啦！我讨厌北京这个大泥潭，春天满是风沙，早晨醒来牙缝里都塞满了沙子，就好像被活埋了一个世纪，夏天到处都是臭烘烘的，像一个爬着蛆的大酱缸。我要离开，我一天也受不了啦，我不去烟台了，我要回英国！"她嘤嘤地哭出声来，冲动地拉开衣橱，找衣裙和鞋子。

他愣住了。她醒悟过来，也让自己的最后一句话给吓着了，噤住了哭声。

"好，好，你终于全说出来了，好得很。"总税务司大人脸色铁青，好像除了冷笑，他再也说不出更有杀伤力的话了，"前些年，我父母还在世的时候，他们想看看埃薇，我都给你买好船票了，你为什么不回国？为什么你现在决定要走？"

一只碎裂的茶杯躺在他们中间的地板上，碎片和茶渍四溅。佣妇在门口探了一下头，想抬腿进来又缩了回去。他还想摔打物件来发泄怒气，却抓不到一样趁手的东西。

晚上下了一场暴雨，豆大的雨点打得花园里的树叶噼啪直响。男主人工作室的灯光久久没有熄灭，难耐激愤，他在给伦敦的金登干写信：

> 内子已郑重宣布她将在明春回国。她似乎已下定决心。去年（还有 1871 年和 1873 年）我就让她走，但她不走。我的父母亲那时候还活着，我想让他们见见埃薇。但现在双亲已故——母亲已故去一年，父亲已故去六个月，我的家庭和生活对我来说全改变了。既然我现在是祖宗而不是子孙，这是首要的事实，我宁愿把埃薇留在我身边——但，假如她妈妈要走（这对她的身心健康是有利的），当然埃薇也要走。
>
> 天空布满了灰褐色的浓云，低低地压向房顶，大雨如注！

8

从隐秘的渠道，赫德得知，英国政府对他在"节略"中提出的建议很是欣赏，赞赏他"对保持中英两国间的友好关系所给予的助力"，威妥玛对总理衙门根据这一建议制定的某些条款也深感满意，只是在审判岑毓英和派遣谢罪使团这两条上还丝毫不肯让步。总理衙门答应，在威妥玛返回北京时，再予以商谈。

这年十二月，京报上还发表了一份皇帝谕旨，通报了由中英双方组成的联合调查小组正在前往云南途中。朝廷承诺，涉及马嘉理被害一案的蛮允军政方面官员都将接受钦差大臣的审查，有嫌疑者枷拿至京，有命案者还要砍头示众明正法典。

赫德高兴地看到，谈判似乎在向着他预期的方向前进。

1876 年的春节在大雪飘飞中来临了，京城里到处飞扬着熏肉、腊肠、祭祀的香烟的气味，家家门口都贴出了祈福的春联。赫德寓所的大门上也贴上了老秀才书写的大红福字，挂上了两盏喜气洋洋的红灯笼。二月四日，复出的恭亲王接受外交使团新年拜会，赫德作为亲王的老朋友和老部下应邀出席。在京各部尚书、侍郎全部出席，翰林院学士、御前大臣等三十位高级官员悉数到场。各国公使及夫人也都参加了拜会。尽管不久前天津马场新城一带兵勇的哗变刚刚平息，但每个出席宴会的官员都不谈这煞风景的事，只是一味地说着恭贺祝福的话。亲王向各国公使表示，下星期，他手下的这些达官显贵将分别拜访各个使馆，以示和西方各国修好。

恭亲王还传达了皇帝的一项旨意，为了表示对赫德领导下的海关的支持与信任，海关经费将从每年的七十四万八千二百两增加到一百零九万八千二百两，在海关工作七年以上的洋员加发一年年金。这个消息让赫德热血沸腾。回寓所的途中，马车行驶在一派祥和的白色世界中，一条条胡同口不时响起爆竹声，赫德意识到，这个热热闹闹的中国新年，既预示着一个新开端，也预示着未来关系的融洽和改善。

他当即写信把这一好消息告诉了替他在伦敦打理的金登干。正好金登干前一封回信也到了。伦敦与北京之间有经由上海的定期邮轮，普通信件两个月抵达，若要往返一次，则要在四个月以上，所以特别紧急的事，他们只能电报联络。但电报费过于昂贵，更多时候他们还是只能靠蜗牛一般爬行的邮件。

金登干的信里发来了首相德比勋爵在议会上的演说。首相说：

> 我们一直坚持要彻底严查此事，并要求英国官员参加，以确保调查是真实的而不是共谋舞弊的。通过漫长的谈判我们已有不少收获，在谈判中威妥玛展示了他一贯的精明强干。审讯仍在进行，结果尚不得而知。我们最迫切地希望与中国政府保持友好，不可能有进行耗资巨大的战争的动机——打这样的战争不会产生什么伟大的荣耀，我们不可能有伤害我们日益增长的贸易利益的兴趣，也没有打破那个过去的帝国的愿望。我们只有一个动机——敦促我们自己去坚持在严格合理界限以内的要求，但对我们已提出的要求，也不能退缩，我真诚地希望中国当局会接受忠告，不企图以任何遁词或拖延去袒护那些证明有罪的人，不论他们是什么官阶和地位……

首相的语气还是严厉的，但已有了转圜余地。他灵敏地嗅出，英国朝野对马嘉理事件的态度已有所转变。现在唯一要做的就是等待，等待联合调查小组在云南调查的结果。

紧张了大半个年头，一松懈下来，他就觉得全身不得劲，头痛病和腰部风湿痛又来困扰他了。风湿痛是老毛病了，刚到中国那几年在宁波领事馆工作，住在江边潮湿的老房子里，生活乱成一团糟，湿气一点点地侵入骨骼，腐蚀了他的身体。头痛病是近年新添的。这两种时常发作的病症，使他胃口大减、睡眠很差、常感精力不足。

他记起去年金登干曾从国内寄来一种防止疟疾、霍乱、斑疹伤寒和天花的特效药，对风湿和头痛也有疗效，就让夫人找出来。金登干告诉他，风湿症和头痛病的病根在胃部，很大程度上是由于血液循环不畅所引起。他介绍这种药的用法，医治头痛时把大块的膏药敷在颈背上，医治风湿症则把小块的膏药涂在痛处，戴上护胸，这种膏药就像压力泵，会加速血液循环。对付风湿症，金登干还建议用威士忌和热柠檬，每天早晨涂用。如果戴上护胸一两天就感到恶心，那就是见了疗效，这时用热柠檬水就可以祛除病痛，彻底根除之。他说他自己就是用这种膏药和护胸治好了左腿落下的风湿症。

金登干还教过他一个医治失眠症的法子：上床睡觉前，先把两条腿直到膝盖处泡在热盐水中，浸泡一刻钟，然后把膏药涂在两脚上，戴着护胸躺在床上，"这样您就可以像儿童一样入睡了"。他试了一下，这方法还真管用，但时间一长，好像也不怎么灵了。长长的夏天，一到家他就往身上涂满药膏，戴上护胸。总司大人的房间里成天飘荡着柠檬汁混合着药膏的浓烈气味，让夫人和孩子们都望而却步。

9

七月，英国公使馆秘书格维讷到达汉口，和李瀚章进行了几次晤谈。李大人受命担任钦差大臣，却塞给他一个外国人监督调查，心里老大的不爽快，也就敷衍了事，只是拖着耗着。

不紧不慢地拖到这年秋天，十一月初，中英双方组成的调查使团才慢腾腾地离开汉口，取道重庆上溯扬子江。次年三月六日到达云南府后，再于三月二十五日启程，于五月三日到达腾越厅，然后再前往缅甸八莫。格维讷于三月二十日向北京的上司发出了有关此案处理的一份报告，报告称：钦差大臣到达云南府后，判定一名下级军有罪，砍了脑壳，十三名当地居民遭到逮捕和审讯；可是他们不懂起诉的语言，另外，"他们的表情也不像是已经承认应处死刑的犯人"。

这份报告让威妥玛觉得受到了戏弄："我们的各种努力，还没有让真正应该为袭击和谋杀事件负责的人受到法律的制裁。"他声称，必须惩办涉及滇案的所有军政官员，甚至包括总督岑毓英本人。他甚至跑到总理衙门大吵大闹，表示对云南事件调查结果的不满。在一份给恭亲王的信函中，他更是对岑毓英提出了直接指控，认为他要为此一事件负全部责任。

为了安抚公使大人，朝廷只得下令，把腾越厅参将李珍国、同知吴启亮等人即行捕拿，等候审查。没有把岑毓英送上审判台，威妥玛还是不满意。六月十六日，谈判再次中断，威妥玛重施故技，以绝交相威胁，再次率领使馆随员离开北京去了上海。他这已是第三次这么做了。文祥连惊带累，病得起不了床，赫德起先还误会他的老朋友以装病为由逃避这桩棘手的交锋，却没想到几天后就接到了文祥去世的讣告。形势突转，赫德觉得，这来到中国的第二十三个夏天是一生中最黑暗的夏天了。

他早就预言，要是威妥玛不让步，执意要按照自己的方案来解决争端的话，只会遇到更大的麻烦。他能劝告威妥玛在索取好处的同时适当做出让步吗？威妥玛的刚愎自用比起他以前的对手李泰国来，有过之而无不及，要他让步如同割肉。那么，能不能劝告总理衙门大大方方接受对方的条件？恭亲王领导下的总理衙门从来不是大方的，更不会在关键的时候示弱。更危险的是，这样做他就可能失去中国人的信任，让恭亲王认为他是威妥玛他们一伙的。

只有远在伦敦的金登干可以一吐心曲。他写信给金登干说，这些日子的挫折，让他松懈懒散，再也没有早些年来到中国时那股子闯劲了，有时还会冒出何必自找麻烦的想法来。但他还是不想放弃努力，"把这两片布按照我认为稳妥的方式拼在一起，并把它们缝起来"。

可是，线头为什么老是被无故剪断啊！

北京的夏天又闷又热，每一天都是煎熬。他就像泅入了一条黑暗的河流，前头看不到一点亮光。有一天，得知土耳其和塞尔维亚爆发战争的消息，他生出一个侥幸，寄希望于英国被欧洲的战事拖住，无心再顾中国这边。

他给金登干打电报，连连催问：中国事务取决于欧洲形势，欧洲形势怎样？大战可能吗？谁会帮助谁？英国外交部愿意以赔款和平解决还是可能对华作战？走投无路之下他真希望天下大乱，把牌推倒洗了重新再来。

10

九月二十二日，郭嵩焘乘坐的"济安号"轮船从上海抵达天津。会见时，李鸿章催促他速往京城，领衔出使，并推荐精通中文的淮军总教习马格里担任出洋期间的英文参赞。

郭嵩焘久闻马格里此人好大喜功，负责的江南机器制造局
造出的大炮，试射时十有八九炸膛，觉得李鸿章是故意要把此
人塞给他。但碍于情面，还是勉强答应了。

"少荃兄以为何时出洋为宜？"郭嵩焘问。

"当然是越快越好，早一日去，早一日平息事端。具体出使
日期，还需筠仙兄与英使商定。"

"刻下英使威妥玛在天津吗？"

"这只老狐狸！"李鸿章的脸上露出愤懑的神色，"我们没
有满足他的漫天要价，他又跑到上海躲起来了。"

"我在上海时并未见到他，唉，一定是海路上错过了。"郭
嵩焘叹息道。

"筠仙兄能不能修书致意，请他前来？"

"他若肯来，也不会一走了之。少荃兄实在不应该放他去上
海的。"

"威胁、要挟，本是英人一贯伎俩，拳头人家硬，我又奈之
何？不过，不谈总归是不行的，在哪里谈？上海、天津还是北京？
就让他来挑吧。"

"看来也只有这么一试了，如果英使是个讲外交礼节的人，
应该会有答复，到时再相机行事吧。"

当晚，在直隶总督官署，郭嵩焘给公使威妥玛发去一封公函，
提出会见：

> 大清国钦差出使大臣郭嵩焘谨奉书　大英国钦察威公
> 使大人阁下：春间承望颜色，奄忽至今，企想高风，有逾饥渴。
> 嵩焘顷奉命出使大国，由闽泛海至津，询知贵大臣已赴上
> 海，为怅悒久之。此行必与贵大臣一晤叙，而未卜返旆何

时。恐谕旨催促启行，交互海上，与大舟歧左，在京师久候，又虑津河冰合，岁内不能出洋。敢以书道意，应于何处相见，伏候示知。敬颂台安。嵩焘顿首。

但傲慢的威妥玛竟然装聋作哑拒不作复。李鸿章和郭嵩焘都没有想到，威妥玛的主意变了，开始他竭力催促中国派使节赴英谢罪，这会儿他坚决要求等到滇案谈判有了结果后再行派遣。出使行期既然确定不下来，李鸿章劝郭嵩焘不妨在天津总督行辕再住些时日，乘此闲暇也轻松轻松，会会天津这边的朋友，总署那边他自会行文解释。郭嵩焘哪里是闲得住的人，这些日子里把有关滇案的邸报全都看了个遍。

一个月后，眼看内河即将冰封，郭嵩焘想，久待天津着实无聊。他提出入京，正好李鸿章也急欲赴保定料理军务，于是一起动身。

入京不久，诏授郭嵩焘为兵部侍郎，在总理各国事务衙门行走。因这只是一个临时的委职，一待行期确定就要率团出洋，国人又视出洋为辱国之举，京城几乎没有一个官员来贺他履新。

过了一段门可罗雀的日子后，入值总署没多久的郭嵩焘突上一折，一时惹得京中议论蜂起。因郭嵩焘此折把滇案的责任归绺于云贵总督岑毓英举止失措，建议把岑交部严加议处，以服洋人之心，与廷议意见明显相左，此论一出，道路以目，骂他什么的都有。某日，早起的仆人还在门口发现被人泼了秽物，告知主人，郭嵩焘唯有摇头苦笑。法源寺主持迫于外间压力，也暗示他应该找个房子搬出去住了。

翁同龢派人来请他去府中一晤。翁府派来的轿子遮得严严实实，从小门进入翁府花园。翁同龢一见便说："现在外面物议汹汹，对你很不利呀，我碍于身份，只能采取这般秘密的方式与你相见，还望莫怪。"

郭嵩焘施礼道，中堂大人客气了。

"筠仙啊，今年五月我送你去福州时，还说你洋务通透，你一回来就上了这么一个折子，真是糊涂得很啊。"

郭嵩焘神色一凛："我上的此折，是在全面调查滇案经过的基础上反复斟酌过的。滇案之起，虽属意外，然此案难结之根本原因，难道不在于我国尚未以礼对待外国，而京中士大夫又不察事理，徒放高论？以致一件普通的外交事件，一拖再拖，徒生事端，穷于应付。"

"但你提出对岑毓英以下一干云南官员严加议处，实在有违廷议，有拂民意，更是暗合英人提出的要求。难怪坊间都说你事事依附英人啊！"

"中堂大人明鉴，岑抚虽曾有功于云南，但封疆大臣例应与国同休戚。议处岑抚酿成事端之咎，使其功罪各不相掩，也可让英人无所要挟，此一事两便，朝廷为何还疑虑不决？"

"只是如此处置殊伤国格，让大清的颜面何处放呢……"

一边是英人的强硬态度，一边是来自国人的毁谤，搞得郭嵩焘心灰意懒，只想回湖南老家去，于是上疏请求回籍调理。朝廷同意给病假，但不同意他引退。郭嵩焘知道此身已非自由身，这才懊悔，这次重入官场实在是过于轻率了些。

他从法源寺搬出来，住到后铁厂住宅，继续上班。但流言还是追着他飞。1876年的整个上半年间，他几乎没有间断过打报告要求回籍。但朝廷铁了心不放他走，上一回折，赏他两个月假，再上一回折，再赏一个月。看他请辞的语气越来越激烈，态度也越来越坚决，朝廷先是准他开缺总理衙门的职务，再是准他开缺兵部左侍郎，但就是不开缺出使大臣。就这么连上七疏，还是不放他走，他觉得朝廷就像与自己在玩一出猫与老鼠的游戏，一面同意你开缺官职，一面又塞给你差使，如此过分，迹近调戏大臣，实在让人齿冷。

西太后的一次突然召对使他的这一屈辱之感有所减轻。那是三月的一天，他在兵部值日，内侍来宣，他随奕劻入宫觐见。西太后问到了滇案进展，更对日本在朝鲜的寻衅表示了忧虑，问他在与外国交涉之事上有何良策。郭嵩焘禀告，西洋各国，意在通商牟利，我们与他们打交道，不可先存猜嫌之心，必须应付得法，才能不受要挟，否则，受一回要挟便要伤一回元气。太后感兴趣地问什么是应付得法？他说，先要审度事理，然后随机应变，以理争之、折之，才算应付得法。洋人好胜，办事讲究效率，只有摸透了他们的脾性，才能迫使他们就范。

几个月后，有人把他闹着要辞职的事告到了西太后那里。太后再次召见，态度极是和蔼，语气也非常温婉。她问了郭嵩焘的身体近况，劝他："此时万不可辞，国家艰难，须是一力任之。我原知汝平昔公忠体国，出使一事，实亦无人任得，汝须为国家任此艰苦。"

得悉郭嵩焘正为流言包围，又安慰说："旁人说汝闲话，你不要管他。他们局外人随便瞎说，全不顾事理，不要顾别人闲说，横直皇上总知道你的心事。"

她要郭嵩焘继续到总署上班。"尔须天天上总理衙门，此时烟台正办着事件，时常有事商量，你必得常到。"

这次召见后，他再也不提引退的事了。重回总署上班，恭亲王也十分倚重，常常与他会晤商谈。不几日谕旨下，授他为礼部左侍郎。

11

勾栏胡同的总税务司寓所，好久不传出宴会的喧闹声了。每天傍晚准时响起的提琴声和竖笛声也偃旗息鼓。总司大人一天到晚板着的脸和随时发作的坏脾气，让夫人、孩子和家里的仆人远远地避着他。

他需要安静，足够的安静！总司大人严禁任何人打扰，连花园里的牧羊犬都吓得噤了声。

威妥玛最主要的要求是云南官员特别是岑毓英总督必须调京受审，但也正是这一条，最令中国政府深恶痛绝。因为赔款、开埠、免税等任何要求都不会像这一条那样使政府颜面扫地。而且，勾决封疆大吏，势必激起更加汹涌的排外浪潮。以他与清廷二十多年打交道的经验，以他对中国政治的了解，他知道朝廷什么让步都可以，唯独这一条万万不能。岑毓英等云南官员是宁肯自杀也不愿被抓到北京讨好洋人的！

在这场一触即发的中英之战中谁的损失会更大？中国方面最急于求和的人是谁，皇帝？他只有四岁，什么都不懂。恭亲王？他的权力是那个一手遮天的西太后给的，也可以被她轻易掳夺。看来只有欧洲军火商人最大的朋友和主顾李鸿章李大人了！只有他知道，战争会让他的军工、舰队、机器制造等正在启动中的现代化项目蒙受何等损失；也只有他知道，一次命定之中的战败会夺去他所有的高官厚禄，夺去他所有的财富、金钱和名誉！

中国政府方面，去年八月就决定了派遣由郭嵩焘率领六名官员组成的使团去伦敦，向英国政府就马嘉理事件表示歉意。

只是由于威妥玛坚持使团启程必须在两国间的争执解决之后，使团才迟迟没有离开北京。威妥玛一直拒绝见面，郭嵩焘无从商量出使事宜，便来找赫德一探英人底细。

赫德说，英人对华并无领土野心，只求双方互惠，英使拒而不见，是不满处理此案的敷衍塞责。郭嵩焘告诉他，使团年底前可能动身，总署有意向在伦敦直接与英国外交部进行会谈。赫德认为，滇案既一时难了，早日出使赴英或可打破僵局，再说，出使也并不全因滇案，伦敦有了中国的常驻使馆，才能随时处理两国间的事务。但滇案也切不可一拖再拖了，他建议，现在该是郭嵩焘的朋友，帝国政坛的铁腕人物李鸿章大人出面的时候了。

去年这个时候，上谕委李鸿章和丁日昌接手谈判事项，但因半途接手，没有赋予全权，再加上李鸿章觉得此事不关自己切身利益，也就边谈边拖着，一直没有进展。

赫德对郭嵩焘说，应该让李大人意识到，谈判破裂将会使他领导下的现代化项目遭受毁灭性的打击，他将会输得最惨。

从十多年前的苏州杀俘事件起，赫德与李鸿章已打了多年交道。他钦佩这个有着东方俾斯麦之称的政治家的铁腕手段，也欣赏他在军工机械和武器制造方面卓有成效的建设，但对他的结党谋私和出尔反尔，一直很是看不上眼，觉得几近市井无赖手段，配不上他泱泱大国宰辅的身份。那么，现在就让李鸿章用无赖手段去对付威妥玛强盗般的无礼吧。他很高兴自己为威妥玛找了这么个好对手，也结束了这场政治赌博中一直找不准自己位置的苦恼，现在好了，他再也不用受夹板气了，他将完全坐到中国这边来，终于可以放手去干了。

直隶总督李鸿章很快被重新授命全权负责与英国公使的谈判。赫德高兴地写信给金登干，"由于我的提议，伟大的李已被派来这里全权对付威妥玛",但他又放不下这份担心,"威妥玛的态度有引起战争的危险,他的首席顾问梅辉立是好战的,据说在各方面比巴夏礼爵士要更巴夏礼"。远避上海的威妥玛会来吗?会谈结果会怎样,说实在的他心中也无底,他向总署自告奋勇,前往上海再去找威妥玛一次,劝说他北上,重启和谈。

八月,燠热的上海城里,一辆四轮马车载着赫德驶进了苏州河南岸的英国领事馆。尽管这个城市正被嚣动着的热浪淹没,但坐在领事馆这幢维多利亚式的大房子前宽阔的敞廊里,面对着黄浦江上吹来的湿润的风,还是非常惬意。

他用羹匙轻轻搅动着杯子中加上了柠檬汁的锡兰红茶。唔,纯正的英国式口味,好久没有喝到这么好的茶了。

威妥玛把杯里的威士忌一大口喝干,说:"可惜我们要谈的是一个沉重的话题,不然,这倒真是一个美妙的下午。"

"行至水穷处,坐看云起时。"他答非所问,但中国通威妥玛对这句唐诗包含的意思岂会不懂。令他惊奇的是这个身量矮小、微微有些秃头的家伙竟变得这么沉得住气。

"据外界传说,大学士李鸿章已奉上谕,前往烟台与我重开谈判,据说上谕还授予他比通常的钦差大臣要大得多的权力。你从北京来,这个消息确凿吗?"其实他到达上海不久就获悉了这一消息,不知对方底牌,就诳称传言,先探虚实。

"是的,外界传言非虚。事实上,李鸿章大人这会儿已经从天津到了烟台,等待您前往和他会晤。我正为此前来敦促公使阁下早日成行。"

"我为什么要去见他?"威妥玛冷笑,他从架上取下两个案卷扔给赫德:"你看看,这是刚刚送达的总理衙门对滇案的审结。那个腾越厅的都司李珍国和一个姓吴的腾越厅同知,这两人具结的供词，哪里有一点翻悔之心？看他们这么强口自辩，倒是我大英帝国的不对了。"

赫德翻开案卷，飞快地看了下去：

总理衙门存审讯滇案供词

光绪元年十一月初三日

点名单

计开：李珍国（南甸都司）、李含兴（李珍国侄子）

十一月初三日讯

具亲供。署鹤丽镇左营都司李珍国今于与亲供事。

实供得：都司年四十三岁，腾越厅人。同治十二年五月奉委署理腾越左营都司。十三年十月奉委到滚弄江一带办理解散三海等项事务。当于是月二十六日交卸，起行到干崖坝尾暂驻办理。十二月初五日有英国马翻译，名嘉理，由云南赴缅甸路过蛮允，执有总理衙门护照。都司相见之下，当以优礼相待，送他吃食。马翻译打住三日，起行时都司派土、目二人护送到缅甸新街地方，交代英国领事官去讫。该翻译在蛮允晤谈时，虽说要往缅国接他们兵官，却未说几时可以折回。起身后，也并没信与都司说几时起程来云南的事。都司送马翻译后就奉委到猛卯地方办理解散夷民事务……

另一封腾越厅同知吴启亮的供词，他也一目十行地看完了：

十月二十八日讯

具亲供。卸署腾越同知吴启亮今于与亲供事。

> 实供得：……兹各乡偶闻洋兵来厅之谣，即于各本乡齐团，
> 亦属该绅民等自卫身家之常，卑职并无札谕调团阻击洋官之事。
> 迨至本年正月，忽闻马翻译复由缅甸来滇，路过边外被戕毙命。
> 比即专足往探，回称：马翻译曾带随从五人来至蛮允，打住一日，
> 复折回迎接洋官，路经户宋河，因野人拦讨过山礼，遂被戕杀，
> 随人及所带什物亦被杀抢。并探得有洋官数员随带从人并缅兵
> 二百名，亦由缅来滇，行至南崩，又被踹回，等语。……

"你难道不觉得可笑吗，那个同知的供词居然把马嘉理被杀说成是与不肯向当地土匪交买路钱！这一来，这些狡猾的黄种人就把责任推卸得干干净净了。我与他们打了几十年交道，他们就从来没有学会过说真话也可以同样达到目的，还以为要达到目的就要不断地撒谎。"

他合拢案卷还给威妥玛："我还是这么认为，这是一桩意外。"

"不，这是对我大英帝国的有意挑衅。对挑衅者，我们就要示以颜色，让他记住这个教训！"威妥玛又开始激动了。

"尊敬的公使阁下，我来这里不是来和您争论这个提出了上千遍的老问题，我来是向您转达帝国政府的一项保证：只要您前往烟台与李鸿章大人会商，李大人就会在他权力的合理范围内尽可能地对滇案做出赔偿。作为一个朋友，我还要私底下提醒公使阁下的是，郭嵩焘大学士率领的谢罪使团，很可能在我们的协议达成之前就要启程前往英国，他将受命与英国外交部直接谈判。如果马嘉理案的谈判桌放在了伦敦而不是在中国的某个城市，公使阁下您的影响就会无足轻重，我们为合理解决此案所做出的奔忙也将全都付之东流。这不是我们乐意看到的结果，您说对吗？"

威妥玛倒了一杯威士忌递给赫德，说："先生，你真的是一个不错的外交人才，知道什么时候打什么牌。要是你当初不离开广州领事馆，我现在这个位置肯定是你的。"

12

第二天，赫德陪同威妥玛离开上海。八月十日，他们到达烟台。让赫德吃惊的是，四艘从香港开来的巡洋舰已停泊在烟台对面的大连湾了。他认为这是多此一举，但威妥玛坚持说谈判必须有后盾。

得悉正式谈判将在十天后举行，威妥玛又大发脾气，认为是对他的有意怠慢。李鸿章的亲信顾问、烟台海关税务司德璀琳带来一个消息说，从天津来了一批士绅代表，正要求李鸿章接见，因为他们担心总督大人被驻扎在大连湾的英国海军扣留，敦请他回天津去。李鸿章让德璀琳在代表上岸前会见了他们。

"你是如何答复这些商人代表的？"

"我告诉他们说，总督大人来这里是为了决定中英之间是战是和的问题，只有他停留在这里才会取得和平，我让他们不必担心总督大人的安全。"

威妥玛干笑着说："那我就等十天吧，这里的海滨浴场沙质平软，水又清澈，消磨夏日再合适不过了。"

这场戏现在是演到最后一幕了。中国方面以特命全权钦差大臣直隶总督李鸿章为代表，还有三口通商大臣崇厚等为助手，总署的外交顾问赫德、德璀琳自始至终在场以备咨询。英国方面除了威妥玛公使和使馆随员，指挥大连湾分遣舰队的雷德尔

将军和兰波将军也因为英国公使的坚持得到了邀请。在场的还
有俄国、德国、美国、西班牙、法国和奥匈帝国的外交代表。

八月的烟台已有了些凉意，从渤海上吹来的海风灌满了充
任谈判场所的烟台海关大楼。楼下，李鸿章从天津带来的卫队
和英国皇家海军分列两侧。皇家海军士兵全都穿着笔挺的军服，
头戴插着羽毛的三角帽。李鸿章的卫队士兵穿着丝绒的束腰外
衣，上面点缀着黄色环扣，带羽冠的宝塔形草帽下是长长的大
辫子。两边人马充满敌意地看来看去。

由海关职员充任的侍应全都轻手轻脚地进出。威妥玛铁青
着脸坐在镶花圈椅上，一脸的不情愿。相反，李鸿章倒是一脸
的笑意。他是东道国的代表，又希望在场的各国外交代表帮着
说话，自然要显得高姿态些。

谈判一开始，威妥玛就拒绝讨论其他任何条件，坚持要先
对已经去职的岑毓英总督及一干云南官员进行审判。李鸿章断
然拒绝了。他说，除非对方能拿出充分的证据来支持对岑毓英
的指控，否则，仅仅出于怀疑和无根据的指控，任何人无权采
取这样的行动。同时他表示，中国政府没有理由不相信专程赴
云南调查此案的钦差的报告。英国公使一定要指控岑毓英有罪，
那就拿出书面的证据来。

威妥玛拿不出证据，却又毫不相让，他的执拗、好战、毫
无绅士风度的纠缠，让各国外交代表也感到了讨厌。用中方代
表崇厚的话来说："威妥玛的话是不能当真的——一会儿说这
个，一会儿说那个；今天说是，明天又说否。暴怒、愤恨、咆哮、
任性而发，使我们只好不理。"

会谈继续进行，却已索然无味。李鸿章的一位幕僚发现，
他们商谈的机密内容时常泄密，英国公使馆的一位普通秘书居

然都知道他们如何商谈、商谈中谁说了什么话。他们秘密调查了几天，最大的泄密嫌疑人竟然是总督大人的女婿，一位尚书的儿子。他们不敢冒昧禀报李鸿章，只好找赫德商量。

就在这天晚上，赫德特意在李鸿章那里待得很晚，李鸿章看出这位外国顾问像是有秘事要谈，就把贴身随从打发了出去。

赫德问："大人，您在此地有一艘炮艇吗？"

李鸿章说："有。"

"您可以命令炮艇升火待发，于黎明时起航离开此地吗？"

"如果有必要当然可以，你想做什么？"

"我希望它带一封信到天津去。"

"给谁的信，这般要紧？"李鸿章惊奇地问。

"信是无关紧要的，给谁更不重要了，重要的是这个送信的使者。"

李鸿章恍然大悟，追问："他是谁？如果我的人有敢辜负我的，叫他的脑袋掉下来！"

赫德说："当您还在天津的时候，我请麦克菲逊给您带过一个口信，而那个口信的内容三天以后就被英国公使馆知道了。请您好好回忆一下，当时在座的除了您本人、麦氏，是不是还有另外一个人在场？"

李鸿章的脸上露出追思的神色，突然他一拍桌子："是他！"他记起了赫德说的"另外一个人"是谁了，那是他一向信赖的女婿。他脸上的神情又是痛苦又是愤怒："这件事由我来办！"

这只是一个小插曲，对谈判进程的影响可以不计。九月十二日，双方在都做出一定让步的基础上正式签订了解决云南事件的《中英烟台条约》。条约规定，中方赔款二十万两银子；英方探路队可由北京启程，也可从印度进入滇、藏，并由英国官员在云南省大理府或其他城市驻留五年；中方派专使赴英国赔礼道歉；其他还有扩大领事裁判权、增设口岸、免收洋货厘金不等。威妥玛的要求看起来没有得到满足，但实际上英国人从天朝得到了好大一块肉。

赫德管不了那么多了。他的目的达到了，既避免了战争，也让海关特别是他本人在天朝的地位得到了巩固。这就够了。十月三日，在从上海给金登干发出的一封信里，他是那样志得意满：

> 我刚接到总理衙门的短笺，说中国接受烟台协议。这样，就中国方面来说，滇案已告结束。我想英国大概不会推翻威妥玛订的协议。……经此事件后，海关比以往任何时候都强大，我认为在今后的二十年内，绝无翻船的可能！我开始感到我毕竟相当出色地驾驭了这条航船。但仍不可过早地踌躇满志……

信的结尾，他还意犹未尽地引用了罗马诗人维吉尔《埃涅阿斯记》中的一句诗：

> 你是叫我被静谧的咸海和安详的波涛之类的外表所欺，而去信任可怕之物吗？

十一月的北京，北风吹在脸上已经有些咬人了，威妥玛卸任公使，行将回国述职，临行前一日前来海关总署向赫德辞行。他不喜欢这个人，经此一事，两人关系更不如前，场面上见了无非点头而已，但威妥玛这次来，还是让他有些许的感动。

"以前我一直怀疑你是站在中国人这一边，事实证明我错了，我要为我的无礼和冒犯向你道歉。"威妥玛说得很真诚。

"尽管有诸多的不如人意，滇案能够这样了结，也值得我们祝贺了。"

"是啊，实质性的好处是新开了四个口岸，还有沿长江的六个城市成为我们装卸货物的码头，还是你看得远啊！海关成了滇案最大的赢家。可惜我被那些虚幻的荣誉蒙住了眼，致使谈判拖了一年半载，差点让这些唾手可得的利益溜走。"

"这利益不仅仅归我海关，更是大英帝国的。公使先生不必自责，正因为您的强硬态度，清廷才会做出这些让步。只是可惜，建造币厂及邮政设施这些，这次的条约没有涉及。"

"这一去，我怕是再也不会来中国了，"公使的脸上有了一丝伤感，"三十多年了，真快，我把我的青春年华留在了这里。现在我要回伦敦度我的残年去了。和你打了这些日子的交道，我终于得出了一个结论，你是最了解中国的人，中国的国情、官场，甚至东方人难以捉摸的心，你都了如指掌。回到伦敦后，我将向外交部正式建议，你是驻华公使最合适的人选！"

"谢谢公使阁下抬爱，我觉得我在海关的作用，更是任何人不可替代的。"

13

李鸿章与英使在烟台的谈判行将结束时，使团出洋的各项准备也进入了倒计时。除了参赞黎庶昌、文案汪树堂等四人，郭嵩焘又挑选了十年前曾跟随斌椿使团出访的张德彝、凤仪为翻译。这期间出了一件事，老家一个仆人跑到京城，告诉他说，八月间乡试的时候，湖南的一帮生员聚集在城中玉泉山，痛诋他依附洋人，要捣毁郭家的住宅。虽然最后这事让地方官出面平息了下去，但已让一家老小受惊不小。闻听消息，郭嵩焘又急又气，深感此番出行实在太无意绪。

到了十月三十一日，各项准备工作都差不多了。郭嵩焘具折请训，召对时，西太后已得悉此事，安慰他说："汝心事朝廷自能体谅，不可轻听外人言语，他们原不知什么。"他还是难捺激愤："不知事小，却是一味横蛮，如臣家于此已是受惊不小！"太后只是好言劝慰。

十一月的一天，郭嵩焘一行登海轮"丰顺号"从天津启行。三天后，船到吴淞口，英使威妥玛已在上海等候。因是正式派遣的驻外使团，候船期间，其他各国领事也一一来见。连日海上颠簸，再加应酬繁忙，郭嵩焘只觉头晕、耳痛，眼珠子也涩得厉害。想想自己此番作为赔罪特使出洋，心中实感屈辱。滇案处置失当，他早就指出，非但不蒙见听，还遭国人訾骂，而今更要为此案背一黑锅，激愤、委屈，再加忧虑，动身前一夜他从上海给老友两江总督沈葆桢发去一信：

> 幼丹尚书同年大人阁下：嵩焘乃以老病之身，奔走七万里，自京师士大夫下及乡里父老，相与痛诋之，更不复以人数。英使且以谢过为辞，陵逼百端，衰年颠沛，乃至此极，公将何以教之？默察天下人心，洋患恐未有已也……

1876年12月2日夜，风雨大作。郭氏一行十余人，其中包括如夫人梁氏，副使刘锡鸿，参赞黎庶昌，翻译官张德彝、凤仪，英国人马格里与禧在明，以及一干随员、武弁、跟役，于风雨中在吴淞口登上一艘英国邮轮。

夜半，风雨小了下去，天色却越发如墨般漆黑。雨中，邮轮启碇开航。郭嵩焘站在甲板上，回望黑暗中灯火微茫的故国，不由打了一个寒噤。如夫人梁氏温声劝他回舱，见他像一块漆黑的石头般沉默，返身从舱内取出一件斗篷给他披上。

14

这年秋天，金登干的妻子刚为他生下第四个孩子，是一个胖嘟嘟的十分招人疼爱的男孩。夫妻俩给男孩取名阿奇博比德·尼尔·坎贝尔。这个被巨大的幸福感包围的父亲在第一时间把好消息告诉了北京的上司赫德，他请求赫德夫妇做坎贝尔的教父和教母。赫德答应了，开玩笑地说他的妻子艾伦真是块肥地，称他们的儿子为"小绅士"。

在这封于十一月十七日发出并注明"机密"的信中，赫德还提到，滇案谈判已在烟台结束，以郭嵩焘为团长的清廷外交使团不日即将启程。使团到达伦敦后，要密切关注动向，一举一动都要向他报告，以防郭嵩焘落入别有用心之人的掌握中，尤其要提防使团中一个叫马格里的英国人。

郭起初想要海关的人当翻译，但有人使他改变了主意。现在他出去只带中国人和一个叫马格里的人。此人离开金陵机器局之后，李鸿章想给他安排一个职位。很有可能，郭将需要外国译员，现在英国一些能讲汉语的人会试

图尽力抓住他。我们必须先下手，防止他落入坏人的掌握
之中……

他指示金登干，尽快派一名可靠的人去巴黎迎接郭嵩焘一
行，陪伴中国使团一路到伦敦，直到他们住进安排好的住所、
适应了伦敦的节奏为止。他还特意关照，为了让郭嵩焘不起疑
心，不要过分明显地把我们的人推到他面前，一切都要悄悄地做，
不要声张。至于马格里此人，他已在北京做了调查，此人心术
不端，又是个出了名的牛皮大王，千万不可信任他。"要看住他，
不要给他任何面子，更不可让他随意出入你的办事处，也不要
让他知道我的消息。"

自 1870 年春天回国，金登干已在伦敦为大清海关工作达
七个年头，成了他的北京上司揳进伦敦的一枚钉子、忠实的耳
目与触角。金登干最初是为了方根拔案回国的。1866 年随赫德
来到中国的同文馆德国籍教习方根拔，在一次科目调整中，由
天文教习改任数学教习，他不服从这一安排。按照赫德的授意，
同文馆解除了与他的聘约，方根拔不服，攻击赫德"是个彻头
彻尾的利己主义者——人格化了的肆无忌惮和野心勃勃的自私
自利"，向设在上海的英国领事法庭提起上诉。法庭判他胜诉，
责令赫德赔偿。1870 年二月，赫德派总税务司财务稽查文案金
登干前往上海，就此案向法庭反诉。两个月后，金登干在上海
接到了母亲去世的消息，向海关总署告假；赫德批准了他回国
奔丧，同时指示他，就方根拔案在伦敦聘请律师，继续向枢密
院上诉，直至彻底洗刷这个德国人对他名誉的玷污。

金登干回国后，为此案积极奔走。这期间，他在伦敦与美
丽的金发女郎艾伦·玛丽·路易斯相爱并结婚。漂亮而又能干

的艾伦·玛丽成了他的机要秘书,在方根拔案及其他商务会谈中起到了重要作用。1873 年七月,在金登干夫妇的积极奔走下,赫德终于在英国枢密院胜诉。这一年,在北京,赫德与赫斯特·简的长子埃德加·布鲁斯出生,而金登干也已是三个孩子的父亲了。此案既已胜诉,赫德几次发来电报,催促金登干返回中国。但金登干迟迟没有动身。伦敦已经有了他的一大家子,艾伦·玛丽又怀孕了,他再也不是几年前拎着一只皮箱就可以去世界上任何一个角落闯荡的年轻人了。他想安顿下来了。都说伦敦的浓雾会腐蚀一个人的肌体,让他的心灵变得疲惫灰暗,但在金登干看来,自己拖着一条瘸腿,这辈子怕也只能守着娇妻终老这个城市了。赫德鉴于海关原伦敦代理机构由一名商人做代理人,指挥不灵,且随着海关在英国业务的开展,他也有意改组原机构,迫切需要一个亲信在这里替他打点,就同意了金登干作为负责筹备中的海关伦敦办事处的人选留在了伦敦。

冬天的一个早晨,金登干坐火车冒雪去了位于纽卡斯尔①的阿姆斯特朗军火厂。海关受清廷委托在欧洲购买舰艇的事已进行了两年,他在这条从伦敦到纽卡斯尔的铁路线上也差不多奔波了两年。订购的第一批舰艇中的两艘"阿尔法号"和"贝塔号"已经完工,即将下水试航,他要前往验收。海关伦敦办事处的薪水虽然不菲,上司也常给他额外的奖励,但他现在毕竟是四个孩子的父亲了,有一大家子要养活,总是嫌钱不够用,他只有多接这类军火生意,赚取中介佣金来补贴家用。而他这么做,也是得到了北京海关首脑的暗中许可的。这两年间,他为阿姆斯特朗军火厂争取到了不少中国订单,并成了他们的股东之一。

---

① 英格兰东北部城市,位于泰恩河畔。

他与北京上司的通信，也有一大半的篇幅在谈论军火采购问题，从舰艇的设计、价格、炮位安装到制造质量、交货工期、如何保证舰艇安全抵达中国港口等等，他的上司都事无巨细，提出各种各样的要求。

前些时间的通信和电报中，赫德曾经隐隐约约向他透露，之所以这么费心帝国的军备采购，是为了实现一个大计划，当上帝国的总海防司，也就是海军总司令。据说这是得到了帝国高层人物的暗中支持，尤其是恭亲王的首肯的。所以这两年里，凡是总理衙门委托的军火生意，他们都尽量让中方满意。但近来中国方面的订单少了很多，赫德也不大提总海防司的事了，估计是遇到了不小的阻力。赫德告诉过他，直隶总督已派出他的顾问日意格来欧洲购买军火，不久前李鸿章的下属李凤苞还在德国一家军工厂订购了一艘五千吨位以上的铁甲舰。赫德担心的是，帝国财政连年不景气，军备购买力毕竟有限，这会拉走很大一部分生意，所以特意关照他要搞好与英国本土军火生产厂家的关系。

尽管人在欧洲，金登干也深知帝国朝局之复杂。恭亲王领导下的总理衙门与直隶总督兼北洋大臣李鸿章各有一套班子办理对外事务，各有各的利害，而且这两年来慈禧太后对恭亲王的信任也大不如前，打一把又拉一把的。他深知在北京的上司如同走钢丝一般的凶险处境。

但北京的上司还是充满乐观，就在1877年的新年到来之际，还来信兴冲冲地告诉他：天津的小型煤气厂建起来了，兵工厂也造起来了，吴淞铁路通车了，福州马尾的电报线也架起来了，这样，煤气、矿山、铁路、电报线路，觐见，驻外代表机构，扩充海关、增设口岸，商轮、军舰，种种事项全在进行中了，"我认为中国开始动起来了，我真高兴我所提出的事项有那么多已经办成了"。上司在信中还兴致勃勃地说要办一家造币厂，埋怨以前威妥玛任公使的时候没有听从他的建议。

金登干揣想，他的上司肯定是在心情特别舒畅的时候给他写这封信的。他已经习惯了赫德先生的忽悲忽喜，习惯了此人时而孩子般的天真，时而又是威尼斯商人般的精明。这个人身居高位，在下属面前不苟言笑，也只有相信他就像相信自己忠实的影子一样，在他的面前完全敞开，什么心里话都说，有时像个哲人一样长篇大论，有时又像个老太婆一样絮絮叨叨、没完没了。如果赫德先生在眼前，他真想这样说：你是我们家小坎贝尔的教父，怎么会是那个东方古国走向现代化的教父呢？别揽得太多，别老操心个没完，我们把海关的事做好就行了。

逗留纽卡斯尔的两天里，金登干接连收到北京的两封电报，告诉他使团已经启行，并催问他伦敦接待的准备工作做得怎么样了。他当即拍电报做了回复，大致汇报了接待准备情况：这个季节伦敦的房子特别难租，而且好多房东不愿把房租给中国人，到处打听，终于找到了一处带家具出租的房子，是波特兰街45号的一幢四层楼房，房主是一位伯爵夫人。房子足够大，房间整洁，器皿齐备，陈设讲究，颇有气派，足够一个使团十余人住下，价格也还公道，每月租金一百零五镑，已付下了三个月的租金。唯一的缺憾是洗澡间和厕所太少，好在附近有一个公共浴室。

金登干掐指算了一下，使团估计会在一月中旬以后到达。从纽卡斯尔回来后，金登干找了一个得力的男管家，还配备了两名男仆和两名女仆，花钱对房子重新做了装饰和布置。做事向来细心的他还带着办事处的亲信屠迈伦去铁路公司谈了迎接专列的事，去警察局洽谈了道路上的警察值勤，以防到时候路人围观滋事，发生意外。做完了这一切，到了一月十八日，他让屠迈伦留在伦敦办理接待事项，自己会同外交部的两个职员，亲自去南安普敦港，迎接预计于后天到达的中国使团。

等候期间，他收到郭嵩焘的一封中文信件和一张名片。郭感谢他在伦敦所做的一切，要他不必置备杯子、茶碟，以免破碎，一应日用使团都带上了。他不由暗笑郭的为人，真是小心得可以。

15

1877 年 1 月 21 日，郭嵩焘与副使刘锡鸿，参赞黎庶昌、马格里，翻译张德彝、凤仪一行抵达英国南安普敦港，总计海程五十余天。金登干等人陪同他们乘火车于暮色中抵达伦敦。

金登干夫人艾伦·玛丽也来到了火车站，迎接了郭嵩焘的如夫人梁氏，并带她在其他人到达波特兰街使馆兼官邸之前先去看她那套房间。随后，德比伯爵夫人、威妥玛夫人、阿礼国夫人都来拜访了郭夫人。随后坐马车抵达的郭嵩焘对金登干等人如此周到的接待表示了感谢。郭嵩焘查看了房子的每一角落，似乎对房子的整洁，也许还对所有一切的富丽堂皇都颇感意外。当天的晚宴，金登干安排了伦敦城里最好的中国厨师掌勺，让在海上颠簸了近两个月的他们吃上了中国菜。郭表示，三个月后还要续租这里的房子。

随后几天里，金登干让妻子陪同郭太太游览了伦敦城，还去了玻璃屋、动物园等处。他要完成赫德交给他的任务，就必须让郭对自己抱有好感。让女眷们先建立起感情，是最实用的社交方法。

等待觐见女王期间，郭嵩焘听说有两艘中国政府订购的舰艇"伽玛号"和"得尔塔号"即将试航，很想去纽卡斯尔看看。金登干介绍说，这些舰艇装有最重型的大炮，每艘四门巨型火炮，各配备六百发炮弹，可以击穿所有的装甲舰，这更让他欲先睹为快。但考虑到还没有觐见女王递交国书，先在军工厂露面不好，会让报纸抓住大做文章，在金登干的劝说下，他改变了主意。金登干想出了一个主意，舰艇试航途中在一个叫斯匹特兰的港口稍加停留，以便郭嵩焘在岸上悄悄观察。

郭嵩焘看了很兴奋，就舰艇的火力配置和造价问了很多问题。金登干告诉他，这两艘舰艇的航速都超过了九海里，使用了复合发动机，是目前最新的改进型战舰，如果中国政府有意向订购同一型号的舰艇，价格会更便宜。他表示，将在朴次茅斯军港为公使大人安排一次正式的视察，到时他将亲自陪同前往，公使大人可以在舰上亲手操作一回火炮，试试它的威力。

二月十七日，久雨初晴，两艘军舰从阿姆斯特朗军工厂驶出，前往朴次茅斯军港，金登干陪同郭嵩焘前往视察。一同前往的还有他的妻子艾伦，使团参赞黎庶昌、马格里，翻译张德彝，两名海军部的军人。

一行人鱼贯着登上舰艇，大副、管轮、水手们在琅威理舰长指挥下秩序井然，军容整齐。水手们开始操作大口径火炮，郭嵩焘在"伽玛号"炮艇上亲自发射了大炮，艾伦作为金登干的代表在"得尔塔号"炮艇上发射了第二发炮弹。震耳的轰鸣中，炮弹带着尖利的呼啸声准确命中了远处的标靶，所有正式客人都是阿姆斯特朗公司请来的，他们全都鼓起掌来，对公使大人的镇定和金夫人的勇敢异口同声地表示钦佩和惊讶。两艘舰艇也得到了海军部官员的一致赞誉。

金登干告诉郭嵩焘,已经发货驶往中国的"阿尔法号"和"贝塔号",不过是现有型号的扩大,而这两艘是海军作战中一个新的起点,火炮口径之大,使得水手们不得不使用新的架设方法和操纵方法,而这样射程更远,瞄准也更精确。琅威理船长说,他毫不怀疑"伽马号"和"得尔塔号"炮艇后续将以最漂亮的姿态驶抵中国。郭嵩焘听了一脸兴奋,说,如果再多几艘这样的舰艇,何愁我大清海疆不靖?他表示将敦促政府继续订购这些舰艇。在当晚的日记中,他郑重记下了抵达英国后第一件有意义的事:"(光绪三年五月初五日)金登干约至朴次茅斯观所造铁甲小船。莼斋、在初与马格里偕行。"

在场的《泰晤士报》的一个记者后来引用了海军上将斯图尔特的话评价这些炮舰:"一个真正的水手只要一踏上舰艇就会感觉到,这正是他所要的东西,是应用机械科学最渊博的知识来满足水兵最真实利益的东西。"

使团继续着在伦敦的日程,觐见女王、递交国书、出席白金汉宫的音乐会、与外交大臣会谈,等等。在递交国书时出了一点小纰漏,国书上只说郭嵩焘是正使,没有标明刘锡鸿是副使。周折了一番,国书又重新寄达并递送。与使团相处一段时间,金登干注意到,郭嵩焘与马格里的关系似有好转,起码表面上看起来,马格里似乎成了郭的随从。

马格里还几次三番来办事处找他套近乎,他记着赫德的提醒,只是与之敷衍。他还观察到,郭嵩焘与刘锡鸿的关系突然剑拔弩张起来,或许他们本来就是面和心不和的,现在才暴露出来?有谁知道呢。有传言说,刘锡鸿是李鸿章的人,派他进使团就是为了监视郭的。郭嵩焘好几次愤怒地跟他说,刘作为副使，不能随便向总理衙门写报告，但自从来到英国，此人已多次越级上书总理衙门，打他的小报告。有一次，两人还在公使馆里大打出手。郭嵩焘的一块眉骨青肿了好几天，刘锡鸿则被揍出了鼻血。郭嵩焘现在把他当作了无话不谈的朋友，透露说，他准备奏请皇帝免除刘的官职，如果不获批准，那就要求委派一名通晓中英文的人接替刘锡鸿和马格里。

金登干不想掺和到这些破事里去。尽管他喜欢郭嵩焘的通达、智慧、待人接物彬彬有礼，而不喜欢一脸粗鲁相的刘锡鸿——刘曾在白金汉宫的音乐招待会上发出粗重的鼾声，实在不可原谅！但郭、刘的是非对错，他才不想去辨个究竟。不过，他还是把这里发生的一切写信告诉了远在北京的赫德。他认为，发出这些情报是他的职责所在。他只是在忠实地执行上司的指令。

在信的末尾，他又习惯性地问候了上司的身体和健康状况，并说自己患了重感冒，脖颈僵直。妻子因忙于护理长了麻疹的孩子们，也没有了笑容。"我凭借着一盏汽灯在伦敦雾中工作。"

写好信，封口前他又重新看了一遍，计算了一下这封信到达北京的时间。他估计，此时的总司大人已经结束对各口岸城市的巡视，回到北京了。

第五章

黑暗中一跃

讲述人：阿瑟
1900，北京

1

等到我们重回伦敦，戴维森夫妇已去世多年了。那一年，在远在北京的父亲支使下，金登干几乎强行把我们从他们身边带走，这对善良的老人就相继病倒了。我们在克利夫顿上私立学校的第二年，先是戴维森先生一病不起，他去世后不久，戴维森太太也跟着去了。

后来我知道，戴维森太太临终前立下遗嘱，把房子捐给了教会办的一所孤儿院。

我站在门口，看着黑衣修女们走来走去，听着里面孩子们的吵嚷声、读书声，好像时光倒流到了从前，好像戴维森太太随时会打开门，敞开她宽大的胸怀，重新把我们搂在怀里，揉我们脏兮兮的头发。

一个邻居走过来端详了我好久，交给我一封信，说是戴维森太太生前委托他转交的。站在街角我打开了信。信里说，无论将来发生了什么事，我们三个都不要分开，许多事，我们要共同勇敢去面对。

我和赫伯特一回伦敦就四处打探安娜的消息。几年前，我们就与安娜断了联系。在最后一封信里，她只告诉我们她要离开瑞士的那家寄宿学校了。后来我才知道知道，安娜从瑞士回伦敦后，做过好多工作，现在是一个钢琴教师，定期去西区的几户有钱人家给孩子们上课。她租了一套带家具的房子，见我们还没找到住的地方，要我们和她住在一起。

第一眼看到安娜我几乎认不出她了。她出落得那么漂亮和优雅，如果单独在街上遇到这个身材高挑的姑娘，我怎么也不会想到这就是我的姐姐。记忆中的她，还是那个追着马车奔跑的女孩，"街上的风吹动她没有扣紧的短上衣，就像鸟儿张开的翅膀"。她租住的房子是一幢公寓的顶楼，很小，为了让我们住进来，把屋子里唯一一样贵重物品——一架漆色斑驳的二手钢琴——移到了露台的转角，在原先放钢琴的位置加了一张床，再移过来一只旧书架与她的房间隔开，就像一排中国屏风。书架上插着的是各种琴谱，还有一本翻旧的《圣经》。

赫伯特一定要把那架钢琴搬进屋子，把我们的床移到露台上去。这么多年不见，我们都长大了，安娜几乎成了一个陌生的姑娘，说实在的，我们睡得这么近，晚上都可以听见彼此的呼吸，这让我们很不自在。可是我和赫伯特睡在露台转角的第一个晚上就冻醒了。到了深夜，浓重的雾气沿着床脚漫上来，我和赫伯特只好紧紧挤在一起。赫伯特长得越来越壮实了，他全身鼓邦邦的肌肉让我羡慕，可贴着他的身体又很不舒服。我们又怕惊醒了安娜，只好咬着牙不出声。第二天起床，我们都冻感冒了。安娜再也不肯让我们去露台睡了，重新把钢琴移了出去。

由于没有担保人，我们很久都没有找到工作。安娜一个人挣的钱养着我们两个，这让我们很羞愧。我们是男人了，还要靠女人养活。我和赫伯特去找金登干，希望能够在他这里找一份活干。金登干给了我们一些钱，再三声明，这是他送给我们的，至于在海关伦敦办事处找一份工作，他劝我们趁早打消念头。他说，我们的监护人，北京的赫德先生，反对我们回到伦敦，由于我们执意要回来，他连最后一笔扶持我们找工作的钱也不愿意支付了。

一天，赫伯特兴奋地说，他找到工作了。我问他是干什么，是在酒店做侍者还是给某个杂货铺做伙计，他故作神秘地笑笑，不说。

他天天一早就出门，傍晚回来，衣服总是干干净净的，一点也不像干过活的样子。有一天我跟踪他，终于知道了他说的工作是什么，他在街角支了一个画架给人画像。看来他的技艺还不错，行人路过，都会围着看一会，等着让他画像的主顾有好几位，老人、姑娘都有。

他好像非常喜欢这份自由自在的工作。傍晚，他吹着轻快的口哨回家，总会兴致勃勃地告诉我们这一天里他画了多少张，那些主顾又是如何欣赏他的画。有一天黄昏回家，他还买了一束鲜花送给安娜。安娜欣喜地接过花，然后又埋怨他乱花钱。赫伯特说，我要成为一个画家——真正的画家了，这还不值得祝贺吗？

露台的一个角落布置成了一个画室，一个向着天空敞开的画室。不出门的日子，赫伯特就在他的画室里埋头工作。他把我们站在顶楼露台能看到的一切全都画到了他的画中：灰暗的天空下屋顶的斜坡、远处房子的尖顶、檐下避雨的鸽子。他花费了画画赚来的很大一笔钱给自己置办了一件漂亮的盘花纽扣短大衣。他的做派越来越像个唯美主义艺术家。他说总有一天要把画挂进巴黎的沙龙展出。

"到时候你看着吧，阿瑟，我会成为沙龙里最受欢迎的艺术家，女主人们以我的到场为荣，那些势利眼的画商成天围着我转，就像狗乞求一块骨头一样乞求我施舍给他们一幅新创作的画！"

只有我最不争气。我不会画画，不会弹琴，没有一技之长。我又长得像中国人，连面包店老板也不愿意招我做伙计。我无所事事，成天闲逛，觉得这世界把我抛弃了。我喜欢让自己在街上的人群中迷失，那一刻，大街如同在轰鸣，整个世界如同一个巨大的蜂房，杂乱无章。奇怪的是这种乱反而会让我心安。

有一天在一家钟表店转了一圈后，趁店主人一转身，我随手拿走了一只镀锌的挂表。尽管内疚感折磨了我三天，我还是没有把这只挂表送回去。但对安娜，我不愿意承认我在闲逛，我谎称在找活儿干。

安娜不出去上课的日子，会读读《圣经》，或者去露台转角弹一会琴。赫伯特不在，屋子里就我们两个，我坐在书架后面的小床上远远地看着她，琴声响起来时，我的心里灌满了忧伤。逆着透进露台的天光，坐在琴前的安娜如同一个纸剪的人儿，离我那么近，又那么远。映着她身影的是雾气散去渐渐变得亮蓝的天空，一群鸽子好像是被她的琴声呼唤来的，在琴声里扑闪着翅膀。

我们的安娜就像神的女儿。

2

一个姑娘爱上了赫伯特，赫伯特在街头画人像的时候她总会准时出现在旁边。那是一个衣着考究、身材丰满的姑娘，看气质像是一个上流社会的姑娘，赫伯特埋头作画的时候，她注视着游动的画笔，眼里漾动着一汪春水。

这般好出身的姑娘长时间驻留在街头自然会引起注意，但她好像存心要让这个衣着整洁的街头艺术家注意自己。这个姑娘如此执着，着实令人感动，人来人往的街头涌动着爱情的湿润而苦涩的气息。在赫伯特并非出于真情的一次拥吻之后，姑娘铁了心跟定了他。

姑娘的父亲是伦敦市政厅的官员，青年艺术家完全有机会借此改变自己的命运，他虽有所动心，这姑娘却并非他喜欢的类型。他私下曾对我说过，他不喜欢太肉感的姑娘，而是喜欢略显清瘦的脸、金橘般迷人的乳房。赫伯特的冷淡让姑娘在爱情的煎熬中憔悴。这真让我为她难过，说真的，那确实是一个不错的姑娘。更让人意外的是，那段时间，赫伯特被去北非探险的想法缠上了。他再也不碰一下画笔，还把准备野心勃勃打进巴黎沙龙的画全都铰碎了，冲进了这座城市的下水道。

当赫伯特乘坐的开往探险地的船驶进大西洋不久，可怜的姑娘找到了公寓顶楼我们租住的房子。安娜用她耐心的安慰和对《圣经》的熟练引用成功地止住了姑娘的悲伤。姑娘离开的时候提出一个要求，希望我们能随时告诉她赫伯特到了什么地方。

我说谎、偷盗、恶作剧，年龄的增长没有让我远离这些恶习，反而让我更加自暴自弃。以后的日子里，我做过港口装卸工、酒类推销员、近途货船的水手，每一种工作长的几个月，短的几天，都做不长。和那些粗野的家伙在一起，我学会了抽烟、喝烈性酒、骂骂咧咧、开色情玩笑。自从我做酒类推销员时在一个开杂货铺的妇人肥大的肚子上失去童贞之后，我又染上了嫖妓的恶习，把挣来的血汗钱都扔到了那些风骚娘们肮脏的床上。

每天最宁静、最快乐的时候，是到了晚上陪着安娜读《圣经》。我不喜欢《圣经》，不喜欢那个老是高高在上的粗暴的上帝。我只是喜欢和安娜在一起的时光。我用手指点着我们读到的，然后翻页，有时安娜也来翻页，她的手指碰到我，那一刻我会为手指不经意的相触而战栗。世界抛弃了我，但我还有安娜，我的灵魂的伴侣。

晚上，我会被安娜轻轻的翻身声惊醒。我大睁着眼，黑暗中，屋内响着我们轻轻的呼吸。我时常做梦，梦见安娜向我走来。我很想对牧师去做一回忏悔，但梦中的情景实在让我难以启齿。我不相信牧师会给我安慰，只有黑夜才给我安慰。可是黑夜又让我沉迷和堕落。

有一次我被《圣经》里耶稣和马德莱娜的故事深深感动了。像我这样的已经被上帝抛弃的人也会被感动，这真是天晓得了。有一次我还读到了《圣经》里阿麦农占有他的妹妹达玛尔的故事。这让我震撼，又为顷刻间涌上来的荒唐想法感到恐惧。我把书翻到那一页折了一个角，希望安娜也会看到。但后来我看到书合拢了，也不知安娜是不是看到了那一页上的故事。

安娜很快就不再属于我。她要是再不把自己嫁掉就要变成一个老姑娘了。她上钢琴课的西区，有一个热心人给她介绍了一个上了年纪的丧偶家具商人，那人年龄比安娜要大二十岁，据说为人正派，已挣下很大一片产业。安娜嫁给这个家具商人后，她租住的那套顶楼房子就归我一个人了。安娜有时会来看我，送来一些吃的，帮我收拾一下房间，把塞在床下多日的袜子和内裤洗掉。但安娜也有她的苦恼，她的那位家具商人丈夫其实是一个吝啬鬼。我住的房子的租金一直是安娜支付的，我后来知道，为这事，丈夫和她已经吵过好多回了。

只有赫伯特能带给我们快乐。他一次次地离开我们，又回来，每次回来总是带给我们那么多的惊喜。这么多年我们都不知道他住在哪里，他在外面待久了，就会拖着一只巨大的箱子回来，箱里装的是他在世界各国旅行时收罗的宝贝，印度的菩提叶、南太平洋上的鸳尾螺、北非的蝎子、中国的城墙砖。他还去过英联邦最遥远的国家加拿大淘金。他满脸胡子，像一个邋里邋遢的水手、一个海盗。他在街区上走着的时候，那些孩子都远远跟着他，向他吐口水、扔石子，他一做出吓唬的样子，他们就发出又是恐惧又是快活的尖叫。他给我们讲历险的经历，向我们展示他旅行到各地的速写，给我们跳可笑的土著舞蹈。有了赫伯特，我们的小屋重新回荡起了笑声，就好像又回到了十多年前我们三个挤住在一块的时候。

赫伯特送给我们的最后一个惊奇，是把自己装在一只大木箱里运了回来。他在去北极探险的途中被倒下来的冰川砸中了。抬他回来的是和他一起去北极探险的同伴。他们挟着一身寒气，按照赫伯特口袋里的地址找到了我们的住所，噌噌噌地把一只渗水的大木箱抬进了我的房间。直到那一刻，我还不知道躺在箱子里的就是他，还以为他是从世界的哪个角落托人给我们送来了稀奇古怪的东西。

箱子的钉子被起开，然后我看到了变得像石头一样僵硬的赫伯特。我们的旅行家被埋在一大堆冰块中间，就像长途运输中一条不得不冰镇起来的鱼。水汽结晶在他脸上，长出了一层白白的绒毛。这是不断地带给我们惊喜的赫伯特吗？分明是一具不知埋了多少年的干尸。伦敦天气尚冷，箱里的冰块融化得还不多，这只从北极运抵的木箱子突然让屋里冷得如同冰窖一般。

我找来了安娜。后来街区牧师也来了，把十字架放在他冰冷的唇上，给他行了涂礼。为了买一块安葬赫伯特的墓地，安娜与她丈夫吵了好半天，最后那个老家具商终于骂骂咧咧着掏出了钱。

那天从墓地回来，我不敢再回家。因为只要我一闭上眼睛，眼前就是赫伯特那张大理石雕像一样冰冷的脸。安娜答应搬回来陪我住一阵，直到我不再害怕为止。

3

一走进屋里，看着熟悉的陈设，安娜的眼眶就湿了。我们一起整理赫伯特的旧物。露台是赫伯特以前还做着画家梦时的工作室，这里有好多他的衣物，包括他那件盘花纽扣的短大衣，自从他扔下画笔后再也没有穿过。我们把这些衣物打成包，准备焚烧后送给去了另一个世界的赫伯特。在零乱的地板上，我还找到赫伯特的一幅水彩画，可能他在毁掉自己的画作时没有发现。画面的背景是大雨来临前黑云翻滚的天空，三只鸽子敛着翅膀在窗下挤在一块躲雨。看着这幅已经弄脏了的画，安娜的眼泪突然汹涌而下。她把画小心地折叠起来带走了。

那几天，仿佛又回到了我们三姐弟刚到伦敦时寄住在戴维森太太家的时候。到了晚上，当黑暗重重地压上我的眼睑，想着安娜就在我身边，我就感到安全，不怕任何力量把我带走。我让安娜睡在里屋，我把床支到露台上去。我们一直没有睡着，隔着板壁说了好多往事。我告诉安娜我和赫伯特在学校时的生活，说到我们如何捉弄老师时轻轻地笑出了声，就好像赫伯特没有死，只是到很远的地方去旅行了。她告诉我在皮尔小姐的寄宿学校里时，她曾经想要进修道院，只是因为牵挂着我们才打消了念头。

后半夜，我被冻醒了，从窗口望出去，镀了一层乳白色月光的街道、屋顶、远处小尖顶的教堂，就像童话世界一样虚幻。我走到安娜的床前。她捧着那本翻开一半的暗红色封面的《圣经》，蜷身侧睡着。在月光映射下，她的脸如婴儿般恬静，眼角还有浅浅的泪痕。我俯身看着她，心底里忧伤而又疼痛，又有种不知所来的幸福感。我的目光落到了她敞开的睡衣下露出的半个乳房上，突然像被火灼了一下。我把唇轻轻地落了上去，她抱着《圣经》的手松开了，《圣经》啪嗒一声落到了床下。她咕哝了一句什么，又侧身向里睡着了。

我想起了那些难以启齿的梦，觉得自己真是荒唐无比、罪恶无比。为了让发烫的身体冷却下来，我掀开被子躺着，让窗口涌进的月光和冷风让我平静下来。这一夜终于在不安与内疚中过去了，早上起来，安娜看到我那张被痛苦扭曲得变形了的脸，心疼得叫了起来，你看看你，都冻成什么样子了啊！是不是昨夜梦见赫伯特了，一夜没睡？

我更加无地自容。我催着安娜离开，今夜就不要陪我了，我能照顾好我自己。说真的，我是怕身体里的那个恶魔吞噬我，也吞噬了她。我的提议遭到了安娜的坚决反对，她说她已经失去了一个弟弟，再也不能对我撒手不管。我无助地哭泣起来。她把我的头搂在怀里安慰我，她的气息让我晕眩。

这一夜我一直听着安娜那边的动静。她翻书的声音、她的叹息。吹熄烛火后，她渐渐弥漫开来的呼吸又让我抑制不住冲动。我憎恨自己，使劲拧着脸，疼痛也不能浇熄我的冲动。迷迷糊糊中，我想象着赫伯特的灵魂正在屋内逡巡着，正冷冷地看着我。夜里起了风，雨突然下大了。我哆嗦着身子起来关窗，一转身，看到安娜不知何时已经起来，站到了我身后。我突然紧紧抱住了她。

她怜惜地让我躺在她的床上，轻抚我发烫的脸。她以为这样能让我尽快从伤痛中走出来。看到她坐在床边冷得哆嗦，我让她也坐进来。她犹豫了一下，先是伸进来一只脚。我一把扯过被子，把她整个身子都盖起来。直到这一刻，她还是我的姐姐。当我的手隔着棉布睡衣握住她的乳房，她才惊惧而愤怒地喊了一声，像坐在一块烙铁上一般跳了起来。我闭起眼睛，等待着她疾风骤雨般的责骂，等待着她甩下来一个耳光或者朝我吐唾沫，可是没有，她拿过床头的《圣经》，飞快地翻到有折角的那一页，写着阿麦农占有他的妹妹的那一页，问是不是我折的。我承认我这么做是为了让她看到。

她低低地叹息了一声。我听到了她身体里堤坝坍塌的轰鸣声。傻弟弟，这不是你可以做的。无边无际的潮湿裹住了我，我如同陷身于夏天的沼泽地，无力挣脱，又自甘沉沦。在最后沉没前，我喃喃地说，我就是死了，我还是爱你。早晨醒来，安娜已经走了。她带走了那本《圣经》，还有赫伯特的画。如果不是落在枕边的几缕她的头发和湿湿的泪痕，我真要怀疑昨夜是不是做了一个梦，一个难以启齿的梦。

这些年的浪荡行径，让我浑浑噩噩不知敬畏为何物。我只是觉得没脸再去见安娜。这些年我确是劣迹斑斑，但我从没想过要把耻辱带给她。我小心翼翼地在内心供奉着她，就像供奉一尊女神。我希望自己混得有出息，出人头地，而不是像父亲为我安排的，成为一个呢绒商人、杂货店伙计或者水手。我做梦都想着带给她更多的荣耀，却没想到对她犯下了连上帝都不会原谅的罪孽。

是赫伯特的死，让我们在悲伤中相互取暖，尔后，魔鬼的诱引让我越过身体的边境线，失足滑下了万劫不复的悬崖。我这是在推卸责任吗？赫伯特已经死了，他生命的最后时刻是在北极滑落的冰川吞没他身体的前一瞬。那张冻得像青石一般的脸，不再是他，而是死亡通过他的躯体呈现的一个形象。他当然不会再来指责我。压弯我们的总是自身灵魂的重量。

我一刻也不能在伦敦待下去了，那些雾蒙蒙的街角、房子、走过的路，勾起的全是耻辱的回忆。我的余生怕是再也走不出这一夜带给我的耻辱了。

我发誓不再见安娜，不再打扰她，我在内心请求她的原谅。我爱的人和爱我的人，一个接一个离开了我，我不知道我是谁，为什么要来到这个世界上。我要远远地离开。对生活我已不再有什么期待，我相信自己会像曾经卑微地生活过那样走向死亡。一个念头越来越强大，直至整个地充塞在我心里：去中国！去找我的母亲。

只有找到了她，我才会知道这个世界上我不是多余的。

4

我来到威斯敏斯特区老皇后街的那幢老房子，门口挂着一块牌子，写着"大清国海关驻伦敦办事处"。一个门房再三盘问之后，把我领到了金登干面前。当年，那个被我称作父亲的男人带我们来英国。将我们寄养在戴维森太太家，是金登干一手操办的。我希望从他这里打听到一些母亲的线索。

我已有十多年没有见过金登干了，一见面，他就拖着那条瘸腿上来热情地拥抱了我。他显得老多了，比我矮了整整一头。

他一边问我安娜和赫伯特怎样了，是不是一切都好，一边又数落我们在职业选择上不应该违背父亲的意愿，致使回到伦敦后再也收不到北京一个子儿的接济。

"去印度做一个殖民地文官，或者士兵，有什么不好？就算哪儿也不去，在这里开一家小杂货铺子，也比你这样子要强得多……"

我不客气地打断他的絮叨，告诉他，安娜嫁人了，赫伯特死了，我决定离开英国，去中国找我母亲。

"去中国？"他吃惊地瞪大了眼，"这事我要征询你父亲的意见。"

"他已经把我们的舌头压制了二十多年，他打算要压制一辈子吗？"我气愤地叫了起来，"我有权自行决定去这世上任何一个地方，他管不着。"

"可是，你母亲在你出生的那年就已经死了呀。"

"不！这只不过是您的上司总税务司大人骗人的鬼话，我与她有心灵感应，我能感觉到，她还活着。您见过年轻时候的我母亲吗？"

"我没见过，但我见过她和你父亲的合影，她是个迷人的东方女性。那年你们三个送到英国来的时候，我是听你父亲说的，你们的母亲在上海因产后出血去世了。"

我冷笑道："他当然是巴不得我母亲早一点死，他好早一点迎娶新娘。"

"你就这么恨他？"

"是的，我恨他。"

"你这么说或许有你的道理，但你也应该知道，他一直操心着你们三个的生活、教育、职业，替你们找扶养家庭，送你们去读书。我在这里经管着他的几个账户，其中的 Z 账户，就是专门为你们设立，开支你们的生活和教育费用的。从法律意义上说，他完全可以不管你们几个非婚生的子女，但他把你们带到了英国，托人照管你们，让你们受教育，他是我见过的最有责任心的绅士。"

"见他鬼的绅士吧！这样的绅士我现在只想狠狠踢他的裤裆！"我恶狠狠的语气让金登干吃惊不小，这让我于心不忍。他是个好人。"我来是想请您告诉我，去了中国我怎样才能找到母亲，您是我父亲多年的亲信，应该会告诉我一些有用的线索吧？"

金登干说："我很高兴你已经长大成人，对事物有了自己的理解和判断，好多事我也不会再瞒你，如果你有兴趣，我给你说说我在你父亲领导下在海关工作的经历，也好让你更全面地了解他。"

"好吧，好吧，我听着。"

金登干说："我是 1860 年跟着李泰国去中国的，那时李泰国是大清海关的总税务司，他回国度假期间，受清政府委托在欧洲购买了一支小舰队。我厌倦了在财政部做一个小职员，向往去外面的世界闯荡，就跟着这支小舰队去了中国。我和你父亲第一次见面是在上海，那时你父亲是江海关税务司，李泰国赴欧期间代理总税务司职务。由于李泰国性格上的缺陷，他过于自以为是，不把中国人放在眼里，再加上中国人看穿了他想把舰队控制在自己手中的野心，中国方面拒绝接收这些舰艇。李泰国失去信任，丢了总税务司的官，你父亲接替了他。小舰队遣散回国，途经上海，你父亲又找我谈了一次话，他希望我继续为海关做事。在伦敦帮助李泰国处理出售遣返舰艇时，我被钢锭压伤了一条腿，成了瘸子。在我养伤期间，你父亲没有按照海关常规减少工资，还是全数发给，这让我又不安又感激。于是1866年春天他回国度假时，我跑前跑后服侍得特别殷勤。没错，你们三个就是在那时候来到英国的，我帮他联系了戴维森先生一家，把你们寄养了过去。因为你父亲如此器重我，这年九月他结束度假返回中国时，我也随同前往了。

"是的，那年秋天他去中国时还带上了新婚妻子，对此我不便做任何评判。到了北京，我被任命为总税务司署稽核账目税务司。你父亲任命我这个重要的职位，足见他对我的信任。为了尽快掌握中文以便与中国人打交道，你父亲还把我介绍给他的老朋友丁韪良牧师学习中文。几年后我回国结婚，同时为你父亲的一桩官司奔走。官司拖了几年终于胜诉了，你父亲好几次催促我返回中国，但我妻子艾伦不喜欢去中国，再说我们已有了好几个孩子，于是我就留下了。海关在伦敦的代理机构一直是一名商人做代理人，你父亲一直有意改组这个机构，于公于私，我都希望这个机构由我来掌握。到了1874年，正式成立大清海关驻伦敦办事处时，我就被任命为办事处主任了。我的公开任务是为帝国海关采购各种物资和用品、招考雇员，还有一个更机密的任务是搜集和传递情报，当然我还担负着一项义不容辞的义务，为我的主人——也就是你父亲——购买衣物、书籍、食品，经管财产，经营证券投资。是的，我不仅仅是一个海关雇员，还是一个情报官，是他在欧洲的耳目、一个忠诚的仆人和管家。我们约定，除了紧急事情电报联络，每周五，我必须写信给他汇报此间的消息。他回信吩咐我做这做那，谈北京政坛的消息，向我倾诉烦恼，这样的通信，二十来年我们从未间断。这么多年来，他一家子在北京的一应物件差不多都是我寄去的，香皂、芥末、颜料、胡椒、无核小葡萄干、木莓果酱、草莓酱、橘子酱、黑皮鞋油、香草香精、柠檬香精、苦杏仁香精、腌鲱鱼、荷兰防风草、艾伯奈色夹心饼干、扫烟囱用具、骑马装、礼服、靴子、帽子和手套等等，我还为他寄过香槟酒、乐谱、流行小说、小提琴、竖笛、兔子、鸽子和珍珠鸡。光是我寄去的乐器，就差不多可以装备一个交响乐团了。我就差把伦敦的百货公司搬到北京了……"

金登干津津乐道于这些对东方世界而言的舶来品，有些跑题了。看出我的不耐烦，他又把话题扯了回去：

"我在北京的那些年，他的办公室里总是宾客满堂，既有汇报工作的下属，也有各国来访者、帝国政坛的要员。他的会客计划总是排得满满当当，但是他的生活却是孤独的。他会定期参加教堂的礼拜仪式，阅读从伦敦寄来的一些流行小说，他还托我买过好多把小提琴，他一直是个不错的小提琴手，偶尔也参加一些业余的戏剧表演。这几年我还听说他在北京搞了一支铜管乐队。这完全是一个绅士高雅的兴趣爱好。而且我认为，他不断地扩大在社交上的吸引力，说到底还是为了他的海关。除此之外，好像再没有别的能吸引他，他从不参加俱乐部活动，也从来不是竞技活动和其他一些项目的爱好者。一些从北京回来的人偶尔也会说起总税务司的绯闻，说他有无数宠友，但事实证明那都是无根的传说，是对他名誉的恶意中伤。

"他谨慎圆通，不锋芒毕露，但一旦认准的事，他就不会回头。每次走进他的办公室，即便是老资格的税务司也会感到不安，甚至害怕。他锋利的目光，他斯巴达式的朴素生活方式，他钟表一般严谨的思路，都会让你感到压力。就我来说，宁愿给他写长篇书信，也不愿面对他那炯炯的目光。但办公室之外，他又是个多么令人喜爱的人，慷慨大方，像艺术家一样感情丰富。你很难想象，他最大的快乐不是别的，竟然是为他的朋友和下属的孩子们准备生日礼物！当他像圣诞老人一样出现在孩子们的生日宴会上为他们派送礼物时，他是多么的快乐！那些孩子是多么喜欢他，就连我的孩子们，见过他一面后也都迷上了他。

"所有事实表明，他是个有着巨大能量的人，顽强、机灵、有商业才能、勤勉、廉洁。他对待自己的工作非常认真，经常工作到深夜，事无巨细，必躬亲焉，决不容忍自己的雇员有任何废话。据说北京的外国人圈子里流传着赫德先生是这样一种性格：刻苦、谨慎，含蓄得甚至有些内向，并且从小就不喜欢体育运动。他们开玩笑说，这几乎就是一个十九世纪中国士大夫的形象。

"有一次他在信中为自己归纳了成功的二十一条理由，其中包括：良好的体质、长时间伏案工作的能力、广泛的阅读、聪明才智、善于倾听他人意见、思想和外表上诚实、超强的记忆力、认真周密、谨慎小心而且有条不紊、平和的性情、退让而不放弃立场的技巧、容忍和奉献精神、勇敢、自信、对中国雇主的忠诚等。他也特别提到了自己在性格上的优势：'事实上，我是一个工作努力、天性谦逊、多才多艺、性情平和而且内向、敬畏上帝和追寻天国的那种可靠的人。'……"

"您的雇主如果能够亲聆这一曲赞美诗，我敢保证他会愈加信任您，"我冷冷地打断了他，"可是您说的一切，对我寻找母亲有什么帮助呢？"

金登干说："我老了，但我们都是从年轻时过来的，我清楚地知道，激情和偏执会让一个人犯下不可饶恕的错误，所以我告诉了你那么多，然后让你自己去判别。至于你母亲，很抱歉我真的没有她的丝毫消息。到了中国后，你去找马士吧，这个美国佬 1876 年去中国后，一直在你父亲领导下的海关工作，我听说他正在写一本关于你父亲的传记，他手上有你父亲大量的早年日记，你去找他，或许能得到关于你母亲的一些线索。"

离开老皇后街的海关办事处时，我本来想向金登干要一些路费，但他不说，我也绝口不提。回到家我把所有钱找出来，也不够买一张去中国的邮轮船票。这些钱只够我搭乘一艘货轮。这船要在马六甲、新加坡一路停靠，装卸货物，估计到中国的行程要三四个月。这不要紧，只要能把我送到中国就行。

一个雾蒙蒙的早晨，我来到火车站，我要从这里坐火车去南安普敦港，然后搭乘去中国的货轮。我没有向任何人道别。我在屋里给安娜留了一张纸条，我想有一天她终究会看到的，那时我应该是在去中国的路上了。

火车慢慢启动的时候我在站台上看到了安娜。我不知道她是怎么知道我动身的消息的，是我刚一离开她就看到我留的纸条找来的吗？拥挤的人群中，她茫然地四处找寻着，她的身影是那么单薄。我别过了脸不去看她，可是她已经看见了我，疯一般地向我那节车厢跑来。

火车越开越快，一会，喷出的白汽遮没了她的身影，当雾气散去，她变小了的身影还在徒劳地奔跑。"风吹动她没有扣紧的短上衣，就像鸟儿张开的翅膀。"我把头伸出车窗，向她挥手，大声叫着，姐姐，姐姐。她终于停下了，蹲在路基边没命地干呕起来。

我颓然坐下，一下子泪如泉涌。我知道，今后不管我走到哪里，总会牵引着一个人的目光，直到天涯海角。

5

我，阿瑟·哈特，一个流浪者，于 1892 年夏天乘坐一艘东印度公司的货轮来到了中国广州。船停停开开，走了快半年，我成了货轮上的一个编外水手。时间冲淡了记忆，我不再关心这个世界发生了什么，每天所见除了海水还是海水，除了干活就是睡觉，活得就像一头快乐而容易满足的猪。船上的水手们时常嘲笑我亚裔人种一样的脸型和肤色，有的当面就叫我杂种，我与他们干架，也与他们一起喝酒、吹牛。

船进广州港卸货是在一个黄昏，夕阳下，我看到了许多回港的渔船，那些平底舢板上都站着古铜色脸庞的中国渔夫和他们的妻子、女儿，那些渔家女人都有着柔软健康的身段、又长又密的黑发。淡棕黄色的美丽清秀的脸上，是典型的中国南方型的宽宽的额头，由于长年日晒雨淋，她们的肤色是吉卜赛人的橄榄色。这是我成年后第一次看到东方女性，由于母亲的缘故，她们在我眼里都像姐妹一样亲切。

离开广州后，我们的船沿着帝国漫长的海岸线北上。沿海城市的港口到处可见挂着黄龙旗的海关船只，这种三角形的杏黄旗帜在海风中翻卷着，中间镶着的一条条蓝色的龙作势欲飞。到了晚上，漆黑一团的中国海突然会跳出一座灯塔。它们穿透海上的雾气散发出的光指引着我们的船不至于在茫茫大海里迷路。常常，一盏灯的光歇下去，远处又有一盏灯为我们亮起。它们在黑暗中紧紧地串在一起，就像一串夜明珠，护卫、照亮着中国海。我听金登干说起过，这些年，在北京的父亲一直敦促口岸城市税务司加快设立航标灯，他还直接与欧洲的灯具生产商谈判。这一切，就是他在中国这些年所谓了不起的业绩之一吧。

也有一些山梁上修筑着工事，灰扑扑的炮台三三两两排列着，黑洞洞的炮口寂寞而又冰冷地指着我们。船上的水手们说，这些火炮的制作水平可能还停留在一个世纪前，炮位不能伸缩，最多射程只有百米远，摆在那里就像一堆废铁一样，吓唬吓唬管用，真有外敌来犯，跟搔痒痒差不多。看来，外强中干的武备已经暴露出这个曾经强盛的东方古国身染重疴，它柔软的腹部已禁不起任何重一些的撞击。

途中我突发奇想，就在我坐船北上的时候，会不会与父亲的船擦肩而过？因为我知道，每隔两三年，父亲就会离开京城的海关总署，沿着帝国内河和曲折的海岸线巡视口岸城市。他的旅行线路一般是从京城一路到广州，有时中途会在上海稍做停留，沿着长江溯向帝国内陆，走一个巨大的 T 字形。那个 T 字形蔓延开来的一大块地盘，都是他的王国，他就像一个国王旅行在自己的疆域。对这个王国里总税务司署管辖的数千人，不管洋人华人，他都有绝对的权力，操控着他们的升迁、调动、去职。他掌握着他们的命运。

当海水变得浑黄，远远地望见山间的农田与白色的古塔，我知道，吴淞口到了。如果把帝国漫长的弧形海岸线比作一张弯弓，上海就在这张弓的正中间，箭头的位置上。但这枚箭头生了锈，再也射不出去了。码头上到处都拥挤着面带菜色的挑夫和人力车夫，我刚下甲板，就被他们拉扯来拉扯去，这些人的脸上挂着谄媚的笑，你越是对他们发火，他们笑得越是卑贱，好不容易挣脱出来，已出了一身大汗。这座我生下来不久就离开了的城市,一点也引发不了我的好感,我只觉得它潮湿、闷热、嘈杂得如同一只大蜂房,到处都是没有目的嘤嘤嗡嗡的人。

我来到江海关大楼,寻找在这里任职的副税务司、我父亲的传记作者马士先生,可是很不巧,几个月前马士先生就调到宁波去了。

我没有心思再在上海逗留,急着想去宁波。我找人问了一下,如果从陆路走,须绕道杭州拐好大一个弯,雇车或者骑马都要七八天。如果坐太古和旗昌轮船公司在两个城市对开的渡轮,时间上是缩短了,船票却有些贵。打听到十六铺码头有船家专门接散客的生意,傍晚下船,次日一早就可穿过杭州湾到宁波西北的小镇庵东上岸,价钱也不贵,我就决定坐渡船去。在十六铺小东门的一条小巷里,船家约了七八个乘客,他们大多是一些在上海做小生意的行贩,随身挑着的行李里有一种长方形的铁皮火油箱。傍晚时分我们就下了船。

正是这个草率的决定让我差点命丧海上!我们坐的平底货船又叫沙船,是近海商家用来贩运土布、糖、盐等货物的,船身不大,七八个人带上行李已经很拥挤了。早一步跳上船的靠着船舷躺在了舱里,另一些乘客只好把火油箱立起来当作凳子坐。有一个乘客还把买来的猪耳朵和花生米摆在铁皮箱上,靠着这张简易的餐桌惬意地喝起了黄酒。小小铁皮箱竟有如此妙用,让我不得不佩服这些海边人的精明。

船行开始还顺利,船老大对这一片水域摸得很熟,再说这一夜月光明亮,海上能见度很好,好几处大旋涡和海浪都是有惊无险过去了。到天色熹微,南岸灰蒙蒙的土丘已经远远可以看见。一行人紧悬着的心终于放了下来,打算趁着上岸前赶紧打个盹,好积蓄继续赶路的力气。我也和衣蜷在舱底迷迷糊糊地睡去。突然砰的一声,我们的船像撞上了什么,所有人都被撞得弹了起来。不好,是绿壳^①!船老大惊恐地叫了一声,一个趔趄掉进了海里。我睁开惺忪的睡眼,整个人已经在水里了,我们的面前是一艘墨绿船身、包着铁壳的大木船,船舷上站了十几个身着玄色衣服、举着大刀和火枪的海盗。正是这只墨绿色的大船把我们的小舢板撞成了碎片。

我不会游泳,双手下意识地乱舞乱抓着,好不让自己被海水呛死。一个乘客和我一起抓到了一个漂到跟前的铁皮箱,伏在上面我才把满口的海水吐了出来。我们的行李,箩筐呀,箱子呀,全都漂在了水里,我看到海盗们伸出装有铁钩的长竿在打捞我们的行李。他们全然不管我们的死活,捞完了就嘎嘎地笑着把船开走了。我们漂在海上哭喊、骂娘,除了哗哗的涛声回应,再也没有别的。和我一起趴在铁皮箱上的同伴说了句什么,我听不明白。他指了指岸的方向,做了个划水的动作,我明白他的意思是说我们只能靠自己划到岸边了。可是岸在哪儿呢,刚在船上还影影绰绰看见的,现在举目望去,除了海水,还是海水。

当我开始有了点意识,我已经躺在岸上了,手动弹一下,我能感觉到身下是吸足了阳光的干草。有人用一块湿布在擦我的额头,又小心地摊开来敷在上面。我想看清楚给我擦脸的人是谁,可就是睁不开眼睛。那如春天的风儿一样凉丝丝的是姐姐安娜的手,还是妈妈的手?我好像睡着了,又好像在不停地向着远方赶路。

不知躺了多久,我彻底醒了。屋内空无一人。我的湿衣服

---

① 晚清时期东南沿海一带对海盗船的一种称呼。

已经被脱下，换成了中国人常穿的那种打着补丁的蓝色土布衫。这是一间土坯墙的简易屋子，陈设非常简单，桌、凳、铺着干草的板床，屋角一个熏黑了的灶台，靠着门边放着一长排箩筐、扁担等工具。是谁把我从大海中救了上来？大脑像患了失忆症，一片空白。我努力回想落水后发生的事，只记得自己和另一个乘客抱住了一块船板，劈面而来都是浑黄的海水。

我拉开吱呀作响的门，刺眼的阳光让我晃了晃。扶着门框，向着海边的方向望去，满眼都是白花花的盐田，一些戴着草帽的晒盐工正在日光下挥汗劳作。

一个人影向着我站着的方向跑来，奔跑的姿势那么矫健，就像一头小鹿。越过一个土坎后，人影一下飘到了我跟前。那顶麦秸草帽下是一张精巧的、被海风吹得有些黧黑的脸，扑闪着一双有神的大眼睛，瞳仁像黑夜一样幽深。那是一个十八九岁的中国女孩。由于跑得过快，她小小的胸膛在剧烈起伏着，黑里透红的脸上也沁出了细密的汗珠。

她一笑，嘴角好看地弯了起来，随手取下那顶麦秸帽，盘在头顶的黑亮的辫子哗地一下荡到了背上。女孩垂到腰间的油亮麻花辫如此美丽,简直把我看呆了。女孩一口气喝干了一杯水，舔了舔被水润湿的唇，又看着我笑。是我这身显得太短的衣服引得她一直发笑吗？我都让她笑得有些不好意思了。

我指了指自己，说，我，阿瑟，你叫什么名字？她惊异地看着我，从她的表情我知道有些吓着她了，她是把我当作一个中国人，却没想到我的嘴里冒出的是一串洋文。

阿瑟？你叫阿瑟？她指着我问。我不住点头，她的脸上渐渐露出了笑意，一双眼睛像月亮一样好看地弯了起来。她明白过来我是在问她的名字，四处张望着，突然一把拉住我的手跑到屋边的水渠前，指着一渠水中的一丛水芹菜说："小芹，我叫小芹。"

小芹的父亲是附近镇子的一个盐场主，这天清晨，她和父亲带着一帮雇工来海边出工。她耳朵尖，别人还在忙乎着的时候，她就听见了海上传来的隐约的呼救声。她招呼来一帮盐工下了海，七手八脚把漂在海上的我们捞上了船。其他人都无大碍，上岸休息了一会都离开继续赶路了，只有我不会游泳，趴在船板上的时候就被海水呛得昏迷了过去，多亏那个好心的同伴一直护着，我才没有沉到海底去喂鱼。她比画着告诉我，我已经在那间小屋子里躺了一天一夜了。

她指指门口那条荒草遮没的小路，我明白她是问我要去哪里。我说，NINGPO。她的脸上一下子露出向往的神色，后来我知道，宁波府是一个非常有名的大商埠，她父亲和几个兄弟还合伙在那边开了一个很大的盐铺，只是她从来没有去过。

我很奇怪，那座城里既然有她家的产业，她为什么一次都没有去过。

她告诉我，因为在他们那儿，女人是不许随便出远门的。

我觉得体力恢复得差不多了，想马上就动身。我想送给这个中国姑娘一些什么作为礼物，可是我的皮箱已经被可恶的海盗抢走了，在上海出发时兑换的十几两银子也全没了。小芹告诉我不必着急，过两天就有一车盐要送到宁波的盐铺去，可以顺路把我送去。

为了装运盐包，盐工们都没有回镇子，晚餐吃的是小芹煮的玉米面和土豆。太阳落山后，盐工们还在海滩上升起了一堆火，烧烤海里捕上来的小青鱼。他们捕鱼的方法非常奇怪，拿着大木板和船橹在水面上用力拍打，那些被震昏了的鱼就露着肚皮浮出了水面。海滩上飘起了烤熟了的鱼诱人的香气，他们就蘸着盐末来吃。可是这种小鱼骨头很多，我才吃了一条就被卡了喉咙，拼命咳嗽也不管用。盐工们全都笑了起来。小芹从屋子里拿来了一小碟醋，让我喝下去，也奇怪，我一喝下去就感觉好多了。

接下来几天，我成了这个海边小镇的一名晒盐工。我和那些当地人一样，学着把海水引进浅浅的盐池，蒸发掉水分来生产食盐。我穿着打满补丁的不合身的衣服，戴着一顶破草帽，裤脚管子绾得老高，顶着大太阳站在盐田里劳作。海风吹来，远处的海面上漂着几只捕鱼的木船，看上去比指甲盖都要小。脚下白花花的盐田反射着火辣的太阳光，很快我的衣服都湿透了，一片白花花的盐斑。那可是我身体里的盐呀。当太阳落下，凉爽的海风吹来，才是一天中最惬意的时候。但那时的我已经累得不想动弹。

我们坐在一块大礁石后面，远远地离开那些盐工，但他们的说话声和喝酒时的划拳声还是可以清晰地传来。冲过了凉，小芹穿的是一件月白色的棉布短褂，辫子也散开来，秀发黑瀑一样披到了肩背上。我看着不远处海面上跳跃的星光，闻着坐在身边的小芹身上透出来的青草的香气，突然觉得，这一生就在这小镇里做个晒盐工，娶个小芹这样的姑娘做妻子，也很不错啊。

小芹说，运往盐铺的盐包都已装上大车了，明天就要出发去宁波府了，我可以搭他们的车一起走。想到明天就要离开这里，我心里突然生出了一些不舍。我留恋地看着前面这片黑魆魆的海，潮湿的风儿送来的涛声像是轻轻的呼吸。我又用余光打量着身边的这个女孩，她的腰肢衬在后面靠着的大礁石上，更显得挺拔，夜色中的一点天光还剪出了她的乳房小巧的轮廓。她真像一株水芹菜一样水灵，黑暗也不能遮没她的美丽。

我结结巴巴地问她，那天我从海里上来后，身上的衣服是不是她给换的。小芹嘤咛了一声，伸手做出要来打我的样子。我看到那些盐工平时拿她逗乐，她生气了也是这模样的。她的手只是在空中虚虚地划了一下，就被我抓住了。那手臂就像藕一样白净，像瓷器一样光滑，手腕处还扣着一只玉镯。我低头在她腕上轻轻一吻。她一挣，没有挣脱，头勾得更低了。

我说，小芹，你真的像仙女一样美丽。

她好像有些恼怒我的冒失，不再理我。旁边草丛里的蛐蛐儿叫得越来越响。我也有点索然无味起来，讪讪地看远处的海。

6

我没想到小芹竟然会和我一同去宁波府。开始，我没有发现她。我还以为她为昨夜的事赌气了，连送都不愿意来送我了。这让我感到无以名之的失落。

负责押车的是小芹的哥哥，还有一个是她的堂兄。车夫套好轭具，我刚刚坐上大车，背上就被人拍了一下，回头一看，还真没认出是她。她穿着对襟大衫蓝布男装，一身小伙计的打扮，一顶麦秸帽几乎遮没了脸，这副俊俏的打扮让我觉得中国姑娘应该都穿男装才对。她摘下帽子向我挤眼笑笑，身子一偏就坐到了我身边。

她抚着辫梢上扎着的红头绳，告诉我说，她磨了父母好半天，他们终于同意她跟车出一趟远门了，但她要穿上这身该死的衣裳，装扮成一个伙计。

"这衣服大得还能藏下一个人呢，你不嫌我难看吧？"她气恼地说。

我认真地告诉她，她比任何时候都要好看。

她孩子气地笑了，细密的贝齿看得我心旌摇动。

车队沿着乡村大道逶迤前行，路很不平，路中央凸出的石头让大车颠簸得厉害。车子一晃动，我的身子就会与她浑圆的肩头撞在一起。太阳越升越高，都刺得人睁不开眼了，汗水顺着背脊像蚯蚓一样爬。她让我把头靠过来一点，这样她宽大的帽檐就可以帮我遮挡一些太阳光。

第一次出远门，她对什么都好奇，追着赶车的问这问那，连路边的黄狗打架都会逗引得她咯咯发笑。她把扎着红头绳的辫梢拿在手里，模仿着车夫赶车的动作挥动着，轻轻地哼起歌来：

> 奴奴河头洗窗纱，
> 冤家船头切西瓜，
> 若要奴把你牵挂，
> 等到倒甩杨柳发春芽……

我夸她唱得好听，她说是妈妈教的。她说妈妈有好多这样的歌，做女红时常常边干活边唱，她也学会了。她又换唱了一支谜语歌，让我猜猜唱的是什么："大海洋洋是我家，太阳一晒就开花，此物颜色不好看，挨家挨户都爱它。"我茫然地摇头，不懂她唱的是什么。她扑哧一声笑了，指了指满车的盐包说，这说的就是盐呀!

我跟着哼了几遍,觉得用唱歌的方法来学说中国话要方便得多。来到中国的这些日子,语言不通一直是我最大的苦恼,我为自己找到了这个学说中国话的方法而高兴,跟小芹一说,她也觉得这主意不错,但一会儿阴云就蒙上了她的脸,她闷闷地不再说话。

过了龙山卫,再过了骆驼山,赶车的说宁波府近了,要不了一两个时辰,就可以进城门了。小芹的脸色愈加灰暗,蔫蔫的不说话,与刚出发时的欢快模样大相径庭。说真的,分别在即,我也很舍不得,一切还没有开始就要结束了。但我毕竟不能一辈子做一个海边的晒盐工,为了找到母亲,我还有很长的路要走,我不可能在这个海边小镇停下脚步。

车进宁波城已是傍晚时分,日光已经西斜,但尚余热力,把城门旁的几棵歪脖子柳树晒得耷拉着头、没精打采。空气中有一股飞扬的土腥味。我看着沿途灰扑扑的街市,喃喃着这座城的名字,NINGPO。小芹不解地看着我,不知道我为什么会如此激动。我能告诉她吗?这就是我妈妈出生的城市,二十多年前,我英国来的父亲就是在这里和她相识并共同生活,正因为这一切,这座滨海的小城在我眼里才变得可感可亲。

我泪水涟涟的样子也感染了小芹,她一定以为我是在为即将到来的分手而伤感,紧紧地往我身上挤靠了一下。

夕阳一路都跟着我们。我辨认出了这座城,就像从一张苍老的脸上辨认出一个人年轻时的模样。

车到东门口元泰盐铺,伙计们开始卸货。我要走了。我要在天黑前去海关找到马士先生。我跟小芹的哥哥告别。小芹一直垂着眼不看我。她那副伤心的样子看得我心痛。

7

我一眼就看到了江北岸的天主教堂。它正好在一个河湾处，距离江边五六十米远。哥特式的建筑样式加上尖顶的十字架，使它在一大片低矮的平房中显得格外醒目。

我站的地方正好处于两条大河的交叉处，从南面和西面过来的两条河在这里汇合，形成一个巨大的 Y 形。宽大的河面上泊满了帆船和三桅船，放眼看去都是林立的樯桅。一些到港的木船落下了帆，也有一些挂着外国国旗的远洋轮船拉响了启航的汽笛。沿江一字排列着几家钱庄和出售木材、大麻、漆器、瓷器和谷物的店铺。宁波府的繁华，实在超出了我的想象。

我坐一艘摆渡的小舢板到了江北岸。从 1842 年开埠以来，这里就是外国人居住区。欧式洋房、整洁的马路和公园里的路灯、铸铁长椅，一瞬间让我有一种走在伦敦西区的错觉。浙海关在教堂以西百把米远的地方，是一幢两层英式楼房。在一间临河的房间里，我见到了税务司马士先生。

我说是金登干介绍我来的。他从一大堆账册文件中抬起头，正了正夹鼻眼镜，目光一下明亮起来。"呵，我知道你，你是阿瑟吧，"他盯着我仔细地看了一会儿，突然笑了，嘴角的两撇胡子幅度很大地往上耸了起来，"你的眼珠子是黑色的，你的额头也是亚裔人种特有的，哦，一个多么漂亮的混血儿！

"你还有一个姐姐叫安娜，一个哥哥叫赫伯特是吧，他们怎么样，和你一起来了吗？"

我实在不习惯这种美国式的热情加饶舌，简要说了一下来意。

他的神色变得凝重了，说话也字斟句酌起来："没错，你父亲最初来中国就是到这座城市，那是快四十年前的事了。那年他十九岁，是英国驻宁波领事馆的一名随习翻译。他的确是在这里认识了你母亲，一个当地的渔家姑娘，他们还共同生活了七年时间，离开这座城市后，他们一起去了广州，又去上海，直到你父亲调任北京。"

"后来呢，她去了哪里？"

"哦，这我不知道了。"

"有人说她死了，我出生那年就死了，这是真的吗？"

"这个……"

"您不是他的传记作者吗？这一切应该最清楚吧。"

马士先生说："没错，我的确曾想为赫德爵士和他创建的伟大的中国海关写一部传记，为此我征询了爵士本人的意见，并请求他允许我使用他的书信、公文和全部七十余卷日记。但这个计划还没有真正实施就不得不停止了。开始，他对我的计划是表示赞同的，我得到了他的大量手稿、书信和部分早年的日记，但还没开始动笔，就收到了爵士的信。他自谦他不过是时代车轮上的一只苍蝇，过分推崇他是不明智的。关于他的日记，他说那都是些应该烧掉的东西，本来早想付之一炬的，但考虑到跟随他多年，又保存着大量海关初创时期的资料，就不打算毁掉了。他说想抽时间把这日记重读一遍，把不应该披露于世的内容剔除出去，但这项工作可能要花去他五六年的时间，甚至更长，而且他的生活必须在这么长的时间内无任何变化。我怎么可以等他五六年呢？我知道他这么说，实际上是婉拒我为他作传，因为得不到他全部的日记，仅凭他早年的，而且做过修订的这几册，我是不可能为他写出完整的传记的。我不得不极其遗憾地割舍了这个想法，转而去写一部帝国的对外关系史，用一部历史来代替我一直想写的这部传记。当然这部历史的主线还是总理衙门和中国海关，在写到一些重大的历史事件时，我会把爵士允许我使用的书信和公文中的有关评述逐条摘录后加上去……"

我对马士先生的历史著作没有兴趣，更希望他能告诉我一些关于母亲的情况，以便于我去寻找她。但一涉及这个问题他就吞吞吐吐，口风把得很紧。看样子他是再也不会多说什么了。我请求马士先生允许我阅读保存在他这里的几册父亲的早年日记，以便从中找出一些线索来。马士沉吟了一会儿，答应了。

他从书橱里取下一个公文包，打开来，是三册练习纸装订的日记簿，表面的墨绿色已经摩挲得发暗了。

"你可以在这里阅读这些日记，但不能把它们带出去。如果你还没有找到住处，就住在这里的海关职员宿舍吧。"

入夜后的街道，再也不见一个行人，像大水冲过后一样干干净净。从临江的海关宿舍望出去，码头上白日里拥挤的船只少了许多。屋外夏虫的鸣声和窗外的涛声更显出夜的寂静。湿润的江风灌满了屋子，吹动着桌前的日记本，就好像一双看不见的手在哗哗翻动。

"我在中国的生活,卷一,始于1854年8月27日。罗伯特·赫德，贝尔法斯特女王学院文学士，科学奖学金获得者。"扉页上潦草的笔迹表明了日记开始的时间，翻到第二页上，一句话突然击中了我：

　　我确信我是带着一种报复的心理在经受着磨炼。

他在报复谁？受着什么样的磨炼？强烈的好奇心让我读了下去：

　　我一直在反省我自身的状况——世俗的和心灵的。我已经忽略后者到如此地步，使我感到悲哀。我一度是快活的，因为那时我的一切行动都出于正当的动机——我那时总是以使上帝高兴为己愿，并按他的意志行事。不良的交往把我从安守本分的道路上引开。我所遭受的惩罚不仅有心灵上的损失，而且有肉体上的折磨。但是，我想，我可以说，在我最坏的时刻，也总怀着一种怕使神不快的恐惧——一种因自己为了得到欢乐而不得不犯罪而生的悲哀。我曾一再下定决心，随之又立刻违背。我几乎要陷入绝望的境地。我自身的软弱，使我无法按我应该想、说，或者做的那样行事，即使这是能争取到的也不行。我的弱点是看得很清的，而在《圣经》中就有医治我的疾病的良药。我的愿望是按上帝的旨意生活，把整个心都交给他，爱他，崇敬他和一切顺从他。然而，虽然我是这样希望，我却继续犯罪，经常让自己被一时冲动引入歧途，说出有罪的话或做出有罪的事。我怎样才能解脱呢？

什么样的煎熬让他说出这番深切自责的话来？日记的记述一路从香港到上海，又到宁波，黑暗中浮现出一个十九岁的少年的脸。那是一张瘦削、苍白、神经质的脸。

我想象着他，一个十九岁的少年，像我现在一样一个人孤独地生活在中国，面对着一个陌生的世界，无边的孤独像潮水一样淹没了他。他想要在东方建功立业，但确定不了是做一个外交官还是做一个传播福音的传教士；他渴望异性，却又不愿通过寻花问柳来获得肉体的满足。他只好盼着上教堂做礼拜的日子早点到来，好偷偷打量那些打扮得漂漂亮亮来做祷告的妇女，尽可能多地参加外国人社区的聚会，好有机会向那些传教士、商人的太太或者女儿献一些小小的殷勤。甚至路上偶遇的一个中国姑娘，也会引起他好半天的绮想。

哦，可怜的年轻人，他的心就像一个钟摆，在天堂与地狱之间荡来荡去。这是我从来不知道的父亲年轻时的另一副模样，因为自身的经历，我不由得深深同情起了他。是不是赫德家族成员的血液里都有着这样不安分、敏感甚至淫荡的成分？

日记的笔迹非常潦草，好几页练习纸装订时还粘连在了一起，这使阅读的速度大大放慢。好多时候，我不得不停下来仔细辨认那些因褪色变得模糊的字迹。不知不觉，从河面映射进来的天光明亮了许多，远处市集的嘈杂声也渐渐响了。这个城市在萌动的晨光中又迎来了新的一天，而我，竟然在一个四十年前经过这座城市的人写下的日记前坐了整整一个晚上！

日记第二卷结束于 1855 年夏天。在这一卷上，一个叫"帕特里奇船长"的商人开始频繁出现。他是怡和洋行一个富有的买办，拥有十多艘商船。这年的七月一日是一个星期天，日记这样写道："明天我去帕特里奇船长家暂住，以度过夏季。"

睡意袭来，我打了个哈欠，准备上床睡了。帕特里奇船长的故事还是留待明天继续吧。突然，在接下来的一页上我看到了母亲的名字：Ayaou。阿瑶。这是日记中第一次出现这个名字。我像一个发现了蛛丝马迹的侦探，一下兴奋了起来，可是翻到这卷日记的最后一页，这个名字再也没有出现。

日记的最后一页结束于 1855 年 7 月 29 日，写在一些零散的纸页上夹进了日记簿，有一个硕大的标题：《一般人性和自我》。它们包括以下散页：一些未写完的致友人的信件、若干篇宗教经文、关于宁波日常生活的一些片段，还有一些显示日记作者文学素养的虚构故事的片段。而新一卷的日记的开始，已经是1858年春天了，他被调任为英国驻广州领事馆的二等帮办，乘炮艇"福雷斯特号"前往广州赴任。

我把日记哗哗地翻到头，终于又发现了几处已经被涂改掉的母亲的名字，还有她老家的一个地名：镇海。

看来，就在把日记交给马士先生前，他把中间这两年零九个月和母亲共同生活的日记全部抽掉销毁了。前面我看到的一处，可能是因为日记体积过于庞大，他才百密一疏。我终于明白他为什么要拒绝马士先生为他作传的美意。名满天下的大清海关总税务司如此爱惜羽毛，怎么会把他与中国平民女子的情史拿出来翻晒？把这些放荡、见不得人的事全都白纸黑字写成了书，这不是让自己难堪吗？我终于明白，再看下去也不会有什么发现了。

我懊恼地把日记扔在一边，只觉说不出的愤怒与憋屈，为我，也为母亲。他凭什么这样做？他凭什么像擦去画错的线条一样，把一个一起共同生活了七年又为他生育了三个孩子的女人轻轻松松从生活中抹掉？

8

白天暑气逼人，把城里马路两边行道树的叶子都烤焦了。我像一个梦游者一样在城里漫无目的地走着。燠热的气浪一阵阵地扑来，明晃晃的空气里如同飞舞着无数看不见的蜜蜂，嗡嗡的轰鸣声几乎让人晕眩。

这座包围在壕沟、城墙和河流边界之内的城市，从东走到西大概一英里半，周长不超过五英里。它有五个城门，南门、西门、北面的永丰门、东面的东土门与和义门。从东土门横贯到西门的主要街道两侧，全是客栈、店铺和门面窄小的酒楼。鼓楼在这条街道的中点上，与两条南北向的街道交叉，一条从奉化江边的南部商业区到东北部的和义门，一条从南部的城隍庙到北部的道台衙门。中间密布着的小巷和弄堂纵横交错，曲曲弯弯，如同迷宫一样，很容易让一个外乡人在其间迷路。

街角偶尔跑过光屁股的男孩，他们的母亲在后面高声叫骂着追赶。尖利的宁波土话我一句也听不懂，但这声调让我感到亲切。父亲的日记隐约透露，他最初学说中国话，就是从向母亲学说宁波土话开始的。我打量那些女人，她们穿着荷叶花边的宽大的裤子，脑后大多都梳着一个盘起来的发髻，她们迈开小脚跑起来，这发髻就好看地一颤一颤，像是要松开来。当年的母亲是不是也是这样的打扮？

我走过满街都散发着药材香气的药行街，走过莲桥街，走过妈祖庙。在一个叫大沙泥街的地方，我还进去看了一座玲珑的古塔——天封塔。一个青衣僧人制止了我登塔的企图。在塔下的绸缎庄里，我花二两银子为自己买了一件玄色夏绸衫。丝绸的质地非常柔软，摸上去就像掠过没有一丝涟漪的水面一样光滑，我换上这件上衣，只觉得浑身上下沁凉无比。

起风了，塔上的风铃发出清越的声响，风像小精灵一样，在我的夏绸衫的领口和袖口窜来窜去。风越来越大，狰狞的乌云从天边滚滚而来，变幻着各种形状。空气中充满了大雨欲来的尘土味。屋子里的人全都跑到了街上，他们在变得凉爽的空气里舒展着手臂，欢呼着。

我快步奔跑起来，想在雨下大前回到住所。豆大的雨点说下就下了起来，打在地上噗噗作响。雨点溅在我穿着的薄如轻纱的中国夏绸衫上，仿佛我是裸着身子。天色愈加昏暗，街上奔跑的人纷纷躲到街道两侧的屋檐下去避雨。这时我已经跑过了江厦街，快要到东土门了，一声炸雷之后，泼洒的大雨让我不得不躲到了街边。

雨脚在街上的青石板上啪啪地跳，斜射的雨线把我浇了个透湿。空气一下子变得凉气袭人，我裹紧衣服还是止不住哆嗦。突然一只温暖的小手搭在了我冻得发青的胳膊上，把我向店铺里面拉。是小芹！她换了一身姑娘的装束，变得陌生了，但她那黑夜一样幽深的瞳仁还是让我认出了她。我定睛一看，我站着的地方正是元泰盐铺的门口。

她又是吃惊，又是高兴，拿来一块干毛巾擦去我满头满脸的雨水。"你呀，你呀，真傻呀，这么大的雨也会跑来。"她是把我看作专门跑来看她的了。她拉着我往店堂里走，但那些伙计戒备的神色让我止了步，我坚持站在檐下等雨停。

"呀，额头好烫呢！"她的手指像轻风一样拂过我的脸。我的感官一瞬间变得无比灵敏。她的头发有着好闻的刨花水和木槿花的气味。她俯身低下头时，敞开的领子里又散发着樟木的香味。我好像身处春天开满花的植物园里，只觉得眩晕。天色渐渐转亮，雨势小了，我抬脚欲走，只觉得浑身酸麻得厉害，好像手脚都不是我的了。

小芹见我眼色有异，一把搀紧了我。"怎么了，你的脸色怎么这么苍白，你有什么不舒服吗？"我摇摇头，挣扎着说我要回去。她急得眼里都转着泪花了,你都这样子了,还怎么回去呀?

看雨小多了,小芹招手叫来一辆人力手,她把我先塞上车,自己也跳了上来。我指了一下海关大楼的方向,人力车在满是水洼的大街上飞奔起来。雨云已经南移,隐隐的雷声响在非常遥远的地方。江风浩荡,偶有几滴雨珠落在烧灼的皮肤上,冷得我一阵阵发颤。

在床上躺下,我还是控制不了发抖,身体就像一片风中的树叶一样不住地颤。小芹把海员宿舍的两床毯子全盖到我身上,我还是觉得冷。她在屋内到处寻找可御寒的衣物,再也找不出什么。情急无措,她只好伏在毯子上,伸出手臂紧紧地压着我。无意识的潮水一浪一浪涌来,裹挟着我,大脑中好像有一匹布在嘎嘎地扯裂,合拢,再撕裂。我一会儿在烈日下,一会儿在海水中。我看到了妈妈的脸、安娜的脸,她们全都围着我旋转。我在谵妄中大声呼号、挣扎。当我被幻觉的泡沫簇拥着越漂越远,一个声音在耳边急促地呼唤我:"阿瑟,阿瑟,你醒醒!"

我睁开眼睛,小芹紧紧抱我。透过披垂到我脸上的长发,我看到了她因焦急涨得通红的脸。

"你一定是中了痧气了。小时候我发痧了,妈妈就会用莲叶小调羹帮我刮痧,身体里的痧气一刮出来,病马上就好了。"

她飞快地跳下床,满屋子寻找刮痧的工具。可是这外国海员宿舍里,怎么会有她说的莲叶小调羹这种中国小玩意儿呢。找了半天,她从我上衣口袋里找到了一枚铜钱。

"只好用这个了,"她扬了扬那枚小钱,命令我,"现在把上衣脱了,把背朝向我,我要开始了。可能会很痛,要是实在忍不住了,你就喊吧。"

她端来一碗清水放在床边桌上,把这枚小钱在水里浸了浸。

我用余光打量着她的举动。她披散着头发，那专注的样子真像是一个女巫。屋子里有一种神秘的气氛雾气一样弥散开来。这个东方小巫女，她要做些什么呢？

铜钱的边缘触到肌肤的一瞬间，像冰块一样沁凉。突然，铜钱顺着背脊重重地划下去，我好像被咬了一口，突如其来的疼痛让我"啊"了一声，全身的肌肉都绷紧了。

"痛吗？"她停下，怜惜地问。我摇摇头。

"啊！你身上的痧气太重了，皮肤都发紫了呢，再不刮痧，痧气进入血液，那麻烦就大了。"

她一下一下用力地刮着。我呻吟声一响，她就停下，把铜钱放在清水里浸一会再继续刮。肌肤已经感觉不到那枚小钱的质地，背脊上如同有一条钢丝小鞭在不住地抽打，只觉得火辣辣的，烧灼得厉害。好几次我都想请求她停下来，但男人的尊严让我把快要冲口而出的呼喊硬生生地吞了回去。我大汗淋漓，汗水混合着泼溅上去的清水，顺着背脊流下来，把裤子都打湿了。

那枚铜钱从背脊移到了肩膀上、脖子上。刮到颈部时，小芹放下铜钱，让我转过身来，低下头，她要用手给我挤痧。她的额头沁出了细密的汗珠，白底蓝花的上衣胸前也洇湿了好大一摊，贴着身子，使坚挺小巧的乳房的轮廓隐约可见。我低着头，鼻尖好几次差点儿碰到她的乳房，闻着敞开的领口散发出的令人迷醉的气息，我突然心猿意马起来。

"现在你是不是觉得好些了？"

从开着的窗口吹入的江风拂过裸着的肌肤，只觉得浑身舒泰。刚才汹涌而出的汗水好像把侵入我肌体的暑气全给逼了出来，我觉得力气又回来了。我不说话，手臂紧紧地环住她的腰。

那不盈一握的小腰在我的掌里扭动着。我加大了劲道，把整个脸都贴在了她的胸脯上,听见了咚咚咚咚剧烈的心跳声。哦,我的小鸽子。我喃喃着,贪婪地吮吸着她身上开花的植物园般的气息。刮痧的手已经停住了,从头颈移到了我头顶,插入我的一头鬈发,无助地,然而又是有力地揉搓着,就好像要在一场让她不知所措的洪水中努力抓住些什么。

"哦,如果不亲身经历,我怎么知道不服用金鸡纳霜、阿司匹林也能治好中暑。哦,小芹,我的女神,你长的到底是怎样的一双巧手呀!"

我捧着她的手亲吻着。这双让我痛、给我沁凉的手,现在柔若无骨,像藕一样洁净。我烈焰般的热吻像是把她吓着了,好一会儿,她愣着一动不动。

"阿瑟,我知道你一定会来找我的,可我真的没想到,这么快就能见到你。"

"感谢大雨吧,是这场突如其来的大雨让我走到了你面前,因为我们约好的,我要向你学说宁波话。"

"我说的不是正宗宁波话,我的家乡虽然在宁波府范围,但我说的其实是我家乡那一带的三北土话。"

"对我来说都一样,反正都是中国话。"我很高兴,连说带比画,小芹明白我的意思了。我们交流的障碍在减少。

小芹不让我多说话。她端来一碗清水让我喝下,让我睡一觉发发汗。

"你要回去了吗?"我不由得握紧了她的手。

"是呀,天都快黑了,他们找不到我会着急的。"

"我要你陪着才会睡着,你一走我就再也睡不着了。"

小芹低头迟疑着。这一刻,时光变得无比难挨。窗外的河水渐渐幽暗,哗哗地拍打着墙基。小芹打来一盆清水,小心地擦拭我的背，让我躺下。然后，她站在床边，一颗一颗地解开上衣的纽襻。衣衫无声地剥落，这是一具自身带着光泽的胴体，屋里一下子亮堂了几分。

她挨着我安静地躺下，那么轻柔，无声无息。有好一会，我们一动不动，就像两块被海水隔开的大陆。

她好像睡着了，黑暗中，她的胸脯在床单下缓缓起伏，如同天际的峰线和其下的蓝色山丘。我侧过头去盯着她弯成好看形状的眉毛，即使是睡梦中，她长长的睫毛也不住地颤动。

其实小芹并没有睡着，当我的手掌像一片乌云一样移过去，罩住那片沉睡的山峰，我听到了她身体里悠长的叹息，如同大海正在醒来。小小的乳房躺在手掌中央，像被雨淋湿的敛着翅膀的小鸟。它们变得微温，继而发烫。它们调皮劲儿上来了，变得坚挺，中心发硬的一点像尖喙顶着我的掌心。

我不由得加大了握紧的力度，她痛楚地呻吟了一声，一把扯开了床单。现在我全部看见了它们，那梨形的外廓，粉红的尖喙。我知道植物园的香气来自哪里了，这两座小丘之间，正是令人迷醉的香气的源泉，众香之城。我贪婪地呼吸着，把自己完全地埋进了山谷里。

> 我的良人哪，求你快来，
> 如羚羊或小鹿在香草山上。

是的，这就是我的香草山。这夏天的浆果何其鲜美多汁，我一边喝还一边拿它涂抹我的全身。这沿着茂密的草丛找到的泉眼何其幽深。这柔软的斜坡，我一次次爬上又下来。那张脸就在我下面，银牙紧咬，双颊飞红。她像火焰那样灼热，又像大海般动荡不止。她那么痛楚，就像饱受着鞭挞。当她打开的身体像一把弓一样折叠起来，她变得舒展而平静的脸又浮现出一种梦幻般的甜美。顺着侧转的脸，一滴泪，一滴琥珀般闪着幽光的泪，悄然滑落了。

我大声地念着，语速随着身体的起伏越来越快了："你的膏油馨香，你的名如同倒出来的香膏，所以众童女都爱你……耶路撒冷的众女子啊，我虽然黑，却是秀美，如同基达的帐棚，好像所罗门的幔子……我以我的良人为一袋没药，常在我怀中；我以我的良人为一棵凤仙花，在隐基底葡萄园中。我的佳偶，你甚美丽！你甚美丽！你的眼好像鸽子眼……"

从窗口挤入的江风吹干了背上的汗水。平静下来时，屋子里翻动着的大海的气息渐渐消散了。小芹灼烫的皮肤又回复了丝绸般的光滑与沁凉。她问我刚才大声说的是什么，我告诉她，那是《圣经》里写得最美的《雅歌》。

"你能为我重新背诵它们吗？"

我重又背诵起那些美丽的句子。她的脸上充满了向往，那一刻的神情纯净而美好。碰到不懂的地方她就让我停下来解释。这让我想起了陪着安娜一起读《圣经》的情景。

"你念得真好，"黑暗中她的眼睛闪闪发光，"你信上帝吗？"

令我惊异的是一个海边女子也知道上帝。她说，她家乡的小镇上就有一个洋人建造的基督教堂，信教的人就可以分到食品，但庄稼人听说信了教就要把家里的祖宗牌位烧掉，都不愿入教。

"我不信的。"

"小时候我听妈妈说，举头三尺有神明，我们在尘世间的一举一动，天上的菩萨都看在眼里。这上帝是不是就像我们信奉的菩萨一样？"

"上帝不过是人们为了安慰自己造的一个假象，如果真有一个无所不在的上帝的话，他为什么任凭我们心爱的人一个一个离开？他又为什么听凭我们受苦，让我一生下来就没有妈妈，到现在还没有找到她？所以，我不信真有一个上帝在。"

听我说到中国是来找妈妈的，小芹惊奇地叫了起来："怪不得在海边第一次见你，我就以为你是中国人，"她有点不好意思地笑了，"细看呢，还是有点不一样。"

"我父亲是英国人，母亲是中国人，我长得像母亲多些，在伦敦的时候，你知道他们怎么叫我吗？'中国佬！'"

"是你父亲让你来找的吧，他一定是回到英国后，老了，想念从前的女人了。"

"不，他一直在中国，从来没有离开过。他也不会去找她。"

"你去见过你父亲了吗？"

"不，我不会去见他，永远也不。"

见小芹还想说什么，我说："你不懂的，以后我会慢慢告诉你。"

9

小芹睡下了，我拿过桌上的日记读了几页，一点睡意也没有。我打定主意明天就去找帕特里奇船长。既然日记显示父亲是在他家认识妈妈的，那么可以肯定，从他那儿可以得到一些妈妈的线索。就是不知道这么多年了，帕特里奇船长是不是还在这座城里。

船长果然许多年前就回国了，他住过的那幢房子也卖给了一个茶叶商人。我站在门口解释了好半天，仆人也不肯放我们进去。我们只好站在门口，见到有年长者从里面出来就追上去问，希望能得到哪怕一点点我母亲的消息。我们这模样引起了好多街坊围观。后来有个七十多岁的老头颤魏魏地走过来，告诉我们说，三十多年前，这房子还属于一个英国买办的时候，他曾给他家做过厨房的伙夫。他回忆起来，那时的确有一个叫阿瑶的漂亮姑娘，是一个厨娘的女儿。

"后来她去哪儿了？"

"她跟一个英国青年好上了，就搬出去一起住了。那时候，她爸爸经常来向英国佬要钱，要不到钱就大吵大闹。他找不到她搬到哪儿了，还常来这里骂洋鬼子呢。"

"再后来呢？"

"打那以后，再没见过她了。"

"你能不能仔细想想，她是从哪儿来的？"小芹问他。

"哦，我想想，听她的口音，像是镇海那边的。"

我知道镇海是这个城市东面三十里外的一个小县城，甬江的入海口就在那里。几年前，法国海军还在这个要塞吃过败仗。我恨不得马上就赶到镇海，那儿应该还能找到母亲的家人。但小芹昨天晚上出来后就没有回去过，怕元泰盐铺的人找不到她着急，先要回去一趟。于是我们约定明天一早在江北岸的轮船码头见面。

第二天一早，我们在码头雇了一艘小船，顺着江流直向东去。河到郊外，我们看到了一块英国人墓地。这个城市开埠近半个世纪，已经形成一个非常庞大的外国人社区，他们有的在这个城市生活了几十年，死后也葬在这里。甬江两岸，右边是山，左边是宽阔肥沃的平原。河的两岸散落着一些小村庄。村口总有几只船摆在高而干燥的泥船坞上，这些船的桅杆都插在旁边的泥里。船老大说，这些船要等待季候转变才能再次下水。

河面渐渐开阔，空气里的鱼腥味越来越重，河两边的商船和渔船也越来越多。镇海县城已经可以望见，这座海边小城位于甬江的入海口，它同时也是一个军事要塞，它的轮廓就像中国象棋中那种圆形的营盘，四面围着城墙。我看到的这些景象，与父亲四十年前经过时看到的应该没什么两样：

一座大庙坐落在城东的招宝山顶。左侧是另一座较高的山——金鸡山，山顶也有一个小塔楼，那是驻军的一个瞭望哨，这两座山的后面就是镇海城。无数帆船停泊在这个小城的港口，有些满载货物，刚从北方抵达，另一些则将远航南方的福建、广东各港口。摆渡船四面八方往来穿梭。锣鼓声不时响起，那是商家雇来的吹打班子，要么是欢迎刚到港的商船，要么就是祝愿一艘即将远航的商船路途平安。这些宁波船大都很好认，顶部是白色的，帆也剪裁得格外整齐。

多亏了小芹，她灵巧的小嘴见人就大伯大妈亲热地叫，凭着我母亲的一个名字，我们找到了招宝山下一个叫钟杨的村庄。有人告诉我们，这个村里去上海学做生意、去宁波做工的人最多，我母亲没准也是从这里出去的。

我们来到老槐树下的一个院落前，这个院子的墙门要比村里别的房子来得高大些。我们被领到一个穿着夏竹布衫的老太太面前，老太太一头银发梳成一个绕绕髻，像一个小鸟窝一样垂在后脑勺。她的眼窝像干涸的水洼，双眼全瞎了，脸上的皮肤皱得如同山核桃一般。

有人在她耳边大声喊我母亲的名字。老太太频频地点头，表示她听清楚了。哦，阿瑶，阿瑶回来了吗？阿瑶你在哪里？让娘摸摸你。老太太两只干枯的手徒劳地往前伸着，小芹一把握住了。

"老奶奶，我们是来找阿瑶，她从前住这儿吧？"

村里人告诉我们，老太太耳朵聋得厉害，记性也不好了，总把以前的事当作昨天才发生的。她那个叫阿瑶的女儿在宁波时听说跟一个洋人好过，洋人给了她家一笔钱，盖起了这幢房子。

"后来她回来过吗？"小芹问。

"她在上海被那个洋人抛弃了，生下的孩子也被那个洋人送到国外去了，她怎么会有脸回来？"

"再没有她的消息了吗？"

"前些年，她还托人带了一笔钱回来。听说她后来嫁给恒字号钱庄的老庄主，做了填房，后来随庄主去了京城，也不知是真是假。这女人啊，神通大着呢！"

这么说，这银发鹤皮的老太太就是我的外祖母了，这院子就是母亲出生并度过她少女时代的祖宅了。我环顾四周，老槐树下是一个青石碾盘，旁边零乱地堆放着木橹、船桨、渔网等海边人家的器具。陆续从厢房里又出来一些人，有男有女，表情木讷地看着我们这对不速之客。他们都是我的亲人啊，我努力从他们的脸上辨认着我母亲的痕迹。

告辞出来，老太太还一个劲地念叨着我母亲的名字。看着这个一头白发生活在过去的老人，我突然鼻子一酸，差点流下泪。小芹执意要爬上招宝山，去山上的庙里为我早日找到妈妈许一个愿。她说，这里的菩萨特别灵验。

山不高，上面的炮台还有驻军把守，我们上到月城的位置就被士兵们挡住了，只得从山腰的一条小路绕道去庙里烧香。

站在庙前的空地上可以看见大海。浑黄的海面上穿梭着一些鼓着白帆的船只，在我们身后，是巨练一样弯曲着流向西去的甬江。

小芹点香，双手合十，嘴里念念有词。下山时，我问她刚才闭着眼睛说了什么。她说，我在给你许愿呀。我问她有没有为自己许一个愿。她突然脸红了，一捭辫子飞快地往前走了。

10

小芹回庵东去了，我独自一人留在了宁波。按理说，我已没有必要留在这里。要寻找母亲的线索，我更应该回到我的出生地上海，或者去她曾经到过的广州。是一个约定，和这个可爱的中国姑娘的一个约定让我留在了这里。

小芹答应我，趁着她父亲的盐场往府城的盐铺送货的机会，她会再来找我。

看得出，这姑娘喜欢上了和我在一起。从镇海回来的那天晚上，她没有回去，在我的小屋里留下了。第二天，她就要跟随车队回庵东小镇去了，即将到来的离别使那个夜晚在我的回忆中甜蜜而又忧伤。我们紧紧地相拥着，恨不得把自己像一枚钉子一样搋进对方的身体里去。我们气喘吁吁，像两只赤裸的小兽一样撕咬着，翻滚着。我亲遍了她身上的每一寸肌肤，脚踝、锁骨、腋窝和她总不愿意让我看的隐秘的花蕾。当我把她小而结实的乳房含在嘴里时，突然感到了一阵窒息的快感，眼里都涌出了泪花。她完全没有了第一夜时的羞涩。当她分开腿骑坐上来，披散着头发在我上面颤动，她紧咬着牙关的表情像是忍受着巨大的痛楚，又像是要飞起来一般销魂。

这个城市的梅雨季节刚刚过去，连夜晚也是溽热的，汗水从我们每一个张开的毛孔汹涌而出。黑暗中，我听到了汗珠子滴落在她胸脯的声音。她的小腹也变得如同沼泽地一般黏滞。

"你不会忘了我吧？你要是会忘了我，现在就杀了我吧！"她喷着热气的舌头像蛇一样，往我的耳朵深处钻。

天快亮时下了一阵雨，落在江面上沙沙地响。窗口涌入的水汽和凉意使她蜷着身子使劲往我怀里挤。那会儿我还在梦中。我觉察到她松开我搂着她的手臂，轻轻坐了起来。下体突然被一片湿润和温暖裹住，我在梦中也禁不住呻吟，我试图延缓和阻挡，却终归徒劳。我仰身起来，看到了她迷离的眼，她笑笑说，你身上有一股青草的味道，很好闻。我突然心痛得厉害，一把抱紧了她凉凉的身体。

那天早晨，送小芹坐上渡船后，我又回到了房间里。满屋子都是她的气息。这无处不在的气息因为她的突然离去让我倍添伤感，就像一株刚刚长成的树被连根拔起了，心里只觉得空空荡荡的痛。我把门和窗都关紧了，我要让自己沉浸在她的气息中。但无可奈何地，她的气息一点点地从门缝中流失，越来越淡了。

我喜欢上了这座城市，当初听上去急促、粗鲁的宁波土话也不再那么刺耳，我甚至还喜欢上了那些拖长尾音的叫卖声。或许是因为母亲的缘故吧，它与我有了一种血缘上的系连。也是因为小芹，因为爱情与等待，在这座城中度过的每一刻时光都让我乐于去体味。

以鼓楼和学宫为中心，我走遍了宁波城中的每一条街巷，从城中心的药行街、府桥街、莲桥街、紫金街、城隍庙，到城东的淇蟛街和城西的柳庄街、布政使巷。我最喜欢去的是道台衙门前的府桥街。与城隍庙和药神殿一带的嘈杂和浓烈的市井气息不同，这条街上的店铺大都洁净、典雅，有着浓郁的中国文化情调。古玩字画、文房四宝，和这些店铺并排着的是这座城里最豪华的酒楼和最上等的妓院。据说这里最贵的妓女陪吃一次花酒要三两银子，带出去过夜就要十两银子。

省里派驻宁波的督学行署也在这条街上，这个专管道德教化、生员考试的衙门与烟柳之地同处一条街上，颇显得有几分滑稽，但在中国这好像是非常正常的事，谁也没觉得有什么不妥。更为讽刺的是，与府桥街垂直相交的呼童街，竟然是官方规定的院试时各县生员的下榻处。每当傍晚，我常常看到脑后拖着一根长辫子的童生们和秀才们来逛这里的妓院，用他们的说法叫游春。他们中有衣着华丽的少年，也有一身寒碜、老远都可以闻到刺鼻气味的老儒生。

在这条街上，我还看到过道台大人出巡，看到过勾决后的犯人被绑在车上从监牢押向校场砍头。最让我印象深刻的是一次官绅人家女儿出嫁的场面。新娘坐在用红绸遮得密不透风的朱漆雕金的轿子上，这顶八人抬的大轿实在是富丽堂皇，轿顶装饰着展翅欲飞的凤凰。这一传说中的神鸟图案只能用在皇家女眷身上，据说宁波的女子在出嫁时有这一特权，是宋朝的一位皇帝特许的。

鼓楼所处的城墙，实际上是府城的内城墙，以鼓楼顶部的巨钟和道台衙门前的旗杆为参照坐标，我在城中走得再远也不会迷路。鼓楼的造型完全称得上是中西合璧，底下两层是中国古典式样的翘檐，在它的顶上却安着一个欧式的巨钟。在城中的任何一条街道，只要听到钟响，我就能大致确定自己在城中的方位。

七月底，有过几次台风袭击这座海边城市。最大的一次，飓风挟带着暴雨连着下了一天一夜，内河水位猛涨，南塘河一带的贫民区几乎全被淹了，到处都是漂在水上的家具和死去的牲畜。城中的几条主要街道也都要撑船才可以通行。

台风带走了笼罩全城的酷热，天空变得蓝而高远，洁白的云朵也越来越轻盈。沿着甬江开进来的渔船上，装满了成筐金灿灿的大黄鱼。这些刚从海里捕上来的鱼，鳞片金黄，唇吻微翕，眼睛像玻璃珠子一样透亮。这座城的居民喜欢把大黄鱼用土制的咸菜汁清蒸，吃不掉的就拿来晒干。家家户户的门口、水缸顶和屋顶上，全是一匾匾的鱼，放眼望去一片金黄。那些日子，满城飘着的都是浓烈的鱼腥味。我像一个当地土著一样，学会了用咸菜汁烹烧这种鱼。城中几家老字号的药房都收购这种鱼的鱼胶，据说可以壮阳，是制作春药的主要原料。

英国领事馆与海关宿舍相去不远，都在这一片三江交汇处狭长的三角地带上。本地人都称这里"领事馆小湾"。每次去城里，我都要从这幢土黄色外墙的欧式两层楼房前经过。父亲的日记让我熟悉了这里的每一个房间、每一级台阶，尽管我从未进去过。黄昏，沿着江边散步，看着领事馆的排排黑洞洞的窗口，我总有一种迷离恍惚之感。半个世纪前，那个在这幢房子里工作、深受思乡之痛和汹涌的情欲折磨的年轻人，真的是我的父亲吗？此刻远在北京的他，会知道我就在他年轻时曾经驻留的这座城市吗？

每逢星期天，我可以去江北岸天主教堂。到了那一天，宁静的领事馆小湾会突然喧闹起来，教堂内外，甚至门口的草坪上都站满了人，有外国人，也有本城的中国教徒。我估计至少有一半外国人都到了这里，另一半则去了城隍庙边药行街的教堂做祷告。

在父亲的日记上，我没有发现有关江北岸教堂的记述。那么它的建成应该是在他离开这座城市很久以后了。那时候，这座城里也就二十几个外国人吧，天主教会和美国北长老会的教士们、领事夫人、翻译官、船长们、丁韪良和更早的被海盗杀死的传教士娄理华。后来他们陆续离开了，丁韪良去了北京，领事夫人和船长夫人们要么回国，要么去了上海。传教士也都去中国内陆旅行和传教去了。当年领事馆里年轻的随习翻译赫德先生，先去广州，再到上海，到我出生前两年，也已经爬到了大清海关总税务司的高位。

11

一个月里，小芹有几天会和我在一起。她跟着盐铺送货的车队来宁波，两三天后，那些乡下人采购完毕大米、海鲜、山货、布料，踏上归程，她也跟着他们回去。

每次，我们从一见面到再次分别，几乎一脚都不跨出小屋一步。分离太久，相聚短暂，一下子有了几天时间可以厮守，我们就像突然面对一大堆钱财的穷人，都不知道怎么花了。我们一次次地做爱，直到像两条疲惫的鱼一样再也动弹不得。可是没等到我们汗湿的身体完全冷却，肢体轻微的一碰又会擦出火花来。

我多么绝望，只有紧紧抓住她的身体，才不致让黑暗的潮水把我湮灭、带走。

她也一样，也是那么的渴，就好像在沙漠中跋涉了许久。"让我死吧，让我死吧！我的亲亲，亲亲！"她把身体绷紧，腰部以下像中国古桥一样拱了起来。她把舌头钻进我耳朵里。背上、肩膀上，留下了好几处牙印和抓痕。

我把脸从她的胸脯一点一点移向腋下。这时候我会听见大海的声音。她身体里的大海，风吹拂着浪，还有涌动的潮水。

"真的，你的身体里有个海。"

"是吗？是吗？你说得好美啊。"

"奇怪，我以前怎么没有发现它呢，哦，那时它一定还沉睡着，现在我把这沉睡的海唤醒了。"

下一次见面时，她的眉宇间有一丝不易察觉的忧郁。可是沉浸在重逢的喜悦中，开始我并没有意识到有什么地方不对劲。她顺从地让我的臂弯把她圈住，她的乳房紧紧抵着我的胸脯。她呻吟，叹息，慢慢变得潮湿。

激情消退时，她抓过我的手，移到汗湿的小腹上。"我好像怀孕了，你没觉得我的肚子比以前大些了吗？"

她的小腹还是那么柔软、平坦，纤细的腰还是那么不盈一握，我一点也看不出有什么不一样。

"我家里人知道的话，一定会杀了我。"她抽抽噎噎地哭了起来。

我安慰她，亲吻她。她的泪水比汗水更咸。

盛夏时节，站在窗口只能看到教堂顶的十字架，这幢哥特式建筑的其他部分都让领事馆后墙的一排老槐树挡住了。夏天渐渐过去，那片树林落了叶，枝叶萧疏间漏出的教堂外形显得完整些了。还有它边上的河，夏天，河床总是满的，像一个妇人的身体一样宽大，随着秋天到来进入枯水期，连两边的河滩都露出来了。看着它们，有时我的身体是鼓胀的，有时又要命的空虚。

教堂与河流，它们是我这一年在宁波的爱与黑暗的故事的背景。那黑而又黑的情欲之花啊，瞬息的绽放之后便是永无休止的虚无。

这次见面才过了十天，小芹突然来找我。我最不愿意看到的事情果然已经发生，她怀上了我的孩子。站在我面前的她变得身材臃肿，鼻子两侧还长出了细小的雀斑。我怎么也想不明白，才十来天时间，她的身体会发生那么大的变化，从一个精灵般的女孩变成一个妇人。

她说出了一个令人吃惊的决定："我要把孩子打下来，你必须帮我。"

"不，我不能这么做。"

"我父亲知道了会杀了我的。"

"我会带你走，我们一起回英国，"这话一出口把我自己也吓了一跳，但既已说出，我只有尽力往好处安慰她，"我们一起去北爱尔兰，那里的小镇波塔当还有我祖居的老房子，屋前有清亮的小河，屋后有一个大花园，屋子周围到处都是鲜花。你把孩子生下来，我守着你们，哪儿也不去。如果住得厌烦了，我还可以陪你去看伦敦的大桥……"

她的嘴角浮现出与她的年龄不相称的笑。惨白的笑，像小雨点落在河面上。

"我知道你不会停下你的脚步的，你还要去找你的母亲，我呢，也不会离开我的家，离开我的父母。所以，我不能要这个孩子。"

这话让我心痛如绞,我只有用力拥紧她。

我想让小芹去玛高温先生开办的华美医院做堕胎手术。玛高温先生是二十年前来华的传教士,同时也是个著名的外科大夫,他开办的这家医院是本城最大的西式医院。我想只要我把事情说清楚,他是会帮这个忙的。可是小芹说什么也不愿意去外国人开办的医院。好说歹说,她总算答应我去了,可是刚走到医院门口,她又止住了脚步,任我说什么也不肯再迈一步。

"阿瑟,我怕。"她泪眼盈盈的样子,让我怎么也不忍心带她往里面走。

"好吧,好吧,我们回去。你真的不打算拿掉这个孩子了?"

但小芹害怕的只是在陌生人面前,尤其是外国医生面前露出她的身子。她并没有改变主意。

经人指点,我们来到药行街的一条小巷里找到了一位土郎中。这个郎中眼里闪动着一丝狡黠,他只看了一眼小芹羞涩的样子就什么都明白了。他用毛笔开出一张字迹潦草的方子,让我们去隔壁的药堂抓药。临走时他又把我们叫住,嘱咐说,这药的引子叫芒硝,药劲很大,如果三服药下去还没打下来,可以略微加大药引的剂量,但千万不可一次加太多。

这是我第一次煎中药,要熬多久,什么时候放药引子,我一点也不懂。对中国人常喝的这种绛紫色的散发着苦涩气味的液体,我深感疑惑,难道它真的是包治百病的圣水吗?那只是一堆树根、树皮、草末子和昆虫躯壳的混合物呀。按照小芹的指令,我搅拌着这堆奇怪的混合物,中药苦涩的气味在屋子里弥散开来。

门敲响了。进来的是马士先生,他掩着鼻子问我在干什么。我说我在学着做一种古怪的汤。

"你不觉得你这模样像极了一个炼金术士吗？"

马士先生打趣着，看到了坐在床沿的小芹。他说为了不打搅这位美丽的姑娘，他要与我借一步说话。我们来到屋外。

马士先生马上就要赴广州海关任新职了，他是来向我要还借阅的日记的。我回屋取来那几卷日记交给他，他还是没有离开的意思。

"你下一步有什么打算吗？"他问。

"暂时还没有。"

"那个姑娘，你是来中国后认识的吗？你不应该招惹她，这样下去不会有好果子吃。当然，你需要女人，这我能理解，但解决这方面的问题，男人应该是有许多办法的，不是吗？比如你可以去莲桥街找一个，事实上这花不了多少钱……"

"马士先生，请不要干涉我的私事，"我冷冷地打断了他，为他污辱了我和小芹的感情而恼怒，"我自己知道该怎么做。如果我住在这里给您添麻烦了，我马上就可以离开。"

"我丝毫也没有赶你走的意思，尽管我马上就要前往广州，我还是可以告诉我的继任者，你爱在这里住多久都成。只是作为一个比你年长一些的朋友，我想告诉你，中国不适合你待下去。"

"您有何高见？"

马士先生取出一叠钱："我建议你从哪儿来，还是回哪儿去。这些钱，足够你买一张去伦敦的船票，并在那里开始你的生活。"

"这并不是您的主意。"

他难堪地沉默着。

我终于明白了他的来意："这么说，您把我在这里的所有活动都告诉他了，是吗？让我回国，也是他的主意，是吗？"

"请相信，他也是为了你好。"

"哼！"我从鼻子里发出一声冷笑。那一叠钱，比他刚才的言行更深地激怒了我，压抑多年的愤怒突然爆发了出来。

"是的，我，还有我母亲，都是他的耻辱，他在中国的丑闻就只剩下我这最后一丝痕迹了。他当然不会放过一劳永逸地将我抹掉的机会。请您告诉我，他到底想怎么做？要是我不愿意回去，他会不会派人把我强行绑上船？"

12

我重重地合上门返身进屋。小芹就像一只瑟缩在屋角的受伤的小鸟，眼里满是惊恐。

"他是谁呀？他惹你生气了是吗，你不知道你刚才的嗓门有多大呀。"

我满怀歉意地抚摸她的脸，故意轻描淡写地说："没什么，是一个海关的朋友来谈点事。"

她的嘴角留着一道浅浅的药痕。

"刚才你在屋外的时候，我一口气把一碗药喝下去了。你说，今天晚上会打下来吗？"

"你呀，你呀。"我伸手擦干净了她的嘴角。

小芹一直没有睡着，黑暗中，她大睁着眼睛，紧张地等待着什么发生。半夜醒来，我伸手一摸，床边是空的，我轻轻推开门，看到小芹站在门口的石阶上，并拢双脚跳下去，又爬上来，又跳下去。她还不断地用力捶打腹部。

我没有惊动她。我悄悄地回到床边，双手捧住脸，眼泪从指缝间滑落了下来。

两服药吃下去，小芹的肚子还是没什么动静。倒是屋子里、衣服上，甚至我们的头发上也都是浓浓的中药味。煎第三服药时，她一赌气把所有的芒硝都倒了进去。我想伸手阻止都来不及，白色夹杂着米黄的晶体很快被绛紫色的药汤浸没了。

这药喝下去不到一刻钟，小芹的脸色就变得惨白。"你听听，下来了，下来了。"我用耳朵贴住她的腹部，里面好像被强大的气流搅动着，发出冰山坍塌一般剧烈的声音。她的额头上沁出了细密的汗珠，像是忍受着巨大的痛楚。那声调却是带着一丝欢快的："这下好了，呵，阿瑟，你哭什么呀？"

血从她的双腿间慢慢渗了出来，她挣扎着想坐起来，一动，屁股底下汪了好大一摊。看这血流得越来越汹涌，我有点惊慌。反过来倒是她安慰我说没事的。她好像耗尽了全身的力气，慢慢地睡了过去。也不知道过了多久，那血还没有止住。我一下子慌了神，大声喊她，拍她的脸，她微微地睁了一下眼睛，生命的光亮似乎一点点在黯淡。

我一把抱起她，用床单裹住就冲出门外。从江北岸去城中心的华美医院需要摆渡过去，我在渡口大声呼喊。船动了，我还是紧紧抱着她。流了那么多血，她的身子好像一下子轻了许多。我抱着她在马路上飞奔，满身都是血。我跑过江厦街，跑过和义门，像一个疯子一样抱着一个半裸的女人奔跑。

玛高温医生用听筒听她的心跳，又翻了翻她的眼睑，无可奈何地向我耸耸肩。

"她死了。"

"不，你骗人，她没有死！"

我狂暴的样子把玛高温先生吓得不轻，他退后了一步，说："她身上的血，已经流干了。"

我想我的哭声一定像狼嗥一样撕心裂肺。大夫摆摆手，和两个护士一起退了出去，把我一个人留在屋子里。

小芹的哥哥带着元泰盐铺的一帮伙计赶到了医院里，这群乡下人一进来就把医生和护士赶得远远的。那个年轻人跪倒在他妹妹的病床前，他摸她的脸，眼睛、鼻子、嘴唇，好像这样就能把她唤醒。他用床单把她裸在外面的小腿裹起来，又脱下外衣盖上她的脸。他做这一切的时候看都不看我一眼，就好像我是一团虚无的空气，根本就不存在。

他们把小芹抬到楼下停着的大车上。我刚追下去，他们围上来推推搡搡的，开始你一拳我一脚地打我。拳头夹杂着木棒，噗噗地落在我身上，奇怪的是我感觉不到疼痛。小芹的哥哥出手最狠，他一拳就揍出了我的鼻血。我咧嘴向他笑笑，我想我的笑容一定非常狰狞可怕。又一根木棒向我飞来，我几乎是轻快地迎了上去，随后，我听到了身体里面骨头断裂的咔嚓声。

他们把我拖出医院大门。玛高温先生想上来阻止，让他们一把推开了。他们把满脸血污的我绑起来，一边一个人架着往知府衙门走。"杀人者偿命！"我听到他们喊。路人纷纷向我扔石块和牛粪。有一刻我觉得我飞了起来，我的灵魂飞了起来。

在府城大牢里关了两天两夜，我被放了出来。连过堂审讯都没有，衙役们就让我出来了。在大牢外的空地上我看到了马士先生，对此我一点也不吃惊。

我没有与他打招呼，神情恍惚地向前走。马士先生叫住了我："你难道连道谢也没有学过吗？"

"您为什么要让他们放我出来？"

"因为你是阿瑟·哈特，"马士先生拍着我肩膀，"年轻人，我早就警告过你，少跟那些中国女孩打交道，现在你尝到苦果了。

我希望你吸取这次教训，再也不要招惹她们了，你惹不起的。"

我继续往前走。

他追上来说："那些苦主，拿到钱已经走了，你也离开这座城市吧，这里你不能再待了。"

13

我来到这个城市的三江口，不远处的江厦街全是做生意的中国人，他们精明而勤劳，一个个脸上挂着生意人特有的那种笑容。他们怎会知道一个异乡人的悲伤。

从南面和西面流来的两条大河在这里交汇，再合并成一条叫甬江的河，流向大海。宽大的河面上，海水和淡水交接处有一条土黄色的分界线。浑浊的河水吐着白色的泡沫一直奔涌到我脚下，舔湿了我的鞋子。白色的鸥鸟如同一只只明亮的梭子，在河面上飞，在我的头顶上飞。

水里浮现出小芹的脸。她黑睫毛下的双眼汪动着春波；她故作嗔怒地嘟起粉红的小嘴，尔后，嘴边收紧的线条全都绽放了开来，笑得如同春阳下的花朵一样。这张脸与安娜的脸重叠了起来，这张脸，与我在梦中想象勾画了千百遍的妈妈的脸重叠了起来。这张脸上汇集了我爱着的世上所有女性的特征。她们全都那样温柔，那样美丽。

我一想起她躺在我臂弯里香消玉殒的样子，心就碎了。她睡着了，勾着头，黑色的长发垂下来掩着没有血色的脸，永远地睡着了。"你的身体里有个海。"我当时笑着这样说她。"让我死吧，让我死吧！"她喊着，黑发像无数小蛇飞了起来。她死了。

她带走了我的爱，带走了我所有的梦，也带走了我对她的许诺。我曾经许诺，要带她走，去看伦敦的大桥，去北爱尔兰波塔当的祖居地，和她一起住在墙上到处都是鲜花的小屋里……我后悔这许诺太言不由衷，甚至没有想到去真正实施。

她的脸在水上越漂越远了，我哭喊着你等等我，小芹你等等我。我连滚带爬地追上去，等我醒悟过来，水已经漫到我腰际了。深秋的河水已有了刺骨的凉意，可我浑然不觉。

一个人在岸上用怪模怪样的中文向我大声喊，你回来！

我一愣怔，正要往回走，脚底一滑，整个扑倒在水里。我不会游泳，呛了两口水，头涨得厉害，却怎么也站不起来。我绝望地扑腾着，四溅的水花迷离了我的眼睛。恍惚间一只手臂伸向我，我死死地抱住，回到了岸上。

拉我上岸的是一个英国传教士，他自我介绍叫约书亚，是威尔士卡马逊人，浸礼会的传教士。他来中国的经历听起来很神奇。在家乡时，他在一个礼拜堂听布道，仿佛听到冥冥之中一个声音对他说，去东方吧，收获灵魂去吧。于是他来到了中国，先在广州，又到厦门，后来到了宁波。这天，他从江北岸教堂出来，正好看到我向河里走去。

"我没收获一个异教徒的灵魂，却没想到在这里救了一个同胞的命。"他自我解嘲说。

终于有一个人可以说出我的悔恨，说出我在这个世界经受的所有委屈。我说啊说，我一个劲地哭。我有那么多的泪水，好像一生的泪水都蓄积在内心，成了一个湖，现在一个劲地流啊流。

"不要哭，孩子，她是去了永生的天国，一个我们所有人都要去的地方。等到有一天，跨过了生命的子午线，我们所有人都要在那里和亲人重逢。但我们不能自己去寻找死亡，如果我们爱上了死亡，陶醉于它的魅力，我们就会在生命的黎明没有一席之地。我们就会变得像深水里的鱼，由于习惯了黑暗而没有了眼睛。

"重新跨入那条河吧，我为你洗礼。人不能两次踏入同一条河流，但你第一次下河是赴死，现在是庆祝你的新生。孩子，像我一样做，在纯净的水中向上帝表达你的信仰吧。"

水顺着头顶、颈脖流下来，现在我真切地感觉到了刺骨的凉意。过去的日子像沙上的房子，轰然倒塌。上帝在我出生的那天就离开了我，后来那么多年，他让我像一只软木塞一样漂在这世上，没有爹也没有妈。曾经，我憎恨他，像憎恨那个给了我生命又把我放逐的男人。我情愿相信，这男人是不存在的，上帝是不存在的。

哦，原谅我说出这些渎神的话吧，让潮水带走我所有的怨怼和仇恨吧。

约书亚牧师说："从今以后，你要学会爱人，爱所有的人。你要相信，你爱人多少就多少是神，你恨人多少你便多少是魔鬼。"

"如何去爱所有的人？"

"你知道怎么做吗？没关系，我来教你怎么爱。我每次只爱一个人，就如同我现在爱着你一样。之后，当我与一个农民在一起，我就爱这个农民。或者，我与一个不幸的女人在一起，我就爱这个不幸的女人。第二天醒来，我又会爱上另一些人，一次爱一个，这样我便可以爱所有的人。"

牧师的这番话让我突然感到，上帝就在我的体内走动，连同这黄昏三江口的潮汐。当夜幕降临，他会和我一起变暗。当天边微露晨曦，他又会和我苏醒过来的身体一起变得明亮。他

重新回到了我的身上，永驻在了我的心里，在我来到这世上
二十八个春秋后。

14

约书亚牧师看不起那些在沿海商埠城市里以传教为幌子花
天酒地的人，认为他们是在自甘堕落。

"一个浸礼会教士，应该拒绝尘世间的一切享乐，随时准备
着过一种自我牺牲的生活。他怎么可以像猪狗一样，只知道吃喝、
嫁娶呢。"这是他常说的一句话。他准备去中国内地传教，穿当
地人的衣服，住土著的房子，吃同他们一样的饭菜。

"你看着吧，总有一天，那些灰色的、破败的村庄，都会成
为流着奶与蜜的土地。"

他还说："上帝会救我们脱离险恶，不叫我们遇见试探，免
我们的债，如同我们免他人的债。"

我们租了两辆马车，离开了宁波府，一路向西，计划到了
省城杭州后，再坐京杭大运河的船北上，在沿途的市镇散布福音。

行囊很简单，除了一些日常用品和换洗衣服，车上满载的
是《福音书》和宣传教义的小册子。约书亚牧师最为珍视的是
藏在羊皮口袋里的一本八开本的《圣经》，他总是随身带着。还
有一只小药箱，装满了奎宁和用来止痛的鸦片酊。牧师得了一
种奇怪的病，看样子是一种神经官能症，发作起来脸部肌肉突
然疼挛，他说就像闪电抽打在脸上一样。实在忍不住了，就只
能服用小剂量的鸦片酊止痛。

船到上海，为了以示与口岸城市里那些没有信仰的传教士

的区别，约书亚牧师坚决不在上海登岸。在东门外泊过一晚后，即前往青浦县，向着昆山、苏州方向进发。

从苏州、无锡至常州，运河两岸的这些城市，都建有一些礼拜堂，那是好几代传教士在中国苦心经营的结果。当地少量的中国教徒定期在里面读经、做弥撒。我们在那些城市的小礼拜堂布道，听者寥寥，很少有人愿意进礼拜堂来听外国人布道。那些进来的大多是来自农村的苦力、偶然路过的流浪汉，他们大多是出于好奇。

约书亚牧师尝试以街头布道的形式传播福音，但取得的成绩实在不值一提。有一次，他在一个县城的大街上布道，边上一摊耍猴戏的，围观的人要远远比我们这里多。看着牧师嘶哑着嗓子、额头青筋暴起的样子，我真悲哀。

船过长江，渐近扬州，愈往北行，天气愈冷。两个南方的马夫以没有带足衣物为由，再也不肯北行，我们只得结了账，让他们回去，向当地人买了两匹骡子。

牧师提出离开运河边的城市，到集镇和农村去。他的理由是，在穷乡僻壤的穷苦的人更需要主的福音。再说时令已是秋末冬初，农闲时节，农村有许多地方都有规模盛大的集会。村民们排着长队，挥舞着彩旗，敲锣打鼓去庙里进香，朝拜活动结束后，再去赶集。他想试试在人多的地方布道会有什么样的效果。

在一个叫二道桥的地方我们上了岸，继续西行，天黑前我们赶到一个叫邵伯埭的镇子。我们决定在这里找房子住下。没想到整个镇像被捅了马蜂窝一样反对我们住下。他们公推出一个老秀才跟我们说，有各种神仙护佑着他们，他们不需要再增添一个叫耶稣的神仙。因为庙里神仙的牌位都已放得挤不下了。

最后，或许出于对我们的同情，他们同意我们在镇东的一间空房子里住下。但他们事先警告说，这幢房子闹鬼，已有好多年不住人了。我们牵着骡子向这幢传说中的鬼屋走去，背后，一些藏身在黑暗中的男孩子偷偷向我们投掷碎石和土块。

到了晚上，铜盆一般黄澄澄的圆月从镇东山冈后面升起。庭院里的竹林被风轻摇，发出簌簌的响动，一想到他们说的闹鬼的事，真有点汗毛凛凛。

牧师神定气闲的样子真让我惭愧。他说，意志薄弱的男人和女人就像风中的芦苇，一个关于房子闹鬼的谣传都会支配他们的心智，让他们失去判别事物的能力。

"牧师，你怎么做到在这绝望的处境里泰然自若呢？"

"阿瑟呀，我们越是无望，就越有望。"

我问他："我们每个人都能走到上帝那里吗？"

"孩子，上帝是仁慈的，一切忤逆都将在耶稣仁慈的眼光里闪烁消失，就像一滴水在一个白热的火盆里消失一样。"

"可是我总忘不了，我的手上全是她身子里流出来的血……"

"《圣经》上说，你们的罪虽像朱红，必变成雪白；虽红如丹颜，必白如羊毛。"

像是对牧师的过于乐观的捉弄，第二天一早，我推开大门时，发现门上涂上了各种污秽之物。一定是那帮朝我们扔过石子的小子，晚上借着夜色的掩护，溜到我们大门口干的。

第二天，牧师从镇上采购来许多大米，他上街布道时，边上放了一只米袋，逢有人来听他布道，他就让我送吃的给他们。但他们没一个认真听的，一次次来，只是为了领到那份吃食。

他们说看到过鬼，看到过鬼魅附体，从来没有看到过上帝显灵。他们问，上帝是什么样的，你们看到过吗？牧师这样向他们宣讲耶稣基督的圣迹：

"我就像海中的盐味，能感觉到它的存在，但却看不见它；我是花儿的芬芳，你把花掐下来，但它已远离了你的把握。人们认为我居于有形之物，但他们在任何有形之物里都找不到我的踪迹。偶尔他们会与我照面，但他们却不知那就是我。那些能认出我的人，才是我真正的信奉者。那些能够被分裂、赋形、杀死的都是具体之物，但我是那唯一的整体，渗透一切，却没有形状。你抬起头，向高处找我，却不知我就在下面。你在前面寻找我，紧紧地追逐我的踪迹，却不知我在你的身后。在太阳底下所有奇妙的事物之中，最伟大的奇迹是永远存在的客观真实。我是物，物是我。我存在，又不同于物。我就是世界，世界就是我。我存在，世界与我一分为二。我就是圣父，圣父就在我身上。我既不休息也不行动。那些真正信奉我的人将获得人生的准则。那些热爱永生的上帝的人将成为永生的灵魂。那些不信奉我的人只是行尸走肉。"

终于有了第一个受洗者，他是镇里当铺的一个老板，瞎了一只眼睛。他以前做过马贼，又当过太平军。他解释前来受洗的原因是他常常梦见那些被他杀死的人向他索命。

在镇郊的一潭湖水里我们为他举行了浸洗礼。受洗的现场吸引了一大批围观者。当铺老板一回到岸上，不顾衣服滴着水，就向围观者解释仪式的意义。

牧师布置他每天背诵《马太福音》中的段落，一段时间后，又让他背《启示录》开头部分的章节。有一天，他突然跑来，两眼闪闪发光，喊着："我看到他了！我看到我们的拯救者耶稣了！"

"他是什么样子？"我们问他。

他栩栩如生地描绘起来，跟《启示录》中上帝的形象相去不远。我在一边听得暗暗发笑。

"他对你说什么来着？"

"他告诉我去讲道、悔过，他还说天国就在自己手上。"

"你打算这么做吗？"

"我怎敢违背主的命令。"

牧师用嘉许的目光看着他说，你如果这样做了，你会在内心体会到一种以前从未有过的欢乐，上帝的安详将与你同在。

牧师对我刚才发笑很不满，他说那人的谵妄是因为他刚开始信，一个合格的传教士不应该暗中嘲笑，因为所有人到达上帝那儿必得经过谬误。

后来，那个当铺老板生意也不做了，经常走街串巷讲道，总是与人说，忏悔吧，因为天国就在你们手上。他还把家里的一间仓库开作了礼拜堂。

镇上一个姓张的学者，从前在外地当过小官，是当地一个书院的教师，也是公认最有学问的人。他把我们请到他家里，说要与牧师探讨佛教与基督教孰优孰劣。我们跟着来人，来到了一个长而窄的房间里，这个房间就像一个库房，两边都堆着麦秸，中间只留出一个狭窄的过道。在过道的顶端放着一张桌子。主人面向着我们盘腿坐在那儿，他的面前放着三本书，一本是《论语》，一本是《道德经》，还有一本是佛经。

他问牧师，哪一本书揭示的是真理？牧师回答他，它们揭示的都是真理。

他又问了牧师两个富有挑战性的问题："如果一个人被上帝接纳了，什么是他必须做的？""为什么说基督徒有必要为人类牺牲自己？"

牧师告诉他："'基督耶稣降世，为要拯救罪人。'这话是可信的，是十分可佩服的。在罪人中我是个罪魁。然而我蒙了怜悯，是因耶稣基督要在我这罪魁身上显明他一切的忍耐，给后来信他得永生的人作榜样。——这是圣保罗的话，我不知道他是不是罪人之魁，他至少是一个诚实的法利赛人，努力按自己的信条行事。我呢，说实话，情形就大为不同了，曾经，在智性上我摇摆于怀疑主义和动物信仰之间，在道德上我是一个浪子。我嘲笑我不能理解的，我放任感官欲望，任意胡为。我是尘世的奴隶。虽然只是一口无水的井、一片暴风前被驱逐的云，我却以为自己是一个聪明人。但万能的上帝接纳了我，我现在所做的一切，都是奉了他的旨意。"

张学者拿起桌上的一本经书，故意扔到地上，大声说："许多人对文字和印有文字的纸毕恭毕敬，而在我看来，外在的形式毫无意义。我看重的是它们表达的意义，对它们蕴含的真理也深怀敬意。但如果你要动员我接受洗礼，成为一个基督徒，我的回答是，外在的仪式对我没什么意义。在头上滴几滴水或者跳进河里洗一洗，你们所说的那个上帝不会待我更好。"

牧师也激动起来："你说得对！但问题不在这儿，关键是你是否愿意在大地上拓展上帝的天国，是否愿意救助你的同胞们脱离苦海。"

这些天听了那么多场牧师的布道，我心里越来越明亮。过去的一幕幕，像一幅幅旧画被一双无形的手推远了。我想到了被我称作父亲的那个男人，他刚来中国时曾经希望自己成为一个传教士，后来他选择了另一条路，一条权力、荣耀与罪恶交织之路——我现在献身上帝，是不是在另一个方向上实现了他早年的梦想呢？

父亲啊，我是在还你的债，免我们共同的罪。

我告诉牧师,这些天里,我已经把《新约》全部都读了一遍了。

他问我,当我读它的时候,印象最深的是什么。

我想了想,这样回答他:"也许其中最美妙的是,一个人的心,应该成为神圣灵魂的殿堂。"

牧师为我这话流下了泪水。

15

离开这个小镇后,我们一路又经过高邮、宝应、淮安,再往前走就要过黄河了。在王家营的一家商行里休整了两天后,我们向着黄河进发。

时令已是十二月底,北风怒号,路冻得像生铁一样坚硬。牧师的胡子上,哈出的热气都结成了冰碴。

说是河道,其实只是宽达数里的一片洼地。因为自从咸丰元年河决丰北口,这一段河道就被废弃了。行进在这段宽大的废河上,极目望去,一片黄沙。我们赶着骡车行驶在满是石头的河床上,时常被巨大的石块挡住去路。当车子陷入深坑,或碰上一块大石头,我们只好下车吃力地推,有时推得满头大汗车子也纹丝不动,只好求过路的帮忙,把车套上他们的骡子拉出深坑。牧师还有心情开玩笑,他说我们坐的车"大石跳跃如公羊,小石跳跃如羊羔"。

车子颠簸得不那么厉害时,他轻轻地哼起一首歌:

> 我们在旷野荒地漂流
> 寻不见可住的城邑

我们在苦难中哀求耶和华

从祸患中搭救我们

领我们行走直路

往可居住的城邑

渡过这段废弃的黄河故道，我们继续赶路。连续三天里，一口气都没歇，五十里至桃源县仰花集，六十里至顺河集，又行六十里至红花埠，算是入了山东地界了。

进入山东境内，土匪成群结队。一天半夜，我们住宿的客栈大门被砰砰敲响。一伙赶车的让老板开门，放他们进去。他们说，一伙土匪空袭了前面路上他们住宿的那家客栈，他们吓得赶紧牵着骡子跑了出来，车和货物都扔在那里任凭土匪们劫走了。

牧师决定把钱分开来携带，这样遭到抢劫时，不至于所有钱都被抢走。我们剩下的三块银子每块都有拳头大，是五十两的纹银。我们把银疙瘩送到铁匠铺，加热至发红，敲成薄片，然后切割成一个个方块。花了一个晚上，我们把这些碎银子缝进衣服夹层。做好这些防范抢劫的准备后，我们就继续动身了。

路上遇到的每个人都带着武器，肩上斜挂着一杆长矛、裹着红绸子的大刀或旧式火绳枪。我们沿着一条小河右边的山谷前进，时刻保持着警觉。

"有土匪！"有人喊。

田野上覆盖着割去了头的高粱秆，弯弯曲曲的道路在其间时隐时现。土匪骑马向我们这边奔来，我们却看不见，因为高粱秆实在太稠太高了。他们挨近了，我们能够听见马蹄敲击在土路上的啪嗒声。

他们停下来的几秒钟里，周围像死一般寂静。然后，其中一个人向另一个看上去像头目的人开口了："怎么办？他们听不懂我们的话。"我麻着胆子回答说，能听懂一点。于是他们就问我们从哪儿来，到哪儿去，是干什么的。

牧师让我告诉他们，我们是卖书的。

"什么书？"他们问。

"劝人向善的书。"

"你是说车上装的都是书？"

"是的，确实如此，"牧师回答，"我们打算送你们一些。"

牧师示意我送书给他们。我从马车上抱出一大堆书，向那些骑马的人走去，把书放在他们面前。这时我看到，他们都扣着火绳枪的扳机，但由于害怕，手却在微微发抖。

他们谢绝了，说看不懂。牧师劝他们把书收起来，可以送给需要的朋友，他们也拒绝了。

他们警告我们，不许向官府透露他们的行踪。然后，拨转马头，朝天放了三枪，作为给同伙的一个信号。一溜人马像没入地底下一样，倏地不见了。

危险过去了。我一摸额头，全是汗。

这样的惊险后来又遇到过几次，所幸性命无虞。

在途中，约书亚牧师接到通知，要赶在年底前抵达北京，向浸礼会传教使团汇报。我们加快了在山东境内的旅行。

16

来到北京已近旧历新年。胡同里飘荡着腊肉、烤羊肉的香气，到处都响着孩子们欢快的叫嚷声。

我们住在国子监附近的一条小胡同里，步行不远就是鼓楼大街和雍和宫。

寒冬的京城，水洗般的蓝天下，日光在金黄色的琉璃瓦上闪耀。深蓝的天，赭红的墙，翠绿的柏树，阳光和投下的阴影，到处都色泽鲜明。尽管我只是出生后不久，父亲把我们送回英国前在这座帝都有过短暂停留，它还没有来得及在我的记忆中投下影子，但它对我却有一种磁力般的吸引。

走在前门外熙熙攘攘的人群中，耳边到处是蜂房一般的吵嚷，我有一种轻微的眩晕。当城门外走过一队长途跋涉而来的驼队，我会久久地站着，听着驼铃声被风越吹越远。

我还去东交民巷看了海关大楼。一幢气派的英式楼房，边上即是英国总领事馆。我在铁门外徘徊，仰望它高高的塔楼。这幢高大的建筑，就是父亲在华几十年功绩的一个象征了。看着那一排排黑洞洞的窗口，我会想，那个叫罗伯特·赫德的总税务司大人变成了什么模样了？他应该更老了吧？

过了旧历新年，约书亚牧师要跟随主教大人去梵蒂冈述职，留下我一个人在京城。闲逛的日子里，我认识了一些英国朋友，从他们那里我得知了一件事，这件事与父亲有关。准确地说，这事与我的一个同父异母兄弟有关。

我的这位兄弟是父亲的正式妻子赫斯特·简的长子，有一个中国名字叫赫承先。他在国内上大学的时候与一个小镇上的姑娘恋爱，遭到她母亲的反对，他转而寻求在中国的父亲的支持，也遭到反对。他忍痛与这姑娘分手，去年来到中国后，在父亲的安排下，花钱在顺天府捐纳了一个监生的资格，延请了京城名师教他攻读八股文，准备参加中国的乡试考取功名，最后因为生员们检举，被取消了考生资格。此事一时在京城外国人圈子里成为笑谈。

我忽然起了去会会这个同父异母兄弟的念头。我让一个朋友带口信给他，他同意了。

四月的一天，赫承先应约来到了前门外的一家茶馆。他穿着一条雪白的亚麻布裤，一件水手穿的藏青色上装。一个大男孩，咧嘴笑时露出白白的牙齿，他看上去还不到二十岁。

坐在面前的是一个陌生人，但他又是与我在血缘上有着特殊关系的人。这让我很不自在，干坐了好一会还不知从何处开始话题。

赫承先突然笑了："我知道你，尽管我才第一次见到你，但事实上，我就像左手了解右手一样了解你。"

"是吗？"我相信这个大男孩没有说谎，"在伦敦的时候，我也早就知道了你们。你、你的妹妹埃薇，还有诺莉，我们是一棵树上结的果子，说起来你还是我同父异母的兄弟。"

"尽管我不得不承认，你说得没错，我们有同一个父亲，更往早里说，我们的先世都是威廉二世属下的一名军官——这位伟大的祖先在 1690 年的爱尔兰战争中立了战功，被赐予基尔莫里阿蒂市镇的土地。但我跟你，还是不一样。"

"是吗，你认为你们的血要比我们高贵吗？"

"的确如此，我是赫德家族理所当然的继承人，从我的父亲被女王陛下封为男爵的一刻起，我就注定是个贵族，而你，只能永远是个流浪汉，一个没有身份的下等人。"

"谢谢你的提醒！"我高声叫起来，又觉得在一个大男孩面前表现得如此愤怒实在可笑。我压低了声音一字一顿告诉他："你以为我有多在乎你说的那个贵族头衔吗，你怕我夺去你理应得到的这份世袭头衔吗？你错了，我既已献身上帝，世俗的名声在我看来就如粪土了！"

"你看，我们两个一见面就吵。牧师，你不是在中国内地传教吗，怎么跑到京城来了？如果你有兴趣在这里多住些日子，我很乐意为你做导游。关于北京，我知道些什么呢？对了，一个前些年来到北京的法国医生这样对我说：北京是一件神秘的建筑杰作，它像一面棋盘，坐落在黄色平原的北部，四周是几何形状的城垣，城中大道如织，笔直的街巷把它切成方块，形成一座大城……皇宫正中，深居着一个人，他便是皇帝，大地之主，天之骄子，光绪乃是他所统治朝代的年号，他所居住的地方，便是神话般的紫禁城。但这个尊贵的年轻人其实只是一个权力的象征，一个傀儡，帝国真正的权力操纵在她的姨妈，一个老妇人的手中。"

"所以，你不惜花钱去打通关节，准备去参加帝国的文官考试，要像你的父亲一样，一步一步爬到权力的顶峰？"

"我的确崇拜权力，崇拜英雄，但我并不想像一只小爬虫一样，在帝国的官场上一级一级往上爬。这一切，说穿了都只是他一厢情愿的安排。他总以为，他像一个好导演一样，能安排我们每一个的生活，实际上他的导演水平糟糕透顶。见他的八股文的鬼去吧！"

我微笑着打断了他喋喋不休的抱怨："是的，我听说了你在国内时和那个姑娘的事，那个可怜的姑娘叫什么名字？叫吉尔森小姐对吗？这不幸的经历让我想到了我自己，我们的生活已经让他给毁了，他不能再毁了你，所以我来了，我想你会需要我，需要仁慈的主的安慰，不是吗？"

"你错了，我不需要任何人的安慰。我未来的幸福不在他的手中，也不在上帝的手中。我决定了想做的事谁也阻拦不了。最可怜的人，不是我，是他，是那个固执地导演我们生活的老头。"

"他可怜？怎么会？他一直那么说一不二……"

"你并不了解他，十多年来，他一直那么孤独，我敢断言他患上了无法治愈的忧郁症……他现在尝到子女们反抗他的滋味了。第一个反抗他的并不是我，而是我的妹妹埃薇。两年前，我母亲在回国十多年后，忽然心血来潮要来北京了。最后她当然没有成行，理由很堂皇，我和诺莉的学业都不能中断，而她又不能丢下我们不管。真正的原因，是那年夏天我和吉尔森小姐恋爱了，她要留在国内阻止我和吉尔森小姐见面。最后，是埃薇一个人来了北京。对一个十多年来过着单身生活的父亲来说，这个大女儿的到来是一件多么重要的事呀。他太想和家人在一起了，太想沉浸在那种所谓的天伦之乐里了。埃薇还没有出发，他就一次次地打电报催问，什么时候上船，谁会去码头送她。我们告诉他，埃薇是由他最要好的朋友金登干的大儿子金真备陪同去中国。埃薇动身后，他又好几次来问，船到了什么地方，埃薇喜欢吃什么，等等。几个月后，他满心欢喜地在北京见到了分别十多年的女儿，却没料到埃薇一见他的面就宣布要结婚了。新郎是英国驻华使馆的头等参赞宝克乐，一个比埃薇大二十岁、有着三个孩子的鳏夫！他不知道埃薇是早有预谋，还是到了北京后和那个老鳏夫偶然相遇一见钟情的。好不容易盼来的女儿，刚在眼前晃了一下，就要成为别的男人怀里的宝贝了，这让他又是妒忌又是难受，他实在想不通事情为什么会变成这样。"

"他同意这门婚事了吗？"

"尽管新郎那么老了，但他更看重的是宝克乐出身名门，又有相当的地位。他那时写给老朋友金登干的信特别伤感，他说，埃薇尚未订婚时，什么都令人愉快，但自从她心有所属，他已经完全失去了她。但他还是热心地为埃薇筹备婚礼，去上海和天津定制结婚礼服，托人从英国采购物品……"

"埃薇真是好样的。"我这样说着，心里却想着他的另一个女儿，安娜。他像操心埃薇的婚事一样操心过安娜的婚姻大事吗？

"说来令人悲哀，就在埃薇满怀幸福要去做那个老鳏夫的新娘的那些日子里，和她一起来中国的金真备却得了伤寒。等埃薇度完蜜月回来，金真备已经死了。"

"因为金真备爱上了埃薇，对吗？这真是一个凄惨的故事。"

"我可什么也没说。"他低下头去，沉默了好一会，"你来了，我却要走了。我已经订好回国的船票了，下月初就可能动身。"

他那张稚气的脸上露出了真诚的伤悲，低头抽泣起来："在这里我天天做噩梦，梦见我的未婚妻投入了另一个男人的怀抱。我太想找个人倾诉了，如果你愿意听我说完它，我想我心里会好受些。"

17

"1892 年初夏，为了庆祝我考上牛津大学，妈妈带我们全家去布赖顿度假，在这个美丽的海滨小城，我们度过了整个夏天。就在那个时候我认识了吉尔森小姐，陷入了一场热恋。

"她大我三岁，是一个牙科医生的女儿。她太美了，我没有理由不爱她。很快我们在妈妈的眼皮子底下接吻了。她要是知道了非打死我不可，毕竟我才十八岁。皇后大道、古堡广场、皇宫码头、老船饭庄，到处都留下了我们相依相偎的身影。当夏天的夕阳给滨海大道奶油色的建筑涂上美丽的金边，也照出了她脸廓上细细的一层毛，看上去真是娇艳无比。英吉利海峡的风拂动她美丽的长发，我真想在那一头芳香发丝的覆盖下死去。

"夏天很快结束，我也开学了。我无心向学，经常偷偷跑出去和吉尔森小姐约会。一般是她来伦敦，有时我也会坐火车去七十公里外的布赖顿看她。几乎是在意料之中，我没有通过第一学年的考试。我在牛津大学过着的放荡生活也传到了父亲耳中，你知道的，他在伦敦有很多耳目。父亲写信告诉我说，醇酒、美人、雪茄都是美好的，但在我这个年龄，越少和这些东西发生关系越好。

"那时的我已经完全被吉尔森小姐迷住了，自从这年夏天，在铺满月光的沙滩上，她的手引导着我的手指走遍她身上，我就离不开她了，我的梦里也都是她的影子了。我们秘密订了婚——当然不能告诉双方父母，因为我才十八岁——我们约定一待我结束学业就结婚。要是妈妈不同意，我们就一起私奔。

"我几乎一直在赶火车，从伦敦到布赖顿，又从这个海滨小城赶回伦敦，对两地间的火车班次，我几乎可以倒背如流。有时我到火车站送吉尔森小姐回去，却又鬼差神使地和她跳上同一列火车。我们如胶似漆，只恨聚少散多。这就是我们苦涩而甜蜜的爱情，散发着车轮与铁轨摩擦的铁腥味，充斥着火车咣当咣当单调的摇晃，这种乱离之感时常会让我莫明其妙地落下泪来。

"有一次我和吉尔森小姐坐火车从布赖顿回伦敦，在火车上遇见了我的舅舅裴式楷。我们坐的单间车厢正好与他对门，因此我就不能不与他招呼了。我向他介绍吉尔森小姐，说是我未婚妻。我记得当时就是这么说的。裴式楷舅舅的嘴巴张成了吃惊的 O 形，只是碍着生人在场不便发作。在车厢过道就我们两个人时，他问我，这事你妈妈知道吗？我说，这是我的私事，有必要让她知道吗？看着他呆愣愣的样子，我暗暗发笑。我想妈妈第二天就会知道我有一个未婚妻了。这也是我灵机一动想到的，我有意要试探一下她的态度。

"我的心思全让未婚妻占满了，第一个学期我竟然没有给父亲写过一封信。他隐约听到了一些我的传闻，以为我过着的放荡生活拖垮了我的健康。他写信给他的代理人金登干，要他代为管教。后来我知道，我没有通过考试的消息一公布，金登干、裴式楷、我妈妈，还有父亲在伦敦的律师霍金司就聚在一起商量我和吉尔森小姐的事了。他们认为，我没有通过考试，不是因为我笨，实在是因为我的心思全在那位小姐身上了。看来我真的让他们头痛了。他们商议的结果是，以妈妈的名义给父亲发一封电报，告诉他此间发生的一切。

"那个包打听金登干还给他在北京的主子报告说，我已经送给吉尔森小姐一个订婚戒指和一把带锁的手镯，钥匙掌握在我手里，也就是说，吉尔森小姐戴上的手镯未经我的同意就取不下来。这还不是最严重的，他们认为这一事件中最伤脑筋的是，吉尔森小姐的父母已经知道了订婚的消息，而且没有提出反对！

"出乎我意料，父亲对此事的反应倒是十分冷静。或许是我的行为让他想起了自己年轻时的经历。他年轻时的经历你应该有所耳闻吧？他回信说，考试不及格虽然让他恼火，但那不过是我和我的导师们的耻辱。他认为，恋爱不一定与事业水火不容，得悉我恋爱的消息他一点也不感到忧虑，反而有一种儿子已经长大成人的欣慰。他还直接拍电报给我：鼓足勇气，再试一下。

"对父亲的电报我不知如何作答。说实话，对能不能通过六月份的考试我心里一点底也没有，我的功课落下太多了。金登干建议我，对父亲的电报应该做出这样的答复：将全力以赴。金登干还要我不要把他看作一个'老家伙'，他说，他也是从年轻时过来的。他表示，非常愿意在我需要他的时候向我提供建议和帮助。但我和妈妈的关系却走入了绝路。

"她对我未经她许可就与一个姑娘订婚耿耿于怀，怪我什么都不跟她说，向金登干抱怨我对她的不信任，对于我一次又一次往布赖顿跑，她更是表现得十分愤怒。她的控制欲望太强了，从小，我和埃薇、诺莉都很听她的话，我们从来没有违拗过她的意志。她怎么就不想一想，儿子大了，总有一天会有另一个女人取代她的位置。尽管吉尔森小姐出现得早了一些，但这一天是迟早要到来的呀。金登干只好劝慰她说，一个男孩子有许多事情可以告诉他的父亲，但是微妙的感情会使他不敢告诉母亲。我变得很少回家，回了家也与她没什么话说。妈妈素来好强，我成了她一生最大的失败。和妈妈搞得这样僵，这不是我的本意，我让舅舅转告她，我要到中国去见父亲。

"平心而论，对于我和吉尔森小姐的恋爱，开始的时候父亲一直表现出作为家长难得的宽容。在写给金登干的信中，他甚至乐观地预言，这一对可能非常相称，如果进行干预，没准是在破坏一桩好事。

"他让金登干转告我：我亲爱的孩子，如果你愿意，你就结婚，我怀疑这样做是否理智，但这是你自己的事情。只是，在你追求家庭幸福前，想一想生活来源，因为你知道，必须由你自己维持你的妻子和家庭的生活。他说他是赞成早婚的，因为早婚意味着比别人更早建立自己的家庭，而家庭是一个男人事业的基石。因此，在脖子钻进婚姻的套索并从脚下踢掉父母抚养的凳子之前，应先对经济来源有充分把握，结了婚的男人必须养家糊口。

"父亲对我的态度发生变化是在去年夏天，他被女王陛下封为男爵之后。他突然意识到，吉尔森家族与我订婚没准是一桩阴谋，看中的是他马上就要到手的贵族头衔，要是这样就太可怕了！他放出话来说，要是他的儿子已经三十岁能够自立了，或者那位女郎只有十岁而不是二十二岁，他才懒得操心这档子事呢，但是现在的情况他有责任进行干预，以阻止我们陷入可怕的处境。

"霍金司律师提醒父亲，根据英国法律规定，监护人可以向大法官提出申请，任何居住在本土、未满二十一岁的未成年人均可受法庭监护，这样，可以防止受监护人未经父母同意擅自结婚。法庭对认为不合适的婚姻，可以予以撤销。我那刚刚得到贵族头衔的父亲得悉法律中有这一条，如获至宝，要金登干速速替他办妥此事。这两个常常联手进行国际谈判、解决棘手问题的行家里手现在联手来对付我，还有老实人吉尔森先生，实在是不费吹灰之力。只花了两天时间，金登干和霍金司先生一起就办妥了所有法律手续，于是大法官下达禁令，禁止我和吉尔森小姐有任何直接或间接的来往，先前缔结的婚约也申明作废。

"大法官的禁令当天晚上就送到了布赖顿的吉尔森先生家中。那是一个星期日，我和他们一家上教堂做完主日弥撒就住下了。对金登干突然送来的这份法院文件，我感到十分茫然。

我不明白为什么会这样，还以为是妈妈搞的鬼。吉尔森小姐涨红了脸，一叠声地质问这是什么意思。可怜的吉尔森医生阅读这份文件和附着的霍金司律师的信时，显得非常愤怒，但随后他平静了下来。他告诉金登干，他们家的吉尔森小姐有许多人来求婚，她完全可以主宰自己的命运，她爱怎么着就怎么着。

"我与吉尔森先生联手，决心与父亲打一场官司。我们做了大量法律咨询，聘请了吉尔森先生的一位律师朋友来代理。我知道，胜诉是困难的，因为我们的对手实在太强大了。他有丰富的外交和谈判经验，有着对他忠心耿耿的法律顾问。他还有大把的钱可以去疏通。这一切都是我一个穷学生不能望其项背的。但我只有背水一战。我这是为名誉而战，为幸福而战，重要的不在输赢，而在于反抗，反抗这个暴君。

"官司当然打输了，离开法庭时，我们聘请的律师对得意扬扬的霍金司先生说，你们毁了这个小伙子的大学学业，他不准备参加学位考试了，他现在要去中国见他的父亲，你们要对他的未来负责！

"就在去年秋天，我终于又回到了北京。离开北京时我还只是个十二岁的孩子，但一脚踏上这个东方古都，童年时所有的记忆都被唤醒了，就好像我从没有离开过这里。金秋是北京一年中最好的季节，蓝天中响着悠长的鸽哨，阳光毫不吝啬地在朱红的宫墙和富丽堂皇的琉璃瓦上流淌，从幽深的胡同深处传来的小贩吆喝声，又让我想到伦敦的叫卖声。我想我来北京是来对了，既然我在伦敦无法抗拒由见鬼的法律支撑的强大家长意志，北京就是我逃避思念的最好的地方了。

"我们一直小心地避免着任何会引起不快的话题。我闭口不提吉尔森小姐，父亲更是当作从来没有发生过这事。七年后的重逢当然不无愉快，但因为我们父子各怀心事，这快乐反而显得虚假做作。白天，我一个人在京城的大街小巷溜达，寻找儿时的踪迹，看人斗蟋蟀、耍把式、做买卖。我买来一大堆儿时的吃食，冰糖葫芦、栗子糕、果馅酥饼和甜得发腻的蜜饯，买来解闷逗乐的叫蝈蝈和油葫芦，还装作兴致勃勃地和他谈论琉璃厂的大栅栏、金鱼瓶和五牌楼的鹰。父亲饶有兴趣地听着，却又不无疑惑。他奇怪的是，我好像患上了失忆症，把吉尔森小姐，把那场可耻的官司，把伦敦和布赖顿的一切统统忘记了。我知道，他太想和我谈谈这些了。我偏不开口。我的镇定和不露声色把他给吓着了。这让我感到了一丝报复的快意。

"有一天他提议，让我陪他去西山骑马。我答应了。我和父亲在西山笔直的杨树大道上纵马飞奔，夕阳在我们的身后渐渐落入了林木葱郁的山冈。回来时，我们并骑而行，他对我说，你是一个很好的青年，你有许多方面像我，有独立的主意，能单独生活而自得其乐，你能来这里我真是太高兴了。我听出了他话里和解的意思，但我不想让他太得意，两胯一夹，马儿就小跑起来。父亲追上来，他终于还是忍不住，开口和我谈这事了：

"'和吉尔森小姐断了吧？''现在已经断了。''现在？那么以后呢？''以后的事，等我过了二十一岁再说吧。''那么说，等你成年以后还是要找那个姑娘？''那是我的事情。''儿子，好姑娘多的是。''你怎么知道她不是好姑娘？''我也没有这么说，我的意思是……'

"我不客气地打断了他：'父亲，这个问题还是留待我成年以后再来讨论吧，你们的理由不就是我还没有成年吗？我想我还是玩玩风筝、蝈蝈什么的比较好吧！'

"我这番话把他噎得够呛。好几天，他都灰蔫蔫的，打不起精神来。埃薇和我，我们做的事总是一次次地违背他的意愿。有时看着他落寞的神情我真的心软了，想与他和解算了。但内心里有个声音暗暗告诫我，不能示弱，不能向他低头，他毁了你的幸福，你就要让他受尽煎熬。

"我不与他争辩，不与他谈论我的感情生活。中国人的智慧教会了我什么叫柔能克刚，什么叫绵里藏针。我安安静静地生活在总税务司寓所里，看书、学中文、拉小提琴，兴致来了一个人跑出去骑马兜风。看上去我活得没心没肺，可是对吉尔森小姐的思念越来越强烈，我与她不相见已半年多了，这半年她是怎么过的，她会不会爱上别的男人？思念就像一枚刺，扎进了我心脏的刺，说不定什么时候就会毫无预兆地发作起来，让我万念俱灰，疼痛莫名，连死的心思都有了。

"可怜的父亲，他终于不得不承认，这场不见硝烟的父子战争，胜券在我之手。打一个不那么恰当的比方，我的手里拿着一副同花大牌和一张最大的王牌，而他所有的努力，就是试图阻止我做成一手同花牌，或者打出那张最大的王牌来。他当然阻止不了。进入冬季，他几乎一直在生病。他再也没有了当上贵族的兴奋劲，他的情绪和健康都陷入了低潮，长久不退的高烧和头痛病使他的身体变得非常虚弱。治疗一直不见效，朝廷出于对大臣的体恤，派来过两个御医，他们那套古怪的医疗方式几乎让他疑心遇上了两个骗子，出于对一道陪同前来探视的总理衙门官员的尊重，父亲才没有把他们赶走。他挣扎着病体起来，说他没病，只是累了，多躺几日就会好。我知道他在撒谎。我这次到了北京才知道，他已经不像十多年前我离开中国时那样精力充沛了，他已经被各种各样的病包围了。当然他最大的一块心病是我。我对布赖顿还那么留恋，对那个他讨厌至极的姑娘还那样念念不忘，这真让他伤透了心。在他看来，盲目的爱情蒙上了我的眼睛，我是要毁了，而他所有的努力也都白费了。

"我身上的冲动、敏感，有时的神经质，的确与父亲如出一辙。这种气息你身上也有，你一进来我就闻出来了。其实我的洒脱是表面上的，你想想，一个人和情人处于天各一方的长别离中，我真的能那么轻松吗？我是打落了牙齿往肚里咽啊。再说，我也不想在父亲面前示弱，让他看我笑话。我本来以为这场父子战争中我会是最后的赢家，但结果却是两败俱伤。

"和1894年的初春一同到来的是空气中弥漫着的不安气息，我隐隐约约听说了中国和日本在朝鲜半岛冲突的消息。父亲的身体刚有了点起色，在家的时间就很少了，我知道他又在施展外交家的手段奔走了，请外国政府出面斡旋、帮助购买军火等等。他和伦敦的电报往来又频繁起来。为了保住他在中国的位子，他必须这么做。有时他通宵都不合眼，天亮了还要去各国使馆谈事。长时间坐着工作，他的腰部风湿痛越来越厉害了，有时痛得整个身子都像煮熟的虾一样蜷缩了起来。他发明了一个站着工作的方法，请人打制了一个木头台子，高度正好他站立时把两肘撑在台子上。

"就在这时候，从国内传来了我的未婚妻有可能移情别恋的消息，说她有可能要与一个教区牧师的儿子订婚。我小心翼翼伪装了那么久的情感面具终于给打碎了，一下子崩溃了。我失眠、头疼、发烧、晕眩，吃下什么都呕吐出来，但还是摇晃着身子在大雨中策马狂奔，像个疯子一样大声呼喊我的姑娘的名字。爱情的症状就是发烧对吗？我说，我要回国去，我要去找我的未婚妻，我要和她在今年就结婚。

"那么多天我一直躺在床上起不来。我发高烧、说胡话，满脑子幻觉。有时我似乎看到了我的未婚妻手持鲜花在天国向我招手，她死了吗？要是死后就能到她身边，就这样死去也不错。自从'大法官法庭诉讼'以来，我有过好几次神经质的发作，父亲担心这病发展成为脑膜炎，请来了他的一个医生朋友为我诊治。我听到病床边他对医生的倾诉，就好像病着的是他，而不是我。都到这个时候了，他还没有丝毫愧疚之心，这真让我愤怒。

"'他就要毁了，他这是真正陷入情网了……'

"'正如我以前说过的，他的所作所为证明我的打算完全错误……'

"'过去十二个月来，这件事一直让我感到非常苦恼和忧虑，爱情毁掉了他的学业，而婚姻又将使他事业一无所成……'

"'他会自食其果的，他往下滑坡，我宁愿挡住他，也绝不愿往下推他……'

"'那么年轻就结婚，又没有自己的财产，而且女方可能是出于不纯的动机而非出于爱情。这个痴情的家伙，太伤我的心了……'

"'我未能按照这个孩子应走的道路把他培养成人，一想到我的一切努力都被证明为毫无价值，就让我发狂，可是人各有命……'

"医生在一旁劝他，要挽救这个年轻人的健康、智力和生命，就只有做出让步，让他按自己的方式去追求幸福。他要总税务司朋友不要太固执，儿子已经长大，就不能老是把他当孩子去对待了，更不能让怨恨在父子之间滋长。医生说，在您儿子的婚姻大事上，您必须在祝福和咒骂之间做出一个选择，而且据我的观察，这个孩子的病，加上他的敏感气质，任何失意事都可能把他彻底击垮了。

"'老婆是他的事不是我的事，他当然有权按照自己的方式去谋求他以为的幸福生活，如果他们结了婚还得依靠别人，过着不富裕的生活，他们会后悔的。在他现在这个年纪我能做的就是给他有益的忠告。'……

"看来医生的话把他吓得不轻。他打电报给金登干和霍金司先生，托他们暗暗调查吉尔森小姐的为人。尽管我知道这事后很不高兴，但比起他以前对我的情感生活的漠视，这至少表明他正式面对此事了。有一天，大概他收到金登干他们的报告了，他这样问我，她真的很活泼、很吸引人吗？听说这个姑娘很固执，为所欲为，父母之命对她几乎不起什么作用，是这样吗？他还说，我听说那个姑娘还在等你，她要与一个牧师的儿子订婚的消息是谣传，如果真是这样，这至少表明她的坚贞，可能比你另娶一个年轻小姐要更好一些！

"在我的再三抗议下，他终于答应停止这有辱人格的秘密调查。他给金登干起草了一封电报，低声下气地问我对这样的措辞是否满意：对于那位年轻小姐不要再调查了，如果我要得到她做儿媳，我就不愿意设想或她也想着有任何人在任何时间派人盯她的梢……

"他对我说，你已经到了定型的年龄，按自己的方式去寻找幸福，当然也有不幸福的可能性，总比听从我而不幸福为好。我想我还是应该祝福你，我的孩子，想一切办法结婚吧，我不反对，我会承认这桩婚事，但是如果你由于渴望结婚而不接受我关于你生活和工作的忠告，我会把你交给你未来的岳父，让他为你安排前途。

"这个老家伙终于向我低头了！不管他语气里有多少威胁的成分，不管将来怎样，在这件事上，起码我是暂时胜利了。说穿了，也没有别的特别手段，就是用自我毁灭来对付他。因为不管我是不是按他的意愿去做，我都是他的儿子！我是赖上他了，他也是心甘情愿地让我赖着，哪怕我对他摆脸色、发脾气，让他受那么大的打击。过几天我就要去天津搭乘回国的邮轮，我的心已经飞向了她，我的姑娘！当然，我还会回中国的，带着我的妻子一起来，希望到时候能够把她介绍给你认识……"

18

第二年春天，赫承先带着他的新婚妻子回到了中国。我去看他，见到了他妻子，的确是个美人儿，只是脸色苍白，显得有些憔悴。

赫承先说，因为路途劳累，再加上因中日战争尚未完全停火的流言受的惊吓，他们刚从大沽码头下船，他夫人就流产了。

"我们住在天津城简陋的客栈里，给父亲打电报，父亲有事走不开，派了跟随他多年的一个老仆赶到天津来照应我们。等到她身体好了些，我们就动身前往京城。我的妻子给父亲留下了良好的印象，她在音乐上的造诣更对父亲的胃口。他这样评价我的妻子：举止端庄，恬静，不苟言笑，很讨人喜欢。他还说我妻子对我的影响肯定是好的方面。我暗暗发笑，早知道这样，他当初何必这么急着反对我的婚姻呢？这场发生在我们父子之间的战争也太荒唐了。"

我说："你妻子身体不太好，你又何必这么急着回中国呢？

等她生下了孩子再来也不迟嘛。"

赫承先说："尽管父亲无奈之下同意了我的婚事，但母亲还是没同意，我们是违抗母命结的婚，婚后我们与她也是互不理睬。再说我需要找到一个工作来养活我的妻子，除了中国我还能去哪儿呢？"

从赫承先的叙述中我知道，去年八月他回国途中，在巴黎停留的三天里，意外地与从瑞士回来的未婚妻重逢了。吉尔森小姐把过去一年间的日记全给他看了，他这才知道，这一年里，她也被思念煎熬。两人抱头痛哭一场，他做出了决定，不再去牛津大学完成学业，而是尽快和她结婚，婚后即返回中国，把中国海关作为他的事业的开始。

他们去拜访了金登干，吉尔森小姐的漂亮与能干完全把金登干的女儿路意莎迷住了，连金登干也不得不承认这对年轻人是天造地设的一对，拆开他们简直是对上帝犯下罪过。金登干担心的是，他母亲赫斯特·简还会继续阻挠婚事。不过他让赫承先别着急，他会和霍金司先生前去做通这个固执的母亲的工作。

他们告诉赫德夫人，如果对这桩婚姻进行任何阻挠，都会对她儿子的健康产生严重影响。赫承先尚未成年的时候，阻挠是正确而恰当的，但如今他已成年，就不能再那么做，如果试图拆开他们，只会把事情弄得一团糟，让赫承先的健康与生命处于不可挽回的危险之中。两人鼓动如簧巧舌，连哄带吓，终于说服赫德夫人不再干涉儿子的终身大事。但她也表示，自己不会出席儿子的婚礼。得知了母亲的态度，赫承先即刻给北京发去一电：我认为最好是我退学牛津，选择在海关任职，立即结婚并携妻赴华。但医生提出了警告，说考虑到他的心脏状况，年内还是不结婚为好。

刚刚过去的 1894 年夏秋季节，中国正处于剧烈的动荡之中，李鸿章的北洋海军在黄海一战中一败涂地，日本军队正越过鸭绿江步步进逼，北京的大小官吏斗志全无，军机大臣们除了相对哭泣不会再干些别的了。海军战败的消息传来，京城下了一场大雨，我亲眼看到绿营的炮兵把大炮放在大街上，让它陷在泥辙里，他们则远远地跑到茶楼去躲雨。看到这一幕我就知道这个国家完了。在这样的时候，赫承先提出要到北京来，自然不会得到允准，因为如果战争捣毁了中国的海关，一切也就无从谈起了。

那些日子我们的父亲心里肯定非常不畅快。到中国近四十年，担任总税务司近三十年，他为之服务的帝国竟变得如此脆弱，如此无助，最宝贝的一个儿子又那么执拗，那么自行其是，他的心情能好吗？但与即将倾覆的龙廷相比，与外交斡旋、军火采购这些要务相比，儿子的这些事又实在算不上什么了。

他接受了金登干的建议，同意赫承先正式订婚，同意他在海关伦敦办事处任职，但在得到他的允许前，不得前往中国。

赫承先说，他是在去年圣诞前十日去布赖顿结婚的。他和母亲之间的裂缝，直到那时也没有弥合。婚礼前，金登干做了最后一次努力，想让赫斯特·简参加儿子的婚礼，他先对赫承先讲了一大通母爱与子女责任的大道理，要他再去请一回母亲，但沉浸在幸福中的年轻人对他的话充耳不闻，言语中还对母亲充满了怨气和责怪。在金登干再三敦促之下，蜜月中的赫承先夫妇去了一趟卡多根广场，但他母亲坚决拒绝见他们。这时中日和局已定，这对年轻夫妇得到了去中国的许可，于是赫承先给他母亲留下一封冰冷冷的信就动身前往中国了。

　　父亲把赫承先留在身边，安排了总税务司署文案的一个职位，但因为不懂中文，又没有实际工作经验，他的工作并不是很顺利。总署曾经想把他派到某个南方的口岸城市担任税务司，但出于健康方面的担心，任命最终没有下达。这次回中国后，赫承先一直在生病，他的身体好像在与未婚妻分别的一年里被思念彻底蚀空了。

　　1896 年春天，山西南部发生旱灾，约书亚牧师认为这是一个发展教徒的好机会，购买了一些粮食，从官方搞到了通行证，决定带我一同前往赈灾并传教。那时我听说，赫承先的心脏病犯得愈加厉害了，父亲甚至打算放下工作，亲自把他护送回英国去。

　　离开北京前，我想我应该再去见他一面。我有种不好的预感，这可能是我与他的最后一面了。

　　就在那天，我见到了那个一直被我记恨着的男人，我的父亲。

　　当时我告别赫承先出来，他正好从一辆刚刚驶达的马车上下来。我一眼就认出了他，他的神态疲惫不堪，额发稀疏，鬓边的几缕碎发像污脏的雪一样灰白。天气已渐渐转暖，他还穿着一件双排扣的短大衣。如果我没有记错，他应该有六十二岁了。

　　可能车身有些高，也可能他下车时太匆忙了，他一下车，就歪了一下身子差点摔倒。我跨前一步搀住了他。

　　他变得如此苍老，如此弱不禁风，真让我心里发堵。他没有认出我来。我那天是牧师的衣着打扮，他以为病中的赫承先转而向上帝寻求起了安慰，把我看作了一个来讲道的牧师。

　　他躬身表示感谢，问我病人情况怎样。

　　我告诉他，病人很容易激动，需要保持安静，但中国的治疗条件太差，没有好的药品，也得不到好的护理，最好赶紧回国治疗。

他对我说："我现在非常悲伤和焦虑！医生们说，他只有保持安静，才可能有希望过一阵子好起来，但是我怕的是心力衰竭。嘿，我们都有自己的忧虑与欢乐，没有人只占其一，我为之效力的国家处于这样的窘境，而我悉心培育的爱子情况又如此可悲，我感觉虚度此生！"

这么多年来，我一直以为，只有死亡才能浇熄仇恨的火焰，但这一天毫无征兆地遇到他，我却再也恨不起来了。他变得如此老态龙钟，又如此伤心欲绝。一个被亲人背叛又被时间击倒的老人，他如此孤独，对一个陌生人也不遮掩他的悲伤。"我感觉虚度此生！"这话让我肝肠寸断。

那么多年的恩怨，突然烟消云散了。那一刻，我真想抛下所有恩怨，叫他一声父亲。但我终于忍住了。我掩着脸一边跑一边哭泣。

19

我们雇了六七辆骡车，装载着一百余石大米，从天津出发前往山西南部的蒲州。那里的灾情最为严重，据说已经有一半以上的人饿死了。

出发的时候，有人警告我们说，不能用骡子运粮食，因为那地方的土地都穷得要咬人了，很可能这些骡子也会被吃掉。

牧师带上了两千两募捐来的银子，为了携带方便，去钱庄换成了五十两一块的银锭，装成两箱。为了不至于太招眼，我们把这两只箱子跟宣传福音的小册子混在一起。

去山西的路非常难走，尤其进入山区后，崎岖的山道上布满了乱石，车行十分困难。我们把粮食从车上卸下来，让骡子驮着走。山上的好几处隘口非常狭窄，要排很长时间的队，才能让等候着的骆驼和骡子交错着通过。

一入山西省境内，我们开始看到一幕幕恐怖的景象：一些无人掩埋的尸体躺在路边上，被狼和野狗撕咬着。这可怕的场面使两位从天津出发时就跟着我们的教友几乎精神崩溃了。牧师见留着也是无用，就打发他们回去了。

但这还只是刚进入灾区，接下来几天的见闻使我仿佛来到了地狱的入口。我们的骡队经常不得不停下来，以避开那些倒在地上刚刚断气的人。有一次，我看到一个衣着鲜亮的人在我们前面走着，摇摇晃晃的像是喝醉了酒，被一阵风吹倒后，他再也没有爬起来。

经过一个村庄口，我们碰上了一场葬礼。一个母亲肩上扛着已经死去的大约十岁的男孩。她是唯一的抬棺人和送丧者。她扛着孩子来到村外的树林，刨了一半坑，自己头一歪，也死了。我和牧师把她刨了一半的坑挖得更大些，安葬了这对母子。

离开这个村庄不远，我们又看到了六具尸体，其中四具是女尸。一具躺在一个敞开的草棚里，赤身裸体，腰上只缠着一根带子；一具躺在小河沟里，身上的衣裳破烂成了一缕一缕；另外两具则成了乌鸦和其他鸟兽的盛宴。有一个年轻人守着他奄奄一息的老娘在路边喘息，看见我们过来，想站起来乞讨。他抬起了一条腿，但另一条腿始终抬不起来。

路边的树，够得到的地方树皮都被剥去了，放眼看去一片惨白。路过的房子许多都没有门窗，因为门窗都被当作木柴卖掉换钱了。我们还看到有人磨一种软的石块，磨成细粉后出售，每斤卖到三文钱，掺上点杂粮、草根和树根，可以做成饼。我尝了一口这种干粮，味道像土。后来我知道，灾民们拿了这种东西去充饥，很多人都因为便秘死掉了。

每天都会遇到载满妇女去外地贩卖的大车。那些女人满脸尘土，脸上被泪水冲出了一道道痕迹，看着就令人心酸。灾荒使许多人落草为寇，以抢劫为生，出外逃荒的都三五成群结帮同行，他们都带着自卫的武器，有的扛着梭镖，有的背着生锈的刀。

就连狼也变得无所畏惧了。一天，我看到一只狼沿着大路行走，便大声吆喝。本想它会因为害怕而逃走，谁知完全相反，它竟盯着我，似乎不明白为什么竟有人敢跟它过不去。

在襄陵这个城市里我见到了最恐怖的一幕。那天很晚了，我们决定就在这个城市留宿。我们到了城门口，门的一边是一堆男裸尸，像屠宰场的猪一样摞在一起。门的另一边同样是一堆尸体，全是女尸，她们的衣服也都被扒掉了。那天晚上在旅馆里，我听到了两户人家的父母易子而食的故事，因为他们无法吃自己的孩子。也听到人们议论，说山西这个专出无烟煤和沥青炭的地方，再也没有人敢到煤窑去运煤，因为运煤者的骡子、驴子甚至他们本人，都会被杀死吃掉。

从天津到蒲州的近八百里行程中，有将近百里都是在灾区。天天处在这样可怕的景象中，我开始怀疑自己的感觉和心智是不是还正常。我是置身于活人中间，还是与正遭受折磨的死人为伍？

终于到了蒲州。在北京时我就听说，一千多年前的唐朝，这里曾经有一位非常有名的将军郭子仪，率领中国军队在西北边疆打退了匈奴人和突厥人的进攻。他是一位基督徒，他的老家就在蒲州不远的平阳府。据说那个时候，在山西省南部有一大批基督徒，还有不少于三千个外国传教士，他们来自印度、波斯、叙利亚等地，聚集在这块曾是帝国心脏的黄土地上。但我们来时，整个山西省没有一个新教传教士，只有两个罗马天主教士和十几个神职人员在这里继续着两百年前耶稣会士开拓的事业。

有一个天主教士就住在蒲州城里。我们向知府大人征求发放赈灾粮和救济款的意见时，知府转动着狡黠的眼珠子说，城里有一个天主教传教士，前些天正在为他负责的一所孤儿院申请粮食，你们最好把带来的钱和粮食交给他来处理。但在我们与这位教士见面后，约书亚牧师对把钱粮交给这个与中国官府走动得如此频繁的人感到不放心。他担心这些募捐来的钱最终会落入某些人的腰包，坚持要自己来向灾民发放。

在这场灾荒面前，我们带来的一百石粮食只是杯水车薪。事实上这是一项危险的工作，我们的救济活动只能偷偷进行。因为一旦人们知道我们在发放粮食，饥饿的人群就会蜂拥而来，把我们踏成肉酱。救济无法进行不说，还会白白地赔上性命。

"坐着的人是不会发生拥挤的。"牧师说。

牧师的话提醒了我，那天早祷过后，我们开始施粥，我让教友们帮忙，把饥民们招呼到一处空地上，成排成行地坐下。然后约书亚牧师出来，给他们讲了一个故事：夏季的某一天，一个旅行者又热又渴，来到一所房子前讨水喝。女主人拿出仅有的一点水，他一饮而尽。这个人离开后，又一个人走了进来，他也又渴又热，大嚷着要水喝。女主人告诉他说，屋里一点清水也没有了，你如果愿意等一会儿，我就去井边给你打点水来。我们带来的粮食不多，第一次施粥只能每人一小勺，然后第二次、第三次，如果你们能耐心等一等，我会把你们的苦难告诉海那边的外国人，等有了更多的粮食，我会很高兴再分给你们。

没有一个人离开自己的座位，那些老人和抱着孩子的妇女都非常安静。每一个人都得到了我们施的粥。然后广场上响起了一片喝粥的吸溜声，他们的神态都非常严肃和庄重，就好像进餐是一件非常神圣的事情。广场对面就是知府衙门，衙门里的几位师爷和衙役看到了这不可思议的安宁场面，都非常惊奇。最后一桶粥施完后，牧师说，我们带来的粮食已经没有了，为了祈求上帝赐予我们日用的饮食，我们必须祈祷。他让饥民们和他一起跪下来祈祷，顿时广场上黑压压跪倒了一大片。趁这机会，我和教友们在人群中散发《教义问答》《赞美诗》这些宗教小册子。

在蒲州这样的小地方，没有一家钱庄或票号可以把我们带来的银子兑成碎银，我们也没有足够的人手出去购买粮食。牧师决定给那些饥民家庭发放银子，这样，他们可以拿这些银两换来粮食，度过饥荒。因为我们带来的银锭太大了，正式发放前两天，我们请来了一些铁匠，在院子里支起了火炉，铁匠把五十两一块的银锭烧红，再放在铁砧上，锻打成薄薄的银片，最后再把银子切割成均匀的小块。

一天，当地一个书院的院长跑来找我，说："在我们古代的典籍里提到过一种方法，可以使生命活动暂时停止，那是一种类似于生物冬眠的状态，不知道你们是否了解这种技术？要是你们了解的话，能不能教给正遭受饥饿的百姓们，把他们从毁灭中拯救出来？"

我回答说，我以前只是从书本上读到过一个关于抑止心脏跳动的实验。这本书是赫胥黎的《生理学基础教程》，里面说，如果肺部扩张，嘴和鼻孔停止呼吸，心脏就会停止跳动，但这样的实验是要冒风险的。我自己在这方面知识很贫乏，不敢冒险做这样的实验。

我们带来的粮食和银子很快都分光了，灾荒还没有结束的迹象。牧师说，他必须找一次知府大人了，向官方提出一些救灾建议。我们来到知府衙门，知府正由风水师和一大群随从陪着，跪在院子里向着一块大铁板祈雨。一个师爷模样的人告诉我们，这块铁板来自直隶省的一口深井里，据说有着神奇的法力，知府大人刚刚派人从直隶借来了这块铁板用来祈雨。

等这闹哄哄的求雨仪式完成后，知府大人才过来与我们相见。牧师向他提出了三条救灾措施，一是向满洲或是其他粮价低的地方移民，一是对侵吞救济款中饱私囊的官员严加惩处，最重要的一条，是建议在太原修筑一条铁路。牧师认为，这不仅能给衣食无着的饥民提供生计，还可以预防将来发生灾荒。

知府大人对我们来到蒲州的这些天里的救济行动说了许多赞扬的话，但对牧师提出的这三条建议却不置可否。几天后，一个师爷向我们传达了知府大人的话："修筑铁路过于超前，并且必须引进大量外国人，这会导致无穷无尽的麻烦，因此，修筑铁路一事还是不必提了。"

城中成天飘荡着没来得及处理的尸体散发的恶臭，劳累再加饥饿，约书亚牧师害起了热病。他成天昏沉沉地躺着，面色赤红，额头火烫，我们随身带着的小药箱里的药物对他已没有了作用。我照料他的几天里，不断有一些接受过我们救助的人来我们的住处探望，他们要我们的照片，说要供奉在庙里。每当这时候，昏迷中的牧师就会神奇地醒来，要我向这些人散发小册子，传播福音。他的脸已消瘦得不成样子，眼眶凹陷，眼睛却闪闪发亮，如同有什么东西在其中燃烧。

"告诉他们，要感谢的唯有上帝，一切的荣耀全归于主。"

我劝牧师养好了身子再说，因为要让这块土地成为奶与蜜之地毕竟是一件长期的事情，耶稣会士在黄土地上辛勤耕耘了几百年也只收获了一些秕谷呢。牧师说，趁着灵魂还没有飞离他的躯体，他必须抓紧时间多做些事，他还引述了圣书《塔木德》中的一段说，生命是影子，是树的影子呢，还是塔的影子？都不是，乃是飞鸟的影子。鸟儿飞走时，既没了鸟，也没了影子，所以，我们大多数人都得在黑暗里努力一跃，趁还活着多做些事。

有一次，他还挣扎着让我扶起来，靠在病床上向探望他的人们做了一场布道。由于刚喝下一碗米汤，他的气色不错，声音也还洪亮。他说在中国这么多年布道，在《新约》中他发现了一条关于天国的福音，在那天国里，有的是永恒的正义、大地的和平，以及人与人之间的善心。我们来到中国，不是为了谴责，而是为了拯救；不是为了毁灭肉体，而是为了充实灵魂；不是为了让人悲伤，而是为了给人们幸福。

可是等他结束布道，满屋子的人几乎都走光了。

前面说到，牧师提出的修筑一条铁路的建议遭到了知府大人的否定，与之相比，我关于飞行器的设想更像是痴人说梦了。我是这样想的，蒲州地处黄土高原，年长日久，大雨在黄土高原上冲刷出又宽又深的涧谷。这些涧谷成了无法穿越的巨壑深沟，给运送粮食带来了极大的困难。要是有飞行器发明出来的话，那就可以运更多的粮食到灾区来。

我花了许多时间研究鸟类和昆虫的飞行，记下它们的体重和翅膀之大小的比例，并且，根据某些昆虫飞行时的声音，我计算出它们的翅膀每分钟扇动的次数。中国是一个向往飞翔的国度，他们在古代时发明的风筝就是这种梦想的一个象征，我丝毫也不怀疑，会有一种巨大的飞行器飞翔在我们头顶的天空。

20

灾荒总算暂时结束了，但我觉得，对这块饥饿的土地来说，更缺乏的是精神食粮。思考导致灾荒和民众如此贫困的原因，我感到，人类苦难的根源更多在自己身上。一边是颗粒无收、饿殍遍地，一边是贪污丛生，许多救灾物资落入了官员们的私囊。我们曾建议他们向满洲移民、修建铁路、开掘矿藏，以避免灾荒再度发生，但官方怀疑我们另有目的，一律予以拒绝。

接下来的几年里，我作为约书亚牧师的助手，跟着他走遍了山西全省的一百多个县，为民众布道，主持圣餐仪式。我曾和牧师探讨过，在利用科学满足人类需要这方面，近代欧洲比东方远远走在了前面，产生了许多伟大的发明和创造；单纯的布道收获不大，我们可以向官员和学者做一些演讲，让他们对科学发明感兴趣，告诉他们上帝的力量就蕴藏在自然中，然后指给他们一条路，教会他们如何运用这份力量为同胞谋福利。

牧师认为我的设想不错。既然直接到达上帝那儿关山重重，何不找一块跳板来试试呢？只是这样做的话，我们必须在第一时间阅读到欧洲最新出版的科学书籍、采购到最先进的仪器。我们把身上的每一个钱都花在了购买书籍和仪器上，穿的是最便宜的土布，吃的是再粗糙不过的饭菜。我们从欧洲订购了天文学、电学、光学、地理学、工程学、医学的种种书籍。

买来的仪器里有望远镜、分光镜、显微镜、手动发电机、各种化学电池、电流表，还有一架以氧化氢、酒精、乙炔为燃料的幻灯机。我们还订购了一套照相器材。有了这些东西，我们做过电学的讲演、蒸汽机的讲演、光的奇迹的讲演、哥白尼的天文学说的讲演。到讲演的结束部分我们总是会指出，这一切都是上帝赋予人类的力量，它藏在自然的深处，如果我们对此茫然无知，就只能像牛马一样生活，像牛马一样吃苦。

这些讲演都很受欢迎，听讲的学者和官员们还会和我们一起讨论。在省城太原，巡抚把我们请到一家戏院里给几百名候补官员做过一次讲演。那一次，有一个听众跟我们辩论，坚持说他看到过真的龙在高山上的云层里游动。我向他解释说，那只是云层里的蛇状闪电，是两块云团碰撞激起的电流，而不是别的什么东西，闪电的爆炸把水从乌云里释放出来，落到地上，就成了雨。类似这样的辩论总是让牧师兴致盎然。

一座座高大的教堂在许多县城和村庄建了起来。这些新式建筑有着长长的砖石围墙，它顶部巍峨的方形塔楼高高地凌驾于平原的村居民舍之上，就像一座座通向天国的路标。同时修建起来的还有修道院、育婴堂等。牧师的身体已大不如从前，疾病和劳累蚀空了他的身子，和他走在一起，我都能听到风穿过他的骨架的呼呼声。可是只要他一登上布道的讲坛，两眼就炯炯燃烧着，就好像他面前站着的一块顽石也可以洞穿。

这是我们在山西传教最辉煌的时代，但这辉煌很快就要过去了。1900 年，由白莲教的一个支派演变而成的义和团从山东、河北蔓延到了山西。从太谷、寿阳到省城太原，到处都有义和团的拳坛，贴满了招募童男童女教练神拳的招贴。义和团成员头扎红黄二色包巾，腰系一根红布带，招摇过市，一见到不入眼的就破口大骂、拔刀相向。对抓到的牧师与教民，他们用一种奇怪的方式判决罪人的生死，就是焚烧一种黄表纸。如果纸灰升天，此人免死；如果落地，立即处死。全省的教堂都遭到了洗劫，神职人员和教徒大批被杀，教会财产被掠夺一空。

我不明白，山西民众向来温顺，重利也重义，怎么会突然之间变得如此暴戾？约书亚牧师说，实在是因为多年来方济各会吸收的教民良莠不齐，依托教会势力做出横行乡里的事。百姓向来敢怒不敢言，义和团一来，积怨爆发，他们自然把与教民之间的旧账一股脑儿记到了教会头上。

这年夏天，山东巡抚毓贤转任山西，给了我们在山西的传教事业致命的一击。此人在山东曹州知府任上就以庇护义和团出名，正是他说服慈禧太后拳民可用，使得义和团在官方的暧昧态度下从山东蔓延到了整个华北，他本人也由知府升藩司，又升巡抚，屡获升迁。得知毓贤任山西巡抚，各国公使就料到了在山西的传教士凶多吉少，准备把他们召回。有消息说，驻上海的英国领事曾与毓贤联络，以五万两银子的赎金，要求把太原之东寿阳县的两位教士连同他们的妻儿共四人送到上海，毓贤拒绝了。他到了山西的第一件事，就是明火执仗焚烧了寿阳县教堂。大火中，一些女教士抱着孩子冲出教堂，也被毓贤唆使手下重又掷回噬人的大火中。

这只是大屠杀的序幕，更骇人听闻的暴行还在后头。庚子教案中最残暴的一场屠戮就在毓贤到达省城后的次日上演了。

这一天，太原城中的所有外国传教士都接到了巡抚衙门的命令，要在午时一刻前全都集中到铁路公所，接受官兵的保护，"否则本巡抚将不负其生命安全之责"。

"我们逃吧。"我对牧师说。

"此刻全城戒严，城门已关，往哪儿逃去？抗拒命令，那些拳匪更有理由举起屠刀。"

"可是此番去铁路公所，无异于自投罗网啊！"

"末日的号角已经吹响，我已经看见了地狱的烈火，我这把老骨头就在此地殉身于上帝吧！"

牧师找出一套中国仆人的衣服，要我穿上。

"你快走吧，你长得像中国人，穿上这身衣服他们认不出你，到可靠的教友家里先躲躲，等戒严过后就逃出城去。"

"不，我要和你在一起！"我泪流满面。

牧师扳过我的额头吻了一下："记得我以前怎么跟你说的？我们每个人都必得在黑暗里一跃。只要有一线生机，你就要活着，大洪水过去后，我们的事业在这块土地上还将继续，你就是我们留下的种子。"

"只要我逃出生天，我就在北京等你吧。"

"不，不能去北京了，北京的局势可能比这里更糟。义和团正在攻打公使馆，我估计，此时北京的外国人已经血流成河了，你去天津找联军帮助，先回国去吧。"

牧师什么也没有带，只把那本袖珍本的《圣经》插进口袋里，就要跨出门去。一种生离死别的悲怆击中了我，我抱住了他还没有迈动的另一只脚。牧师顿了顿，手插进我蓬松的头发里摩挲着。我的脸接住了落下的一滴冰凉。

"孩子，让我走。"

牧师头也不回地走到街上，汇到了那支外国传教士队伍里。那是一支奇怪的队伍，他们被官兵用铁链锁在一起，扶老携幼，足足有两百多人。没有一个人高唱圣歌礼赞上帝，也没有一个孩子哭出声来，他们的脸上是一种过分的恭谨与谦卑。一种可怕的静穆，伴随着他们死气沉沉的沙沙的脚步声向铁路公所而去。街上行人绝迹，每家每户都关门落闩，门缝和纸糊的窗户后面是一双双惊恐的眼睛。

几天后，在城中一个教友的家里，我得知了约书亚牧师血溅公堂的噩耗。他在巡抚衙门大堂上被毓贤一剑砍在颈上，当场身首异处。那些衙役和亲兵看着这些引颈待戮的教士，起初还不忍动手。毓贤一剑杀死约书亚牧师后，整个大堂顿时手起刀落，一片血光。不一会，百十名教士、妇女、儿童全都成了肉酱。

据衙门里传出的消息，毓贤这次在巡抚大堂杀了教士共计一百一十五人之多。

屠杀之后，巡抚毓贤上奏朝廷请功，说他巧施一计，将洋人悉数捕获，用铁链锁住，在署衙内处决；只有一个洋女子被割去乳房后逃走，躲于城墙下，待发现时已死去多时，云云。

21

这是中国北方最酷热的季节，太阳从早到晚挂在天空，如同一颗随时要引爆的炸弹。

逃出太原城十余天后，我来到河北地界。长途惊惶奔走，我满脸尘土，衣衫褴褛，如同一个乞丐般狼狈。

沿途不时遇上潮涌般的难民，有的肩挑手提，有的推着独轮车沿着尘土飞扬的大路急急驰奔。从北京传来的谣言每天都有，有的说义和团已经请来八百万天兵天将，聚集在公使馆顽抗的几百名外国人全都被消灭了；也有的说联军已经在大沽口登陆，正沿着白河向京师进发，慈禧老佛爷眼看京城不保，正准备携光绪皇帝和一干大臣"西狩"——向西撤退。

天津，这个我们当初出发的城市，已被联军占领。尽管还有零星的枪声响起，但这个刚刚经历过战争的城市上空已经飘扬着几乎所有欧洲国家的旗帜。这些占领者中，有戴着尖顶帽的德国兵、帽子上插着羽饰的意大利狙击兵、像农场主一样戴着大毡帽的美国兵、扎着宽宽的头巾的印度骑兵（他们听从英国皇家海军的指挥），还有眼神淫邪的小个子日本兵。

一些逃走的难民又陆续回来了。他们在布满瓦砾的大街上，在大火烧过后的灰烬中支起露天货摊，向士兵们出售那些从废墟中捡来的彩瓷花瓶、丝绸长袍和皮裘衣服。在直隶总督府门前贴墙站着一排戴枷的中国人，几个值勤的士兵站在两头龇牙咧嘴的石兽旁边，荷枪实弹地看着他们。那些摆货摊的中国人说，这些被俘虏的义和团成员马上就要被砍头了。他们说这话时的麻木表情让我吃惊。

本来，我已从联军指挥部搞到了一张从天津直接去欧洲的船票。只要船一驶入大海，这个混乱中的、到处都在流血的国家就会远远地留在我身后，成为一个记忆了。是啊，我为什么要死守着这艘正在沉没的大船，直到把自己搭进去？但在即将登船的一刻我放弃了。我决定去北京，去找那个叫罗伯特·赫德的老人，我的生身之父。有人看见过他还活着，也有人告诉我，他死了。不管他是活着还是死了，我一定要找到他。

按照中国人的观念，一个人死后如果没有子女给他装殓，那么他就永远只是个孤魂野鬼，不得超度。要是他真的死在了北京，我也要把他从瓦砾堆中挖出来，按他活着时最喜欢的样子收拾干净，把他风风光光地送回老家去。

这是我为他唯一能做的事了。

　　听了我的话，凯斯利将军脸上露出了吃惊的神色："你从血堆中爬了出来，还有勇气重返那个地狱？"他说联军正在陆续集结，准备沿着白河和正在抢修的铁路线向辿鞑城进攻，让我跟着他们总部一起行动。

　　"现在是我们教训这帮野蛮人的时候了！我敢保证，到不了八月中旬，我就可以坐在北京的城门上请牧师您喝威士忌了。"

　　我拒绝了将军的邀请，坚持要单独前往北京。义和团大肆杀戮，手上沾了那么多传教士的血，惩罚他们是应该的，但八国联合起来对付一个主权国家，还要把人家的京城攻下来，这又岂是文明人所为？让我跟着一帮侵略军和他们的大炮刺刀一起进入北京城，这就像让我打自己耳光一样。

　　当然这想法我没有说出来，我只是请求将军开给我一张证明我身份的路条，让沿途军队不要骚扰我这个孤独的旅人。将军答应了。

　　白河两岸是一望无垠的高粱地，高粱还未熟，却有好多被践踏折断了。河边的芦苇丛中，时时可以见到胀得鼓鼓的死人的肚皮。到了傍晚时分，所有分散的光线聚集在水面上，河流变得像一面结冰的镜子，映射着日暮的昏黄，河边的芦苇、高粱地和柳树黑压压的倒影间的亮光显得更加诡谲。到处都是尸臭味，我好像行走在地狱的边缘。"我已经看见了地狱的烈火。"我想起了约书亚牧师说过的话。

　　在河边的滩地上，有时会遇到意大利或者哥萨克的骑兵在试骑作战中缴获的马匹。他们纵马疾驰，像疯子一样狂野地大叫着。看过路条后，他们又风一般跑远。

　　在廊坊附近的一个铁路小站，看来义和团和联军刚刚爆发过一场激战。到处是废弃的作战物资、布满弹坑的工事掩体、断肢、污黑的血迹、拧得像麻花一样的铁轨、炸烂了的车厢。挟着尸臭味的热风吹着废墟上污脏的几面破旗，它们有的靠在一截断墙上，有的就插在尸堆里。奇怪的是面对那么多死尸，我竟然没有了恐惧。

但在某一天经过一个无名小镇时，恐惧突然攫住了我。那个小镇已被炮火摧毁，我进入时空无一人。我先踏上的是一条铺满瓷器碎片的大街，可能路边的一家货栈是出售瓷器的，正好被炮弹击中，这些珍贵的彩绘瓷器全都炸碎了，混杂其间的还有尸骸碎片和毛发。在那家货栈的深处，一条幽深的过道连接着的是一个很气派的庭院，庭院有月洞门和回廊，中间还有修着假山的一个小水池。在被岁月侵蚀了的青灰色的院墙下，紫葳、翠绿的葡萄藤、粉红的石竹，这些无人照料的植物愉快地疯长着，蔓延过了小径。但再往前走时，我看到玫瑰红的牵牛花掩藏着一具女尸，棚架上的花朵却那么优雅地绽放着，就像一个大花环。就在那一刻我心里一凛，看清了这庭院里所有的物事：开膛破肚的箱子，凌乱的抽屉，血迹斑斑的戏服，满是血污的中国女人的小鞋子，扔得到处都是的砍下来的人头、手、腿和一团团水草般的头发。

这天傍晚来到通州城下时，我并没有看清黑色城墙上设有义和团的岗哨。天色昏暗，他们也把我当作回城的百姓放了进来。然后我看到黑黢黢的墙根下集结着上百匹战马，一些扎着红头巾的义和团成员在城墙的箭垛上架设土枪土炮，看来一场大战即将爆发。

我被派和城里的百姓一起去河边修筑工事。我想逃跑，但他们看管得很紧，只得放弃。解手时，我把凯斯利将军开的路条撕碎吞了下去。

抵挡不住联军的猛烈炮火，溃散的义和团成员裹挟着部分百姓，趁着一个雨夜从北门突围而出。那晚的雨越下越大，马蹄都陷在了煤黑的尘土中。我夹杂在乌黑的人群中，也像一滴污脏的水一样身不由己地奔逃。

溃军一路向西，又向北行，离北京越来越远了。凌乱的队伍里有人高声叫骂，骂朝廷背信弃义，不光八国联军在后面追着，清军也见着义和团就杀。

最新得到的消息是，联军于八月中旬的一个凌晨攻破了北京坚固的城墙，太后带着皇上从皇宫北门出逃，逃亡方向据说是我刚从那边逃回的山西太原。

我有点后悔拒绝凯斯利将军的好意邀请了。如果我跟随联军指挥部一起前进，这会儿应该是进了北京城了。我不知道被围在公使馆里的罗伯特·赫德和他的海关属员们是活着还是死了，我也不知道，我夹在这群乌合之众中要奔逃到几时，最终是死于联军的枪弹还是清军的枪矛。

仓皇奔逃的间隙，在沿途经过的一个个废弃的村庄里，或者是坐下来喘息的土坎上，只要一得着空，我就拿一截铅笔在纸上涂抹，开始写我和我父亲的故事。

第六章

1900，北京

1

1900 年 1 月 1 日，冬季里最寒冷的一天，伦敦笼罩在晦暗、湿漉漉的浓雾之中。一场热烈的辩论正在进行着，关于二十世纪的第一天到底是从这一日开始，还是明年的元旦开始，各家报馆大打口水仗，有媒体援引德国皇帝的话说，应该是从今天开始，但英伦第一大报《泰晤士报》在列举了法国、西班牙、意大利等国的历书后认为，应该从明年的元旦算起。好多议员都加入了这场争论。

在北京的赫德从金登干的电文中得知这场无聊的争论，几乎要骂出声来。这帮无聊的家伙，穿着燕尾服、系着领结的衮衮诸公，你们就不能争论些有意义的事情吗？他又不禁摇头暗笑，自己在华四十多年，思考、行事难道真的如《泰晤士报》那些嗅觉像老鼠一样灵敏的记者所指责的，"已过于习惯用中国人的眼光看中国问题"，离外面的世界越来越远了？

他已经有三个星期没有出门了，这些日子，重感冒和风湿痛折磨得他寝食难安。风湿病发作时，从手指、手腕、头部、腰部到大腿，好像有经络的地方都在痛，更别提再加上恼人的失眠症。起先他还强撑着去海关总署处理公务，可要不了半天就头痛欲裂，只得回家将养。辛苦了几个文案，大事小事总要在东交民巷与他新近搬迁的居所柴火阑胡同之间来回奔跑。

这个海关王国的独裁者现在是真的老了，尽管颏下的胡子仍修剪得整洁美观，但日渐稀疏的头发已暴露出生命的败象。居家的日子，他还是穿着双排扣长礼服，系着领带，口袋里揣着一种牌子叫"沙哈"的埃及香烟。从前他只在早晚两餐之后抽一支方头雪茄，这些年忧愁无端，抽得越来越凶了。

本来，他是多么喜欢公务之余那一场场宴饮之乐啊。自1882 年法国入侵越南北部、中法战争一触即发前把妻儿送回英国，一个人孤栖北京的这十八年里，也只有音乐、舞步、酒，带给他公务之外唯一的乐趣。有人信誓旦旦地声称，曾看见赫德在酒后扮成盲人的样子，把假山上凉亭里的女孩们逗得哈哈大笑。但有谁知道，在事业最成功的顶点上，他也只向自己的日记倾诉满腹辛酸。"我形单影只，没有一个朋友或知己……孤独的痉挛噬咬着我的心。"

他为妻子在伦敦卡多根广场购置了一座舒适的房屋，供应她充裕的钱款用于娱乐和旅游，经常送她珠宝、皮毛和丝绸等昂贵的礼物。除此之外，这对名义上的夫妻还经常客气地在信中相互问候。家庭生活何以不堪至此，赫德有时想想也觉得奇怪。

为了排解孤独，他花钱办起了一个铜管乐队，由二十来人组成，开始主要是外籍海关职员，后来几乎全都换成了中国人。长号、短号、圆号、次中音号、低音大号应有尽有，在一位来自澳门的海关雇员的指挥下，演奏得有板有眼。总司大人每周一次在海关花园里发起的音乐会曾经吸引了京城里多少达官、命妇和美媛啊！对那些孤栖异乡的外交官而言，这一活动也是枯燥的北京社交生活中难得的一抹温馨。

每到音乐会举行的日子，占地八英亩的花园里总是人头攒动、花团锦簇。十几位身穿制服的乐手一色儿都是十八九岁的年轻人，衣着整洁如新，起劲地演奏着雷打不动的曲子——不外乎赫德喜欢的《爱之夜》《当光线暗淡的时候》《箴言波尔卡》《美国谷仓舞》之类。他们中，演奏长笛的是个剃头匠，演奏短

号的是个鞋匠，打鼓的是个裁缝。女士们漫步在花园里曲折蜿
蜒的小径上，空气中弥漫着柠檬香水、玫瑰香水和一种名叫"莱
茵紫罗兰"的德国香水气味。她们身上照例是精心挑选过的时
髦行头，柔软的细麻纱布，浅褐色的、淡玫瑰红的，或者是嫩
绿色的，都饰着丝带和花边。为了保护娇颜免受北京厉风的伤害，
她们一色儿都蒙着面罩，戴着帽子。面罩是白色的俄国沙网或
者缀着小孔的薄纱做成的，帽子的式样则夸张得有些吓人——
用麦秆或蓝铃草秆编成的帽身，扎上天鹅绒蝴蝶结，插上鸵鸟
毛或者鱼鹰翎，再系上缎带。

音乐会一开始，这些贵妇就会在花园里的藤椅上坐下来，
一边吃着小点心，一边看着穿灯笼裤和围裙的孩子们在灌木丛
里跑来跑去。在她们周围的草坪上，外交官们在高谈阔论，传
教士们看上去一副什么都不以为然的模样，而那些从香港或上
海来的记者则到处乱窜，忙着打听花边新闻和小道消息。

那一场场总是以狂欢告终的饮宴上，他，大清帝国海关的
真正缔造者，最乐意做的是让眼睛随意地落在那些花枝招展的
女眷的胸前，落在她们胸脯徐缓的斜坡上。他比较着一个斜坡
与另一个斜坡的异同，比较着胸脯的斜坡与一座碉堡的斜坡的
异同，并为想象出斜坡这个具有色情意味的比喻暗自得意。一
般来说，真实的欲望是不能这样轻松地转化为比喻的，但对他
来说，这已经令他足够陶醉。

他握着高脚酒杯，就像手持弓箭的丘比特在空中飞，却从
不向哪儿射出一箭。虽然位高权重，又是孤身一人在北京，但
在男女情事上他从来拿捏得很好，不闹出什么绯闻来。顶多是
向那些女士小姐献一些小小的殷勤，送一些小挂件、小饰品，
用毫不吝啬的赞美博取她们羞涩的微笑或者夸张的尖叫。

他以为自己的身体已是一具朽木，再也燃不起爱欲的火苗。更多的时候，他把闲暇的时间全都花到了他喜欢的小提琴上。琴身柔和的线条贴着腮帮子，就像女人沁凉的身体在暗夜里起伏。

但这个冬天，这项爱好也取消了。朝局动荡不宁，他实在没有了这份闲心。从去年十一月开始，北京城看起来一切正常，虽有牛庄闹鼠疫，天津暴发痢疾，其他城市闹疟疾，小痛小痒总也不肯消停，在忙于支付债款利息、筹备军事经费的总理衙门看来，这都是微末小节，大可忽略不计。他们更为忧虑的是，为慈禧太后即将到来的寿辰一直在祈的雨怎么还不下。但随着新年脚步的临近，赫德嗅出了越来越浓的不安气息，行走中国官场多年的经验告诉他，今年也许会有一场大变！

先是一名英国传教士在山东被义和团所杀。这消息在驻北京各公使馆引起了一阵骚动，虽然经交涉，凶手被处死，总理衙门公开对这一事件表示遗憾，但看来义和团运动一时难以平息下去。在山东事件最终解决前，袁世凯已接替毓贤出任山东巡抚。李鸿章则调离直隶，南下任两广总督。官场格局如同牌桌上轮流坐庄般变化，赫德意识到，袁世凯极有可能接替李鸿章，成为中国最有实权的人物。

新历岁末，李鸿章从天津前往广州赴任前，曾来拜访他这位老友。他当时还奇怪，李鸿章的脸上为何一点也没有失落，反倒像一个厌学的儿童回家过节一样高兴。他和李鸿章打了几十年的交道，还真从没有看到李鸿章有这样兴高采烈的时候。现在他好像是有些明白过来，李鸿章当时一定是预先知道了义和团将引发京城剧变的一些消息，为自己能够逃开而感到庆幸。因为元旦过后，山东的义和团就要闹到京城的传闻越来越多，看情形北京极有可能逃不过一场骚乱。

"这只老狐狸！"

对那个已经到了广州的老朋友，他说不清是忌妒，还是钦佩。

2

一月二十五日，慈禧召见军机大臣、各部尚书、内务府大臣及几位亲王，说她自幼养育的光绪皇帝成人后不恭不孝，不知感恩，甚至密谋联合南方维新党人加害于她，提议废掉光绪，另立新帝。

慈禧一说到戊戌年的旧账就咬牙切齿，诸位亲王和王公大臣讷讷不敢言。最后慈禧宣布，她决定把端郡王载漪的长子过继给死去的同治皇帝，立为新帝。军机大臣孙家鼐当庭力争，恳请太后不要废掉光绪，一旦皇上被废，恐怕南方有变。太后听后勃然大怒，说，选立新帝本是我们一家人的会议，召见汉臣不过为了体面而已，你啰唆什么？

随后，太后移驾勤政殿，召光绪入殿，其余诸臣跪于殿外。不一会，太监宣诸位王公大臣入殿，慈禧宣布，皇帝本人也不反对。大臣们不知刚才大殿内两人谈了何事，只见光绪面如死灰，神情恍惚，如在梦中。

次日的《泰晤士报》刊登一则上海二十五日电讯：据北京来电，昨御前会议，军机大臣、各部尚书参加，光绪皇帝颁发诏书，指定端郡王的九岁儿子继承帝位，改年号宝庆。这则电讯还公布了只有二十字的退位诏书云："兹宣布端郡王载漪之子溥隽为同治皇帝继承人。"

大年初一，京城四品以上官员和各国公使参加了朝廷的新年祭祀。意料之中，今年的祭祀仪式不再由光绪皇帝主持，而是九岁的大阿哥代替当今天子主持。

结束祭祀，赫德和英国公使克劳德·窦纳乐边走边谈。窦纳乐是苏格兰人，少将军衔，这年四十八岁。他又高又瘦，像一条苏格兰猎犬，留着漂亮的、上了蜡的红胡子。

"据说一周之内就要宣诏，皇储正式登基即位，这个国家越来越乱了，乱得像一出没有头绪的戏。"

赫德很不喜欢窦纳乐用这样超然的语气谈论中国政治，但也不能不敷衍："这女人太可怕了，这下她又可以堂而皇之地垂帘听政了。政治乃是权力之艺术，她玩权谋，所有男人都不是她的对手。"

"不知道她将如何处置废帝？把他送回关外，去做一个满族人的首领，还是继续把他幽禁在宫里，直到老死？唉，可怜的年轻人！"

赫德不想再与公使谈光绪的命运："公使先生，光绪皇帝将来如何，不是我们能够猜测的，还是多想想我们的将来吧。山东的义和拳越闹越凶了，这个秘密组织专门利用迷信仪式、咒语控制团众，杀洋人、烧教堂，说是要把所有外国人都赶到大海里去。目前，这股势力已经越过山东地界蔓延到北直隶了，据说他们还得到朝中一些守旧的实权派人物的支持，马上就要闹到京城来了，这才是我们应该担心的。"

公使不以为然："你总是像神话中的卡桑德拉①一样预言灾

① 希腊神话传说中的女性，特洛伊国王普利阿莫斯的女儿。她被阿波罗赋予了预言的才能，却因为对阿波罗的求爱不理不睬，又被后者施以另一种魔法，致使无人相信她对迫在眉睫的危险、灾害等等的警告。

难，喊着狼来啦狼来啦，但狼什么时候真正来过呢？没错，叛乱一再使帝国处于崩溃的边缘，政府一直在垂死挣扎，但这艘破船不是一直没沉下去吗？你来中国快五十年了吧，经历了那么多事，太平天国起义、亚罗号战争、天津教案、中法战争、中日甲午战争，但发生了这些之后，这个国家的民众蝼蚁一样的生活还不是在一如既往地继续？所以，义和团的恐慌只是一阵风，它很快就会过去。义和团这样的乌合之众，既不会对中国政府造成什么大的危害，也损害不了我们大英帝国在东方的利益。"

"但愿真如你所言。但在这个膜拜超自然力量的国家里，天象往往也会对人们做出预警，并影响到所有人的情绪，造成一种集体无意识。你应该记得，两年前的今天，也就是1898年的春节，发生了日食，人们都说是灾祸的预兆，果然，那一年的九月，皇太后夺权，皇帝被幽禁。今年是农历闰年，闰八月更是不祥之兆，京中百姓早在传言今年会有大灾祸，而一部分人更是抱着一种病态的心理，要把这民间传言促成事实。"

"那你预计大变会在什么时候？"

"传言都说农历八月十五是外国人的末日，我看最迟不超过九月份，我们都逃不过一劫。"

"政府会听任这些暴民作乱吗？北京的卫戍部队不会坐视不管的！"

赫德忧心忡忡："这正是我最为担心的。公使先生请想一想，如果没有政府在后面撑腰，这帮满腿泥巴的农民怎么可以从山东一路闹到直隶？至于您刚才说到的北京驻军，他们是三年前调防到北京的董福祥的甘军，如果公使先生不健忘的话，应该记得，这两年来发生过多次甘军殴打使馆职员的事件，指望他们来保护，简直是与虎谋皮。"

窦纳乐正想说些什么，一个属下职员进来报告，女王诞辰日晚宴的宾客名单已经排定，请他最后审定。

"赫德先生，二十四日的晚宴务请赏光，您的铜管乐队也要借用一下。"

"我奇怪的是，您竟然还有心思办这个晚宴。"

从三月开始，没再下过一滴雨。干燥的空气，只要落下一点火星就会燃起一场大火。坊间都说是外国人破坏了风水，只要杀光了洋人，老天爷自会降雨。

"将有八百万天兵天将从天而降，灭绝洋人，到时就会普降甘霖。"前几年来到北京的《泰晤士报》记者乔治·莫理循告诉赫德，这是他从一个仆人嘴里听说的，"哈哈，都二十世纪了，竟然还会听到这样的鬼话！"

"我一点也不觉得这话有什么好笑，在我看来，这些看似荒诞不经的话的背后都有着冲天的戾气。这股来自中国最广大土地的戾气，已经让我快要窒息了。"

"或许，义和团针对的只是传教士和被他们称作二毛子的本地教民吧，不会把矛头对准所有外国人。"

"城门失火，殃及池鱼，"赫德嘴边冒出一句中国古话，神色变得凝重忧虑，"传教士在中国传教那么多年，真没想到唯一获得的果实却是仇恨。真所谓播下的是龙种，收获的却是跳蚤。"

莫理循语锋咄咄逼人："那帮传教士，尤其是天主教传教士，他们自己就是一群不折不扣的跳蚤！总司大人应该记得，去年颁布的一项法令给予天主教的主教与督抚平起平坐的地位，可以乘坐绿轿子，有全套跟班侍从、仪仗伞盖，就是一般教士也有知县的官衔，这样招摇着去传播上帝福音真是天大的笑话！
他们还不顾中国人的反对，到处盖屋顶尖尖的教堂，如果有人
在威斯敏斯特教堂旁建一座令人讨厌的皮革厂，一定会引起英
国上下的强烈抱怨，那么在中国人心目中的风水宝地盖一座尖
顶教堂难道不会引起中国人的反感吗？更不必说那些良莠不齐
的教民了，仗着教会的势力，做下鱼肉乡里的种种丑行。"

　　赫德表示赞同："难道你不觉得，我们给中国老人喉咙里强
灌下的西方灵丹妙药正在杀死这个患者？我们既不愿意也没有
能力改变一下药方，只是死死绑住、摁住这个老人，直到他停
止乱踢。"

　　"现在，报应终于来了。"

　　"是啊是啊，恶的种子就要开花。义和团不是没有来由的怪
物，正是这块神奇的土地上催生出的果实。莫理循先生，这些
日子我一直在想一个问题，我们是不是介入这个国家太深了？"

3

　　赫德对形势的估计还是太保守了。事实上，才到五月，义
和团已席卷山东，如同洪水一般泛滥到北直隶，并沿着铁路线
从省城保定向北京涌来。沿途教民遭杀戮，教堂被捣毁，火车站、
铁轨、电报线被拆毁，到处呈现出一片亢奋状态。

　　那条从紫禁城出发、流经使馆区的敞口排水沟的臭味越来
越重了。风暴正在形成，对于使馆区的大多数外国人来说，这
却是一个再正常不过的春天，尽管饥饿的农民在外省引发暴乱，
但他们已习惯了对这些不理不睬。这个时节，差不多该是打点

行军床、浴盆和各种瓶瓶罐罐，前往西山或北戴河休养的时间了，野餐、舞会、赛马和远足，这些令人愉快的消遣将填满春天的最后几个星期。

他们其实并没有把这场正在迫近的危险正儿八经当回事，因为他们正忙于对付这个时期在北京的最大危险：无聊。驻在北京的外国人都在为他们乏味的社交生活感到厌倦，他们觉得自己正生活在世界上最糟糕的地方。冬季已经过去了，外交官们在考虑夏天的度假，有人想回欧洲，有人想去邻近的日本，最不济也想去上海，那里起码看上去还像一个欧洲城市，有黄浦江边的整洁的外滩大道。远处省份传来的暴动和屠杀的消息没有引起他们的担忧，友好的船舰仍然停泊在胶州半岛和大沽口，首都风平浪静，没有危险的迹象。美国公使爱德华·康格和英国公使窦纳乐嘲笑义和团是"几个神神道道的家伙"，实在不必恐慌。

这个春天没有下雨，整个华北都没有。他们坚持认为，只要老天下几场透雨，那么所有事情很快都会平息下来。

到了初夏，北京城里的拳民渐渐多了起来。一天，赫德从东交民巷的海关总署下班回柴火阑胡同的家，在一处街角，看到拳民在表演法术，他让轿子停下，想看个究竟。

围观的人群把路挤得水泄不通。只见场地中央百十个拳民，最小的还是些十三四岁的孩子，他们束紧了腰带在练功，那情状如同发狂了一般，口吐白沫，乱舞乱跳，口出怪声。一个大汉自称有玉皇大帝、太上老君的保佑，可以刀枪不入。只见他扎了个马步，一运气，身上的肌肉一块块鼓了起来。几个团民在几丈开外拿了火枪向他齐射，枪管的硝烟尚未飘散，只见他一跃而起，拱手向全场致礼，再看他身上，居然毫发无损。

赫德边上是一个男孩，穿着全套义和团的服装，身上贴着黄色避邪符，练功累了正坐在地上，用鞋底来磨剑。赫德正看得入神，肩上被人一拍，一只手用力把他从人群中拉了出来，定睛一看，是总理衙门一个熟识的章京。

那章京说："都什么时候了，你还来这种地方，不要命了吗？你看看他们旗帜上写的什么！"

赫德这才注意到那猎猎飞动着的黄旗帜，一看倒吸一口冷气，那上面写的分明是：天降神拳，以灭洋人。

京中纷传，到了八月就是外国人的末日，恐惧的气氛弥漫在各公使馆间。公使和随员们都在想方设法把妻女送回国内去。从天津发往欧洲的邮船，每一班都是满的，有买不到票的，只好就近送到日本去。赫德的妻儿离开中国多年，倒也省去了哭哭啼啼的离别。邸报他是每天必看的，但消息错综，真假莫辨，越看越是糊涂。没有谁告诉他，政府对这场动乱到底持什么态度。伦敦的电报倒是隔三岔五发来，说的都是国内情形，对远东正在发生的危险却很隔膜。

他也想过离开北京。他不是外交官，不过是中方雇佣的一个外方高级职员，这个时候离开谁也不会指责他。但他还是不想离开，居京三十多年了，那熟悉的街道、胡同，熟悉的工作环境以及寂静愉快中度过的一个个温暖时刻，都让他留恋。他不能忘怀那一场场花园音乐会和觥筹交错的社交生活，他不忍割断这一切一个人跑回国。

现在的问题是，政府的立场到底如何？朝中那些老派的官员，到底有没有可能像盛传的那样与义和团联手，把所有外国人都驱逐出境？

总理衙门大臣在与他谈到这个问题时，都期期艾艾的，就像嘴里含着石头，说不出一个所以然。赫德知道，这些人都在看上头的风向呢，太后亮出底牌前，没有一个大臣会麻着胆子轻易表态的。

形势的变化对京城里的外国人越来越不利了。

此时当朝最有权势的人是端郡王载漪，他是道光皇帝的孙子、恭亲王的侄子、当今光绪皇帝的堂兄，他的儿子在年初刚被西太后立为皇储，他本人又掌管着宫廷禁卫军虎神营。不久前，太后把亲王找去训话，把专司外交事务的总理衙门也一并交给了他。太后向他大倒苦水，并循循告诫他说："你和你的一伙人走一条道，庆亲王和他的一伙人走另一条道，我夹在你们中间如何是好？可你既然是将来皇上的阿玛，就要想着你儿子的长远。你还是义和团的头儿和京师驻军的统领，应该知道该做什么，不该做什么，所以我让你到总理衙门办差，让你去做你认为最值得做的事，一定要让祖宗传下来的皇位光彩体面地传给你儿子，祖宗留给我们的基业不能有丝毫的削弱！"

这位郡王是个让人头痛的人物，他是个强硬的排外派，一直赞同利用这些狂热的庄稼佬来打击外国势力。以端王为首，步兵统领、庄亲王载勋、总兵载澜和刚毅、赵舒翘、大学士徐桐等人，结成了很大的一帮势力。京中百姓有想加入义和团的，只要去庄王府登记一下姓名，就成了团民。在这些大臣的纵容下，十几天时间，京城聚集起了数万拳民。他们头缠红布，手持大刀，日夜嘈杂，大声喧闹，嚣张得地方官都不敢过问。

最高当局的意向如何呢？据说，端王领着几个义和团的头目已经进宫在西太后面前表演过他们吹嘘的神功了，太后对他们刀枪不入的功夫深感兴趣。更夸张的一种说法是，大阿哥也在宫中带着一帮太监耍枪弄棒，练起了神拳。

4

五月中旬，位于北京和保定府中间的一座教堂被义和团烧为平地，骚乱中，有多名教民死于非命。天主教北京大教堂主教樊国梁①给法国公使毕盛送来一份令人担忧的报告，内称，拳民暴乱已造成巨大伤亡和破坏，成千上万教民为逃生涌入北京，吁请公使派四十至五十名水手来保护他们。报告还披露了义和团在京城的计划，先攻击教堂，然后攻击公使馆。

报告内容一传开，各国公使都感到了事态的严重。英国公使窦纳乐召集各国公使召开了一次联席会议，决定向总理衙门发去一份照会，要求政府弹压所有反洋势力，保证在京所有外国人的生命安全。窦纳乐邀请赫德参加了这次会议。

会上，美国公使爱德华·康格、法国公使毕盛、意大利公使马提奥、德国公使克林德等一致接受窦纳乐的建议，同意立即派卫队保护使馆，并要求总理衙门予以批准。总理衙门拒绝了各国公使的要求，传话来说，所谓动乱只是一场儿戏，大可一笑了之，各位公使大人何必小题大做。后来终于做了让步，同意各国驻京使馆加派卫队，但条件是，各公使馆卫队的人数不得超过三十人。

"总理衙门大臣是一帮不折不扣的傻瓜。"窦纳乐对赫德说。他让来人转告庆亲王："各国公使馆的卫队如若在赴京途中受到阻拦，卫队人数将增加十倍以上。"

---

① 樊国梁（Monsignor Alphonse Favier），天主教北京教区大主教，执掌北堂（西什库教堂）三十多年。

五月二十四日是维多利亚女王诞辰日，年初，英使馆就在准备庆祝典礼了。近来时局吃紧，好多人竟然忘了这个重要的节日。这天傍晚，赫德受邀请出席了庆祝晚宴。他从马车上下来时，《泰晤士报》的记者莫理循也正好到达，两人在公使夫人的亲自迎接下步进大厅。

莫理循首次出现在赫德的花园聚会上是在 1897 年的春天。这个年轻人来自澳洲，体格强健，相貌英俊，略微有些斜肩，浅蓝色的眼睛里总是含着迷离恍惚的微笑。比漂亮的外表更可贵的是他还胆子大、脸皮厚，从不放过向女士们献殷勤的机会，有着很好的女人缘。在一座西方女性供给十分有限的都城里，他就像一只公猫一样渴望发生艳遇。这个神枪手兼合格的骑手前些年曾经徒步、骑马穿越中国内陆，进入缅甸的北部边境。作为全球最大的报纸派驻北京的唯一一位常驻记者，他是一个没有使臣头衔的使臣。赫德第一次见到莫理循的时候就喜欢上了这个年轻人。

晚宴举行的地点是英使馆内的一个小剧院，一共有七十名客人出席。外界的人心惶惶似乎一点也没有影响来宾们的好心情。晚宴热闹非凡，宾主频频干杯，开了许多香槟。晚宴过后，来宾们又在装饰得漂漂亮亮的网球场上举行了舞会。铜管乐队奏了一支又一支曲子，绅士们彬彬有礼，女士们花枝招展，一对对结了伴儿在舞池中央翩翩起舞。身材高大、头发鬈曲的莫理循身边从不缺少美女，这一晚上他都不知换了多少个舞伴了。一曲终了，看到赫德一个人端着酒杯坐在角落，他便大大咧咧地在赫德对面坐下。

"真希望这一刻能永远停留，包围我们的永远是美酒和美女。"莫理循已有了醉意。

"你还年轻，是应该好好享乐，"赫德说，"我已吃饱喝足，该是谢场的时候了。"

"总司大人怎么如此伤感！我来中国才几年，却在很多个场合都听人说，您是斗不垮的，是帝国官场的常青树。历任公使在交接时都是这样说的，有事情，找赫德。"

"呵呵，你别寒碜我了。"听莫理循这么夸他，赫德还是受用的，但一想到混乱的时局，不由双眉紧锁。

"我们正在步入一个前所未有的泥潭中去，这一关，还真的不知道怎么过呢。"

"各国增派的使馆卫队已经从天津启程，他们到了就好了，我想不会有太大麻烦的。再说了，义和团是什么东西？那不过是一伙由农民、本地小青皮、退役士兵、失业船员、流浪汉、无赖、江湖骗子、街头小混混和机会主义者组成的乌合之众。他们包着红色的头巾，戴着护腕和腰带，焚烧写有咒语的黄纸，然后把纸灰吞下去，进入假想中的英雄附体后的迷离恍惚，这样一个中国旧文化结出的怪胎有什么好怕的？"

"事情没你说得这么简单，朝廷和义和团结盟的趋向越来越明显了。我有一种不好的预感，过不了几天，这里将被清军和义和团的长矛和炮火包围，我们都要靠使馆长长的围墙来保命了。"

"我不相信政府会容许义和团在北京制造混乱，我更不相信政府也会加入这场动乱中去。有国际法在，谁也不会胡来。"

赫德苦笑："你说得没错，中国与西方国家的条约关系已经快一个甲子了，他们向国外正式派驻使节也二十多年了，而且同文馆里很早就讲授惠顿先生的国际法，即他们说的万国公法了，他们确实向着现代化迈出了几步。但你要知道，西方人制定的法律，在中国不一定会适用，自由、民主、进步这些概念，他们可能一时还领会不了，中国人唯一欣赏的文明就是他们自己的文明。"

"我前段时间给报社撰写电讯稿时，找了许多大臣和中央各部的青年官员，有一个很让人担心的消息，说是太后也站到了义和团一边。以前朝廷老想着扑灭义和团这股邪火，现在，他们的立场完全变了，都同流合污了。"

"我猜测，中国的官员们可能对义和团抱着不可告人的目的，他们明知道应该打压，但出于对外来势力的憎恶，起码现在，他们不想吹熄这堆火。"

"妈的，我们的命居然捏在那个老太婆手里。这段时间，京城闹得惶恐不安，听说西太后却躲在颐和园里看戏。我想，在一个更大的舞台上，她正扮演着居心叵测、两面三刀的角色，并为这角色暗自得意呢。"

"别这么污蔑西太后，她是一个了不起的女性，没准她也蒙在鼓里呢。"

"看中国的报纸真要看出病来，你都不知道什么是真话，什么是谎言，一会儿说太后下达谕旨，指责义和团的暴行，一会儿又说赦免了他们的罪行，还任命朝中大臣去做他们的头领。"

"所以啊，你要在中国混，就要学会于无声处听惊雷，所有的变动都会有征兆，你要去仔细倾听，这是我在这个古老帝国待了快半个世纪得出的经验。至于那些邸报上的新闻，你全可以从反面去理解它。"赫德不自觉地摆出了教训人的口气。

"你听到雷声了？"

"听到了，听到了，轰轰，轰隆隆，越来越近了！"赫德夸张地做着手势。

5

六月三日，四百余名从天津大沽口登岸的美、英、法、意、日、俄卫队士兵到达北京，公使们终于放下心来。

窦纳乐还是闷闷不乐，埋怨来的士兵太少。英国卫队的领队军官是斯特劳兹上校，他说在天津火车站准备上车时，英国海军陆战队本来有一百名士兵，一看法国和俄国都只有七十五名，就把二十五名撤了回去。

窦纳乐说："怎么这样呢？这个时候多一个士兵，使馆就多一份安全的可能。"

"还有更好笑的事呢，俄国卫队携带了一千发炮弹，可是到了北京后他们才发现，把大炮留在天津了。"

"可惜，可惜！"窦纳乐连连顿足，他用力握着斯特劳兹上校的手，神色凝重，"上校先生，使馆的安危，几百个妇女儿童的生命，全仰仗阁下了！"

斯特劳兹上校一点也不觉得事态严重，呵呵大笑着说："公使大人，您放心，我这七十五个士兵是皇家海军陆战队最优秀的士兵。不就一帮庄稼汉作乱吗，这群乌合之众要是敢来，我们手中的来复枪就会发出正义的怒吼！"

窦纳尔觉得，上校如此轻敌很要不得，想警告些什么，又怕挫了锐气，也就不再言语。来日方长，形势到底如何，够时间让斯特劳兹上校去琢磨的。

斯特劳兹上校要是预先知道了端郡王说的下面这番话，恐怕再也笑不出声了。各国卫队刚从天津启程前往北京，直隶总督裕禄的电报已经飞到了端王的案头。得知这些仓促赶来的洋兵并未携带大炮，端郡王轻蔑地放声大笑，对一干手下说："区区几百洋兵有何可怕，我已知谕虎神营放他们进来，这些人进来容易出去难，到时候让他们全都命丧北京城。"

为了应付突变，妇女和儿童都被集中到英国公使馆。总税务司署一些胆小的洋员一到天黑也都往公使馆跑，那些持枪站岗的士兵好歹让他们有一种安全感。

这些天，赫德被一些杂事缠住了身，焦头烂额。先是派到广州任税务司的妻弟裴式模不久前刚刚患病死去。他无法分身前往广州，只得让妻弟裴式楷前往料理后事。此事刚了，裴式楷才回北京，他又接到了金登干的电报，说儿子赫承先回国后又犯起了神经方面的毛病。赫承先去巴黎度假，在回旅馆时中了暑，摔倒在格兰德饭店附近的大街上，下巴磕出一个很大的口子，长时间躺在大街上不省人事，流了好多血，后来被路人发现送回了旅馆，此后一直郁郁寡欢，像是受了什么刺激。金登干在电报中说，他舅舅裴式模的死，还有他的岳父吉尔森先生奄奄一息的样子，都刺激着赫承先，让他的神经官能症一天天加重了。

这个儿子从没有让赫德省心过。赫德内心里总觉得亏欠着他。要是自己当初不反对他的婚事，兴许他就不会得病吧。所以几年前赫承先因身体原因回国后，他关照金登干要经常报告赫承先的一切情况。但现在他的内心里陡然生长出了另一份更深的牵挂，那是他的另一个儿子，他和中国情人阿瑶生下的阿瑟。

他从没有向人说起过这份思念。在北京没有一个人可以诉说，这里没有一个人知道他在婚前还有几个私生子。他只有把这份秘密深深地埋起来，独自饮下生活馈赠给他的这杯苦酒。自从几年前在赫承先的住所门口邂逅这个来到中国寻找母亲的儿子，他的内心快要被懊悔蚀空了。他越来越频繁地梦见这个儿子。前些日子，朋友李提摩太牧师告诉他，山西巡抚毓贤在太原杀人如麻，把好多传教士和教民都处决了，还写奏章向朝廷表功。他一得知这个消息就差点背过气去。阿瑟跟了英国浸礼会的一个牧师去太原赈灾、传教，一走好几年一直没有消息，是不是还在太原？他是不是从那个可恶的巡抚的屠刀下逃出来了？

京城越来越乱了，像个火药桶，一点就会着。赫德把海关和同文馆的人都集中到了他的住宅，反正屋子很大，多少人也住得下。他们只有二十支枪，子弹也不多，担心义和团冲进来守不住，几天后，赫德将所有海关的妇孺集中到了英国公使馆。因为这一天是关帝诞辰，中国人称之为关老爷磨刀，盛传义和团就要在这天晚上发起攻击。

"这下我们成了被夹住的老鼠了。"他的妻弟裴式楷很懊恼，后悔从广州回来得不是时候，"公使馆里的各国士兵，虽然有马克沁机枪和来复枪装备，怎么可以抵挡几万名义和团成员！"

"最危险的时候还没有来呢，照他们的说法，八月十五中秋节才是我们的末日。"尽管都到了火烧眉毛之时，赫德还不忘打趣他这个胆小的妻弟。

"铁路设施都遭到了破坏，火车停开了，北京至天津的电报已经不通，估计邮路也会马上被阻断，末日就在眼前了！上帝啊，公使馆会是我们的诺亚方舟吗？"裴式楷绝望地叫了起来。

"自从 1854 年来到中国到现在，我已经历了太多的事，都有些麻木了，不过这一次好像确实非常凶险。你也别吓成这样子，要跨过这道坎只能靠我们自己。我现在唯一感到奇怪的是，都到了这地步，中国政府还没有一个明确的态度，在这个关键的时刻好像哑巴了，难道他们在骑墙观望？"

最后一批准备前往日本的使馆家眷乘坐的火车从马家堡车站开出不久，又倒退着回来了，因为据传在北京与保定府之间的涿州，已汇集了一万名以上的拳民，再往前的铁轨全给扒了。这些家眷回来时，带来了许多沿途的教民，人数比出发时增加了好几倍。这些人无处可去，有好些也流向了总税务司署。

赫德来到公使官邸，想与窦纳乐商议难民安置，还没进门就听到窦纳乐的骂声，他正在为跑马厅的大看台和马厩被人放火烧了恼怒不已。

"卑鄙下流的行径！灾难性的挑衅！这是对我们的极大污辱，从这一事件中，我们所有在北京的欧洲人可以更清楚地意识到所面临的险境了！"窦纳乐咆哮着，像一头被激怒的山羊，一圈圈地转着寻找对手。

"义和团很有可能就在这几日向我们发动攻击，使馆区要加紧布防，要是迟了我们就会被打个措手不及。我们可以把那些难民都组织起来。"

正说着，使馆职员进来说，在哈德门东边的美以美会，有一个难民群，其中有七十名外国人和四百名中国教徒，有些人还患上了天花和猩红热，他们请求使馆收容，请示如何安置。

"京津两地，那些被烧了教堂的神职人员，他们都希望得到各国公使馆的庇护。"赫德适时做了补充。

"天哪，全乱套了！"窦纳乐不住地搓着双手，"公使馆可没有那么多房子给他们住。"

赫德提出一个建议，公使馆对面，隔着一条御河就是肃王府。

肃王府里早就不住人了，空着许多房屋，再加有高墙可以据守，正好可以用来安置难民。

窦纳乐觉得这主意不错。赫德建议这事由他和《泰晤士报》记者莫理循一起来办理。窦纳乐正好求之不得。

优雅讲究的晚餐会还是照常举行，由身着全套晚装的窦纳乐主持。晚餐会后，赫德点着一支雪茄，心事重重地在使馆的院子里溜达了一圈。

这是赫德第一次住在公使馆。尽管窦纳乐给他安排了单独的房间，但在陌生的房间、陌生的床上，他一点睡意也没有。他起来给金登干写信，告知此间情形，最后他说，我们被孤立起来了，这可能不只是义和团干的，还有别的人参与。他暗示是政府方面纵容或直接支使了此事。真他妈的太荒唐了，世界上还没有一个国家，要把全体外交使团消灭掉！"这出闹剧很可能将以可耻的失败像悲剧般震动全世界。"

朝阳把清晨的天空映射得一片彤红。一宿未眠的赫德走出房间，贪婪地呼吸着此时还算凉爽的空气。这天气，看样子十天半个月都下不了雨。赫德的忧虑更重了。他唤来邮差嘱咐了几句，又返身回屋，站在工作台前草签了一份发给两广总督李鸿章的电文。电文约略说明了此间的事态，要求李鸿章致电慈禧太后，告诉她那些纵容义和团的大臣会对帝国造成什么样的危害，并正告之，不管北京的局势发生什么样的变化，公使馆和各国使节的生命是不可侵犯的。做完了这一切，只觉浑身上下说不出的疲乏。

早餐很简单，米饭、茶、果酱，再加上前晚吃剩下的一点咖喱马肉。赫德胃口全无，一直强健矍铄的他，因为过度的思虑，一夜之间好像变了一个人似的。他深信，帝国朝廷已经被疯狂的浪潮席卷，洪水过后可能一切都没了。自己身陷使馆，无从展开手腕调停，实在悲哀。

更糟糕的是，他觉察到几乎所有外交官都憎恶他。他们的言行似乎在清楚地表明，如今是他们，而不是你赫德，在控制着这场演出，你只不过是一根额外的拇指，无用而且可恶。他还听到有人在背后取笑，说他经常戴的领带是从他妻子的一条旧蓝裙子上裁剪下来的，他妻子腻烦了北京和丈夫，十多年前离开就再也没有回来过，领带布料缩了水，都窄得像一条腰带了。

他决心改变这一处境。用完早餐回到房间，他把两支大号柯尔特式自动手枪绑在身上，临出门又摸出第三把，藏在屁股后面的口袋里。

6

六月十日上午，一列载运四百名士兵的火车在英国皇家海军舰队司令、中将爱德华·西摩尔率领下，从天津驶出前往北京。西摩尔率领的这支前锋部队出发后，又有一千余名士兵分乘四列火车随后跟进。

西摩尔，这个经历过克里米亚战争的老兵，曾以海军低级军官的身份在英法联军军队服役，四十年前他所在的那支部队曾打进北京城，把圆明园夷为平地。带着身着全套崭新制服的士兵出发前，他致电窦纳乐爵士："本将军麾下掌有军舰十七艘，军威不减 1860 年。"

西摩尔本以为当晚就可以到达北京，最迟也不会超过明日上午。他怎么也不会想到，他和他的部队要两个多月后才能进入北京。

　　火车通过杨村时，驻守此地的聂士成的部队没有丝毫抵抗，过铁桥的时候，双方士兵还互相挥手致意。但在接近廊坊的时候，大约两千名农民向他们发动了攻击。他们扎着红头巾，挥舞着棍棒、长矛、刀剑和老式火枪猛攻。联军士兵一阵排枪过后，义和团的攻击减缓了，但没过多久，他们重新做了整编，攻势更猛。

　　更为糟糕的是前方有些路段遭到了破坏，铁轨被毁，枕木烧成了木炭。部队要边修路边前行。抢修了一小段，另一段又被蜂拥而来的义和团破坏了，再加上缺少食品、水和燃料，中将和他的部队很快陷入了进退两难的困境。在远征队和天津之间往返以维持补给的最后一趟火车没能通过杨村铁桥，聂士成的部队撤走了，铁桥落入了义和团之手。

　　中将犯了一个致命的错误，他把使馆的安全搁置起来，把修铁路这样次要的事扩大为当前的首要任务。"这就像望远镜倒过来看一样，机会失去了。"赫德后来这样说。他认为，如果西摩尔率领的增援部队当即放弃火车，直接横穿乡野行军，在附近征集到一些牲口来运输辎重，那么最迟三天后他们就可以到达北京了，这样也就不会有后来惊心动魄的长达两个月的围困了。

　　但由于电报线中断，各国使馆都没有收到增援部队在廊坊受阻的消息。被援军即将到达的消息所鼓舞，在京的外国人对眼前的危险熟视无睹。六月十一日下午，预计中的援军应该到了，于是部分使馆人员分乘几辆马车前往车站迎接西摩尔。他们当中有日本公使馆一等秘书杉山彬。他头戴圆顶硬礼帽，身着燕尾服，就像去出席一场宫廷宴会。经过永定门车站时，他们的马车被调卡盘问的清军拦住了。杉山彬自恃外交官的身份，驱动马车硬闯，被士兵们从马车上拉了下来，乱刀齐下，顷刻间成了碎片。一个刽子手出身的军士拿刀在杉山彬的胸前划了个十字，又拿刀背在他后背使劲一拍，一颗还在跳动着的心就被挖了出来。

其他人捡到性命逃回使馆，把杉山彬死去的惨状一渲染，使馆区里顿时如同感染了瘟疫一般笼罩着恐怖。

"杀害外交官的不是义和团，竟然是政府军！"窦纳乐气急败坏，"这样的丑闻就在我们眼皮底下发生了，这真是文明的耻辱！"

据最新情报，这支部队正是武卫后军统领董福祥的甘军，目前驻扎在正阳门、东阳门一带。名义上归荣禄节制，任务是保护皇宫安全。

"甘军风气很坏，素来排外。诸位应该记得，几年前就发生过甘军士兵殴打公使馆人员的事件，"赫德提醒说，"董福祥剽悍好斗，素称善于用兵，在西域与回民武装打过几回硬仗，从未输过。这支部队装备精良，使用的是最新式的来复枪，不是寻常绿营可比。目前形势不明，我们既要提防义和团发动攻击，对他们也不可等闲视之。"

情势紧急，先前提出的使馆区布防方案迅速投入了实施。美以美会传教士贾腓力原先是个工程师，负责公使馆防御工事的设计和构筑。使馆区一共十一家公使馆，杂乱地散布在一个长方形区域。它大致可分为三个部分，南部边界是一堵墙，标志着旗人区的界限，东边，一条主街通到哈德门，北边是紫禁城的外墙，西边则是天安门，是进入错综复杂的皇宫的主门。臭气熏天的一条污水沟从使馆区穿过，将英使馆与相邻的翰林院与肃王府花园分隔开来。他建议，使馆区内城墙作为第一道防线，由美国人和德国人防守；长安街和使馆街作为重点防御线，由俄国人、意大利人、奥地利人和英国人协力防守；使馆区东面，沿总税务司署一带，由日本人和海关人员共同防守；处于内线的法国公使馆卫队则随时支援长安街和使馆街的哨卡。

整个防御体系中，英国公使窦纳尔为总司令，陆军出身的美国驻华使馆头等参赞斯奎尔斯（一个中国瓷器的狂热爱好者）为参谋长。因使馆区东面还要兼顾河对面的肃王府，斯特劳兹上校被委以防守东线的重任。

英国公使馆的大门口设置了路障，所有门都进行了加固。窗户全用沙包堵上了，只留下开枪的射击孔。使馆区附近有三家外国人开的大型商店，还有几家中国人开的店铺，这些店里所有能用的东西，大米、面粉、麦片、燃料、罐头、咸菜，还有大量布匹和丝绸，都被搬了过来。所有人都把存粮交出来集中。使馆区的马厩圈养着一百五十匹马、一些运货的骡子、一群绵羊和一头母牛，这些必要时也可以用来充饥，这样就有了可以保证数个星期的食品供应。所有使馆成员的家眷都分配到了缝制沙包的任务，以备加固工事之需。

英使馆的假山后面垒起了炉灶，上面架起了大锅，煮的是罐装牛肉和米饭。一些穿着印花布围裙的中国厨子大汗淋漓地忙碌着。罐装腌牛肉、咖喱赛马肉、喜鹊和麻雀这些野味，再加上抢劫来的五花八门的酒——香槟、杜松子酒、威士忌、白兰地，要是没有逼近的危险，竟像是一场不错的郊外野餐呢。

7

六月十三日下午，从城北哈德门涌进大批义和团成员，他们点燃了北边的教堂，并开始焚烧外国人的住房。他们往北到了长安街，本来想烧中国通商银行，但防守在那里的奥地利人向他们开了枪，于是一哄而散，向别处去纵火。不久，从很多个方向都可以看到冲天的火光。

随着黄昏降临，摧毁活动加剧了。

入夜，赫德和窦纳乐、康格、毕盛等人登上使馆区教堂的塔楼一起瞭望。视野所及，这个城市的街巷间到处是火光。带着焦煳味的风不时送来叫喊声、大火焚烧房子的噼啪声和枪声。赫德喃喃自语："终于开始了，我们从未有过的被围困的经历开始了。我感到，我们正被一点一点地与这个城市，甚至与这个世界隔开。"

这个血腥之夜，也是在北京的外国人的第一个真正恐怖之夜。使馆区里没有一个人入睡。莫理循也彻夜未眠，他在日记中这样写道："六月十三日，义和团发动进攻，能听到他们念咒作法、装神弄鬼的叫喊声……城西通宵达旦都能听到可怕的叫喊声、被杀者的狂吼声。抢劫和屠杀。"

通往天津的电报线三天前就已被切断，北京和外部世界联系的最后一条线路，从俄国公使馆北部引出的电报线也在这天的骚乱中被切断了。莫理循花了二十两银子，设法请了个信使把最后一封电报送到了天津。这封电报刊登在六月十八日的《泰晤士报》上：

> 昨天晚上发生了严重的反洋暴乱，东城区一些最好的建筑物被烧毁，数百名中国基督教徒和外国人雇佣的仆人在离皇宫两英里的范围内遭到屠杀。对所有外国人来说，这是个令人焦虑的夜晚。大家在使馆卫队的保护下，都聚

在一起。拳民烧毁了天主教的东堂、伦敦传教团最大的建筑、美国传教团董事会，还有所有海关中外雇员位于东城的住所。如果增援部队今天还不能抵达，预计还会有进一步的暴乱发生。

哈德门大街的教堂被烧毁后，纵火者接二连三地点燃他们能够接近的所有洋房以及所有出售洋货的店铺。前门、南大门附近所有销售洋货的商店全被被烧毁。前门楼也被大火吞噬，只有两层以下的窗户还留在那儿。从商业大街大栅栏望过去，城门只剩下一座焦黑的城垛，高度只及往昔的一半。

六月十四日，顺治门外的法国教堂突然杀声震耳，火光冲天。传言说，数百教民被烧死了，臭味弥天，路人不得不掩鼻避走。使馆区里一片惊惶，众人嘴上不说，心里都在暗想，接下来是不是该轮到我们了？到了下午，忽然枪声稀落了下去。大家正感到纳闷，有探子来报，这天下午太后带了几名宫妃去西苑湖游玩，厌烦枪炮声一直不绝于耳，于是命太监通知西华门一带的义和团暂时停火，等她回宫后再行攻打。

几天后，义和团火烧前门外大栅栏的一家洋货铺，火势蔓延至广德茶园，越烧越大。大栅栏珠宝市为京师最繁华之地，尽化灰烬。火势还飞到了正阳门城楼上，城楼屋檐上栖息的数以万计的鸟雀在火光中哀鸣着，大多被烧死，偶或几只冲天而起，如同一片片着了火的布片，顷刻也坠落火海。

大火中，珠宝市街二十余家金融机构也被烧毁，银房停止了运转，京城内外大小银号钱庄的汇款划账业务受阻。东四牌楼有四家宁波人开的恒字号钱庄也被迫停业。整个京城乱成了一个炸了窝的蜂窝，街上到处是惊惶奔跑的人。

义和团像污脏的潮水涌过去后，一支莫理循率领的搜索队穿街走巷，大声呼叫着基督徒出来和他们一块走。他们把一些伤员和病人护送到肃王府安置。肃王府位于英国使馆东面，隔着一条街和一条御河。肃亲王已经搬出了王府，留下了一些女仆照顾。短短几天，有数百名中国教徒挑着锅碗瓢盆、被褥和大米涌进了肃王府。

在随后长达两个月的围困期间，大约有两千名难民陆续住进了肃王府。"此地被女人、传教士、哭哭啼啼的孩子以及一大堆面容温和的教民塞得满满的。"莫理循在后来发回国内的一篇报道中这样说。

在窦纳乐爵士的指挥下，莫理循还参与了一次救援行动。他率领一支由美国、英国、日本士兵组成的三十人小分队袭击了奥地利哨卡三十米开外的一座庙。那里有四十余名基督徒被义和团逮住，把他们捆在一起准备处决。

小分队赶到时，已有五六个教民身首异处。士兵们开枪射击，把义和团杀退。莫理循数了一下，他开枪打死了六个。根据一个教民提供的情报，法国人在公使馆附近的一间房子里还俘虏了十八名义和团成员。为了节省子弹，法国士兵用刺刀杀死了这些俘虏。

"想想看，我竟然打死了六个！要是一年前有人告诉我我的双手将沾上中国人的血，我肯定会以为这个人吃错了药。"

"那现在是你吃错药了。我真没想到，对着这些中国人，你的枪口居然能抬起来。"赫德说，"战争是军人的事，让他们去弄吧，你是新闻记者，我是海关官员，我们把自己的事做好就可以了。"

8

战斗刚打响时，整个使馆区面对的只有义和团，但六月二十日起，形势突变，大量甘军也加入了攻打。

他们在使馆南边的城墙上架起了克虏伯大炮和滑膛炮，但董福祥的人虽然生猛，却谈不上训练有素。有些士兵虽然装备了最新式的后膛装填式来复枪，但懒得站起来瞄准。他们蹲伏在一堵堵墙的后面，装弹，把枪伸过墙，然后开火，几乎是在朝着天空瞎打，所以听起来枪炮震耳，实际的杀伤力却不大。更让人啼笑皆非的是，士兵们为了让进攻的枪炮声听起来更猛烈，竟然一挂一挂地放鞭炮。

在英使馆里，有七十五名海军陆战队员、二十四个海关成员和部分使馆职员负责日常防卫。遭受全面攻击时，还有七八十个武装志愿者——包括传教士——参加防卫。他们的耳朵很快适应了来复枪子弹的啸叫声，还有加农炮更猛烈的轰鸣声，以致枪炮声歇下来时，那种安静反而显得不习惯了。

被围的第四天，下起了大雨。士兵们继续一动不动地站在路障后面的壕沟里，或者蜷伏在沙包后面的墙垒上，因为谁也说不准义和团什么时候会发动攻击。

有人在使馆区旁边一家废弃的铸造厂里翻箱倒柜，找出了1860年联军遗留下来的一门老古董野战炮，一番清理之后，居然还能使用，可以发射俄国人带来的炮弹。他们把这架老式大炮的第一发炮弹瞄准了皇宫，居然轻易命中了一间宫殿。

按照最初部署，为了整个使馆区的安全，坚守前门与哈德

门之间的南城墙在整个防守体系中显得十分关键。美国人把守
从他们使馆后面向西的第一段，德国人把守从他们使馆向东的
第二段。英使馆隔河的肃王府由斯特劳兹上校和一群日本兵一
起据守。

遭到围攻没几天，美国兵先抵挡不住了，不久德国兵也放
弃了他们的那段城墙。在英俄卫队的支援下，穿着粗花呢骑马装、
臂弯里挎着一把毛瑟枪的参谋长斯奎尔斯率领一队美国兵夺回
了弃守的据点，但义和团从哈德门沿着城墙往前继续推进，德
国人再也没有夺回他们的阵地。

由于防线出现缺口，奥地利、荷兰和意大利使馆不得不放
弃，随即迅速被占领者焚毁。法国使馆的部分房屋在交战中被
义和团逐渐占领，最危险的时候，他们与进攻者之间只隔一堵墙。
在法国使馆的拉锯战中，义和团使用了地雷。地雷第一次爆炸时，
奥地利代办纳色恩先生被埋进了瓦砾，可是第二次爆炸又把他
给震了出来，而且他只是受了些小伤，奇迹般地死里逃生了。

孝顺胡同、灯市口、碾儿胡同、二条胡同和绒线胡同的一
大批教会的房子被烧毁了，华俄道胜银行、中国通商银行也被
烧毁。义和团对使馆区施行了火攻，因风向不对没构成威胁。
马克沁机枪在城墙上嗒嗒地响了，冲过来的拳民像割麦子一样
倒下。清军和义和团在工事后面架起大炮，使馆所有人都慌了
手脚："妈的，俄国人把大炮落在天津真是太遗憾了！"

六月十九日下午，十二个红色的大信封由总理衙门的信使
送交十一国公使和帝国海关的总税务司罗伯特·赫德。信里是
最后通牒，要他们于第二天下午四时前撤往天津。"惊悉炮台被
占，此实为西洋各国蓄意破坏和平，与我大清为敌。义和团扰
乱京师，百姓骚动不安。阁下家人与使馆安全堪虑，大清朝廷

处境困难，难以提供有效保护。鉴此，本衙门特恭请阁下即日作速离京，由使馆卫队护卫前往天津，以免不虞之灾，使馆卫队须予有效之约束。"

原来西摩尔率残部撤回天津后，害怕后路被切断，强行占领了北河口的大沽炮台，此举激怒了朝廷。公使馆对外一切联络都已中断，对此情形一无所知。

各国公使紧急召开了一次联席会议，会上争论非常激烈。法国公使毕盛和美国公使爱德华·康格同意清廷的建议，他们太想离开北京了；德国公使克林德坚决反对，说离开了公使馆高墙的保护，清军和义和团就会在半路上加以截杀。经过长时间辩论，美、法两国的看法占了上风。

午夜前，各国公使联合签署了一封回信，派人送回总理衙门。他们表示对大沽炮台被占领一事毫不知情，同意撤离北京，但整个撤离行动不可能在二十四小时这么短的时间内完成，要求在第二天上午会见总理衙门大臣，讨论运输、补给、保护等问题。

赫德和莫理循一起跑到窦纳乐那里反对撤离行动。

"这是我知道的最可耻的决定！"赫德说，"为什么所有欧洲人要统统跑光？这愚蠢的主意是谁出的？"

莫理循也说："如果你们决定明天离开，在转移过程中，这支庞大的、没有保护的车队中的男女老少都可能面临死亡，你们必须为此负责！"

窦纳乐的脸一阵红一阵白，说这不是他一个人的决定。他说清廷方面已答应了，会提供一百辆马车，保证撤离人员的安全。

莫理循把一张义和团的揭帖扔到窦纳乐面前："仇恨的大火已经被煽动起来了，这种疯狂排外所表现的极端信念真让人吃惊！要不要我读给你听听？"不等窦纳乐说什么，他就念了起来，

"神助拳，义和团，只因鬼子闹中原；劝奉教，自信天，不敬神佛忘祖先。男无伦，女鲜节，鬼子不是人所生。挑铁道，把线砍，旋再烧毁大轮船；大法国，心胆寒，英吉俄罗势萧然。一概鬼子全杀尽，大清一统庆升平。"

"留，意味着可能的屠杀；走，则意味着确凿无疑的毁灭。"赫德试图说服窦纳乐，"只有留在北京，我们才有一线生机。"

莫理循说："这是一项变相的屠杀计划！前往天津两英里长的车队，他们随时可以发动袭击。再说，一路上你哪里去寻找食物和水？如果你信任中国政府，为什么你派海军陆战队来保护使馆呢？"

窦纳乐为自己受到一个年轻人的指责感到恼怒："对你的看法我不敢苟同。"

莫理循说："但全世界都会同意我的看法。"

出来时，莫理循说："我们已经身处风暴，一出带有灾难性结果的戏剧就要达到高潮，这是垂死的王朝最后的喘息，我们都听天由命吧。"

9

这天早上，公使们起了个大早，聚在一起焦急地等待总理衙门的回音。都过了九点了还没有任何回音。

他们决定继续等下去。用窦纳乐的说法，如果没有答复就贸然前往，坐在总理衙门等着大臣们召见，有损尊严。德国公使克林德耐不住性子了，这个爱激动、性情暴躁的人一拳砸在桌上说："我去总理衙门找那帮混蛋去，我坐在那儿直到你们赶到，哪怕要坐他个通宵！"

俄国公使格尔斯建议大家一起去，而且要有武装护卫。克林德说，没什么危险，昨天和前天我派我的翻译出去过，他一点也没有受到骚扰。格尔斯说，既然如此，为什么不派翻译先去跑一趟探探消息呢。克林德同意了。

但后来克林德改变了主意，他吩咐备两顶礼轿，他一顶，他的中文秘书柯德斯一顶，前往总理衙门，前面由两个穿制服的侍从骑马开道。克林德坐的轿子覆盖着表示他身份的红绿两色篷盖，他抽着雪茄，双臂斜倚在轿前的横杠上，怎么看都像去远足或野餐。赫德看着克林德坐着轿子离开，忽然有种不祥的预感。

随后发生的事情有各种各样的说法，一种说法来自柯德斯的叙述：

轿子经过哈德门大街时，擦着了一辆载着清兵的大车。一个头戴插着蓝色羽毛的帽子的士兵举起了枪，对着克林德的脑袋瞄准。柯德斯惊呼一声，但已经迟了。枪响了，轿夫四散逃命。克林德当场就咽气了。柯德斯腿部受了伤，鲜血直流，他挣扎着逃到孝顺胡同美以美会，让一个一直跟着的侍卫跑去公使馆报信。

第二种说法是，克林德是被误杀的。在他前去总理衙门途中，一个侍卫的手枪走了火，清兵以为他们先动了手，于是回枪反击，枪战中克林德不幸被击中了头部。

第三种说法则称，德国公使是死于使团内部的利益纷争，很有可能是俄国人在暗中捣的鬼。一种假设是俄国公使格尔斯暗中派人告诉端郡王，克林德要独自一人去总理衙门，建议在途中杀了他。

一支二十个水兵组成的巡逻队试图抢回克林德的尸体，被密集的枪弹赶了回去。莫理循想带人再去抢，被窦纳乐阻止了。克林德的遗孀，一位美国中西部铁路大亨的女儿，哭得好几次晕倒在地。

傍晚，总理衙门给使馆区发来一份照会。照会称：二德人乘于轿内，于衙门附近射杀路人，激起群愤。杀死了两个人中的一个。这份照会还提醒说，公使们这个时候造访总理衙门是不安全的。

事后莫理循就此写了一篇文章，文中引用了对随行的中文翻译柯德斯的采访，称射杀公使的不是义和团，而是清兵，他们无疑是事先在哈德门大街埋伏好了的。此外，还有一个情况可以佐证公使是被政府军谋杀的：没有人向轿夫开枪，如果是义和团，他们肯定会以同样的仇恨袭击为洋人服务的中国人。

克林德的被杀，使离京计划成了一个泡影。在最后的期限到来之前，各国使节和所有的妇女、儿童都聚集到了英使馆，外交职员、见习翻译以及平民们也被武装起来。此时赫德突然接到一个通报，说奥地利人守不住他们的使馆了，将在下午二时放弃并撤退到法使馆。

这打乱了原先的部署，海关大楼不得不随之放弃。下午三点，奥地利人和海关的人一起撤离，于是沿长安街的一条漫长防线几乎没做任何抵抗就放弃了。

几乎同一时间，海关大楼、邮政总局和同文馆燃起了熊熊大火。让赫德措手不及的是，他位于柴火阑胡同的居所也烧着了。赫德想带几个人赶去，把要紧的东西抢运一部分出来，被莫理循死命拉住了："满天都是流弹，这会儿赶去实在太危险啦。"赫德只得放弃。

这场火烧毁了他多年收藏的字画、古玩、乐器，部分海关账册也烧成了灰烬。他连一套像样的换洗衣服都来不及带出。不过也有让他欣慰的，一个叫桑德克的海关四等帮办冒着危险从着火的屋内抢出了他的全部日记。

下午四时，交火开始。来复枪的子弹在奥地利使馆和总税务司署之间的王府井大街上嗖嗖地嘶叫，飞过不远处的法国哨所的上空。一名法国海军陆战队士兵中弹身亡，一个奥地利人受伤。炮弹落在使馆前，腾起一柱柱蘑菇状的烟尘，公使馆的房子被烧着了，千禧年的那只纪念钟被用力敲响了，召唤每个人出来扑灭大火。

皇家海军陆战队的一名军士飞跑过来，向指挥官斯特劳兹上校敬了个礼，报告说："长官阁下，战斗已经打响。"

"谢谢你，默菲军士。"斯特劳兹上校回了个军礼，"告诉小伙子们，现在就把你们的枪拿起来吧！"

10

这天晚上，赫德在公使馆里彻夜未眠。

黑沉沉的天空中不时亮起炮弹的弧光。他从来没有像现在这样感到生命的无常。奇怪的是，此刻他想得最多的不是远在英国的妻子，而是被他抛弃了的那个中国情人阿瑶。他从来没有像现在这样，想她想到心痛。他想，如果可以重新选择，他再也不会离开她了。

这么多年，他一直关注着她的行踪。他知道她就在北京，就在大栅栏珠宝市街的一家宁波钱庄里。在一次宴会上，他曾远远地看到这个以前的女人。他挽着一个肥胖的宁波钱庄商人的手臂——后来他知道那是她的第二任丈夫——仪态万方地穿行在宴会的人群中。高梳的发髻使她的颈项显得颀长而优雅。他知道她也认出了自己。他没有勇气走近这个被自己深深伤害的女人。他不知道，在义和团放火烧了这条街之前，她是不是逃出了京城。

黑暗中，另一张飘忽不定的脸是他的儿子阿瑟。这个正在山西传教的儿子更让他揪心，他感到此生永难偿还的愧疚。他是他的影子，他在另一个方向上的自我。儿子来中国后，他只见过一面，现在拼命回忆，那面容还是模糊着，就像一张总也无法从显影液里浮上来的底片。今生今世，还能见到这个儿子吗？他会原谅自己吗？他开始给儿子写信，一封或许永远都无法寄出的信。

在海关大楼被焚毁一个星期后——那时候所有人都挤在英使馆里了——莫理循用一种不无嘲讽的语调在日记中记述了这一事件：

> 赫德在为中国政府服务四十年后，现在被困在公使馆中，靠马肉度日，暴露于中国士兵的枪弹之下。他的所有文件、档案、书籍和多年来收藏的珍宝就在皇宫的眼皮子下被烧毁，他所有漂亮的赛马都圈养在肃王府中，每天得拉出一匹，枪杀后制成肉片。看看他的现状，颇有启发意义。

对西什库教堂和公使馆的全面围攻开始后，为了收缩防线，各国卫队和使馆人员全都撤退到了英使馆。英使馆的馆址原本是梁公府，在京城颇有些名气。这所宅子占地面积很大，北边紧邻銮仪卫和翰林院，再北边就是又长又宽的长安街，东边是御河，御河的对面是隶王府。除了原先的正房作公使官邸，还盖了十二幢西式楼房供使馆人员居住。但当使馆区的所有人员都集中到这里，一下子显得拥挤了。

英使馆腾出了房间给避难者居住，给各使馆的公使和海关高级职员还分配了单独的房子。传教士的家眷分住在使馆的教堂和对面的大厅，部分安置在使馆南部的两栋楼房内。妇女和儿童安排在沿北墙的一排房子里。更多教民则乱糟糟地挤在英使馆外的街道上，在敞开的排水沟边席地而眠。整个英使馆，卫队士兵加上传教士、海关洋员，共计有外籍人士六百余人；如果再加上使馆和肃王府里避难的中国教民，估计有两千人左右。

很快，使馆贮备的蜜饯、通心面、牛肉、鱼子酱、咖啡都吃完了，马肉和大米成了主食，偶尔还有枪弹打下的麻雀、乌鸦打打牙祭。一百来匹赛马，每天都要拖出两匹杀掉供食用。一个开旅馆的美国商人和他的妻子把留着的最后几袋面粉也贡献出来烤了面包。

来复枪、加农炮、克虏伯炮从皇宫前的城门上，从周边的许多据点倾泻到使馆区，义和团和清军从四面八方发起了攻击。使馆临时构筑的防御工事质量很差，装备最精良的卫队成员也只有三百发子弹，而且每个公使馆卫队的步枪型号也不一样，这就很难统筹弹药。虽说英使馆里还有四门小炮，但射程都不远，其中一门打了四发就卡了壳。义和团从附近房顶的隐蔽处向使馆开枪时，卫兵们只得躲在工事里瞭望孔的后面，尽可能节省子弹。但对方弹药充足得很，尽可以挥霍一气。有一天到了午餐时间，一个法国士兵提着一瓶苦艾酒回到工事掩体，一颗子弹飞了过来，把瓶颈给打断了；还有一个士兵，想剃剃疯长的胡子，刚拿出剃刀在皮带上磨刀片时，一颗子弹过来，就把剃刀给砸飞了。

"在围攻期间，中国人大约朝使馆区发射了三千发炮弹，他们每天都可以发射同样多的炮弹，谁也阻止不了。如果他们这样做的话，各国使馆就会立刻被攻陷。"赫德后来回忆说。

他们还不知道增援部队已经退回天津去了，还在眼巴巴地等。一个夜晚接着一个夜晚，听到远处传来的重型火炮的轰鸣，或者观察到天空中有爆炸的闪光，他们就欢欣鼓舞，相互鼓励援军就要开进城了。但一次次的失望后，他们对西摩尔将军的部队已经失去了信心。

炮弹像雨一样落下，义和团的进攻潮水般一浪一浪涌来，但有些人还是刻意保持着以前那种格调和体面。最让人发笑的是意大利公使马提奥，他每天吃晚饭前都要考究地打扮一番才来到餐厅，尽管等待着他的主菜只能是吃厌了的烤马肉或者麻雀炖汤。那些麻雀都是被满天飞着的子弹击中落在使馆区的。最多的一天，有一个妇女捡到了十只麻雀。

自从撤退到英使馆，法国公使毕盛就像个小丑一样，成天神经兮兮到处乱跑。这位胖乎乎的前新闻记者逢人就絮叨着一些不祥的话——Nous sommes perdus（我们要完了）！最让人笑话的是，一次午夜炮击中，他穿着一件绣着红色燕雀的睡衣躲在掩体工事里，说什么也不愿意回房间去。

还有一个公认的胆小鬼是赫德的妻弟裴式楷。一天晚上，裴式楷在外面参加巡逻，他妻子莉莉和女儿朱丽叶正在睡觉时，一颗圆形炮弹穿过房间窗户，正好落在他们房间里，幸好没有爆炸。从此以后，他再也不参加所有抵抗，只是在家里守着老婆和孩子，搞得他妻子的秘密情人辛博森——一个酷爱骑马、打猎、游泳和催情食物的英国小流氓——在背后对他咬牙切齿。

赫德去看他们一家，安慰他说："我们有一半的人会死在武力的魔爪下，还有一半人会因为饥饿吃尽苦头，一个人的一生中很少会遇到围攻公使馆这样的事件，每个人的生活里都会有一些里程碑，就把这当作我们生活的里程碑吧。"

挪威传教士内斯特加德身着黑色长袍，头戴黑色大礼帽，在飞蝗一般的子弹中跳来跳去，愤怒地大喊大叫着。他是在呼吁为自己遭受的诽谤平反昭雪。不管怎么安抚，他总是静不下来。奇怪的是子弹总不会打到他身上。使馆卫队只好把他绑住，塞住他的嘴，把他拉到马厩里。到了那边他还在呜呜地抗议。

莫理循浑身脏兮兮的，总是出现在战场的每一个角落。他长得健壮结实，头大脖子短，跑起来肩有些斜，一头几天不梳的乱糟糟的头发像野马的鬃毛一样飘动着，一双蓝灰色的眼睛闪烁着精明的光芒，嘴角上经常挂着令人捉摸不定的笑容。防线几度吃紧，他跑东跑西，急得满嘴都是泡，急了就骂骂咧咧，骂毕盛胆小鬼，骂日本公使西德二郎像只类人猿。

赫德和莫理循一起去了肃王府，那是京城里一处世袭的房产，到现肃亲王已传承九代。肃亲王同意交出他的花园作为难民宿营地后，这座王府遭到了意料之中的洗劫，古董、贵重的工艺品以及来自亲王书房的珍藏品都被偷走了。所有绫罗绸缎都被撕开，拿去做了工事的沙包。日本使馆的武官柴五郎大佐领着几十名水兵和武装教民负责守卫王府花园。夜里常有一些性欲狂在花园里晃悠，在教民中寻找那些容易上钩的女孩子，柴五郎的巡逻队对之也无可奈何。

整个王府聚集了上千难民，臭烘烘的，人挤得像"地毯上的臭虫"。许多儿童患上了猩红热和天花，还有一些染上了白喉和痢疾。因为得不到药物治疗，每天都有人死去。莫理循尝试把求救信送到天津去。他在一张纸上写下了电文，然后把纸浸在油里进行防水处理，放在一个粥盘里。一个年轻的教民带上这封经过特殊处理的信，化装成乞丐翻墙而去。但那人被中途截住，他只好从一条下水道逃进了使馆。莫理循接过这张旅行了一圈的报道贴在了自己的日记本里：

> 自六月二十日以来，中国军队一直包围着使馆区。所有通讯中断，使馆区成了彻头彻尾的孤岛。整整十天甚至不能和北堂取得联系。樊国梁主教、牧师、修女和三千名基督徒被困在北堂里，由三十个法国人和十个意大利人保护着。他们的处境非常危险，处在敌人的重重包围之下。饥饿和大火威胁着他们的生命安全。美国公使馆挤满了各国侨民、妇女、儿童和基督徒难民，暴露在敌方的焰火之下，每天都遭到敌人的炮击。我们只得昼夜加固工事，用沙袋堆成射击孔，每到晚上就拼命朝外倾泻子弹。一名海军陆战队士兵在公使馆里中弹身亡。意大利、荷兰、比利时和奥地利公使馆被烧毁。法国公使馆曾一度被迫放弃，但后来又夺了回来……增援部队一直未到，大家都很焦虑。健康状况都不错。莫理循，北京，七月六日。

几天后，一个男孩神不知鬼不觉地溜出了使馆，送出了一封窦纳乐写给天津方面的信。半个月后，男孩回来了，带来了一封复信，缝在外衣口袋里。信是英国驻天津领事贾礼士写的：

> 七月四日来信收悉，现有两万四千名士兵已登陆。凯斯利将军有望到大沽。当他来后，我希望能看到更多的行

动。请尽力随时向我告知你们的情况。有足够的兵力已经上路，只要你们能够暂时保持食物供应，一切应该会好起来的。领事馆正在修缮，以准备你们的到来。几乎所有女士都已离开天津。谨向使馆内的所有人致以亲切的问候。

这封信在公使馆内传看时，莫理循气不打一处来："要想弄清楚这些问题简直没有可能，这些军队到底是在从天津到北京的途中，还是从欧洲到天津的途中？谁的军队？有多少？照他的说法，只要我们的给养能够维持，军队就会到来，那意思好像是在暗示，如果我们的给养不能维持，军队就会返回天津啰？"

一封同样晦涩难懂的信从天津的美国领事馆送到了爱德华·康格的案头，开头一句是"昨夜我做了一个关于你们的梦"，结尾是，"你们全都幸免于难是我最诚挚的祝愿"。

窦纳乐无奈地说："看来除了上帝，谁也救不了我们了。"

11

这天中午，公使馆北侧的翰林院突然燃起了大火。火是清军放的，他们久攻使馆不下，不知哪个指挥官想出了这个点子，想让火势蔓延到相邻的英使馆。

使馆的一角很快烧着了，钟声大作，士兵们跑去奋力扑救，连传教士和妇女们都出动了。幸亏风向陡转，蹿起的火苗没有蔓延到更多的房屋。

一墙之隔，大捆大捆帝国最珍贵的图书被扔进了池塘里，这座中国最大的图书馆顷刻间变成一堆废墟，到处都是撕毁的书页和尚在冒烟的余烬。赫德伤心地看着翰林院在大火中成为灰烬，捶胸顿足："疯了，这些人真是疯了！"

莫理循刚才跑去救火，鬓角的头发被烧着了，现在还火燎火燎地痛。

"真难以想象，一个国家，为了报复外国人，竟然牺牲了自己最神圣的建筑、国家的骄傲和光荣，以及数百年博学之士的智慧结晶！这一场可怕的大火，是骇人听闻的亵渎神圣的罪行！"

为了保住公使馆就必须拆除翰林院剩余的建筑，因为那里很可能再次燃起大火。被当作战利品掠走的书籍都集中交到了窦纳乐手中，把他乐得什么似的。

卫兵来报，清军在使馆不远处东安门的皇城根墙下和御河桥南西岸架设炮架，窦纳乐带人爬上教堂塔楼察看。望远镜从这个手上传到那个手上，一圈看下来，每个人的脸色都变得死灰死灰的。

对面工事后面，有个清军举着洋铁皮的喇叭高喊，让使馆的人出来受降，否则端郡王调来的"红衣大将军"就要施展神威了。

"红衣大将军"是清国的头号大炮，威力无比，轰鸣声可达数里之遥，当年清军入关后攻占北京，就是用这大炮攻取了齐化门。倘若此炮一响，英国使馆的全部房屋必将顷刻之间化为灰烬，士兵不要说了，藏身使馆的数百名妇孺家眷也都要丧命。

使馆区内顿时乱成一团。

大炮怒吼了，炮口闪现的火光如同催命的鬼火，使馆里的士兵都趴在了地上，塔楼上的几人来不及下楼，也匆忙抱头蹲下。

炮弹尖利的啸音掠过头顶，这声音让人头皮一阵阵发紧。

难以置信的事情发生了，在这般重炮轰击下，使馆的房子居然完好无损。

炮弹越过英使馆的屋顶，又飞过前门。从草厂胡同那一带方向接二连三地传来了爆炸声。

众人面面相觑，庆幸、惊奇、疑惑，各种表情都有。刚才命悬一线，赫德蹲下的动作太猛了一些，现在想站起来，一时只觉眼前漆黑一片，试了几次都没有成功。莫理循搀扶着他下了塔楼。

后来才知道，统率北京驻军的荣禄一直反对攻打外国使馆。接到端王调集重型火炮攻击英使馆的指令后，荣禄故意命令炮手将标尺抬高了二三公分，英使馆才逃过了一劫。

那天的炮弹击中的是草厂胡同一带的数家山西票号。那些票号和附近的商户受此惊吓，纷纷收拾钱财账据，逃到了北京郊外的昌平县。一个多月后联军入城，各家商号大多遭到了报复性的抢劫，唯独草厂胡同的这些商号因事先已逃离北京城，没受多大损失。后来议和时，指挥这次战斗的一个叫陈夔龙的顺天府尹这样对李鸿章说，当日炮击使馆，如果我们的炮手不是按照荣相的指示把瞄准标尺提高几分，今日的议和，不知要增加多少倍的难度了。

枪声稀落了下去。简直难以置信，停火了！

二十五日那天早上，清军在北御河桥上竖起一块白色的牌子，说是传达上谕，令保护使馆，停止射击，并说使馆区的人可以来桥上接收信件。不一会，一队清军士兵给使馆区送来了成车的西瓜、牛肉、面粉和冰镇绿豆汤，说是太后的恩赏。

窦纳乐一时搞不清对方的意图，召集了各国公使商议："难道是李鸿章收到了电报，太后采纳了他的建议？还是西摩尔中将的营救部队已经临近北京了？"

此言一出，屋里顿时吵嚷一片。

"西摩尔的那支两千人的部队好像早就从地球表面突然蒸发掉了，怎么还会来救我们？"

"救援行动成了一场滑稽戏，他们没准儿是爬着来救我们吧。"

"我们给他取个绰号，叫西诺摩尔[①]司令吧，哈哈！"

"在我看来，更有可能是政府又恢复了理智，主和派占了上风。"

不管怎样，停火总不是坏事，遭受攻击多日，终于可以舒口气了。靠近御河的双方防线一直进行着秘密贸易，使馆卫队从昔日的敌人手中购买鸡蛋，甚至还有步枪。中国船夫撑着临时扎起来的筏子，在御河里来回划着。英国人甚至在空地上打起了板球。一派升平气象。

一个曾在赫德的乐队中吹过号的清军士兵偷偷溜入使馆区，接受医生普尔博士的治疗。他的耳朵被他的上司在盛怒中撕裂了一半，因为他们认为他是密探。他带来一个消息，外国军队已在大沽登陆，并且已经占领天津，而董福祥的军队和部分义和团已经去阻挡联军进一步向北京推进了。

12

"他们一会打，一会停，打也不像真打，就像猫逗引着老鼠，

---

① See no more，意即不见了。

捉捉放放的，这到底怎么回事？"趁着停火的间隙，莫理循来到赫德的房间，和他探讨这个憋了许久的问题。

"肯定有什么人，一个明白事理的聪明人插手了，这个人懂得毁灭使馆将付出国家玉碎、王朝更替的代价，要给我们部分保护了。要是包围我们的军队真的下决心全力进攻，别说一星期，我看一天也坚持不了。"

"是啊，我也看出来了，对我们的进攻并未动用政府的全部军队，攻击也半真半假的，算不上竭尽全力。每当我们的防线快要守不住时，进攻就停止了。这个人会是谁呢，李鸿章？他远在广州，可能鞭长莫及吧。"

"京中的大臣们围绕着要不要支持义和团早就分成了两派，端郡王、庄亲王、军机大臣刚毅是力主利用义和团的，总理衙门大臣中，许景澄、袁昶是反战的，太后的亲信里，总管太监李莲英热心支持义和团，经常向太后说些道听途说的拳民神迹，搞得太后对这群乌合之众的法力也将信将疑。荣禄呢，又是竭力反对扶持拳民的。太后被这些人包围着，我看也是举棋不定左右摇摆，所以她一会儿给我们送上子弹和大炮，一会儿又送来西瓜、牛肉和冰镇的绿豆汤。"

"总司大人不愧是个中国通，对帝国政坛各派系了如指掌。这种奇怪的半真半假的进攻，会持续到何时呢？"

"或许我们会坚持到增援部队赶来，或许，未等援军赶到，我们早就横尸街头了。一切都交给万能的主去裁决吧。"

莫理循抬头看天空，一群麻雀正叽叽喳喳盘旋着飞过。"这么多天了，早说着援军要来，连个影子也没见着，他们不会也被义和团包围了吧。"

这正是他们最担心的事。两人都沉默了。

"妈的，说不定什么时候一颗子弹飞来，就把我们送上天去了。趁这会儿清静太平，我们谈谈女人吧。到中国这么多年，您有过艳遇吗？"

"呵，要说像猎人一样追逐女人，北京哪一个人及得上您呀！"赫德揶揄道。

莫理循也笑了："在北京的欧洲女人，还真没一个我看得上的。可是为了解决性问题，你又不得不与她们虚与委蛇。说真的，为了释放体内那一点多余的液体，我还真尝试过多种办法，从手淫到妓院，我什么没试过？可是前者实在无聊透顶，后者呢，麻烦的是有可能染上可怕的淋病和梅毒。"

一说到这个话题，他就滔滔不绝起来。

"北京社交界的女性，大多都是缺乏教养、贪慕虚荣的主儿，无聊时可以暂时作为情欲的容器，但你很快就会厌倦她们。有几个曾对我表示爱慕的未婚女子，都是些上了年纪的淘汰货，满嘴假牙，患有消化不良，双手黏黏糊糊，完全不适合谈婚论嫁。就拿我交往过的这些来说吧，波莉·史密斯，一个胖乎乎的、过分热情的女人，她的智力真是令人绝望。那个慈善家、女权主义者立德夫人呢，是个可怕的、令人讨厌的女人。前段时间在北京的旅行家格特鲁德·贝尔，更让人讨厌。天哪，她一吹嘘起自己的冒险经历就口若悬河，滔滔不绝，真称得上厚颜无耻。奇怪的是我的同事濮兰德竟然疯狂地迷上了她。还有那个女高音歌唱家梅尔芭，她酗酒、满口脏话，在餐桌上讲的都是不堪入耳的下流话，足以令任何正经女人目瞪口呆。我常会下意识地把交往的女性与我的母亲相比，这一比我就觉得她们都是些有缺陷的，就像缺了口的花瓶。那么反过来说，我自己是不是有问题呢？我把女性想得太完美了，在现实中就只能永远失望下去。"

赫德说："你这是'圣母－娼妓综合征'，你很难和你所尊重的任何一个女性发生性关系，因为这样的女性会让你联想起你的母亲。你会觉得，对这样的女性怀有性的念头，是一种亵渎，是不洁的，因此你只能和那些荡妇，那些堕落的女性发生关系。"

莫理循惊讶地叫了起来："你怎么会知道？的确，对这样的女人，我从来不控制自己的情欲。1898 年，我在马赛光顾过旧港的一家妓院，那几日真是销魂。我还在日记中记下了在西班牙的性经历。我本来想保存到等我老了再看，妈的，不知什么时候一颗子弹飞来就把我送上天了。告诉你吧，我现在不想我的父母也不想我的家乡，我最想的就是和这样的婊子干一回！

"曾经，在一些风情万种的女人身上，我体会到了什么是风骚放荡。在阿伦岛上一个叫科里的小村庄度假时，我享受了浪漫的乡村爱情。那个村庄不大，房子歪歪斜斜的，都很简陋，但看上去有一种别样的美。一天，我和房东的几个女儿一起去采坚果，她的大女儿弗洛拉，芳龄十八，是个体态丰满的少女。她在前面跑，我在后面追。我抓住她时，把她拖到了一棵坚果树下，要她双手抓住一根大树枝，摇晃树枝，尽量把它拉下来。我则一只手抓住树枝，另一只手搂住她的腰。其他人都在拾坚果，而我紧紧地搂着弗洛拉，沐浴在狂喜中。大约过了一分钟，弗洛拉抓不住树枝滑到了地上，我也就势滑了下来，躺在了她的身边，一只手还搂着她的腰。戏剧性的场面出现了，我们沉浸在欢爱的激情中，接着，房东的两个女儿也躺在了我们身边。从那时起，我就停止追求婚姻了，那不过是一种迷人的浪费时间的做法。爱是一种神奇的万灵药，我更喜欢在非常规的场所炼制这种药。也许这种爱不够优雅，但它更惊心动魄，更充满活力，更会把人的激情推向史诗般的高潮，而且，还用不着负任何的法律上的责任。

"1894 年我在中国内地旅行，坐轮船从上海出发，经宜昌、重庆、昆明、昭通，一直从八莫走到印度加尔各答。在加尔各答期间，我开始发烧，烧得严重的时候差点死点。在缓慢的恢复期间，照料我的是一个叫玛丽·卓普林的护士，她使我病中的日子充满了阳光。她是个欧亚混血儿，肤色黝黑，但看起来非常漂亮。她楚楚动人的花容玉貌常令我满心欢悦，她优雅迷人的举止和敏捷轻盈的步态常常激起我心中的狂涛。我从她端在手中的有缺口的杯里接过奎宁，津津有味地嚼着，那滋味真是胜过朱庇特从青春女神手中接过的盛在金色高脚杯里的琼浆玉液。

"在澳大利亚度假时，我曾在悉尼的大都会旅馆包了一个房间跟一个德国女演员幽会。虽然这个女演员已经嫁给一个蠢笨至极的商人，但我一点也没有对自己和这个有夫之妇的暧昧关系感到什么不安。我暗暗高兴能为那个暴发户男人戴上一顶绿帽子。

"说说梅西小姐吧，这段风流韵事让我一回想起来就伤感不已。那是我见过的女人中最彻头彻尾的放荡尤物。那年她二十四岁，长着一头漂亮的金发。她是美国一个富翁参议员的女儿，从小就锦衣玉食，受到良好的教育，但却是一个色情狂。那年冬天在北京邂逅她时，我完全被这个小妖精迷住了。火一般的激情在我心中燃烧，我为找不到机会而苦恼。三个月后，我和朋友杜卡特上校一起去长城游玩时，出人意料地又碰到了梅西小姐和她的女伴拉格斯代尔夫人，我们的恋情一下子升到了巅峰。那天晚上，皎洁宁静的月光撒向大地，四处看起来就像白天一样明亮。梅西对我说，她要去爬长城，问我去不去。我当然求之不得。杜卡特也觉得这是一个好主意。我和梅西在前面走，他和拉格斯代尔夫人在后面，拉开一段距离。我们爬上长城，在最高处坐了下来。正是在这个月光明亮的晚上，在长城的最高处，风骚撩人的梅西小姐完全征服了我。以后的几个月里，我完全迷上了她。

"这些日子也是我最痛苦的时候，因为我至此才知道，梅西的性生活是如此令人眼花缭乱。她说，在她的记忆中，她每天早上醒来都要自娱，甚至例假来时也是如此，甚至和男人在床上狂欢一夜后也是如此。她十五岁时，在旧金山法国饭店被一个医生诱奸，从此就生活放荡。她动了第一次流产手术后，去华盛顿寻找机会，和一个议员偷情，堕胎四次。在檀香山，她和一个海军上尉有过短暂的情史。去西伯利亚的路上，她一路和一个美国记者寻欢作乐。说来不信，她还是一个双性恋者，她曾经这样对古德诺夫人说，一旦和女人有过性爱关系后，她就再也不要男人来碰她，她最想的是找个日本女仆陪她一路回美国，让女仆每天早上都和她做爱。在天津时，她和荷兰领事也有过一段浪漫史。在上海时，她给我发来一封电报，约我一起到日本去度假。可是等我赶到上海，她已经和一个叫霍尔库姆的家伙在一起了。我们幽会的时候，她恬不知耻地向我详详细细描述了此人的性爱能力和技巧，说他们在一起两小时内做爱四次。我非常痛苦，可是听着她说这些我却勃起了。这痛苦比我1890年在巴黎和诺莉有过一段情后分手时的痛苦更强烈。我觉得，我的头就像一个流血的战利品，展示在了这个女人的枪口上。我得出的一个结论是，梅西这个小妖精是个天生的妓女，一个不要钱也不向你索取礼物的妓女。不过，那天她还是非常高兴地接受了我从北京带去了一些漂亮的礼物：一个银烟盒，一条银带，上面还刻着一些吉祥如意的字样，半打刺绣手帕，一个象牙伞柄和一只金手镯。

"那些日子，我彻夜难眠，妒火中烧又焦虑万分。热恋的激情和盲目的妒忌令我心慌意乱、头昏脑涨。我一合上眼睛，那张魔鬼般秀丽的脸庞就不断浮现在我脑海里。一想到她秀发松垂的模样，一想到她的玉体，我的每一根神经都会兴奋起来。可一想到她的身体躺在别的男人的怀抱里，我就觉得万箭穿心。

"我的这段恋情随着梅西小姐回国结束了。这是最好的结果，要是她还留在中国，像走马灯一样更换身边的男人，天天听着这样的消息我会自杀的。我在告别电报里这样对她说：您回归故里，尽管对远在东方的我来说，留下的是一片凄凉，但是对在奥克兰深爱您的人来说，是一道喜讯。我不知道命运是否会允许我们重聚，但是无论发生什么事，我会永远把您珍藏在我的记忆中，总会心怀感激地回忆起我们一起度过的美好时光。她走了，尽管在一个新空间里她又开始了征服男人的新战役，但这一切跟我没关系了。"

听着这些，赫德对这个精力充沛的澳大利亚人又是钦佩又是嫉妒。这么多年，从没有一个男人这么坦率地向他公开自己的情史。与赫斯特这些年名存实亡的夫妻生活中，他再也没有过冲动。女人这个曾经那么美好的字眼，已经生生地被他从大脑中抠了出去。莫理循的这番话又让他想起了年轻时在宁波城三江口的领事馆里度过的那一个个玫瑰色的夜晚。

"年轻人，珍惜你拥有过的这些经历，不要憎恨，不要恨任何一个与你有过交往的女人，相反你要感谢她们，你之所以能有今天，是因为她们塑造了你。"他飞快地说了下去，"我年轻时也像你一样，对女人想入非非，爱了这个又爱那个，到处招蜂引蝶，现在追悔莫及。有一个秘密压在我心里几十年了——我有过一个中国情人，后来又抛弃了她。她为我生下过三个孩子，她是我唯一爱过的女人，但我这辈子最对不起的也是这个女人。"

赫德的声音压低了，进入了回忆，他的神情也变得伤心欲绝。

这一次轮到莫理循吃惊了，他没有想到，严谨刻板得像钟表一样的总司大人竟然也有如许风流韵事。这里面有什么曲折的隐情？职业的敏感使他竖起了耳朵，等着赫德说出什么来。

但赫德似乎突然意识到，在一个记者面前过多暴露自己的私生活太不明智了，适时地打住了话。

莫理循还是不依不饶："我见过尊夫人，在她短暂居留在北京的那些日子里，她带着浓重的爱尔兰小镇口音叽叽喳喳说个不停，脸上没有任何的表情。说句不怕冒犯您的话，他配不上您。我想您一定希望她早些回去，她在这里您就没法工作。您这样的大人物有一两个情妇算什么？说实在的，在北京的欧洲人哪些患有性病我都一清二楚，因为有好多男人都曾私下里就这方面的麻烦向我这个医学博士请教过……"

一阵尖利的啸音破空而来，两人脸色顿变。炮弹落在不远处的掩体工事上，爆炸开来，蘑菇状的烟尘里传出了撕心裂肺的哭喊声。短暂的停火后，清军和义和团又向使馆防线发起攻击了。

"猫逗老鼠的游戏又开始了。"莫理循说。

"这是一只喜怒无常的猫，要是它真的发怒了，会把阻挡它的任何东西都撕成碎片的。"赫德掸着落到身上的尘土，狼狈得就像刚从地洞里爬出来一样。

莫理循神色一凛，捡起枪就要向外冲。赫德叫住了他。

"我想托你替我办一件事，"他哆嗦着手，从贴身衣袋里取出一封信，"要是我不在了，要是你能坚持住，等到援军到来走出使馆围墙的一天，我想请你去珠宝大街大栅栏那儿的宁波钱庄，找一个叫阿瑶的女人，然后把这封信交给她。还有，我今天与你说的话，你可千万别写到你的日记或者报道里去。这就算是我一个临死的老人对你最后的请求了。"

"你放心吧！"莫理循把信折好放入猎装的前口袋，头也不回就冲了出去。

<h1 style="text-align:center">13</h1>

短暂停火三天后，攻击又开始了。

前门和哈德门的城墙上，以及几个近距离的位置，清军都架上了大炮，使馆区和肃王府都在有效射程之内。到七月底，死亡人数上升到六十人，受伤的达一百余人。使馆的空地上到处是缺胳膊少腿的哀号的伤员。使馆里的人现在相信，先前的暂时停火只不过是诱使他们放松警惕的一个伎俩。

使馆派了好多批信使，冲出去给援军送信，有的刚冲出防线就被乱枪打死了，侥幸没打死的，被设卡盘问的义和团拿获。

七月十五日，有一个被俘的信使放回来了。他自述被抓住后曾被带到对方最高指挥官荣禄面前。他带来了一封署名"庆亲王等"的短笺。信中邀请公使们去总理衙门避难，称每人可以带十名随从，但不得携带武器。想到可怜的克林德的命运，这个邀请当然不能接受。另一封信还要求公使们离开北京去天津。担心在途中受到杀害，或者被对方扣为人质以阻止联军进入北京，公使们都拒绝了。

接下来又有两天停火，围困者也有意放一些信使出入。消息有喜有忧，人心更是凄惶。从天主教北堂传来的消息说，那里被轰炸得非常厉害，樊国梁主教领着的三十名传教士、四十余名法国和意大利水兵，以及数千避难教民都死得差不多了。董福祥的甘军中有一个下等军官与斯特劳兹上校的部下交好，每天为使馆提供情报。通过对情报的分析，他们判断联军正在向北京推进。这让公使馆像被打了强心针一样兴奋起来。

七月十六日一大清早，雨就下个不停。雨水夹杂着红砖的粉末落到院子里的烂泥地上。

莫理循衣冠不整，躲在坍塌的砖墙后，透过红色的粉尘开枪反击。

雨越下越大，斯特劳兹上校要到附近的海关餐厅去喝早茶，莫理循和他结伴同去。他们打算喝完早茶去肃王府，那里被腾出来做了临时难民收容所，挤着大批中国难民。斯特劳兹打算去那里巡视，莫理循打算为发给英国《泰晤士报》的报道收集最新素材。

要想到达肃王府，他们必须穿过两片被封锁的开阔地。

出发时，雨突然停了。他们穿过深深的战壕和石垒的路障，从公使馆的南端到达肃王府。在这里他们遇到了日本公使馆卫队的柴五郎中佐。他们借着高墙的掩护，朝着火线的方向走去。义和团拳民在三十米开外的地方朝他们开火，都没有击中。

莫理循建议去视察日军防线，但是斯特劳兹不想再往前走了。在柴五郎的坚邀下，他们还是去了。

三人进入火线，朝防御工事的方向走去。枪响了。莫理循被击中了右臀部，斯特劳兹的右腿被子弹打得粉碎。尽管莫理循自己了受了伤，还是冒着飞来的子弹，和柴五郎一起把斯特劳兹拖出了危险区。

柴五郎跑去找医生，莫理循手忙脚乱地用手帕和树枝充作止血带给斯特劳兹包扎，但是没什么效果，断骨从伤口突了出来，撑在裤管上，怎么也绑不好。莫理循束手无策。

日本外科军医中川来了后，努力按住伤口止血。斯特劳兹倒在血泊中，神智还很清醒，询问莫理循的伤势。莫理循咕咕哝哝地说，一点小伤。可是话音刚落，他就晕了过去。

来了两副担架，把莫理循和斯特劳兹抬往公使馆。斯特劳兹一路上痛苦地呻吟，送上手术台，他已停止了呼吸。

普尔医生给莫理循动了手术，把弹片挖了出来。麻醉药的剂量很小，他痛晕了过去，醒来后呕吐得非常厉害。赫德闻讯赶来看他时，他还伏在床沿干呕。他无助地靠在床上，一双蓝眼睛不知是由于过于悲伤还是长时间的呕吐所致，蓄满了泪水。

他吃力地掏出那封信交还给赫德："我辜负了您，看来我再也不能站着走出这个围城，替您把这封信送到了。"

赫德也不知道如何安慰这个清早还活蹦乱跳的年轻人，他默默地折好信放好，喃喃说："天意，一切皆是天意。"

14

莫理循被打中了屁股，或者用他自己的说法，是右大腿比较肉感的部位。这一有失庄重的伤口，位于右腿的后面，使得他好长一段时间里几乎成了一个残废。他不得不趴着身子打发时光，为《泰晤士报》撰写关于围攻事件的冗长报道。

但可笑的是，事发后的第二天，《泰晤士报》就登出了莫理循在公使馆保卫战中阵亡的讣告。在他的家乡澳大利亚季隆市的市政厅广场，还为他的死亡下了半旗。

由于使馆被围，消息不通，《泰晤士报》驻上海的记者也于次日为赫德发出了讣告。

得知伦敦将在圣保罗教堂为赫德举行追悼仪式，金登干以死亡消息尚未得到证实为由，坚决要求取消或者推迟这个仪式。

他有一个直觉，他的老上司、老朋友不会这么轻易就离开这个世界。

金登干前去拜访圣保罗教堂的教长。教长说，我想您是来要星期一追思礼拜的门票的。金登干说，不是的，先生，我不要门票，我是来和您谈一谈星期一追思礼拜的事的。

金登干说，这是一个极大的错误。

教长说，我听到您所说的，深感不安。

金登干说，来自北京的消息确实令人忧虑，但只要有一线希望，我们也应该等下去。

教长说，毫无疑问，发生了大屠杀，英国及其他各国政府都相信确有其事。

金登干说，基督教的感情是，只要活着就有希望，在我们确切知道发生了最坏的情况之前，我们应当相信上帝。他继续说，请您想一想，那些被认为已罹难的人的亲属和朋友，将处于何等痛苦的境地。他们仍抱着一线希望的时候，怎能参加追思礼拜呢？这无异于埋葬活人！

教长咕哝着，毫无疑问，最坏的情况已经发生了。

金登干说，不，您不理解，上海是怎样一个传播无稽谣言的地方，我们得到的消息全部来自那里，一切恐怖传闻，都可能出自想象和道听途说，越传越离奇。在我们获得正式消息前，不应该举行追思礼拜！

我不能和您争论，举行追思礼拜的一切都已安排好了，延期恐怕是不可能的。

教长开门送他出来时，他说，我肯定不会参加这次追思礼拜，但是我希望以后来参加一次感恩礼拜。

告别教长之后，金登干又去外交部交涉。他对外交大臣兰斯当的私人秘书巴林顿先生详述了事情经过，说，以赫德夫人来说，当她对丈夫的生还还抱有希望的时候，怎能穿起寡妇的丧服来参加这个追思礼拜呢？巴林顿先生也觉得他说得有道理，但他也想不出外交部有什么办法来阻止这次追思礼拜，因为这次追思礼拜是沙里士勋爵批准的。

金登干说，如果这次追思礼拜是个错误，勋爵就应该事先声明，他从未批准。与其事后道歉，不如事先声明为好。

巴林顿说，沙里士勋爵既然已经答应教长按他的意思办，怎么可以改口呢？

晚上，金登干收到了巴林顿先生的一个便条，上面写着"即送"字样。便条中说，沙里士勋爵所能做的只是发布一个新闻通告，举行追思礼拜的建议并不是女王和政府提出的。

星期六上午，通告见报，下午各报又登载了另一个通告：追思礼拜无限期推迟。

金登干长吁了一口气，暗暗说，现在我只等着举行感恩礼拜了！

赫德后来收到金登干写于七月十三日的一封信，他读着这封迟来的信，为老友的牵挂泪流满面。信里是这样说的："我亲爱的赫德爵士：昨夜我梦见您，看到您脸色很好，左胸前佩戴着各种勋章的绶带。内人坚信您平安无事，我曾打电报给安格联，问他南京的总督是否有您的消息……"

海关总署被烧毁，许多职员被流弹击中受伤或身亡，看着在华苦心经营数十年的基业顷刻之间被毁，赫德心都要碎了。"我这一生真是个大败局。"

当战况最激烈的时候，妇女们都跑去救治伤员了，除了疯子内斯特加德神甫，使馆区里没有一个闲着的人。但防御工事和壕沟里从来见不着赫德的身影。

"您这么大年纪了，我不要求您拿起枪对准这些中国人，但至少您应该出现在需要帮助的人们面前。"窦纳乐发泄着他的不满。

"伤员们需要救治，但这个老帝国更需要救治。"赫德从稿纸中抬起头来，拿着一截越写越短的铅笔头比画着，"这艘大船已经快要沉没了，它今天向我们多倾泻一吨炮弹，就多下沉一分。奇怪的是，帝国那些老谋深算的政治家居然没有一个看到这近在眼前的危险。"

"凭您的一己之力能够救治它？"

"没有一个人能阻止最后终将到来的结局，但起码我能暂缓它下沉的速度。"比画着的铅笔落到了稿纸上，"这些都是我最近几天写下的，对义和团运动发生的原因、我们应对的措施、战后的赔偿与重建，我都做了分析。如果我不能活着走出使馆，也希望这些文字日后出版，能对各国的对华政策有所影响。一个显而易见的事实是，帝国的倾覆，并不符合我们西方的利益，我们需要它活下去，我们的利益需要一个容器。"

窦纳乐肃然起立，神色变得恭敬起来："爵士，您比我们想得要远得多，您就安心写作吧，不管外面的炮弹有多密集，都不要出来。为了您的安全，我给您派两个卫兵，因为您比我们任何一个都更重要。"

时当仲夏，热风裹挟着灰土和扬沙。腐尸的气味第一次超过了污水河的气味，巨大的乌鸦啄食着腐烂的动物尸体。而鸡蛋和军火的黑市交易仍在秘密进行中。

七月二十一日，总理衙门送来的两封红字套封的信件到了赫德手上。第一封彬彬有礼地说一个月没有总司大人的音讯，真挚地向他表示问候，问他现在哪里；第二封说是两江总督兼南洋大臣刘坤一等密谋东南互保，提出由江海关税务司戴乐尔代行总税务司职务，征询他的意见。

随后几天，总理衙门陆续又送来几封信、一些蔬菜和面粉。其中一封附有伦敦来的询问情况的电报。总理衙门建议赫德起草一份给各国的电文，告知使馆无恙。

赫德趁此机会发出了一封致伦敦代理人金登干的信："赶快送两套秋装来，然后再送两套同一种料子做的冬装，一套是早礼服，一套是晚礼服，另外还要一件软披肩、四双靴子和拖鞋。我的一切东西都丢光了，但是人还健康。我们还要在焦虑中煎熬两周。赫德，北京，1900 年 8 月 5 日。"

再过几天，一个从北堂逃回来的教民带来了一份七月二十八日的《京报》，上面有处死总理衙门大臣许景澄、袁昶的上谕。他们都是京师大学堂和同文馆的管理大臣，赫德都很熟悉，许景澄还是前驻俄、德公使。他们的悲惨下场令赫德震惊。不久，令人沮丧的消息再度传来，包括兵部尚书徐用仪在内的三个和平鼓吹者也交出了他们的脑袋，两年前的政变中被流放到新疆的张荫桓也被赐死。种种迹象表明，随着前山东巡抚、长江水师提督李秉衡将军回援北京，仇外的一派占了上风。

更让赫德忧心的是，进入八月，雨季随时会来到，联军的进攻会受到更大阻力。即使在付出惨重代价后开到北京，强弩之末的他们会不会也被围困在城中，需要援救？而失去了耐心的进攻者则会加紧攻势，以便在援军到达之前把他们彻底消灭。到时候如果再有教民中的动摇分子里应外合，那就真的死无葬身之地了。

果不出赫德所料，八月九日那天下午，炮火突然猛烈起来。那轰鸣声震得连脚下的地都在摇晃、颤抖，仿佛世界末日提前到来了。爆炸掀起的烟尘遮灭了日头。到处都在起火，到处都是哀号。千禧年纪念钟数次被敲响，召唤每一个能拿起武器的人起来战斗。

第一阵炮弹落下时，莫理循正从铺满了酒箱子里拉出来的稻草的床上挣扎着起来，坐在一张椅子上，由两个人抬着，去马厩里看关着的疯子内斯特加德。炮弹碎片削去了内斯特加德的半张脸，莫理循坐着的椅子被爆炸的气浪震成了碎片，他被抛起来掷到了马厩角落。一根落下的横梁砸断了一个随行者的腿，莫理循额角被擦出一道血口子，其他倒没什么大碍。简单包扎后，他要来一支枪，爬到战壕里一个射击洞的后面。

坚持到第二天正午时分，一个信使穿过封锁线，带来了英军总司令凯斯利将军的一封信，说通州已被攻下，顽固的李秉衡将军在给朝廷写下一封绝望的信后吞药自杀了。目前增援部队正分四路纵队平行前进，预计几天内将到达北京。"强大的联军正在前进，两次击败了敌人。先生们，振作起你们的精神吧。"

先前进攻的军队撤走了，换成了新来的山西军。那是山西巡抚毓贤派到北京来的，他们拥有最新式的连发来复枪，由一位提督率领，声称五天里一举拿下公使馆。一个叫俾斯麦的海关职员是个神枪手，躲在射击孔后一枪击中了这位正在调兵遣将的提督。对方阵脚慌乱了一阵，随后发起了更大攻势。

一门新式两英寸口径的克虏伯野战炮被推到了紫禁城的城墙上，这个大家伙十分钟里给使馆造成的损失要远远超过过去几周里那些老古董中国无膛线炮断断续续的轰击。窦纳乐命令用美国的柯尔特机关枪和奥地利的马克沁机枪还以颜色。公使馆里伤亡大增，一颗炮弹还击中了窦纳乐的卧室。

探子来报，联军已经兵临城下。公使馆里欢呼起来。

枪声稀落了下来，夜色渐渐笼罩使馆区，满是焦土的战场上升起了一层初秋的薄雾。那雾东飘西荡，随风西东，如同一个个离开肉体的灵魂，正在向人世间做不舍的告别。刚刚打退的一轮攻击中，使馆区里一个法国上尉被打死，还有一个德国士兵，他刚治愈腿伤，出院一个小时就被一颗流弹射杀。

八月十四日凌晨三时，城东传来密集的枪炮声。赫德和所有还会动弹的士兵爬上使馆墙头，但见稀薄的星光下，对方的营垒已空无一人，只留下一堆堆孤零零的工事和路障。这时候，天边炮弹的弧光是多么璀璨和美丽啊，那马克沁机枪嗒嗒嗒的吼叫声听着也是那么令人惊喜。出去打听消息的人回来说，增援部队正在炮击东城门，眼下的北京城乱成了一团，皇帝和太后带着一些亲信大臣也仓皇出逃了。

天边露出了玫瑰色的晨光，赫德刚吃完早餐就听到有人喊，英国人来了！

当斯奎尔斯夫人和另一位女士急匆匆地向士兵们致意的时候，凯斯利将军从马上跳了下来。他亲吻了两位女士的手，说："感谢上帝，弟兄们，这儿竟然还有两位女士活着。"

其他人都出来了，穿着浆洗得硬邦邦的衬衫，女士们则穿着长裙，撑着遮阳伞。劫后余生的人们满脸淌着泪水，向大踏步行进的印度兵欢呼。

窦纳乐穿的是一件洗得干干净净的法兰绒网球服，因为过于激动，他的欢迎辞念得磕磕巴巴的。他夫人美丽的脸庞被快乐所点燃，在人群中穿梭往来。女士们也顾不得拘谨，和这些经过了长途行军和激战后步履还那么轻快的士兵拥抱。

莫理循一直躺在战壕的沙包后面。腿伤使他无法动弹。他满脸泪水，伏在沙包上，在一张被烧焦的纸上记述了盼望已久的一刻：

> 凯斯利将军魁梧的身影和他的随从正穿过水门而入，后面跟着印度军团锡克人第一团和拉其普特人第七团。他们沿着御河街而来，怀着难以言说的激动心情迈进了英国公使馆。使馆正式解围了。

15

这座都城还没有从突如其来的打击中缓过劲来，预料中的报复已经开始了。空荡荡的大街像大水冲过一样。城中的居民全都躲在了门窗后面，惊恐地注视着大街上奔驰的马队和荷枪实弹的各国士兵。不时响起枪声，一些手无寸铁的平民中弹后在马路上痛苦挣扎。几乎每个水井里都填满了女人的尸体，她们选择这种古老的集体自杀方式以避免遭到凌辱。

前门外，天天都在处决被俘的义和团。他们一排排地被推搡到城墙下，手脚连绑在一起，在马克沁机枪的嗒嗒声中，像秋天被收割的庄稼一样一片片倒下。血洇红了尘土。尸体来不及掩埋，都发了臭。矮个子的日本兵在处决人犯时从来不用枪，他们长长的武士刀闪着寒光不住挥起、落下。每杀死一个义和团成员，他们就把辫子割下来。广场上，一截截长短不一的辫子堆成了小山。

一个星期后，城中的秩序才渐渐恢复正常。

过了十月，李鸿章由广州抵京。其实早在联军占领大沽炮台后，上谕就宣他火速赴京，但从广州到北京他慢腾腾地磨了三个月，中间还在上海盘桓多日，与各国领事秘密洽谈。这番重回权力中心，他是既喜且忧，怕这烫手的山芋不好接。熟谙权谋的官场中人都清楚，他是在与朝廷讨价还价。

"让他们在自己的汤里多炖一会也不是什么坏事。"在上海的一次会谈中，他竟然幸灾乐祸地把北京的局势比作了一锅汤。现在他终于得到了他想要的，重新回到了把持二十五年的直隶总督兼北洋大臣的职位上，全权负责谈判事宜。他终于可以把顽固派政敌们清除出去了。自从甲午一战后失势于当局，他一直祈盼着有朝一日能重振昔日辉煌。他已经是七十七岁的老人了，健康状况也不佳，已经没有多少时间了。他给朝廷的建议惩处的单上，端郡王、庄亲王、军机大臣刚毅、都察院左都御史郎英年、刑部尚书赵舒翘等政要赫然在列。

李鸿章一抵京即找赫德、庆亲王磋商，照会各国公使"议和"。但各国意见尚不统一，对赔偿款争议颇大，再加俄国公使不在京，德国公使尚未到任，英国公使正在调职，法国公使毕盛又因惊吓过度患了伤寒卧病在床，议和的事一时三刻也进行不下去。

过了些时日，莫理循要回英国去养伤了，临行前来向赫德告别。柴火阑胡同的居所被焚后，赫德此时借居在他原来的女管家的丈夫基鲁尔夫开办的店铺后院两间房子中，他没想到莫理循居然能找到这么个偏僻的地方。

"都说记者的鼻子比狗还灵，果不其然！"赫德高兴地向他伸出手去，"腿伤好些了吗？会不会留下什么后遗症？"

"万幸没有伤到骨头，再加处理得及时，应该不会有什么大碍。您的手怎么那么冷啊？"

赫德苦笑："你很难想象，除了两套夏装，我真的一无所有了。一切都烧光了。我现在只希望有一套换洗的衣服。我刚刚给伦敦发去电报，告诉他们我还活着，速寄两套办公室穿的秋装，随后再寄两套冬装，连同晨服、晚衣套服及一件软披肩、四双靴子和厚拖鞋。真不好意思，拿不出什么像样的东西来招待你，连一杯咖啡都没有。这么冷的天，屋子里又不能生火。"他顾自念叨着，"今天上午我收到了一个欧洲寄来的邮包，你猜猜那里面是什么？是提琴弦！是我上半年从欧洲订的货，由于使馆被围，快半年了才送达。现在我要这东西有什么用？我可怜的乐队和其他的一切，都已化为乌有！"

看着这个几乎已经秃顶的老人从权力的顶峰一下跌落到如此孤苦无依，莫理循突然心生怜惜。他岔开话题，问他近期有无归国的打算。

赫德说："海关的前途如何，殊难预料。俄、德两国态度傲慢，后者尤甚。如果我离开，很可能招致别国干预。海关作为一个机构，当然还将继续存在，但形式上必有变化。不过我认为，大部分员工会被留用。但是如果战争继续下去，无政府主义占了上风，就会导致大崩溃！此前所发生的一切使我痛心之至，但是，事已至此，我们只能试图向好的方面去争取！我留下来，还能为海关，为中国和公众利益继续工作。我以为，我，也只有我，能在这三个方面起些作用，否则我早就上船回国了！"

他告诉莫理循，由于海关大楼被烧，房舍重建尚需时日，大部分工作已移到了上海进行。不久前刚派裴式楷赴上海，等这里谈判的事有了眉目，他也要去上海了。

"谈判的事进展得如何了？"

赫德答道，他已请庆亲王回来，准备会同先期从广州回来的李鸿章与各国谈判，商议和谈大事。担心清廷让步不够，还准备策动湖广总督张之洞、两江总督刘坤一起来影响清廷决策。只是进展极慢，各国意见统一不起来，有的要高额赔偿，有的提出要瓜分中国。第一次陪同庆亲王和李鸿章拜会各国公使时，公使们甚至威胁如果不见端郡王、庄亲王和载澜、刚毅等官员的人头，就不谈判。

"这应该作为谈判的最后一个条件，现在作为第一项条件提出来，真是一个错误！"莫理循附和道。

"可不是嘛，我的眼睛从来不掉泪，但有时真想冒火！联军占领北京已两月余了，但至今还没有坐到谈判桌前，这种拖延已经出现恶果，贸易日趋停顿，税收一天比一天减少，居民逃离出城。朝廷还在西部流浪，先惩凶后谈判的威胁使得皇帝至今还不愿回銮。一切都乱了套，我不知道我们将如何推进，不过还是希望找到一个火柴盒把火柴擦燃！"

"有您这个精通中国政治的从中斡旋，我相信这个火柴盒一定会找到的！"莫理循说，"我已经订好后天的船票回英国，您有什么需要我带的吗？"

赫德沉吟了一会："如果能碰到海关驻伦敦办事处的金登干，就告诉他我还活着，让他把我要他送的东西火速寄来。"

"您放心，这个口信我一定带到。"

莫理循还说到了一件事。伦敦的一个出版商要求他写一本书，描述他在北京被围时期的经历。有一个图书代理商甚至提出愿意预付一千英镑购买书的英国版权，预付四百镑购买美国版权。

"您听听这些势利鬼怎么说来着，我们和所有英国人都饶有兴趣地读过您有关北京围困的报道，我们记得，您曾写过一本游记，题目为《一个澳大利亚人在中国》……妈的，五年前他们还拒绝了我这本书稿呢。"

"恭喜啊，你要发财了！"赫德揶揄道，"我还听说你从皇宫里得着了一块漂亮的泼金玉器，还有数不清的丝绸、毛皮和青铜器，加起来有两三千镑了吧？这一仗打下来，抵得上你干三年的薪水了。"

"大发横财的是斯奎尔斯和北堂主教樊国梁之流的家伙，他们的鼻子就像狗一样灵敏，哪里藏着最值钱的玩意儿，一下就可以嗅出来。"如同一个痛恨分赃不均的小偷，莫理循兀自愤愤着，"噩梦结束了，鬼知道这样的噩梦还会不会上演。我现在只想尽快从噩梦中走出来，至于要不要拿这段可怕的经历去挣钱，我还没有想好。"

"噩梦真的结束了吗？你听听这满街的哭号声，现在这噩梦从我们身上移到他们身上了。难道这就是我们被围近两个月盼望的结果吗？"

莫理循的话题触动了他，他拉开文件柜，取出一个包扎得非常结实的牛皮纸包裹。

"这是我在使馆被围期间写下的文稿，最早几篇是用铅笔写在账册背面的，感谢这场战火，让我有闲暇从一大堆事务中脱身开来，写下了这些思考中国现状和去向的文字。你到伦敦后，交给办事处的金登干，让他想法子尽快在欧美有影响的报刊发表。我希望这些意见能对各国的对华政策有所影响。"

"我能先睹为快吗？"莫理循说着，已拆开了包在外面的牛皮纸。

"《北京使馆———一次全国性的暴动和国际事件》，啊，我这个做记者的都及不上您了！"他由衷地赞叹一声，掀开第一页轻声读了起来，"不能说我们事先没有得到过警告。1898 年那场人所共知的政变，使主张改革的光绪皇帝被幽禁在深宫一无可为，曾两度在皇帝冲龄时垂帘听政的鼎鼎大名的慈禧太后再次执掌朝廷大权。就在这次政变后，董福祥军队的表现已使各国使馆感到不安……"

"这是六篇文章中的第一篇，写在使馆围困的后期，其他还有几篇，《中国与重建》《中国及其对外贸易》《义和团：1900》，是有感于最近一两个月的形势而写。主要的观点，第一篇《北京使馆》里已经说得很清楚了，目前中国的去向，有三个方向，一是叫嚣得最厉害的瓜分，但对这么一个大国来说，这并不是一劳永逸的解决办法，一旦瓜分，动乱、苦难就会世代延续，中国人的情感也不会接受这么做。一是建立一个新王朝，但目前还没有一个声名卓著的能被接受的人士出来，而且这样势必把中国拖入多年的无政府主义状态中去。所以我的意见是，我们只能取第三种方法，即把现存的王朝接受下来，去修补它、充分地利用它，只有这样，才符合我们的利益。"

"您说得太对了，您的思想不知超越了我们多少倍！我们还在担心死神造访的时候，您却已经想得这么远了。"莫理循满脸都是崇敬之色，"但是，义和团的幺蛾子还会死灰复燃的，我们在中国的日子肯定会越来越难过！"

"你的担心或许是有道理的。早在三十年前，帝国伟大的政治家文祥就常这样说，你们外国人都太急切要唤醒我们了，要我们走上新的道路，你们这样做好了，但你们会后悔的，因为我们一旦醒来并且迈步前进，就会走得又快又远，比你们想象得还要快，比你们要求的更会远得多。我相信他说的都是真话。但载着我们的大船都快要沉没了，这些问题现在可以暂时悬搁起来了。我来到中国的这四十多年，中国一直在与外面的世界碰撞，错误的碰撞会加速帝国这块圆石向着万丈深渊坠落，而正确的碰撞，会使圆石在悬崖边缘恢复平衡。"

"帝国的圆石还能平衡吗？"

"这只有时间可以证明得了。"

"我在报界有很多朋友，《双周评论》《世界杂志》《北美评论》这些报业大鳄里都有我的朋友，如果您同意的话，我想把尊作托他们发表，也算是我为您尽一些绵薄之力。如果有可能，我还想把这些文稿出版，争取有更大的影响力。"

"那太好了！拜托了！"赫德紧紧握住莫理循的手，眼里都有了隐约的泪花，"如果这些文字有朝一日能出版成书，我已经想好了书名，《这些从秦国来》，怎样？"

"为何取这个书名呢？"

"它来自《圣经》的《以赛亚书》，如果你有机会查阅这一章，从'众海岛啊，当听我言'这里读上十节，最后你会发现'这些从秦国来'的字样。至于为什么要从《圣经》里取这个书名，它跟我青年时代一个秘密的梦想有关。"

不顾莫理循惊愕敬畏的目光，他顾自轻轻吟咏起了这段经文：

我必使我的众山成为大道，
我的大路也被修高。
看哪，这些从远方来，
这些从北方、从西方来，
这些从秦国来。

16

叫了一辆马车，赫德来到珠宝市街的大栅栏。

这里是义和团进城时最早受到冲击的地方，尽管他对这条京城曾经最繁华的商业街遭受的破坏程度已有心理准备，随着马车越来越颠簸，此间的破败还是让他触目惊心。

满地都是瓦砾、断砖、烧焦的商铺招牌。往昔行人如织的大街，已经成为一片焦土。店铺排门无一不留下了火烧烟燎的痕迹。坍塌的院墙如同开膛破肚了一般，露出院内杂乱惨淡的光景。废墟上偶或跑过目光精赤的老鼠，体大如猫，见人到来也不惊走。

风，如同找不到居所的亡灵一般，毫无目的地东奔西突，本就无力的夕阳被遮得暗淡无光。

应该就是这里了，赫德心想。他让马车夫在一棵古槐树下的三间连排店铺前停下。车夫乖巧，早就觅到了墙角落被烧焦了的半块镏金招牌。"恒字号，没错，就是那家宁波钱庄。"

自从偶然得知阿瑶被这家钱庄的掌柜娶作小妾，赫德仅仅来过这条街上一次。那是多少年前的事了？那次他没带一个随从，心下是多么的惊惶，既想见到那女子，又怕真的遇上了无所适从，竟如一个初恋少年般忐忑不安。

这只剩下一个焦煳的外壳的房子真是那家钱庄吗？那棵老槐树应该不会有错，可是那镂空朱金漆的华丽门窗在哪儿？那些精明又殷勤的钱庄学徒又去了哪里？

车夫找人来问。"死啦，全烧死啦。那么大的火，院子里又堆满了木料和皮草，想救人都冲不进去，没烧死也给熏死了。"

赫德晃了晃，几乎倒下，眼前一片空白。最坏的结局不是没想过，大不了铺子烧了，女人跟男人回了南方老家，却没想到是这么一个结局。鼻子酸酸的想哭，老眼里却再也挤不出一滴泪来。

他取出了口袋里的那封信。这折得皱巴巴的一张纸，染上过莫理循的血，已经变成绛紫色。这是一封写给儿子阿瑟的信。原以为自己再也走不出公使馆了，情急之下才想托莫理循带给女人。

他相信只要阿瑟活着，女人肯定会把信带到的。不曾想自己倒是还活着，女人却死了。这些日子山西那边传来的消息也很不妙，儿子多半也不在这个世界了。这么一想，只觉万念俱灰，就好像脊梁骨给抽了去，把生命的意义也全给抽了去。在钱庄门前的石凳上坐了，再看信中的每一个字，都是锥心锥肺的痛。

亲爱的阿瑟：

　　这是我写给你的第一封信，很可能也是最后一封。我从来没有想到，会在这样的情形下——来复枪的子弹打得尘土噗噗作响，不时落下的炮弹震得我面前的桌子一阵阵摇晃，公使馆的围墙外，义和团的喊杀声如同地狱里的鬼叫——给你写信。我很感激上帝还没有收走我的生命，让我还有机会，跟你——我亲爱的儿子——说几句话。

我该从何说起呢？

我现在常常想起三十四年前的那个春天，我坐"拉布德内号"把你们三个送回国内去。你们都晕了船，你像只病猫一样，躺在安娜的怀里。你一动不动的模样，我真以为你死了……我承认我这么做是有私心的。我在中国的野心要实现，你们就不能留在中国。后来的事情你都知道了，我结了婚，又回到了北京。这么多年了，在世人眼里我一直是帝国的红人，得到了至高的荣耀，可有谁知道我在暗夜里常常哭泣。我孤独。我经常梦到你们。那一年得知赫伯特的死讯，我的心都碎了。

心里的孤独啊，真的像荒草，割了一茬又会长出一茬。

我也梦到你，亲爱的阿瑟。你不要以为你长得像中国人我就从来没有喜欢过你。我告诉你，三个孩子里我更多梦见的还是你和安娜，因为你们都长得像你们的母亲。你不会记得你在中国度过的最初的时光，因为那时你还太小。你出生在上海，后来我把你们带到了北京。亲爱的阿瑟，我思念你。我怀念我们一家在上海度过的短暂而快乐的时光。那是在江海关附近的一幢两层楼房里，黄浦江上的风可以一直吹到我们的卧室里。我的耳边常常响起你的笑声，那时你还不会说话，一逗你就呵呵地笑。

现在我想起你们，更多感到的是羞愧、后悔。回想往事，有太多太多的事让我后悔。我这一生最对不起的是你们的母亲。这个苦命的女人，她是世界上最美丽的女人，可怜我自以为聪明一世，最终还是瞎了眼睛。许多年前，我曾经托老朋友金登干传话给你的姐姐安娜，你们的母亲是人们能想象得出的最可爱、最有理智的人。可怜我原以为自己是个聪明人，但随着年华渐老，内心深处不得不承认自己是个傻瓜。

我后悔把你们从她身边夺走。我后悔把你们送回国内。我后悔把你们从戴维森太太家赶走。天哪，我这都是在做什么啊！害怕失去面子？害怕玷污了所谓的好名声？当我经历了许多事后，才明白这些对我来说并不是最重要的。最重要的是你们，是我的骨肉，体内流着我的血液的你们。可惜悔之晚矣！我抛弃了爱人、抛弃了亲生骨肉得到的这一切，真的值得吗？让我这个无情无义的人就这样死去，怕也是上帝早就安排好的。亲爱的阿瑟，我不是个称职的父亲，我从来都不是个好父亲。我现在正式乞求你的原谅，乞求安娜和死去的赫伯特原谅。亲爱的阿瑟，原谅我。原谅我。原谅我。

我很早就知道了你来到中国。你要知道，密布在东南沿海口岸城市的各处海关就是一张庞大的情报网，每一个来到中国的欧洲人都逃不过我的耳目。但那时，压倒我对你的思念的第一个念头，还是怎样早日把你弄回国内去。我让马士先生来转达我的意思，让他送钱给你，但他没有把这件事情办好。我知道你们中的一个总有一天会回到中国来找你们的母亲，我还知道，你们一直憎恨我，憎恨我。你和那个中国姑娘恋爱的事，马士先生也告诉我了。当初一知道这一消息，我就有种奇怪的感觉，好像你在重复我年轻时的经历。我曾在内心真诚地祝福你和那位姑娘，可惜她死了。要是她还活着，你不会是现在这样子。

你受洗的消息是李提摩太告诉我的，他是约书亚牧师的朋友。做一个传教士，向这个苦难的国家的民众传布福音，是我刚来到中国时的一个梦想。但我后来走上了另外一条完全不同的道路，一条充满罪孽的道路。你做出的这一选择，是在洗涤我这半个世纪的罪。我真的是这样想的，你在另外一个方向上实现了我的梦想。但我还是后悔在北京的那次邂逅没有认出你来。赫承先告诉我你曾经来过，我跑出来已追不到你。要是我们那天相认了，你还会跑到山西去吗？

亲爱的阿瑟，请不要以为我这么说是企图收买你的原谅。一个上帝的使徒的原谅是高贵的，我企求，但我不收买。我牵挂你。我不知道太原此时的形势如何，上个月的消息是巡抚毓贤杀了好多传教士。公使馆封锁的二十多天里，我每天都向上帝祈求，祈求拿我的生命换得你的平安，祈求你在那边平安无事。活着的时候，我不是个好父亲，但愿我死了后，能够当你的好父亲。

义和团又发起新一轮攻击了。刚才一发加农炮弹掀起的气浪把一个士兵的一条断腿扔到了我的窗台上。我已经看到了死神的面孔。它随便在公使馆一转悠，就会带走好多个生命。我一直在做迎接它的准备，我不知道是不是准备好了。

我让我的朋友莫理循先生把这封信带出去，盼望着你能早点读到。亲爱的阿瑟，希望你看到这封信后，你对我的怜悯将会比我以前给你的多一些。我多么希望这场动乱过后，我们都能活着，这样我就可以把你抱在怀里，弥补我以前所有的过失，这样我就可以带你一起回英国，回到我们波塔当乡下的祖屋里。可是，可是……枪声越来越响了，我必须去战壕了。为了活着，我必须向这个我服务了半个世纪的国家的民众举起我的枪。愿上帝原谅我！

我们在天上的父，愿他赐予你健康、安宁和幸福。愿他救你脱离所有的险恶，不让你遇见试探。

你的不称职的父亲

罗伯特·赫德

17

北京城看来在慢慢恢复生机，但那些用灰黑的破砖仓促修葺的街道，再也没有以前的华丽了。

战火过后，保存最完好的是与中轴线相交的长安街。五十来米宽、几公里长的大道尚显平整，但走近来看，路面也是坑坑洼洼，遍布着弹坑和污水坑。街的两旁是一家挨一家支在露天的铺子和戏台，都搭着简陋的棚架。杂处其间的有走方郎中、皮影戏艺人、卖茶水的、针灸师、乐师和男女说书人等。有些铺子还摆到了大街正中来，这样一来，街上的人群像被中央小岛分流的河水一般，被那么多小店铺和小戏台分成无数支流，只得非常困难地向前挪动。但来自沙漠的扁平脸庞的赶驼人兀自不管不顾，把鞭子抡得山响，驱赶着驼队行进在原本专供牲畜和套车行进，现在又被行人抢占了去的道路上。

长安街成了一条被灰尘和污垢染黑的连续不断的涡流。到处都响着刺耳的叫卖声，还伴随着在蛇皮上吱嘎作响的提琴声、锣声和京韵大鼓。

在街的两侧，就在那些尚未来得及清理的废墟上，肮脏的市集绵延数里。这里出售佛像、瓷人、春宫画、珠宝、缺口的景泰蓝花瓶、刺绣精美但染上了血污的旧衣衫——永远卖不完的抢运物品。在炮火损坏不那么严重的地方，已有一些修葺一新的精美建筑。飞檐和窗格已整木雕镂，并镀了金，放射着惊人的异彩。屋顶和垂花饰的挑檐上是些金身怪兽，麒麟，或者貔貅。它们的表情狰狞，斜睨着路人，一副受过惊吓的模样，就好像会随时飞向空中或猛扑下来撕碎路人。

谈判尚无进展，准确地说，占领者们至今还没有坐下来开谈的意思。召回来主持和议的李鸿章心急如焚，为了笼络这些占领者，早日签下和议送出瘟神，他决定好好宴请一回联军将领们。联军最高统帅瓦德西[1]坚持要把宴会地点放在皇家御花园颐和园，并要在晚宴后搞一次盛大的游园会。

黄昏时分，赫德坐马车赶到颐和园。

这个日暮之园已半沉入黄昏淡蓝的雾气里去。四下里，松枝上挑挂着的灯笼发出了明明灭灭的光亮。园中已有联军军官和身着丝质长袍、顶戴花翎的政府官员在往来穿行。与李鸿章碰面没说上几句话，客人们已从皇城的四面八方陆续赶至，有骑马的、坐轿的、搭乘黄包车的，官阶高的来宾身后照例跟随着一队队仆从。每一位贵宾在那彩绘镏金的门里一落脚，再踏上厚厚的黄丝绒的宫廷地毯，就会有乐师奏响礼乐。太后派遣

---

[1] 阿尔弗雷德·冯·瓦德西（Alfred von Waldersee，1832—1904），德国人。早年参加过普法战争，后任德国总参谋长，晋升陆军元帅。1900 年八月任八国联军统帅。

的特使也坐着轿子到场了，跟着他的骑兵护卫队，个个板着面孔，
眼光内敛。

宴会厅里，高大的景泰蓝花瓶里插满了鲜花。西方制服与
清朝官员的长袍、顶戴花翎混杂在一起，一片菜市场般的嘈杂，
让赫德不由得皱起了眉头。

坐在主桌上座的是瓦德西元帅。他那个粗壮的鼻子由于兴
奋充了血，显得更加引人注目。因为德林克的死，在北京被占
领后赶到的瓦德西坐上了这第一把交椅，这真应了中国的一句
俗话：后来和尚吃厚粥。他在主座上顾盼自得，却不知下面正
在议论他与京城里一个叫赛金花的妓女的风流韵事。传说他与
这位妓女天天在太后寝宫的龙床上颠鸾倒凤呢。瓦德西左边是
李鸿章，右边是太后特使。再依次下来，分别是两位主教大人、
联军的一些将领、五六位装束艳丽的女士。

李鸿章前些年中过一次风，脸上有一部分肌肉不能动弹，
这使得他看上去总是面带微笑。他戴着一顶篾底纱面的帽子，
一支孔雀翎被一根缅甸翡翠做的管子紧紧扣住。他的袍子外面
罩着一件丝绸补褂，朝服的两侧各开着一个口子，这样便于骑
马。前后补子绣着白鹤，这是文官正一品的标志。赫德很理解
他此刻的心情。为了和谈顺利，李大人不得不举行这样一个酒宴，
做出赔罪的姿态以博取外国人的好感，他坐在这里当然是深感
屈辱的。

几十年来，他与李鸿章来往密切，但私人关系始终是疏远的。
早些时候，李鸿章在北京，赫德尽可能经常去拜访他。白天忙
于公务，他的拜访时间一般是夜里十点钟。他们常常聊至深夜。
在他的日记里，李鸿章常常被当作重要的内部消息来源而再三
被提及。他对李鸿章简朴的持家之道赞赏有加。李鸿章经常在

一张普通的桌子上招待他吃饭，吃的不过是简单的菜肴。赫德好意地向总理衙门里的人说起这些，还说他本人就很讨厌铺张浪费。不料这话很快就传到了李鸿章的耳朵里。他下次再去的时候，李鸿章备了整整一桌精美的菜肴，足足有六十多盘，鱼翅、燕窝，应有尽有，食量再大的人也要望而生畏。赫德被迫每样菜都尝了一点，李鸿章对他的狼狈甚为得意，说，这回你再也不会到处去说在我家吃得像个苦力了吧？

他见识过李鸿章最好和最坏的一面。苏州屠俘事件发生后，戈登经常向他说起李鸿章的背信弃义和冷酷无情。但他认为，尽管李鸿章腐败、不诚实、机会主义，但他是个行动派，只要他认准的事，就一定会去做好，在这一点上他尊重李鸿章。这种尊重随着两人在任上渐渐老去而逐步增长，他经常这样对人说："李鸿章并不坏，但他所处的环境很糟糕。他很有才能，却缺乏正直和诚实。"

李鸿章草草说了几句开场白，就借口身子不适提前退场了。

太后特使长着一张讨人喜欢的小圆脸。他那种做惯了奴才的恭顺语气让人听了很受用。

"我谨代表皇太后感谢欧洲的将士们在我国经历最大危机的时刻来伸手相助。"接下来他宣读了一份刚刚签署的上谕，这份上谕对这场冲突的责任人做出了惩处：端郡王和庄亲王被终生囚禁在奉天；惇亲王被软禁；辅国公载澜降爵一级；刚毅在逃离北京的时候已经死了，免除处罚；毓贤被流放到最遥远的新疆，罚充苦役；另外两位亲王交宗人府监禁。

瓦德西元帅举起香槟回敬："特使的光临充分证明我们来此地并不是为了向中国宣战，而只是针对那可恶的一小撮人。"

随后在特使的提议下，他们举杯向西，遥祝太后圣体安康，凤辇早日回京。

喝了几杯酒，赫德来到湖边。湖风一吹，清醒不少。一些士兵已经在做游园会的准备，他们身手敏捷地爬上了琉璃瓦屋顶，点亮了无数红灯笼和挂在檐角的线状灯饰。一条明晃晃的灯线沿着寂寥的湖岸伸展，荒凉的御花园竟有了节日的虚幻假象。

凯旋大拱门被近旁的灯笼映照着，通体发亮，上面装饰着的怪兽的犄角和鳞爪都清晰可辨。一架石桥横跨过昏暗的湖面，汉白玉的桥身如同一条出水的玉龙。远处，空荡荡的塔楼从阴暗的树林中浮现出来，灯饰的线条倒映在莲花小岛间的水面上。风拂过灯火通明的湖面，那艘太后六十岁生日时把海军经费耗进去建造的石舫船像是在动。

多么讥讽的一幕呀，赫德心想。

宾客们现在都离开了宴会大厅，分散到了御花园各处。披上了名贵大衣的女士们挽着军官们的胳膊走上了大桥的白色台阶。湖岸边的树荫下传出了鱼儿的喋喋声。他们坐着的宫廷小船在湖面上越荡越远。他们提着的灯笼像夏夜的萤火虫一样飞远了。

从一个月洞门里，五十名鼓手鱼贯而出，列成整齐的方阵。鼓声如雷声一般滚过湖面。游园开始了。乐队后面是步兵，步兵后面是骑兵。马喷着响鼻，马蹄踏碎了道旁落下的花瓣。乐队可着劲儿吹打，管乐铜锣声撼动了御花园，好像要把花园彻底掀翻。千余士兵头上，成串挂在长杆上的灯笼随着马匹的卷进和脚步的节奏来回晃动。

游园队伍的后面，一些喝了酒的士兵醉步踉跄，勾肩搭背，嘶哑着嗓子高唱《马赛曲》和《桑伯河和马斯河曲》。火光映红了他们兴奋的脸。水面倒映着那些飞檐挑角层层叠叠的塔楼和大队人马过后，悬挂在宝塔琉璃瓦顶挑檐上的小红灯笼差不多也燃尽了。沉寂和黑暗又回到了湖面上，回到了御花园深处的树林中。一些宾客起身告退，还有一些兵围在湖边的自助餐台旁，不停地开启香槟，大声干杯。

赫德不知道自己在湖边待了多久。一小时？两小时？时间在这个晚上成了一条没有岸的河流。他觉得冷，这才感到穿着这件短大衣出来实在是低估了北京秋夜的冷意。他打算回去了。当他踏上莲花湖上的石桥从桥面下来时，看到了湖边一个瘦削落寞的身影。

是李鸿章。湖面的微光映着他的脸，疲惫而枯槁。

"今晚的宴会如何？他们高兴吗？"

他悲哀，帝国的贵胄，担心的竟是占领者们在这场夜宴中是不是开心。

"我觉得，这一切就好像一场海市蜃楼。"

两人顺着湖边走着。尽管不再有什么言语，三十多年的交往，对方想些什么都心照不宣了。

脚下的大理石在子夜时分凝重起来的静穆中泛着微弱的白光，无以名之的孤独和伤感像潮水一样涌上了赫德的心头。他相信，这孤独和伤感，也正盘桓在边上这个佝偻着背的老人心头。刚刚结束的这场辉煌的晚会就像一场群魔乱舞的闹剧，正式宣告了北京的陷落。这曾经如许辉煌的都城对世界再无秘密可言。是的，北京完了。完了。它就像一个被凌辱的女子，向蛮横的闯入者交出了所有的秘密。

这个即将过去的夜晚，对某些人来说，当然是辉煌的极致，但对自己，对这个古老的帝国而言，实在是一个大失败的序曲。

尾　声

1908 年 4 月 13 日，北京永定门火车站逼仄的月台上聚集着数百名帝国政坛的权贵和名流、十几个西方国家的驻华使节、上百名总税务司署的职员，以及许多实业家、商人、买办，他们来为一个人送行。

　　罗伯特·赫德，大清海关总税务司，一个活着时就进入了当代传奇的人物，在结束了自己在中国长达五十四年的生活后，即将启行回国。尽管帝国还为他保留着总税务司的职位，他个人也一再表示，只要身体许可，不久后将重返北京，但在场的人都明白，这不过是一个贪恋权力之人的谵语。这个已经七十四岁的老人再也来不了中国了。

　　五支铜管乐队在月台的一角反复演奏着各国国歌，这五支乐队分别属于帝国外务部、邮传部、印度支部、西方驻北京外交使团，以及赫德领导下的海关。他们以这么一种方式表示对一个担任总税务司近半个世纪又即将离去的老人的纪念。

　　伤感的气息笼罩了整个火车站。赫德的侄女朱丽叶·布莱顿后来记录道："我记得，他动身的那天早晨，天刚拂晓，美好而晴朗。总司大人的乐队自发组织起来演奏《友谊地久天长》。他在站台的尽头迈步走出轿子，表情迷茫，怅然若失，但只是一小会儿，他就神情坚毅地说，我准备好了。就在乐队演奏《家，甜蜜的家》的时候，他稳步走向送行人群的行列。"

　　深情而感伤的乐声中，赫德蹒跚着，和朋友们一个个握手、拥抱。在场的《北华捷报》记者观察到：道别时，赫德脸色苍老黯淡，灰色的目光中满是失意。他神情落寞，步履疲惫。要不是一位列车员搀扶了一把，有一阵他差点跌倒在路基下了。

所有的目光都聚集到了这个秃顶的、几乎一年四季都是一袭双排扣短大衣的老人身上。他低着头，双手无力地别在身后。他对着这静静蹲伏着的草绿色的庞大专列似乎有些畏惧。终于他伸出手去，拉住了车厢的扶把，在一左一右两个人的搀扶下，登上了专列。人们以为，他会在车厢门口挥手致意，但没有，他抬起脚后，似乎犹豫了一下，微微侧了一下身，最后留给准备好的镁光灯的还是一个背影。

这细微的一切，也都落入了他的老朋友、赶来送行的《泰晤士报》记者莫理循的眼里。"仿佛终场演出落幕时，一个演员最后的谢幕"，莫理循在发回国内的报道中这样描述。

这年初，赫德中过一回风，莫理循曾去探望。他发现这个老人浑身抖动得非常厉害，身子很虚弱，一说话就容易激动。令他吃惊又略觉反感的是，这个人到了这个地步还如此迷恋权力。那次探视回来，莫理循在日记中是这样写的："赫德爵士看上去非常衰弱，头脑和身体都垮了。他还希望明年四月返回北京，对中国这个大钱窖还死守不放。显然，他执着地希望他能回到中国，并在那里终此一生。说这些话的时候，他几乎是泪水盈眶，刺耳地尖叫着。"

随着专列驶离永定门车站，盛大而短暂的送别仪式结束了。人们也纷纷坐上汽车、西式马车散去。这个春天的火车站又恢复了旧时的嘈杂。

裴式楷带着上百名总税务司署的职员回到海关大楼。当他推开赫德办公室的门，在那张巨大的办公桌上，他发现了一张镇纸石压着的白纸。这是离去的这个清晨，赫德留给他们的最后的笔迹：

1908 年 4 月 13 日上午七时，罗伯特·赫德，走了。

他忽然想到了很久以前，一次酒宴上，他的姐夫曾表情落寞地念了这样一首短诗，来预言自己的离去：

> 你嬉戏已足
> 你吃饱喝足
> 该是你离去的时候了

1911 年 9 月 20 日，罗伯特·赫德于英国南部白金汉郡的麻洛地方去世。二十天后，中国爆发辛亥革命，他为之服务了半个世纪的大清王朝耗尽了最后一口元气，土崩瓦解。

阿瑟于 1900 年冬天从天津启程前往香港，一年后回到欧洲，此后一直在伦敦特别浸信会担任牧师。1935 年，年届七十的阿瑟受主教委派再次前往香港，筹办浸信会香港教区扩展事宜。其间，他有过一次秘密的中国内地之行，历时三个多月，主要盘桓在上海、宁波等地，之后，常居香港。1941 年十二月，日军进攻香港，阿瑟随一批英国情报官员、宗教界人士坐快艇突围，他们的船在维多利亚港被日军炸沉。

赫斯特·简于 1876 年带着她的两个孩子回国后，1882 年又短暂回过北京。但更多的时候，她带着孩子们住在爱尔兰。在把孩子们交给她的母亲之后，赫斯特开始了她一生中长时期的独居生活。1906 年，赫斯特带着离开时还是婴儿，时已芳龄二十七岁的女儿梅布尔再一次回到中国。赫德发现这个名义上的妻子已经变成一个十分陌生的女人。不久赫斯特回国，重新投入那个看上去更适合她的性情和喜好的社交圈子中去。在丈夫去世后，赫斯特又多活了几年，并以一个健谈的女主人的形象长久地留在她孙辈的记忆中。生活对于她在最终一刻还充满1866年九月扬帆启航时隐约可见的希望。

金登干于1907年12月3日因肠梗阻手术无效死于伦敦的一家医院，那时赫德还没有踏上回国的途程。目前可见的赫德写给他的编号为3508的最后一封信中充满两个被病痛和衰老折磨的老人的同病相怜，"我们应该靠边站了"。但据悉在这之前还有一封赫德对金登干四十年来的服务表示感谢的信，这封信已经遗失了。

赫承先一直活到了九十岁，而他的儿子小罗宾却于1933年三十七岁那年先其父亲死去。赫德本来是想让他的这位孙子继续爵位的。最后是赫承先的孙子，也就是小罗宾之子，承继了第三世男爵。

鲍腊在1866年欧洲之行后出任宁波税务司，1872年任广州税务司，1874年代表中国参加维也纳博览会，不久在英国病死。

斌椿在欧洲之行后调任同文馆提调，但这一任命似乎只是荣誉性质的。他始终没有成为赫德所希望的总理衙门大臣。他在十九世纪晚叶的中国政坛碌碌无为，没有发出一丝声音。1871年他去世后，他的儿子广英接受了同文馆教习的任命。

　　张德彝在 1866 年欧洲之行后，又多次以译员身份出洋。1890 年回国后，他担任总署英文翻译官，翌年当上了光绪的英文教师，此后先后出使英国、意大利、比利时。但他对"同文馆英文学生"出身一直耿耿于怀，抱着强烈的自卑感，慨叹自己"无异舌人"，只是一个搬嘴弄舌之徒。直至走向共和，垂老的张德彝仍以不曾参加过科考为最大遗憾。他死于 1919 年，正当举国为巴黎和会的决议义愤填膺之际，这位前驻外公使却仍以"宣统十年"为年号，向时年十三岁的废帝溥仪敬呈临终遗折，称："臣八旗世仆，一介庸愚，瞻望阙庭，不胜依恋之至！"

图书在版编目（CIP）数据

赫德的情人 / 赵柏田著 .— 杭州：浙江文艺出版社，2022.1
ISBN 978 - 7- 5339 - 6697 - 3

Ⅰ. ①赫… Ⅱ. ①赵… Ⅲ. ①长篇小说 — 中国 — 当代
Ⅳ. ① I247.5

中国版本图书馆 CIP 数据核字（2021）第 259584 号

策划统筹	曹元勇
责任编辑	易肖奇
营销编辑	耿德加
责任印制	吴春娟
装帧设计	人马艺术设计·储平

赫德的情人

赵柏田　著

出版发行	浙江文艺出版社
地　　址	杭州市体育场路 347 号
邮　　编	310006
电　　话	0571-85176953（总编办）
	0571-85152727（市场部）
印　　刷	上海盛通时代印刷有限公司
开　　本	889 毫米 × 1240 毫米　1/32
字　　数	330 千字
印　　张	14.75
插　　页	4
版　　次	2022 年 1 月第 1 版
印　　次	2022 年 1 月第 1 次印刷
书　　号	ISBN 978-7-5339-6697-3
定　　价	69.90 元（精装）

一本书打开一个世界

欢迎订购、合作

订购电话：0571-85153371

服务热线：0571-85152727

KEY-可以文化　　浙江文艺出版社　　天猫旗舰店

关注 KEY-可以文化、浙江文艺出版社公众号，

及浙江文艺出版社天猫旗舰店，随时获取最新图书资讯，

享受最优购书福利以及意想不到的作家惊喜